한민족문화학회 창립 20주년 학술논문 선집

한민족 문학·문화연구의 동향과 전망

_ 고전문학

한민족문화학회

국학자료원

목 차

취락(醉樂)시조의 제양상

정흥모*

1. 문제제기

이 글은 취락(醉樂)시조를 대상으로 하여, 시조에 나타난 취락풍류의 다양한 양상을 분석하는 것을 목표로 한다. '취락'이란 시조의 내용 구성 요소의 하나로 "술 마시고 취하여 즐김. 그러한 즐거움의 추구. 단순히 술이라는 말이 들어 있는 정도보다는 '술 마시는 행사'나 '취흥(醉興)'의 의미가 있을 때 적용"하는 내용소이다.[1]

인류의 삶과 술의 관계는 새삼 강조할 필요도 없거니와 특히 문학에서 술(혹은 그와 관련된 풍류)은 중요한 소재로 쓰여 왔다. 더욱이 노래로 부르거나 읊조리는 동양의 시가 문학에서 술을 통한 풍류와 흥취는 대단히 사랑받는 소재이고 그 문학적 형상화의 모습도 다양하게 나타난다.

고려대학교 김흥규 교수 연구실에서 5,180수의 시조를 대상으로 개발한 <고시조 데이터베이스 프로그램>[2]으로 '취락'이라는 내용소를 검색

* 대진대학교
1) 김흥규 외(2002), 『고시조 데이터베이스의 계량적 분석과 시조사의 지형도』, 고려대 민족문화연구원, 24쪽.

한 결과 총 421수의 시조가 산출되었다. 전체 시조의 8%가 넘는 점유율이니 대단히 많은 분량이다. 이 가운데 내용은 같으나 한글과 한자로 표기만 다른 작품, 한두 단어나 구절이 다르거나 어미나 조사 등만 달라 한 작품으로 봐도 무방한 경우 등을 제외하니 358수가 남았다.

이 358수의 시조를 대상으로 술 마시는 이유, 술 마시는 상황, 마시는 사람에게 술이 어떤 작용을 하는가 등을 분석하여 크게 세 개의 범주로 분류했다. 첫째는 술 마시는 것 자체를 좋아하여 즐기는 대상으로서의 술을 노래한 작품들이다. 이 부류에 속하는 작품들은 70여 수가 된다. 둘째는 전원생활의 흥취, 마음을 허락한 벗들과의 만남, 다양한 계절의 좋은 경치 감상, 주색(酒色) 풍류 등의 상황에서 술을 마시는 것을 노래한 작품들로 190여 수가 이에 해당되었다. 세 번째는 술을 마시는 행위를 통해 마음의 위안을 얻고자 하는 경우이다. 인생이 무상함을 느꼈을 때, 고단한 삶의 시름을 잊기 위해서, 혹은 세상과의 불화로 인한 소외감을 위로하기 위해 등등의 이유로 술을 마시는 상황을 노래한 작품들로 100여 수가 이에 해당되었다.[3]

시조 전반에 나타난 취락의 양상을 그 자체만으로 분석한 연구는 없었으며, 개론서에서 시조의 내용을 기술하면서 취락시조를 언급한 부분이 있었다. 예컨대 진동혁 교수는 "고인들은 취락함으로써 혼란된 세태를 망각할 수 있었고 잠시나마 부귀영화와도 절연할 수 있었다"고 한 뒤, "취락시조를 즐겨 읊은 것은 어지러웠던 현실의 관념을 일시적이나마 망각하고 술로써 도취하여 무아의 경지에 빠지려는 의미도 많으며" 소동파의 <적벽부>의 영향도 있다고 했다.[4]

---

2) <고시조 데이터베이스 프로그램>에 대해서는 위의 책, 3~75쪽 참조.
3) 각 범주의 작품 숫자를 뭉뚱그려 언급한 것은 정확하게 한 부류에 넣기 어려운 경계상에 있거나 동시에 두 부류에 속할 수도 있는 작품들 때문이다. 개략적인 숫자만 가지고도 취락시조의 양상을 파악하는 데 큰 문제는 없을 것이다.
4) 진동혁(1992),『고시조문학론』, 형설출판사, 29~31쪽. 초판은 1976년에 나왔는데,

한편 이태극 교수는『시조개론』에서 <시조의 내용성>이라는 항목을 마련하고 시조의 내용을 스무 가지로 분류했는데, 그 안에 '취락 퇴폐의 노래'를 두어 취락시조들을 소개하고 있다. 그는 취락시조들을 "① 세상을 저바리고 술취하여 망각의 상념을 노래한 시조, ② 그냥 그 흥취에 잠겨 즐거움에 견디지 못하는 심정을 나타낸 시조, ③ 덧 없는 인생 보잘것 없는 세상을 술로 잊고 그 찰나와 그 순간을 만족하게 지나는 것을 읊은 시조"로 나누고, 정철의 <장진주사>와 신흠의 시조 등을 인용하며 설명하고 있다.5) 취락시조에 대한 이태극 교수의 언술은 초기 연구로서 탁월한 면이 있으나, 개론서의 성격상 전체적으로 소략하며 세부적인 분류는 하지 않았다.

이 글에서는 <고시조 데이터베이스 프로그램>의 내용소 색인을 이용하여 취락시조 전체를 추출하고 그것을 몇 개의 범주로 나눈 뒤, 순서대로 취락시조들을 검토하여 취락시조의 구체적 실상에 접근하는 데 도움이 되고자 한다.

2. 술 마시는 즐거움

1) 술 자체를 즐김

일반적으로 사람들은 사회생활을 하는 가운데 어떤 이유나 일정한 상황에 따라서 술을 마시게 된다. 그러나 어떤 사람들은 술 그 자체가 좋아

본고에서는 1992년 판을 인용했다.
5) 이태극(1974),『시조개론』, 새글사, 171~177쪽 참조. 초판은 1956년에 나왔으며 본고에서는 1974년 판을 참고했다.

마시기도 한다. 이럴 때는 술 마시는 행위 자체가 중요하며 다른 이유나 명분은 부차적인 문제가 된다. 이 절에서 검토하는 작품들은 이처럼 술 자체를 사랑하고 술 마시는 행위 자체를 즐기며 노래하는 것들이다. 작품을 검토해보자.

> 술 먹고 뷔거를 저긔 먹지 마쟈 盟誓ㅣ러니
> 盞 잡고 구버 보니 盟誓홈이 虛事ㅣ로다
> 두어라 醉中盟誓ㅣ를 닐러 므슴 ㅎ리오 <시전 1720>[6]

　술을 많이 마시다 보면 몸도 제대로 가누지 못하고 정신도 몽롱하여 예기치 않은 실수를 하기도 한다. 그래서 다시는 술을 먹지 말자고 다짐을 해 보지만 모주꾼에게 술을 끊는다는 다짐처럼 허황한 일이 또 있겠는가? 위 시조는 그런 상황을 노래한 것이다. 이와 비슷한 종류의 시조가 다섯 수나 더 검색되어 이런 주제가 꽤 인기가 있었음을 알 수 있다. 이 가운데 두 작품에서는 '아히야 술 갓득 부어라 밍세 푸리 ㅎ자'고 마무리하여, 다짐을 뒤엎는 것에 대한 양심의 부담을 뻔뻔하게 떨쳐내고 더 적극적으로 술을 마시는 모습을 보이기도 한다. 모주꾼들만 이해할 수 있는 못 말리는 술 사랑이라 할 수 있겠는데 다음 작품들은 여기서 한 걸음 더 나간다.

> 어우하 날 죽거든 독밧치 집 東山에 무더
> 白骨이 塵土ㅣ도여 酒樽이나 밍글고쟈
> 平生에 덜 먹은 맛을 다시 다마 보리라 <시전 1927>

> 이 몸이 죽어지거든 뭇지 말고 주푸리여 미혀다가

---

6) '시전'은 심재완(1972), 『역대시조전서』(세종문화사)를 줄인 말이고, 뒤의 숫자는 『역대시조전서』에 실린 작품번호이다. 유명씨 작품은 작자표기를 한다. 이하 같은 방식으로 인용한다.

酒泉 깁흔 소에 풍덩 드리쳐 둥둥 씌여 두면
一生에 질기던 거시미 長醉不醒 ᄒ리라 <시전 2326>

　일생동안 마시고도 모자라서 죽어서까지도 술독에 빠지고 싶다는 호기를 보인다. 앞 시조에서 화자는 자신이 죽은 후에 독바치 집 동산에 묻어달라고 한다. 그래서 '백골이 진토'되면 그 흙으로 독바치가 술동이를 만들 것이고 그러면 죽어서도 술맛을 맘껏 볼 수 있다는 것이다. 뒤 시조는 자신이 죽으면 매장하지 말고 아예 '술샘[酒泉]'에 빠뜨려 달라고 한다. 이 작품은 27개 가집에 실려 있어 취객들에게 꽤 사랑받았음을 알 수 있다. 호탕한 술자리에서 과장된 표현과 몸짓으로 자신의 술 사랑함을 장담하는 취객의 모습을 떠올리게 하는 작품들이다.

　한편 조선 후기에 여성이나 남성을 동경한 나머지 자신이 상대의 소유물이 되어서라도 그와 접촉하고 싶다는 시조들이 꽤 있다. "각시닉 玉 갓튼 가슴을 어이구러 듸혀볼고 / 錦繡紫芝 쟉져구리 속에 깁젹삼 안셤회 되어 돈득돈득 듸히고라지고 / 잇다감 ᄯᆷ 나 붓닐제 쎠힐 뉘를 모로이라"[7] 와 같은 시조가 대표적인데 성적인 욕망을 위해 자신의 존재마저도 버릴 수 있다는 다소 과장되고 파격적인 수사를 지닌 작품들이다.

　앞에 인용한 두 시조는 욕망의 대상이 성적인 것에서 술로 옮겨온 점만 다를 뿐이지 극단적 욕망의 충족을 위해 자기 존재의 정체성을 가볍게 보는 점은 위 시조와 비슷하다. 조선 후기의 호탕하고 질펀한 술자리가 이런 과장된 수사적 표현을 생산하는 바탕이 되었을 것이다.

　각설하고, 이런 호기로운 장담에는 적절히 댓거리를 해줘야 술자리 분위기가 사는 법이다. 다음 시조를 보자.

---

7) <시전 50>, 이 작품은 총 6개 가집에 실려 있고, 비슷한 모티프의 시조도 몇 수 발견되어 제법 인기가 있었음을 알 수 있다.

자네가 술을 잘 먹는다 ᄒ니 슈슈 쇠쥬 세 딍와 쇠 셔 세 졉시를 먹
을까 본가
슈슈 쇠쥬 셰 딍와 쇠 셔 셰 졉시를 먹으랴면 니 물나라 갑슬랑은
옛날에 니틱빅도 일일슈경삼빅비라 히도 이 슐 ᄒ 잔 못 다 먹엇
씀네 <시전 2473>

이 작품은 대중적인 시조집인『남훈태평가』에 실려 있다. '자네가 그렇
게 술을 잘 먹는다면 수수로 만든 소주 세 되와 소 혀 세 접시를 먹어 보
게. 앉은 자리에서 그걸 다 먹는다면 술값은 내가 내지. 하루에 삼백 잔을
마신다는 이태백도 이 술 한 잔은 다 못 먹었다네.' 두주불사를 외치는 친
구를 살살 부추겨서 술내기를 하는 모습을 생생하게 노래했다. 술을 마셔
취했을 때 사람들은 터무니없는 자신감과 호기가 생겨 과장된 언동을 하
기도 한다. 이 작품은 체면과 가식을 던져버리고 호기롭고 과장된 언동을
하며 술 자체를 즐기는 보통 사람들의 술자리에서 흔히 있을 법한 술내기
모습을 잘 담아냈다.

그런가 하면 점잖은 방식으로 자신이 호탕한 애주가임을 드러낸 작품
도 있다.

큰 盞에 ᄀ득 부어 醉토록 먹으면서
萬古 英雄을 손고바 혜여 보니
아마도 劉伶 李白이 내 벗인가 ᄒ노라 <시전 3043, 李德馨>

이 작품도『진본 청구영언』을 비롯한 27개 가집에 실려 있어 그 인기
를 짐작케 한다. 대단한 기교를 부리지 않으면서도 호기롭게 술 마시는
자신의 모습을 유령과 이백에 비유한 것이 사대부적 정서와 품격에 맞아
서 인기 있는 작품이 된 듯하다. 조선시대에 술 마시는 사람에게 유령과
이백은 존경하는 존재이고 영원히 닮고 싶은 스승이다. 따라서 술에 관한

시조에는 그들에 관한 고사나 시 한두 구절을 인용한 것들이 많다. 그런데 이 작품의 화자는 장황한 인용을 생략하고 '만고 영웅'과 '내 벗'이라는 간단한 표현만으로 자신과 그들을 동격으로 만들어 놓았다. 호탕한 정서가 느껴지면서도 군더더기 없는 깔끔한 표현이 돋보이는 작품이다.

다음 시조는 조금 다른 각도에서 술 마시는 호탕함을 느끼게 하는 작품이다.

> 흔 둘 셜흔 날에 盞을 아니 노핫노라
> 풀 病도 아니 들고 입덧도 아니 난다
> 每日에 病 업슨 덧으란 씌지 말미 엇더리 <시전 3161, 宋寅>

이 시조의 작자인 송인(1517~1584)은 영의정 송질(宋軼)의 손자인데 중종의 셋째 서녀인 정순옹주(貞順翁主)와 결혼하여 후에 여성군(礪城君)에 봉해진 양반 사대부로서, 이황과 이이 등 당대의 석학들과 교유했고 글과 글씨에 능했다.[8] 이처럼 당당한 양반 사대부가 지은 작품인데도 직설적이고 쉬운 표현을 사용하여 입말투로 다소 과장되게 시상을 전개하는 모양이 마치 시정의 술꾼들이 지은 것 같은 느낌을 준다. 술 마시면서 과장 섞인 호기를 부리는 데는 상하귀천이 없다는 사실을 상기시킨다. 아울러 이처럼 당당한 사대부가 도대체 어떤 이유로 매일장취(每日長醉)하려고 하는지 궁금증을 자아내게 하는 작품이다.

> 슐을 醉케 먹고 松亭에 누어시니
> 날 즘생 길 버러지 둥걸노 아는고나
> 두어라 사람 모로는 즘생을 쏘츳 무엇하리 <시사 2494>[9]

---

8) 한국정신문화연구원(1999), 『한국인물대사전』, 중앙 M&B, 1003쪽 참조.
9) '시사'는 박을수(1992), 『한국시조대사전』(아세아문화사)을 줄인 말이고 뒤의 숫자는 이 책에 실려 있는 작품번호이다. 이하 같음.

나니 언제런지 오다 간지 가다 간지
　月松亭 붉은 둘에 뉘 술인지 먹엇더니
　이튼날 술때 주쟈 ᄒ니 아무딘 줄 몰닉라 <시사 5408>

　위 시조들은 절제되지 않은 '음주의 길'[酒道]이 거의 종착점에 다다른
상태를 노래하고 있다. 술 마시는 행위를 등산으로 비유하자면 정상 직전
까지 오른 상태이다.

　앞 시조부터 살펴보자. 술을 취하도록 마시고 그 자리에서 잠이 든다는
모티프는 송강의 가사 <관동별곡> 마지막 부분에도 나온다.[10] 송강이
망양정에 올라 술을 마시며 달이 뜨기를 기다리다가 잠깐 잠이 들었는데,
꿈속에서 신선을 만나 자신의 과거를 듣고 신선과 술을 마시다가 꿈을 깨
니 온 세상에 달빛이 가득하더라는 내용이다. 이 부분은 송강의 시가에
자주 등장하는 '적강한 신선' 모티프와 강원도 관찰사로서 백성들을 잘 다
스리겠다는 의지, 임금의 덕화가 온 세상에 두루 미친다는 생각 등을 은
유적으로 묘사한 문학적으로 대단히 뛰어난 구절이다.

　취하여 잠이 든다는 모티프를 차용한 시조는 이 작품 외에도 세 수가
더 검색되었다. '술을 취하게 먹고 공산(空山)에서 자니 천지가 곧 이불'이
라는 식의 작품들이다. 시조가 워낙 짧은 형식이라 가사처럼 다양한 내용
을 담을 수가 없어서 '취하여 자연에서 잠자기' 모티프만 빌려온 것으로
보인다.

　다시 앞 시조로 돌아가면, 술에 취해 정자에 누워 자는데 날짐승이나
벌레들이 자신을 나무 등걸로 착각하여 거리낌이 없이 오간다. 초 중장은
'자연과 하나 된 모습', '자연과 동화된 모습'이라고 낭만적인 해석을 할

---

10) 송근을 볘여 누어 풋줌을 얼픗 드니/ …… / 나도 줌을 씌여 바다흘 구버보니/ 기픠
　　를 모ᄅ거니 ᄀ인들 엇디 알리/ 명월이 쳔산만낙의 아니 비쵠 딕 업다.
　　정재호 외(2006), 『송강가사』, 신구문화사, 82~83쪽에서 인용.

수도 있겠지만 '인사불성으로 널브러진 취객의 모습'을 상상하는 것이 더욱 현실적일 것 같다. 그리하여 종장의 초탈한 듯한 언술 뒤에 감춰진 진실은 '대취로 인해 몸과 마음이 통제를 벗어난 상태'로 보는 것이 타당하다. 모기나 벌레 등이 귀찮지만 몸이 말을 안 들으니 그대로 내버려둘 수밖에 없는 것이다.

두 번째 시조는 요즘 식으로 표현하자면 '술에 취해 필름이 끊긴 상태'를 노래하고 있다. 밝은 달밤에 술을 마시기 시작했는데 언제 어떻게 갔는지, 언제 왔는지, 누가 사는 술인지, 어디서 마셨는지 기억이 안날 정도로 취했다는 것이다. 아무리 취해서 필름이 끊겼어도 취하기 전의 일은 기억이 나는 법이므로, 이 작품의 화자는 크게 취해 정신을 어느 정도 놓아버린 상태에서 다른 술자리로 이리저리 옮겨 다녔을 가능성이 크다. 초장 첫머리의 감탄사가 종장의 언술과 절묘하게 어우러진 재미있는 작품이다.

위에 인용한 두 작품에서 묘사한 음주행위의 정도는 애주가의 입장에서 보면 '진정한 의미에서 술과 합일된 상태'로서 자신의 호기로운 음주 경력에 빛을 더해주는 낭만으로 받아들여질 수도 있겠다. 그러나 이런 음주행위가, 얼마간의 과장 섞인 문학적 수사에 그치지 않고, 되풀이되는 일상이 된다면 심각한 문제가 아닐 수 없다. 참고로 조지훈 선생은 <주도유단(酒道有段)>의 마지막 단계로서 '폐주(廢酒)'를 상정하고 있다.[11]

2) 절주(節酒), 권주가

앞 절에서 술 마시는 즐거움을 노래한 다양한 시조들을 검토했다. 술 마시는 즐거움은 말로 설명하기 어렵고 직접 경험해 본 사람만이 알 수

---

11) '폐주'는 "술로 말미암아 다른 술 세상으로 떠나게 된 사람"이라고 설명하고 있다.

있다고 주장하는 사람이 많다. 그러나 술 마시는 즐거움에 지나치게 취하다 보면 앞 절의 마지막에 검토한 두 작품을 통해 살펴보았듯이 사회생활에 수많은 문제를 야기한다. 그래서 지나친 음주를 경계하는 말이 나오게 되고, 또 그런 시조 작품도 여섯 수나 검색되었다. 그 중의 두 수만 살펴보자.

나븨는 곳츨 춧고 白鷗는 믈의 노닉
사롬을 酒色外예 議論홈이 比컨대 이 굿거늘
엇지타 만나면 過度ᄒ야 곳과 믈을 탓 숨게 ᄒᆞᄂᆞ요
<시사 635, 金履翼>

취중의 ᄒᆞ는 숑ᄉᆞ 씌고 나면 후회 만타
졀음을 알 양이면 낭픽가 젹으리라
아마도 슐이란 음식은 텬셩이 변귀 쉬워 <시사 4266, 李世輔>

　인용한 앞 시조는 김이익(1743~1830)의 것이다. 김이익은 김창업의 증손으로 병조판서 등 각종 벼슬을 지냈으나, 명분과 원칙을 중시하는 비타협적 성격으로 세 번의 유배생활을 하기도 한 인물이었다. 그의 시조들은 전형적인 사대부의 보수적 정서를 바탕으로 하고 있는데[12] 이 작품도 작자의 그런 정서적 특징을 잘 보여준다. 사람이 주색을 좋아하는 것은 비유컨대 나비가 꽃을 찾고 갈매기가 물을 찾는 것처럼 지극히 자연스러운 일이다. 그러나 사람들이 그것들을 지나치게 탐하여 애매한 꽃과 물(주색-필자 주)을 탓하게 만든다는 것이다. 어떤 상황에서도 흐트러지지 않는 엄격한 절제의 정신이 느껴진다.
　뒤의 작품은 이세보(1832~1895)의 시조이다. 술이라는 것 자체가 사람의 천성을 변하게 하는 음식이니 항상 절제를 해야 하는데 사람들이 절

---

12) 김이익의 인물과 시조에 대해서는 정흥모(2001), 『조선후기 사대부 시조의 세계인식』, 월인, 97~122쪽 참조.

제를 하지 못하여 취중의 행동에 낭패를 겪고 후회하게 된다고 한다. 이 세보는 술 자체의 속성에 대한 경계에 주안점을 둔 반면에 김이익은 주색 자체는 문제가 없으나 사람들이 그것들을 과도하게 탐하는 것이 문제라 하여 미묘한 차이를 보이고 있다. 그러나 절제와 절주를 강조하는 것은 두 작품의 공통점이다.

한편 술자리의 흥을 돋우는 권주가류의 시조도 열여덟 수가 검색되었다. 세 작품만 살펴보자.

> 南山은 千年壽요 北海은 萬年杯라
> 北海의 잔을 드러 南山壽 올이거든
> 오날에 이 술을 잡수시면 千年 萬年 <시사 714>

> 잡으시요 잡으시요 이 슐 한 잔 잡우시요
> 이 슐 한 잔 잡우시면 천만년나 ᄉ오리라 이 술이 술이 아니라 한 무제 승노반에 이슬 밧은 것이오니
> 쓰나 다나 잡으시요 권헐 적에 잡우시오 <시전 2496>

> 졔 것 두고 못 먹으면 王將軍의 庫子오니
> 銀盞 놋盞 다 더지고 砂器잔에 잡으시오 첫지 盞은 長壽酒오 둘지 盞은 富貴酒오 셋지 盞은 生男酒니 잡고 연히 잡으시오 古來 賢人이 皆寂寞ᄒ되 惟有飮者ㅣ 留其名ᄒ니 잡고 잡고 잡으시오 莫惜床頭沽 酒錢ᄒ라 千金散盡 還復來니
> 내 잡아 권흔 잔을 辭讓 말고 잡으시오 <시전 2597>

앞의 두 작품은 장수를 축원하는 권주 시조이다. '북해 만년배'나 '남산수' 등은 '동해물과 백두산이 마르고 닳도록'과 같은 종류의 비유로서 비현실적인 과장을 통해 현실의 간절한 소망을 말하는 역설적인 표현방식이다. 만년배나 남산수, 그리고 한무제의 승로반에 받은 이슬로 만든 술

이라는 표현들은 후대의 권주가에도 계승되어 온다.[13] 대중들의 사랑을 받은 권주가라는 증거이다. 마지막 작품의 초장도 후대의 권주가에 많이 쓰이는 구절이다. 이 작품은 장수와 부귀와 생남(生男)을 구체적으로 기원하고, 중장의 후반부에 이백(李白)의 <장진주(將進酒)> 구절을 직간접으로 차용하면서 타령조로 흐르고 있다.

원래 권주가라는 것이 인생이 무상함을 일깨운다거나 축수하는 말을 통해 술을 권하는 목적이 있는 만큼, 대부분의 작품이 비슷비슷한 소재와 비유적 표현 등을 가지고 있어서 주목할 만한 개성 있는 작품은 그다지 눈에 띄지 않는다.

3. 풍류의 동반자

1) 전원생활의 흥취

조선전기에 자연에서 우주의 이치를 탐구하고 심성을 수양하는 내용을 노래하던 강호시조는 조선후기에 이르러 전원에서의 소박한 삶을 노래하는 전가(田家)시조로 변모하게 된다. 이들 전가시조는 '강호-세속의 배타적 이분법 쇠퇴', '강호 한거의 드높은 감흥과 풍류적 즐거움의 적극적 표출', '전원생활의 구체성을 노래', '술과 취락에 관한 표현 증가' 등의 특징을 보인다.[14] 이들 전가시조들은 '생활과 동떨어진 관조 영역으로서의 강산'이 아닌 '생활에 밀착된 체험의 공간'으로서의 전원을 노래하며,

---

13) 1958년에 등사판으로 출판된 이창배의 『증보 가요집성』(문예출판사), 24~25쪽에 가창가사들과 함께 위 작품과 비슷한 내용의 권주가가 실려 있다.
14) 이에 대해서는 김흥규(1999), 「16, 17세기 강호시조의 변모와 전가시조의 형성」, 『욕망과 형식의 시학』, 태학사, 171~201쪽 참조.

'농가(農家)와 전원에서의 생활 노동'이라는 모티프들을 가지고 있다.[15]

취락시조로 분류된 작품들 가운데 이러한 전원생활의 흥취(興趣)를 술과 함께 즐기는 작품이 150여 수나 된다. 구체적으로 살펴보자.

> 대쵸볼 불근 골에 밤은 어이 뜻드르며
> 벼 뷘 그르헤 게는 어이 누리는고
> 술 닉쟈 체쟝스 도라가니 아니 먹고 어이리 <시전 837>

이 작품은 가을 농촌의 구체적인 모습들을 묘사하면서 생활 속의 취흥을 노래하고 있다. 대추가 붉게 익어가는 가운데 밤은 절로 벌어져 떨어진다. 논에는 벼를 베고 난 그루 사이로 살진 게들이 기어 다닌다. 이것은 관념적인 자연이 아니라 생활에 밀착된 체험의 공간이다. 풍성한 가을의 모습에 술 생각이 절로 드는데 때마침 체장사가 오니 익은 술을 걸러 아니 마실 수가 없다. 가을 농촌의 풍성함에 따른 마음의 여유와 시간적으로 절묘하게 맞아 떨어지는 술을 마시기 위한 조건(체장사의 도래)을 잘 조화시켜 전원생활의 흥취를 표현한 수작이라 하겠다.

이 작품은 작자표기에 혼선은 있지만[16] 총 22개 가집에 실려 있어 가을철 전원생활의 흥취를 노래한 시조의 대표라 할 만하다. 이밖에도 농촌생활에서 체험하는 구체적인 사물들을 동원하여 전원생활의 자족적 흥취를 노래하며, 술을 통해 도도한 풍류를 돋우는 취락시조들이 다수 발견된다.

> 還上도 타와 잇고 小川魚도 어더 잇늬
> 비즌 술 식로 익고 뫼헤 둘이 붉아세라
> 곳 픠고 거문고 이스니 벗 請ᄒ여 놀니라 <시전 3286>

---

15) 위의 논문, 198~199쪽.
16) 작자미상으로 표기된 가집도 있고, 황희, 김굉필, 맹사성으로 표기된 가집도 있다.

이 시조 역시 앞 작품과 비슷하게 전가생활의 흥취를 노래했다. 초장의 환자미를 타 왔다는 표현이나 소천어를 '얻어' 왔다는 표현은 작자의 시선이 전원에 사는 평균적인(즉 관료나 대지주가 아닌) 사람들의 생활에 밀착돼 있음을 보여준다. 그런데 이 작품이 앞에 인용한 작품과 다른 점은 종장에 있다. 앞에 검토한 유형의 시조들은 술을 통해 시적 화자 한 사람의 자족적 흥취를 돋우는 데 주안점이 있었다. 그러나 이 시조는 거기에 '벗'이라는 존재가 추가되었다. 술을 마시며 즐기는 도도한 취흥(醉興)과 풍류는 마음에 맞는 벗이 있음으로써 더욱 즐겁다. 경우에 따라서는 혼자서는 술맛을 느끼지 못하여 친구들과 같이 마셔야만 즐거운 사람이 있다. "得友면 難得酒ㅣ오 得酒면 難得友ㅣ라/ 今夕 何夕고 有酒 有友ㅣ로다/ 두어라 三難이 ㄱㅈ시니 아니 놀고 어니ᄒ리<시전 933>" 하는 작품에서 보듯 친구를 만나는 것이 술 마시는 이유이자 조건인 사람들도 있는 것이다.

다음 작품들은 벗들과 술을 마시며 전원생활의 풍류와 취흥을 즐기는 모습을 노래한 것들이다.

재너머 成勸農집의 술닉닷말 어제 듯고
누은 쇼 발로 박차 언치 노하 지즐트고
아희야 네 勸農 겨시냐 鄭座首 왓다 ᄒ여라 <시전 2532, 鄭澈>

孫約正은 點心을 ᄎ리고 李風憲은 酒肴를 장만ᄒ소
거문고 伽倻금 嵇琴 琵琶 笛觱篥 長鼓 巫鼓 工人으란 禹堂掌이 ᄃ려오시
글 짓고 노래 부르기와 女妓花看으란 내 다 擔當ᄒ옴시 <시전 1673>

앞의 것은 정철의 유명한 시조이다. 작자는 이웃 동네에 사는 친구 집에 술이 익었다는 정보를 얻는다(초장). 좋은 친구와 술을 마시며 도도한 취흥을 맛보고 싶어 마음이 급한 작자는 누워있는 소를 발로 박차 일으켜

세워 안장도 제대로 깔지 않고 부리나케 타고 간다(중장). 득달같이 친구 집에 당도하여 '정좌수'가 왔다고 연통을 넣는다(종장). 정보취득과 이동, 그리고 목적지 도착을 한행씩에 배치하여 빠른 속도감을 줌으로써, 친구와 즐기는 취흥의 기대로 조급한 작자의 심경과 행동을 실감나게 표현했다. 중장에서 보여주는 느긋하게 누워있는 소로 상징되는 농번기가 지난 농촌의 한가로운 풍경과 친구와의 술자리를 향한 작자의 급한 행동의 대비는, 보는 이로 하여금 미소를 띠게 만들며 전원 한거의 흥취를 강화하는 기능을 한다(한가로운 전원생활에서 급한 일이라고는 친구들과의 취락풍류 뿐이다!).

두 번째 작품은 친구들과 풍류놀이를 위해 날을 잡고 그 준비를 하는 과정을 재미있게 노래한 것이다. 먹을 것과 마실 것은 친구들이 준비하고, 취흥을 돋워 줄 악사와 악공들도 친구들이 준비하고, 자신은 글 짓고 노래하는 것으로 멋을 부린 다음에 기생들과 꽃구경을 담당하겠다고 한다. 궂은 일은 남에게 미루고 자신은 편하고 좋은 일만 하고 싶어 하는 것은 인지상정이지만 사회생활을 그렇게 할 수는 없다. 인간 내면에 깊숙이 자리잡고 있는 이기심(혹은 염치없음)을 솔직하게 드러내 사설시조 특유의 웃음을 이끌어내는 기발한 착상의 작품이다. 이런 식의 작품은 취흥이 도도한 술자리에서 불렀을 텐데, 비슷한 작품이 세 수가 더 검색된 것으로 보아 당대의 풍류객들에게 꽤 재미있게 받아들여진 듯하다. 다음 작품들을 보자.

梨花雨 홋터지고 杏花雪이 날닐 적의
靑驢에 술을 싯고 어드러로 向ᄒᆞᆫ요
武陵에 봄 간다 ᄒᆞ믹 餞送코져 ᄒᆞ노라 <시전 2378>

즌서리 술이 되야 滿山을 다 勸ᄒᆞ니

먹어 붉은 빗치 碧溪에 줌겨세라
우리도 醉토록 먹은 後에 붉어 볼가 ᄒ노라 <시전 2664>

　전원생활에서 계절에 따라 변하는 경치를 즐기며 술을 마시는 풍류를 노래한 작품 중에서 두 수를 뽑았다. 첫 번째 시조의 작자는 꽃피는 봄날의 경치를 충분히 즐긴 후에, 떠나는 봄이 아쉬워 내년에 다시 오라며 봄을 전송한다는 핑계로 취흥을 즐긴다. 봄이 시작되면 봄맞이 하는 술을 마시고, 꽃이 피면 봄을 즐기는 술을 마시고, 봄이 가면 전송하는 술을 마시니 전원생활의 취락풍류는 끊일 새가 없이 이어진다.

　두 번째 시조는 가을에 단풍을 보고 즐기는 취락풍류를 노래했다. 온 산에 단풍이 든 것을 나무들이 진서리로 만든 술을 먹어서 붉어졌다고 하는 발상이 참신하다. 우리는 일상생활에서 술 마셔서 얼굴이 붉은 사람에게 '단풍들었다'는 비유를 흔히 쓴다. 그러나 역으로 '서리 맞은 단풍잎'을 두고 서리를 술로 치환시키는 발상은 쉬운 것 같지만 실제로는 '컬럼버스의 달걀' 같은 것이다. 초 중장의 이러한 참신한 발상이 바탕이 되어 종장의 평범한 언술이 평범하지 않게 받아들여진다. 이 작품은 『가곡원류』 계열의 가집을 중심으로 8개 가집에 실려 있어 비교적 늦게 생성되었지만 꽤 인기가 있었음을 알 수 있다.

　지금까지 전원생활의 흥취를 돋우는 기능으로서의 취락에 관련된 시조들을 검토했다. 농가와 전원에서의 생활에 밀착된 취흥, 전원생활에서 마음에 맞는 벗들과의 도도한 취흥, 그리고 계절의 변화에 따라 아름다운 경치를 완상하면서 즐기는 취흥 등을 볼 수 있었다. 그러나 이것만이 취흥의 전부는 아니다. 유적지나 승경을 유람하면서도 술이 빠지면 안 된다. 취락을 추구하는 자에게는 삶의 모든 국면이 술과 연결되는 것이다. 유적지에서의 취흥을 노래한 시조 한 수를 소개하는 것으로 이 절을 마무리한다.

練光亭 칠 欄干에 술을 취코 누워시니
모란峯 츈 부름에 醉호 술 다 씌엿다
童子야 盞 줍고 술 부어라 다시 醉코져 호노라 <시전 2020>

2) 색(色)이 동반된 술

이 절에서는 색과 관련된 취락, 즉 주색풍류에 대한 시조들을 검토한
다. 먼저 주색을 탐닉하는 삶에 대해 노래한 작품들을 살펴보자.

一定 百年 살 줄 알면 酒色 춤다 關係호랴
힝혀 춤은 後에 百年을 못 살면 그 아니 이둘온가
두어라 人命이 在乎天定이라 酒色 춤은들 百年 살기 쉬우랴
                                            <시전 2446>

술 먹어 病 업는 藥과 色호여 長生홀 術을
갑 쥬고 사량이면 춤 盟誓호지 아모 만인들 關係호랴
갑 쥬고 못 살 藥이니 눈치 아라 가며 소로소로호여 百年신지 호리라
                                            <시전 1725>

두 작품에 공통된 화두는 '인생 백년'이다. 첫 번째 시조에서는 인생 백
년 살기가 쉽지 않다고 한다. 조심하고 삼가면서 살아도 백년 살기가 어
려우니 어차피 백년을 못 살 바에는 마음껏 주색을 즐기면서 살겠다고 한
다. 쾌락적인 삶에 대한 가장 일반적인 자기방어의 논리(혹은 변명)이다.
이런 인식의 바탕에는 백년도 안 되는 짧은 인생에서 이룰 만한 가치 있
는 것이 없다는 허무주의가 짙게 깔려있다. 그에 비해 두 번째 시조는 조
금 적극적이다. 술과 색에 지나치게 탐닉하면 병이 들고 장생할 수 없다
는 사실을 알고 있다. 그것을 고칠 수 있는 약이 있다면 만금을 주고서라

도 살 텐데 그런 약이 없으니 조금씩 조절해서 (이 좋은 것을) 백년 동안 누리고 싶다고 한다. 주색에 탐닉하는 삶 자체도 가치가 있다고 생각하는 듯하다.

앞 시조는 주색에 탐닉하는 것에 대한 주위의 비판적 시선을 의식해서 인지 다소 방어적 논리를 펴고 있다. 자신의 삶의 방식에 대해 남들이 하는 비판을 무시할 정도로 확고한 신념을 가지고 있지는 않다고 볼 수도 있다. 이 작품은 『진본 청구영언』에서부터 『가곡원류』계 가집에 이르기까지 22개 가집에 실려 있어, 오랜 세월 동안 많은 사람들에게 사랑을 받았다는 것을 알 수 있다. 이 작품의 논리가 주색에 빠진 사람들에게 좋은 방패가 되었던 셈이다. 이에 반해 뒤의 시조는 남의 시선을 신경 쓸 단계는 뛰어넘은 듯이 보인다. 유일한 관심은 어떻게 하면 '이 좋은 것'을 오랫동안 즐길 것이냐이다. 주색풍류에 관한 한 뒤의 시조가 한 수 위라고 하겠다.

다음으로 주색풍류의 실상을 노래한 작품들을 검토해보자.

> 밋화 사랑타가 난양으로 나려 가니
> 무명초 부평초와 푸엿ᄂᆞ나 담도화라
> 싀장아 연연 잉잉 츄월이 월즁믜 화션이 불너라 완월장취
> <시전 1010>

> 隋城에 明玉出이오 東京에 彩鳳來라
> 紅蓮花 月色裏에 瀛洲仙이 도라 든다
> 아희야 竹葉酒 부어라 醉코 놀가 ᄒᆞ노라 <시전 1697, 金敏淳>

앞 시조는 이를테면 '봄맞이 주색풍류'를 노래한 것이다. 겨울 동안 집 안에서 매화꽃을 보고 즐기던 작자는 봄을 맞아 따뜻한 교외로('난양'을 지명으로 보면 '양(陽)'이란 글자가 그렇게 해석이 될 수도 있다) 내려갔

다. 그곳은 온갖 들풀들이 돋아 있고 도화가 피는 등 벌써 봄이 한창이다. 이렇게 좋은 새봄을 맞이하여 기생들을 불러 완월장취하겠다는 내용이다. 이 작품의 특징은 종장에 있다. '완월장취'할 때 흥을 돋워 줄 기생을 부르는데 무려 다섯 명의 기생 이름이 등장하는 것이다. 질탕한 술자리에 다수의 기생들을 동반하는 것이 이상한 일은 아니지만 한 편의 시조에 다수의 기생 이름이 등장하는 것은 분명 흥미로운 현상이다.

그런데 두 번째 시조에도 역시 다수의 기생 이름이 등장한다. 수원 출신의 명옥과 경주 출신의 채봉, 그리고 영주선이라는 기생들과 붉은 연꽃 핀 달밤에 죽엽주를 마시며 실컷 놀겠다는 내용이다. 이 시조의 작자인 김민순(1776~1859)은 안동 김문 출신이었으나 서자인 관계로 높은 벼슬을 하지 못하고 서울에 살며 풍류를 즐긴 인물이다.[17] 김민순의 시조는 주로 『육당본 청구영언』에 실려 전한다. 이 가집은 1834년 이후부터 1852년 사이에 편찬된 것으로 추정되는데, 순조의 아들인 익종[孝明世子] 주변에서 활동하던 상류층과 익종이 궁궐에서 주관한 정재에 참여했던 전문 가창자들의 작품이 많이 실려 있는 것으로 보인다.[18] 다시 말하면 19세기 전반 서울에 살던 인물들의 정서를 대변하는 시조들이 많이 실려 있다는 것이다.

알고 있듯이 19세기의 서울은 도시 확장과 상업 발달로 인한 부의 증가를 배경으로 소비적 유흥문화가 활발했다. 이러한 유흥문화에 힘입어 다수의 기생을 동반한 질탕한 술자리와 그 자리에 참석한 기생들의 이름을 거리낌 없이 시조에 등장시킬 수 있는 분위기가 마련된 것이다. 김민순은 이런 서울의 유흥문화의 한 복판에서 풍류를 즐긴 사람으로, 위 시조는 19세기 서울의 소비적 유흥문화의 한 단면을 보여준다. 이런 자리에서 기

---

17) 김민순의 삶과 시조에 대해서는 정흥모(2001), 앞의 책, 125~143 참조.
18) 김용찬(2002), 「<청구영언 육당본>의 성격과 시가사적 위상」, 『조선후기 시가문학의 지형도』, 보고사, 222~234쪽 참조.

생은 풍류객과 애틋한 사랑을 나누는 일대일의 관계가 아니라 단지 술자리의 흥을 돋우는 '기생일반'의 존재가 된다. 유흥문화의 상품으로 소비되는 존재인 것이다. 이런 자리에서는 풍류객들에게도 서로 마음을 주고받는 특정한 기생이 필요한 게 아니라 취흥을 돋워주는 존재로서의 '기생일반'이 필요하다. 한 편의 시조에 여러 명의 기생이 출현하는 것은 이런 상황을 반영한 것이다.

첫 번째 인용한 시조도 『남훈태평가』와 『시여』에만 출현하는 것으로 보아 19세기에 창작된 것이다.[19] 따라서 이 두 시조는 19세기 소비적 유흥문화에 바탕을 둔 주색풍류의 실상을 보여준다는 점에서 주목할 만하다.

> 酒色을 삼가ᄒ란 말이 녯 사름의 警誡로되
> 踏靑 登高節에 벗님ᄂᆡ 드리고 詩句를 을풀 제 滿樽 香醪를 아니 醉
> 키 어려왜라
> 旅館에 殘燈을 對ᄒ야 獨不眠홀 직 玉人을 만나 아니 자고 어니ᄒ리
> <시전 2637>

이 작품은 총 36개의 가집에 수록되었으며 이와 비슷한 작품이 두 수가 더 검색되었다. 주색을 삼가야 한다는 것은 누구나 아는 일이지만 현실에서 이것을 실천할 수 있는 사람은 진실로 성인에 가까울 것이다. 이 시조는 주색을 탐닉해서는 안 되는 줄 알면서도 어쩔 수 없이 끌려들어가는 보통사람들의 심정을 재미있게 표현했다. 그러나 작자는 주색을 삼가지 못한 것을 진지하게 후회하지는 않는다. 종장의 마지막 구절 '아니 자고 어니ᄒ리'에 나타난 정서는, 그래서는 안 되지만 자기도 어쩔 수 없다는, '즐거운 항복'의 분위기이다. 아마도 이것이 보통사람들이 주색에 대해 가

---

19) <남훈태평가>는 1863년에 편찬된 것이 아닐까 추정하고 있으며, <시여>는 <남훈태평가> 계열의 가집으로 추정된다. 이에 대해서는 심재완(1972), 『시조의 문헌적 연구』, 세종문화사, 62~64쪽 참조.

지는 일반적인 정서일 터인데 그런 정서를 잘 표현한 점이 이 작품의 인기 비결일 것이다. 우리는 이 작품을 읽으면서, 질탕한 술자리에서 능청스런 표정으로 엮어나가는 노래를 들으며 맞다고 무릎을 치며 깔깔대는 얼굴 붉은 풍류객들의 모습을 떠올릴 수 있다.

4. 삶의 위안물

1) 무상, 시름

이 절에서는 인생이 무상하다는 생각에서 오는 허무감과 이러저러한 삶의 시름을 잊기 위해 술을 마시는 시조들을 검토한다. 전체적으로 70여 수가 검색되었다.

> 萬頃 滄波水로도 다 못 씨슬 千古愁를
> 一壺酒 가지고 오늘이야 씨서괴야
> 太白이 이러홈으로 長醉不醒 ᄒᆞ닷다 <시전 961, 李鼎輔>

> 술 먹고 노난 일을 나도 윈 줄 알건마는
> 信陵君 무덤 우희 밧 가는 줄 못 보신가
> 百年이 亦草草ᄒᆞ니 아니 놀고 엇지ᄒᆞ리 <시전 1719, 申欽>

앞 시조의 작자는 만경창파의 바닷물로도 다 씻지 못할 '천고수(千古愁)'를 술을 마심으로써 씻었다고 한다. 종장에서 이백을 언급하여 천고수의 구체적인 내용을 암시한다. 이백은 <장진주(將進酒)>에서 '세월이 빨리 흘러 한 번 가면 돌아오지 않음을 한탄한 뒤, 부귀영화도 죽고 나면

다 부질없으니 술을 마셔 '만고수(萬古愁)'를 녹여보자'고 했다.[20] 오래된 수심이란 결국 인생이 무상하다는 데에서 오는 근심이다. 인생이 무상하다는 명제는 조선시대 사대부 식으로 말하면 '우주의 이법'으로서 인간이 마음대로 바꿀 수 있는 것이 아니다. 인간의 힘으로는 어찌할 수 없으므로 술에 취해서라도 잠시 그 근심을 잊고자 한다는 것이니, 술 마시는 다양한 이유 중에 가장 설득력이 있다고 할 수 있다.

뒤의 시조는 인생무상에 대해 구체적인 예를 들어 말하며 취락을 강조한다. 신릉군처럼 부귀하고 인망이 있던 사람도 죽으면 잊혀질 뿐만 아니라, 설사 그렇게 백년을 산다 해도 백년이라는 시간은 화살같이 빠르게 흘러가는 것이니[21] 술 마시고 놀지 않을 수 없다는 것이다. 이 두 시조가 각각 19개 가집과 28개 가집에 출현하는 것을 보면 당대의 풍류객들이 술 마시는 이유로서 인생무상을 드는 것에 많은 공감을 했음을 알 수 있다. 다른 작품들을 좀 더 살펴보자.

> 내 부어 勸ᄒᆞᄂᆞᆫ 盞을 덜 머그려 辭讓 마소
> 花開 鶯啼ᄒᆞ니 이 아니 됴흔 쌘가
> 엇더타 明年看花伴이 눌과 될 줄 알리오 <시전 575, 金天澤>

> 뷘 손으로 나와싸가 뷘 손으로 들어가내
> 죽은 後 錦衣玉食 不如生前 一盃酒ㅣ로다
> ᄒᆞᆯ믈며 壽夭長短 뉘 아더냐 살아신 제 놀니라 <시전 1348, 金友奎>

---

20) 해당 구절을 적시하면 다음과 같다. "君不見黃河之水天上來 奔流到海不復廻 又不見高堂明鏡悲白髮 朝如靑絲暮如雪 …… 鐘鼎玉帛不足貴 但願長醉不願醒 古來賢達皆寂寞 惟有飮者留其名 …… 與爾同銷萬古愁". 『고문진보』(1928), 卷之七, 세창서관, 57쪽.

21) 종장의 '초초(草草)'는 '수고롭고 고되다'는 뜻과 '바쁘고 급하다'는 뜻이 있다. 전자의 뜻으로 해석해도 무리가 없겠으나 중장과의 연관성을 생각하면 후자의 뜻으로 해석하는 것이 자연스럽다.

첫 번째 시조의 화자는 나이가 지긋하여 인생의 황혼기에 접어든 인물이다. 꽃 피고 꾀꼬리 지저귀는 좋은 봄날을 맞이했으니 술을 사양하지 말라 한다. 여기까지는 흔한 전개로 특이할 것이 없으나 종장에 이르면 그 표현의 절실함이 보는 이(혹은 듣는 이)의 탄식을 자아낸다. 젊어서 온몸에 활력이 도는 사람들이야 죽음을 남의 일처럼 생각하지만, 하루하루 몸이 예전 같지 않음을 느끼는 인생의 황혼기에 들어선 사람들은 내년 봄을 기약하기 어렵다. 이런 상황에서 느끼는 인생무상은 '관념이 아닌 눈앞의 현실'이 된다. 한 번의 봄이라도 더 맞이하고 한 잔의 술이라도 더 마시고 싶은데 무정한 세월은 내일을 기약하기 어렵게 만든다. '明年看花伴이 눌과 될 줄 알리오'라는 표현 속에서 무정하게 흘러가는 세월을 안타까워하는 절절한 심정을 느낄 수 있다. 인생무상이라는 소재를 자신의 체험으로 녹여 낸 빼어난 작품이다.

두 번째 시조는 인생무상을 주제로 한 작품들에 가장 많이 등장하는 발상과 비유를 사용하고 있다. 인생은 '공수래공수거(空手來空手去)'인데 죽은 후에 금의옥식(錦衣玉食)이 무슨 소용 있겠는가, 살아 있을 때 마시는 박주 한 잔만 못한 것이라는 내용이다. 이처럼 '죽은 후에는 모두 소용없으니 살아 있을 때 술을 마시자'고 직접적으로 노래하는 작품들은 문학적으로 뛰어난 비유와 형상화를 보여주지는 못하지만 나름대로 당대인의 공감을 얻은 듯하다. 정철의 <장진주사>를 필두로 열 수가 검색되었다.

다음으로는 굴곡진 삶의 시름을 잊고자 술을 마시는 시조들을 살펴보자. 시름이라는 단어가 본래 포괄적인 의미를 가지고 있어서 인생무상이나 다음 절에서 검토하고자 하는 '세상과의 불화' 같은 것도 넓은 의미의 '시름'으로 분류할 수도 있겠다. 그러나 여기서는 ① 시름이라는 단어가 적시되어 있는 작품, ② 그러면서도 인생무상이나 세상과의 불화를 직접적으로 암시하지 않은 작품들을 대상으로 했다.

술을 醉케 먹고 두렷시 안자시니
億萬 시름이 가노라 下直흔다
아희야 盞 て득 부어라 시름 餞送 흐리라 <시전 1740, 鄭太和>

이러니 져러니 말고 술만 먹고 노새 그려
먹다가 醉커든 머근 재 줌을 드러
醉흐고 줌든 덧이나 시름 닛쟈 흐노라 <시전 2285>

　　술을 마시면 소심하던 사람도 대범해지고 비관적이던 사람이 터무니
없이 낙관적이 되기도 하며 전에 없던 자신감이 솟아나기도 한다. 첫 번
째 시조의 중장은 그런 상황을 말함이다. 그러니 시름을 '전송'하기 위해
서라도 술을 마셔야 한다. 두 번째 시조에서는 취해서 잠든 동안만이라도
시름을 잊고자 한다. 취한 상태로는 시름을 완전히 잊기 어렵고 잠이 들
어서야 잊을 수 있다고 하니 첫 번째 시조보다 더욱 심각하다. 동양의 고
전에서 풍류객들이 왜 천일주(한 번 마시면 천 날 동안 취하여 깨지 않는
다는 술)를 최고의 술로 인정하는지 이 시조를 통해 이해할 수 있다. 깨어
있는 동안에는 온갖 시름이 일어나니 항상 술이 취해 몽롱한 상태로 인생
의 시름을 잊고 싶은 것이다. 또한 취락시조에 자주 등장하는 '~장취(長
醉)'라고 하는 말도 단순히 술을 많이 마셔서 길게 취한다기 보다는 오랫
동안 취한 상태로 있으면서 시름을 잊고자 하는 의미로 받아들일 수 있겠
다. 첫 번째 시조는 35개 가집에, 두 번째 시조는 15개 가집에 출현하여
당대인들에게 '시름'이 술 마시는 중요한 이유가 됨을 알 수 있다.

벼슬을 져마드 흐면 農夫흐니 뉘 이시며
醫員이 病 곳치면 北邙山이 져려흐랴
아희야 盞만 부어라 닉 뜻딕로 흐리라 <시전 1228, 金昌業>

이 시조는 시름이라는 단어가 직접 나오지는 않지만 시름의 구체적 내용을 적시하고 있어 주목된다. 초장은 인간세상의 계급 혹은 역할의 분담에서 오는 시름에 관한 것이다. 인간이라면 누구나 높고 빛나는 자리에서 만인의 우러름을 받으며 보람 있는 일을 하고 싶어 하며 세속적인 출세를 지향한다. 그러나 벼슬아치가 있으면 농부도 있어야 하고 상전이 있으면 하인도 있어야 하는 것이 세상의 이치이다. 이러한 이치는 같은 계층 내부에서도 마찬가지로, 양반이라고 다 벼슬을 할 수 있는 것은 아니다. 소수의 현역 벼슬아치와 다수의 벼슬 예비군이 얼마 안 되는 벼슬자리를 놓고 갈등과 대립과 타협을 하면서 전체적인 균형을 잡아가는 것이 세상의 법칙이다. 그러므로 자신의 이상과 현실적 지위 사이의 간극으로 인한 내면의 갈등은 사회적 인간으로서 필연적이라 할 수 있다. 중장은 삶의 유한성, 즉 인생무상으로 인한 시름을 말하고 있다. 생명이 있는 존재는 모두 죽게 된다는 이치를 이성으로는 이해하면서도 자기 자신만은 좀 더 오래 살고 싶어 발버둥치는 것이 보통 사람들이다.

그러나 작자는 우주자연의 이법과 인간사회의 이치를 알고 있기에 온갖 시름을 불러오는 헛된 욕망으로부터 한 걸음 물러나서 술 마시는 것으로 소일하고자 한다. 다른 사람들은 시름을 잊고자 술을 마시지만 작자는 벌거벗은 인간 욕망의 부딪힘으로부터 거리를 두려는 목적으로 술 마시는 삶을 택했으니, 범인들이 쉽게 따라 할 수 있는 경지가 아니다.

34개 가집에 실려 있는 이 작품은 가집에 따라 김창업 혹은 석교(石郊), 혹은 무명씨 작으로 되어 있다. 대대로 높은 벼슬을 한 명문가에 태어나 뛰어난 학식과 예술적 재능이 있음에도 권력다툼이 싫어 벼슬을 사양하며 숨어 살았던 김창업의 일생과 이 작품의 정서가 상통하는 점이 있다.

2) 세상과 불화

이 절에서는 세상과의 불화로 인하여 속세와 거리를 두고 살면서 술을 통해서 위안을 받으려는 작품들을 살펴본다.

> 느저 날셔이고 太古 쩍을 못 보완쟈
> 結繩을 罷흔 後 世故도 하도 홀샤
> 출하로 酒鄕에 드러 世界를 니즈리라 <시전 693, 申欽>

> 이러니 저러니 ᄒ고 世俗 긔별 傳치 마소
> 남의 是非ᄂᆞᆫ 닉의 알 빅 아니로다
> 瓦樽에 술이 익어시면 그를 죠화 ᄒ노라 <시전 2287>

첫 번째 시조에서 작자는 세상에 번거로운 일[世故]이 너무 많아서 차라리 술 마시며 이 세상을 잊고자 한다. 그런데 세상에 번거로운 일이 많아진 이유가 문명이 발달했기 때문이라 한다. 중장의 '결승(結繩)'이란 고대에 문자가 없던 시절에 끈을 맺는 방법으로 의견을 교환하고 사물을 기억하도록 한 풍속을 이름이다. 문자가 발명되고 인지(認知)가 발달하자 태고의 순박한 풍속이 사라져 각종 명분과 이해관계의 대립으로 갈등과 투쟁이 많아졌다는 것이 작자의 현실인식이다. 그러나 역사의 수레바퀴를 되돌려 태고적 순박한 풍속으로 돌아갈 수는 없으니 세상과 불화할 수밖에 없다. '世界를 니즈리라'는 종장의 언술은 세상과 불화하는 작자의 심리상태가 매우 심각함을 알게 해준다.

두 번째 시조의 작자는 세상 시비에 휘말리는 것을 경계한다. 당쟁과 권력 암투가 심했던 조선사회에서 속세의 시비에 말려들었다가 패가망신하는 경우가 허다했기 때문에, 작자는 '세상 긔별'에 관심을 끊고 술이나 마시며 조용히 살고자 한다. 옳고 그름, 희고 검은 것이 권력의 향배에 따라 수시로 바뀌는 세상에서 명을 보존하고 살려면 세속의 시비를 모른 체할 수밖에 없다. '세상 시비는 알 바 없고 술이나 마시며 살겠다'는 시조가여섯 수나 더 검색이 되어 당대 사회에 당쟁과 권력투쟁으로 인한 스트레스가 심각했다는 사실을 알려준다.

> 씌면 다시 먹고 醉ᄒ면 누어시니
> 世上 榮辱이 엇덧튼동 닉 몰닉라
> 平生을 醉裡乾坤에 씰 날 업시 먹으리라 <시전 130, 金天澤>

> 大丈夫ㅣ 天地間에 히올 일이 바히 업다
> 글을 ᄒ쟈 ᄒ니 人生識字憂患始오 칼을 쓰쟈 ᄒ니 乃知兵者是凶器
> 로다
> 츌ᄒ로 靑樓 酒肆로 오락 가락 ᄒ리라 <시전 831>

위에 인용한 김천택의 시조는 세상과의 불화가 돌이킬 수 없는 지경에이르렀음을 보여 준다. 초장과 종장을 통해서 작자는 하루라도 깨어 있고싶지 않다고 한다. 그렇게 된 것은 자신의 뜻과는 무관하게 돌아가는 '세상 영욕' 때문이다. 중인 출신인 작자에게 조선의 엄격한 신분제도는 넘을 수 없는 벽이었다. 넘을 수 없는 장벽 앞에서 좌절한 작자가 선택할 길은 많지 않다. 신분을 차별하지 않는 자연을 벗 삼아 살거나[22], 그래도 좌절감을 이기지 못 하면 술에 취해 잊는 수밖에 없다. 이 시조는 조선시대에 중인층들이 세상과 불화할 수밖에 없는 상황을 노래했다.

두 번째 시조는 다른 측면에서 극단적인 정서를 보여 준다. 학식이 있으면서 근심과 환난이 시작됨을 알기에 글공부를 할 수도 없고, 병사(兵

---

22) 雲霄에 오르견들 ᄂ래 업시 어이 ᄒ며
  蓬島로 가쟈 ᄒ니 舟楫을 어이 ᄒ리
  츌하리 山林에 主人되야 이 世界를 니즈리라 <시전 2206, 김천택>

事)를 아는 것은 흉기와 같이 위험함을 알기에 이것을 배우기도 내키지 않는다. 그러니 주사청루를 오가며 보낼 수밖에. 이런 식의 언술은 세로 (世路)의 험함을 경계하기 위한 과장된 수사로써는 어느 정도 공감할 수 있겠으나 실제 행동의 근거로 삼기에는 생각할 점이 많다. 실제로 조선시대에 이 작품에서 말하는 근거로 자식들에게 아무런 공부를 시키지 않거나 스스로 공부하지 않는 양반은 거의 없었을 것이다. 따라서 이 작품을 양반이 지었다면 그것은 주사청루를 오가는 자신의 행동에 대한 군색한 변명으로 받아들여야 할 듯하다. 그러나 중인층이 지은 것이라면 넘을 수 없는 신분제의 장벽 앞에서 이런 식으로라도 자신을 위로해야 하는 일면의 진정성을 인정할 수 있다.

雌黃 奔競ㅎ미 썰치고 故園의 오니
濁酒 半壺의 淸琴 橫床 쓴이로다
다만지 生計은 잇고 업고 시름 업셔 ㅎ노라 <시전 2485, 申喜文>

이 시조의 작자인 신희문은 생몰년대를 알 수 없지만 익종 주변에서 활동하던 전문 가창자로 추정되는 인물이다.[23] 작품을 살펴보자. 자황은 유황과 비소의 혼합물이다. 옛날에 시문의 잘못된 곳을 자황을 칠하여 정정한 데서 유래하여 시문의 어구를 고치는 것을 가자황(加雌黃)이라 한다. 분경이란 몹시 다투다는 뜻으로 옛날의 엽관운동(獵官運動)을 일컬음이다. 따라서 자황분경은 연줄이나 돈으로 벼슬자리를 사는 바람에 관직에 임용되는 사람의 이름이 자주 바뀌는 세태를 풍자하는 말이다.[24] 매관매직이 횡행하는 세태에 염증을 느껴 고향으로 돌아와 술과 거문고로 소일하니 살림은 구차해도 마음은 편안하다는 내용이다. 전문 가창자인 신희

23) 김용찬(2002), 앞의 논문, 같은 곳 참조.
24) 정흥모(2001), 앞의 책, 128~129쪽.

문은 양반은 아니었을 것이므로 자신이 자황분경의 직접 주체나 대상은 아니다. 그러나 익종 주변의 상류층 인사들과 풍류를 통해 교류하는 과정에서 이러한 세태를 목격하고 이 작품을 지었을 가능성이 있다. 중인 출신의 전문 가창자인 김수장이 양반 사대부적 의식에 바탕을 둔 시조를 다수 창작했던 사실을 고려하면 충분히 가능한 추론이다.

5. 맺음말

이 글은 취락을 소재로 한 358수의 시조 작품을 대상으로 술을 마시는 이유, 술 마시는 상황, 마시는 사람에게 술이 어떤 작용을 하는가 등을 검토하여 취락시조를 세 부류로 나누고 작품의 실상을 검토했다. 앞의 논의를 요약하여 이 글의 결론에 대신하고자 한다.

첫째로, 술 마시는 것 자체를 좋아하여 즐기는 대상으로서의 술을 노래한 부류로 70여 수의 작품이 있었다. 이런 부류의 시조들은 매일장취(每日長醉)하는 것과 주량의 많음을 자랑하기도 하며, 자신을 유령(劉伶)과 이백(李白)에 비유하기도 하고, 심지어는 죽어서도 술과 가까이하고 싶다고 노래한다. 술이 취해 몸과 마음을 가누지 못할 정도가 된 상황을 암시하는 시조도 있다. 한편 지나친 음주로 인한 폐단을 경계하는 시조와 권주(勸酒)시조도 있다.

둘째로, 풍류적인 삶에 흥취를 돋우기 위해 술을 즐기는 부류로 190여수의 작품이 있었다. 이들은 농가와 전원에서의 생활에 밀착된 취흥과 마음에 맞는 벗들과의 도도한 취흥, 그리고 계절의 변화에 따라 아름다운 경치를 완상하면서 즐기는 취흥을 노래한 작품들이 많았는데, 생활의 각 국면마다 풍류적인 감정을 돋우는 매개물로써 술을 마시는 모습을 보여주고 있다. 그리고 주색풍류를 노래한 시조도 20여 수가 있었다. 이 부류의 시조들은 소박하게 술을 즐기는 작품도 있고 질탕하게 술을 마시는 작품들도 있어서 그 폭이 넓은데, 이는 풍류 자체의 폭이 넓음에 기인한다.

셋째로, 삶의 위안물로서의 술을 노래한 시조들로 100여 수가 검색되었다. 인생이 무상하다는 생각에서 오는 허무감을 극복하기 위해 술을 마시기도 하고, 이러저러한 삶의 시름을 잊기 위해 술을 마시기도 했다. 또 세상과 불화하여 느끼는 세상에 대한 소외나 좌절, 혐오의 감정을 위로하고자 술을 마시는 모습도 있었다.

사람들이 술을 마시는 이유가 단순할 때도 있지만 어떤 경우에는 복합적인 이유로 술을 마시기도 하기 때문에, 취락시조에 대한 이러한 분류가 논의의 편의를 위한 자의성을 내포할 수도 있을 것이다. 또한 한 작품 안에 두세 가지 부류의 내용을 담고 있는 시조도 존재하여 이런 분류가 완전히 정확하다고 장담할 수는 없다. 그렇다고 해도 이 글에서 취락시조를 분류한 방식이 360여 수나 되는 취락시조의 다양한 모습을 파악하기 위한 시도 중의 하나로 이해되었으면 한다.

통계 분석을 통해 본 고시조의 내면 풍경과 시대적 변모 양상

이 형 대*

1. 접근 시각

이 논문은 고시조 가운데 유명씨 작품 전체를 대상으로 하여 그 내면 풍경의 양상과 변화의 추이를 통계적 분석을 통해 거시적으로 계측해 보는 것을 목적으로 한다. 대규모 시조 자료를 데이터베이스로 구축하고 색인어를 부여한 다음, 통계 처리를 하여 시조사의 커다란 흐름을 객관적으로 드러내는 연구는 지난 1990년대부터 김흥규 교수 주도로 꾸준히 진행되어 왔다.[1] 연구 성과가 축적되는 동안 데이터베이스의 정보 표지 또한

---

* 고려대학교

1) 대표적인 연구성과는 다음과 같다. 김흥규(1995), 「고시조 데이터베이스의 색인어 검색 및 분석 방안」, 정광 외, 『한국어 데이터베이스의 설계 및 응용을 위한 기초 연구』, 민음사; 김흥규 외(1998), 「색인어 정보 연산에 의한 고시조 데이터베이스의 분석적 연구」, 『한국시가연구』 3, 한국시가학회; 김흥규·권순회(2002), 『고시조 데이터베이스의 계량적 분석과 시조사의 지형도』, 고려대 민족문화연구원출판부; 김흥규(2006), 『고시조 내용소의 분포 분석과 시조사적 고찰』, 고려대학교 민족문화연구원출판부; 김흥규(2009), 「16~19세기 양반층 시조와 그 심상공간의 변모」, 『한국시가연구』 26, 한국시가학회.

확장·개선되어, 초기의 무명씨/유명씨 등 단순 분류 모형에서 개별 작가들의 활동시대와 사회적 계층에 따른 분석적 접근이 용이해졌다. 이로써 양반시조에 형상화된 심상공간의 시대적 변모 추이를 명증하게 드러내는 성과가 제출되기도 하였다.

하나의 작품을 완결된 미적 결정체로 간주하고 이에 대한 섬세한 분석이 문학 연구의 본령이라고 여기는 입장에서는 대규모의 작품 군집을 대상으로 한 통계적 접근이 여전히 거북살스러울 수 있다. 그러나 시조와 같이 5세기에 걸쳐 6,000종 이상이 산출된 장르의 경우 전반적인 변모의 추이를 가늠할 때, 계량화된 수치가 유효한 근거를 제공해 줄 수 있다. 일찍이 피터 리는 사랑을 모티프로 삼은 동서양의 시가를 분석하면서 서양의 시에서는 주로 진행 중인 사랑에 대한 기쁨의 정서를 노래하는 것이 많은 반면 동아시아의 시가, 그리고 한국의 고전시가는 헤어진 님에 대한 그리움이나 별리의 슬픔을 노래한 작품들이 더 많다고 지적한 바 있다.[2] 그러나 이는 그가 읽어 보았던 작품들을 머릿속에 떠올리며 헤아려 본, 개략적인 추정일 뿐 명료한 수치적 근거는 없다. 이럴 경우 내용소 분포 분석에 관한 통계 자료가 활용된다면 좀 더 객관적이고 정밀한 분석이 가능할 것이며, 논증의 설득력을 높일 수 있을 것이다.

이 글에서는 선행 연구의 성과로 제출된 고시조 내용소 분포 분석에 관한 통계 자료를 활용하여 우리 고시조 전반의 내면 표출 양상을 검토해 보고자 한다. 내용소를 활용한 기존의 연구는 주로 13개 부문의 311항목의 내용소 색인어 전체의 시대별 분포 양상을 주요 관심사로 삼아 시조사의 흐름을 계측하였다.[3] 이러한 연구는 무엇보다도 주제사적 관점에서

---

2) Peter H. Lee(1979), *Celebration of Continuity: Themes in Classic East Asian Poetry*, Cambridge, Massachusetts and London: Harvard University Press, pp.94~143.

3) 현재 고려대 민족문화연구원의 표준텍스트 연구실에서는 현존하는 시조의 문헌자료를 집성하여 새롭게 데이터베이스화는 작업을 진행하고 있다. 이와 더불어 약

고시조의 지속과 변모의 역동적 추이를 객관적으로 포착하였다는 점에서 충분히 평가할 만하다. 그러나 분석의 범위가 넓을수록 논증의 양상은 구체성에서 멀어지게 마련이다. 비록 계량적 분석이라 하더라도 작품의 주요 내용과 특질을 담아내고 있는 내용소 전체를 포괄하자면 세부 국면에 대한 해석의 밀도는 떨어질 수밖에 없는 것이다. 따라서 보다 진전된 성찰을 위해서는 부문별 접근이 긴요하리라 본다. 본고에서는 13개 영역의 내용소 가운데 화자의 내면 표출과 긴밀하게 관련되는 ① 관념·의식, ② 심적 태세, ③ 감정, ④ 소망 등의 4개 부문만을 집중적으로 검토하고자 한다.

본고에서 이 부문을 우선적으로 주목하는 이유는 시조가 내면의 심정이나 욕구와 같은 주관적 감정을 표출하는 서정 양식이기 때문이다. 그러나 시조가 서정적 갈래라 하더라도 E. 슈타이거의 정의처럼 '돌연 솟아 올랐다가 이내 형체 없이 사라지는 찰나의 정조'라고 풀이되는 '회감', 즉 '내면에 이는 순간적인 감정'만을 핵심적인 요소로 삼는다고 보기는 어렵다.[4] 주지하다시피 시조는 사대부층의 미의식과 세계관에 조응하는 담백한 언어와 절제된 형식을 갖추면서 성립되었으며, 서정주체의 순수한 정감뿐만이 아니라, 자연에서 당연의 원리를 발견하고 그것과의 일체화 또는 조화로움을 추구하는 유자적 가치관이 확신에 찬 어조로 제시되기도 한다. 찰나의 정조와는 거리가 있는 집단적인 오랜 신념이나 가치 지향이 '심미적 이념형'[5]으로 표상되고 있는 것이다. 이 때문에 시조에 담긴 작자의 내면풍경을 온전하게 이해하기 위해서는 개체의 주관적 정감뿐만 아

6,300여 개의 표제 작품을 대상으로 내용소 색인어 체계를 조정하여 색인어를 부여하는 작업이 수행되고 있다. 이 작업이 완료된다면 보다 광범위한 자료 기반의 색인어 통계분석이 가능할 것이다.

4) E. 슈타이거 저(1978), 이유영·오현일 역,『시학의 근본개념』, 삼중당, 17~180쪽.

5) 이 용어는 김홍규(2009), 위 논문, 262쪽 참조.

니라, 집단적 관념이나 관습적 규율 등을 동시에 고려해야 한다. 여기에서 다루고자 하는 내용소 영역 가운데 ③ 은 전자, ① 은 후자의 요소들과 긴밀한 관련이 있으며, ② 와 ③ 은 그 중간 지대에 속한다.

그러나 하나의 서정 양식 내에서도 문학적 전범은 시대에 따라 달라지고, 특히 시조와 같이 후대로 갈수록 담당층의 현저한 확장을 보인 갈래라면, 내면세계 구성요소의 시대적인 분포 양상과 그 비중은 상당한 변화를 보였을 것으로 예상된다. 본고에서는 16세기에서 19세기까지의 기명 작가 작품을 대상으로 내면세계의 변모 추이를 검토해 보고자 한다. 이를 통해 한국 시조사의 내면 공간이 어떠한 내용 요소들로 구성되고 시조사의 흐름 속에서 어떠한 변화의 추이를 보이는지에 대한 거시적이면서도 정밀한 이해의 구도가 마련될 수 있기를 기대한다.

2. 내용소 색인어의 구성 및 분석의 방향

고시조의 내면 공간 구성과 그 변모 추이를 살피기 위한 내용소 분석의 기본 자료로는 2006년에 발간된 김흥규 교수의 통계자료를 활용하기로 한다.[6] 이 책은 5,180수의 고시조 작품을 대상으로 하여 300여 종의 내용소 색인어를 부여하고, 이를 통계 처리하여 시대적 분포 양상을 제시하고 있다. 이 글에서 주목하는 바, 내면의식이나 정감 표출과 관련된 색인어 분류 항목은 다음과 같다.

---

6) 김흥규(2006), 『고시조 내용소의 분포 분석과 시조사적 고찰』, 고려대 민족문화연구원출판부.

번호	영역	내용소 색인어
①	관념·의식	윤리, 권계, 善政, 송축, 君恩, 연군, 충절, 정절, 慈愛, 효성, 부모은혜, 우애, 신의, 介潔, 淸雅, 덕망, 결백, 금욕, 절제, 검약, 무상, 이법
②	심적 태세	자족, 안빈, 한정, 고흥, 탄로, 회고, 의기, 호기, 태평, 慨世, 울분, 달관, 체념, 자긍, 자만, 自嘲, 自慰, 우매, 未練, 세속초탈, 자책
③	감정	기쁨, 시름, 그리움, 원망, 질투, 혐오, 한탄, 향수, 가족생각, 뒷걱정, 안타까움, 무관심, 외로움
④	소망	부귀, 공훈, 장수, 更少年, 화목, 가문번성, 무병, 세속지락, 풍채, 부부해로, 부모봉양, 소식, 상봉, 설분, 풍농, 풍어, 결신, 장생불사

이상의 색인어 설계의 전략이나 부여 원칙에 대해서는 선행의 연구가 자세하므로 불필요한 반복을 피하고자 한다. 다만 본고의 논의 전개와 관련하여 내용소의 부문별 영역 설정에 대하여 약간의 설명을 덧붙이고자 한다. ① 관념·의식의 영역이 포괄하고 있는 색인어는 '작품의 주제 내지 지배적이거나 중요한 몫을 차지하는 관념, 의식, 가치 등'을 표시하는 것이다. 실제의 색인어들은 유가의 이데올로기나 덕목, 정치적 신념이나 규범적 가치 등을 내포하는 추상어들이다. 이러한 색인어들이 서정시와 어울릴 수 있을까? 요즘의 관점에서 볼 때, '사회에 일반화된 이념을 자신의 언어로 말한다는 것은 유교적 교양인의 태도로는 어울릴지 모르지만 서정시로는 적합하지 않다[7]는 진술은 지극히 타당하다. 그러나 이렇게 지적한 선학(先學)도 시인이 고립된 상황에서 내면을 성찰하고 세계를 관조함으로써 보편적 이념을 자신의 것으로 흡수해 낼 때 서정 표출에 기여할 수 있다고 본다. ② 심적 태세는 '작품에 나타난 심리적 분위기 및 태세의 주된 경향'을 말한다. ③ 감정은 시적 자아의 내면적 상태, 즉 어떤 대

---

7) 이숭원(1989), 「고산시조의 서정성」, 『고산연구』 3호, 고산연구회, 183쪽.

상이나 상황에 대한 '주체의 내밀한 반응'이다. 이 영역에 속하는 색인어들은 주관적이고 직관적이며, 직접적인 느낌들을 나타낸다. 그러나 감정 또한 사회적 대상이나 상황에 대한 반응이므로 주관성의 영역으로만 환원되지는 않는다. 즉 객관적 상황이 변인으로 작용하는 한 이 영역의 내용소 분포에서 우리는 시대와의 상관성을 가늠해 볼 수도 있으리라 여겨진다. ④ 소망은 작품에 투영된 소망의 내용들을 표시하고자 한 것이다.

본고의 분석 방향은 다음과 같다. 첫째, 출현빈도가 높은 색인 항목을 우선적으로 고려하고자 한다. 특정 색인어의 출현빈도가 높다는 것은 이 내용 요소가 우리 시조사의 주류적 모티프로 활용되었다는 것을 의미하기 때문이다. 둘째로는 출현빈도가 낮더라도 시대별로 변화의 낙차가 큰 내용소를 주목하고자 한다. 이것이 시조사 전환에 있어서 일종의 변곡점으로 기능하였을 가능성이 높기 때문이다. 셋째, 동일 색인어라 하더라도 시조사의 맥락을 고려하여 미세한 의미 변화나 표상 방식의 차이를 주목하고자 한다. 거듭 말하지만 색인어 자체는 추상어이기 때문에 구체적인 텍스트 및 텍스트 상황과 조회될 때 온전한 의미가 드러날 수 있기 때문이다.

3. 고시조 내면 풍경의 구성과 시대적 변모 추이

1) 유가적 가치에 대한 인식의 변화

고시조의 내면 구성에 있어서 우선 살펴 볼 항목은 '관념·의식'에 관한 것이다. 이 중분류 항목에 속하는 색인어들은 주로 공적이며 사회적인 의식지향을 내포하는 것이다. 즉 세상의 공변된 도리로써 개인적 욕망을

초월하여 사회적 질서유지를 위해 마땅한 원리로 존재하는 것이다. 이는
곧 조선조 사회의 가치 체계나 체제 이념과 상관성이 높은 내용소들이라
할 수 있다.

색인어	전체(2583수[8])		16세기(315수)		17세기(731수)		18세기(855수)		19세기(952수)		변화 추이
	빈도	백분율	빈도	백분율	빈도	백분율	빈도	백분율	빈도	백분율	
권계	313	11.0	47	14.9	75	10.3	88	10.3	103	10.8	
무상	152	5.3	15	4.8	39	5.3	66	7.7	32	3.4	증감
송축	151	5.3	9	2.9	14	1.9	39	4.6	89	9.3	증가
충절	117	4.1	8	2.5	48	6.6	28	3.3	33	3.5	
개결	96	3.4	11	3.5	38	5.2	30	3.5	17	1.8	
연군	94	3.3	23	7.3	31	4.2	11	1.3	29	3.0	감소
윤리	86	3.0	25	7.9	27	3.7	18	2.1	16	1.7	감소
선정	78	2.7	0	0.0	15	2.1	13	1.5	50	5.3	증가
이법	67	2.3	15	4.8	6	0.8	28	3.3	18	1.9	
효성	67	2.3	9	2.9	25	3.4	18	2.1	15	1.6	감소
청아	67	2.3	8	2.5	16	2.2	27	3.2	16	1.7	

이 통계 결과를 놓고 볼 때 우선적으로 주목되는 바는 공적인 관념이나
의식을 반영하는 이 부류의 내용소들이 개체적 소망을 노래한 네 번째 그
룹보다도 그 출현 빈도가 매우 높다는 사실이다. 이 점은 고시조 장르의
다양한 속성에 대한 근본적 성찰을 재고하게 한다. 즉 고시조는 분명 서
정 장르이며, 따라서 내면 표현의 영역이 개방되어 있지만, 작자의 개별
적 욕망이나 상상력을 노래하는 것과는 또 달리 집단적 이념이나 세계관

---

8) 이 작품 수는 고시조 작품 중에서 유명씨 작품들에 한정한 것이다. 16~19까지 후대
로 갈수록 작품의 수는 점증한다. 다만 19세기의 경우 안민영과 이세보 같은 다작
작가의 영향을 감안할 필요가 있다.

을 표상하는 방향으로 응집력을 보이는 측면도 뚜렷하다는 사실이다. 이는 무엇보다도 시조의 서정양식은 유가 사대부들의 집합적 세계관의 표상방식과 긴밀하게 연관되어 창안되었으며, 한편에서는 이러한 양식적 규범성이 적절하게 유지되었다는 점을 시사한다. 그러나 중세적 이념과 가치가 체제의 균열과 함께 흔들리는 조선 후기로 갈수록 이와 같은 내용소들은 감소해 가는 반면에 개체적 소망을 담아낸 내용소들은 일부 증가한다는 통계적 사실도 고시조 장르의 이념 지향적 성격이 변모해 갔음을 말해준다 하겠다. 16~17세기 사대부 내면의 관념 · 의식의 구도와 표상 방식의 일단을 다음 작품을 통해 살펴보기로 한다.

> 믈아 어듸 가는 나 갈 씰 머러셔라
> 뉘 누리 다 치와 지내노라 여흘여흘
> 滄海예 몯 밋츳 전의야 근칠 쭐이 이시랴.
> #p 10870, 1547. [姜翼]=/개암9)

> 뫼흔 길고 길고 믈흔 멀고 멀고
> 어버이 그린 뜯은 만코 만코 하고 하고
> 어듸서 외기러기는 울고 울고 가느니.
> <*고유 73> #p 10440, 1498. [尹善道]=/고유/병가

16세기 강익의 작품인 첫 번째 시조는 믈과 대화하는 방식으로 짜여 있다. 여기서의 믈은 창작의 모티프로서는 자연 세계의 일부일 터이나, 궁극적으로는 존심양성을 통하여 본성의 도를 추구하고자 하는 작자의 내면을 상징한다. 한때 조식의 문인이기도 했던 강익은 20대 후반에 과업을

---

9) 이 작품을 포함하여 이하의 인용 시조는 김홍규 편(1997), <古時調 作家別 作品 資料集>, 고려대 대학원 국어국문학과, 학과의 자료집에서 발췌하였다.

접고 지리산 북쪽 기슭에 양진재를 짓고 도학적 삶의 실천에 매진하였다.[10] 따라서 누리를 다 채우고자 하는 물의 풍성함은 한껏 氣를 기르고 뜻을 채워 천지만물의 조화 속에서 도의 본체를 궁구하고 인격을 완성하고자 했던 내면의 폭을 의미하고, 창해에 다다를 때까지 그침 없이 흐르는, 물의 부단한 면모는 항상적 실천을 실현하고자 했던 내면의지의 표명이다. 따라서 이 작품에서의 자연은 우주만물의 이법을 체현하고자 하는 작가의 실천적 지향을 상징적으로 드러내는 시적 상관물이다. 흔들림 없는 주체의 내면지향을 항존적 자연을 통해 표상하고 있는 것이다. 그러므로 관념적 자연으로서의 성격이 좀 더 농밀하다고 할 수 있다.

그런데 위의 표의 '권계', '윤리', '이법'이라는 색인어 항목에서 확인할 수 있듯이 이러한 내용소들은 17세기에 접어들면서 그 출현 빈도가 현저하게 떨어져 매우 낙차가 큰 변곡점을 형성하고 있다. 그 이유는 무엇일까? 일단은 유가의 이념이나 윤리 또는 가치를 직설적으로 전달하고자 했던 훈민시조의 영향력 감소를 들 수 있다. 훈민시조는 물론 17세기에도 창작되었지만, 양적인 측면에서 16세기의 비중이 더욱 높다. 그렇다면 이처럼 특정 유형 시조의 증감이 변인의 전부인가? 그렇게만 보기 어려운 이유가 '이법'이라는 색인어의 점유 비율이 암시해준다. 즉 16세기 4.8%의 점유 비율에서 17세기 0.7%의 비율로 현저하게 감소하고 있는 것이다. 따라서 이는 훈민시조의 감소보다도 사대부 시조 전체에서 이념 기반의 변동과 내면주의적 지향의 이탈이 있었음을 의미한다. 이와 같은 현상의 내재적 요인으로는 이미 선행 연구에서 지적된 바 '도학적 근본주의의 쇠퇴' 양상이 주목된다.[11] 즉 16세기의 강호가 '天人, 性命의 이치를 탐구

---

10) 강익의 생애와 문학세계에 대해서는 문범두(2010), 「개암 강익의 학행과 문학」, 『한민족어문학』 56집, 한민족어문학회, 참조.

11) 김흥규(1999), 「16, 17세기 강호시조의 변모와 전가시조의 형성」, 『욕망과 형식의 시학』, 태학사, 177~192쪽.

하고 至治의 이상을 키우는 이념적 수양의 공간이라는 의미를 주축으로 詩化'되었던 상황에서, 이러한 공간적 의미가 탈색되는 방향으로 변화가 일어난 것이라 하겠다.

　부모에 대한 그리움으로써 효성의 내면 의식을 담아낸 17세기 윤선도의 위 시조에서도 이러한 변화는 보인다. 이 작품은 술어부의 반복을 통해 의미를 강화하는 반복법을 활용하고 있다. 초장에서 드러난 길고 긴 뫼와 멀고 먼 물은 무슨 의미인가? 이 노래의 작자가 병진소를 통해 당시 권력을 전횡하고 있던 대북파를 통렬하게 비판하다가 31세의 나이로 한반도의 최북단 경원에 유배되어 지은 작품임을 감안한다면 여기서 자연의 의미는 분명하게 드러난다. 우선 실경으로서의 자연이다. 북방 변경의 끝에서 백두대간을 따라 끝없이 연맥된 산들과 경원 진호루 곁을 스쳐 흐르는 강물의 모습이다. 중장의 어버이를 그리는 크고도 많은 뜻을 감안한다면, 이러한 산과 시내는 어버이와 나 사이의 아득한 물리적 거리로 현상된다. 험준한 산들과 구비치는 강물은 서울에서도 이천 리 밖 변경에서 고립무원의 상태에 있는 화자가 어버이를 그리는 마음이 가는 길에 대한 장애와 차단의 요소들이다. 설령 길게 뻗은 산과 멀리 흐르는 물이 부모를 향한 마음을 얹을 수 있는 매개물의 의미를 지닌다 하더라도[12] 그 아득한 거리에서 오는 절망감은 적지 않다. 이렇듯 실존적 고립의 상황에서 화자의 비극적 처지에 조응되는 자연물이 '울고 울고' 가는 외기러기이다. 무리로부터 떨어져 거친 이역의 창공을 홀로 날아가는 기러기의 고독함과 쓸쓸함, 그리고 비애가 화자의 처지와 내면 상황을 훌륭하게 그려내고 있다. 이 작품에서 자연은 더 이상 유가의 이념적 상관물이 아니다. 그리고 작품 전체에서는 이법적 자연과 교감하는 화자가 아니라 물리적 자연의 거대함 속에서 고립된 화자의 비극적 상황이 더욱

---

12) 박준규(1997), 『유배지에서 부르는 노래』, 중앙 M&B, 76쪽.

효과적으로 드러난다. 공간을 詩化하는 방식이 달라진 것이다.

이 영역의 색인어 가운데 또한 특이한 양상을 보이는 것이 '無常'이다. 통계 결과를 보고 필자 스스로도 놀랐던 바, 빈출빈도의 측면에서도 순위가 높을뿐더러 조선왕조 전시기에 걸쳐 증감을 반복하면서 존속되고 있기 때문이다. 무상이란 '삶, 젊음, 기타 성취나 영화가 영속하지 못하고 덧없이 사라짐'을 그 의미 영역으로 한다.

> 豪華코 富貴키야 信陵君만 홀가마는
> 百年 못하야서 무덤 우희 밧츨 가니
> 흐믈며 녀나믄 丈夫ㅣ야 닐러 무슴 ᄒ리오.
> <*청진 426> #p 32530, 4617. [奇大升]=/동가/병가/삼가/원가/원국/
> 원규/원동/원박/원불/원육/원일/원하/원황/청육/해악/협률/화악 [ ]=/고금/
> 청가/청진/해박/해일

> 天地도 唐虞 썩 天地 日月도 唐虞 썩 日月
> 天地 日月이 古今에 唐虞ㅣ로되
> 엇더타 世上 人事는 나날 달라 가는고.
> <*청진 449> #p 28000, 3945. [李濟臣]=/동국/병가/시가/원가/원
> 국/원규/원동/원박/원불/원육/원일/원하/원황/청가/청영/청육/청홍/해
> 박/해악/해일/해정/해주/협률 []=/청진/화악/홍비

위 두 작품은 조선후기의 가집에 실려 오고 있으며, 그 가운데 몇몇 가집에는 무명씨 작품으로 처리되어 있어 좀 더 정밀한 문헌 고증의 여지가 있다. 이 작품들에서는 인간사의 무상함이 역력하게 그려지고 있다. 첫번째 작품은 전국시대 위나라의 저명한 정치가 신릉군을 예로 들어 아무리 탁월한 인물이라도 유한한 인간존재로서 자연 수명의 한계를 초월할수 없다는, 삶의 덧없음에 대한 인식의 일단을 드러낸다. 인재에 대한 예

우로 신망이 높아 탁월한 재능을 갖춘 식객들을 모았고, 이들의 지혜와 힘에 의지해 조나라를, 이후에는 위나라를 진으로부터 구해 천하에 명성을 떨쳤던 신릉군이다. 그러나 그도 모함으로 인해 직위를 내놓고 만년에는 술로 세월을 보내다 병사했던 사람으로, 살아서도 부침이 있었지만, 죽어서는 무덤마저도 언제 사라질지 모른다. 한때의 명사였던 그가 그럴진대 범인들은 말해 무엇하겠는가. 이 작품이 사람과 사람의 비교라면, 둘째 작품은 자연과 사람의 대비를 통해 인사 무상을 노래하고 있다. 하늘과 땅, 해와 달이라는, 요순시절부터 지금까지 변함이 없는 자연물과 날마다 달라져 가는 인간사가 선명하게 대비된다.

도학적 근본주의가 강렬했던 16세기의 강호시조에서는 원환적 시간의식 속에 이법의 항존성을 노래하였고, 실천적인 삶의 지속성을 예찬했던 것에 비한다면 이채로운 현상이다. 따라서 '무상'이란 색인어의 빈출 양상은 유가적 이념과 더불어 현재적이고 직관적인 삶의 감각이 당대인들의 의식 기저에 병존하여 작동하고 있기 때문이라 여겨진다.[13] 무상이란 시간적 흐름 속에서 모든 것은 변전하기 마련이라는 인식인데, 시조에서의 초점은 인간 또는 사람살이의 변화이다. 살아가다 어느 새 찾아온 늙음을 자각하게 되고 붙잡을 수 없는 세월을 한탄하다가, 결국 백발은 공도(公道)이며 죽음은 피할 수 없기에 부질없는 집착보다는 남은 삶을 흥겹게

---

13) 우리의 초기 시조사에서부터 '오ᄂ리'류와 같은 현세 긍정의 '축제의 노래', 또는 '향락 편향의 인생시'가 하나의 흐름을 형성하고 있었다는 주장이 있었으며, 이에 대해 이들 작품은 시조 형식이 완성되기 이전 악장의 영향권에서 불린 의례적인 노래로 보아야 한다는 주장이 맞서고 있다. 악곡의 형태나 양식사의 관점을 떠나서 내용적인 측면에서만 본다면, 유가적 이념과 무관하게 현재적 삶의 즐거움을 표현하는 노래가 존재하였다는 점에서는 이견이 없다. 권두환(1993), 「시조의 발생과 기원」, 『관악어문연구』 18집, 서울대 국어국문학과; 임형택(1994), 「17세기 전후 육가형식의 발전과 시조문학」, 『민족문학사연구』 6호, 민족문학사학회; 이상원(2000), 「초기 시조의 형성과 전개」, 『민족문학사연구』 17집, 민족문학사학회, 참조.

보내자는 것이 대체적인 시상의 흐름이다. 일종의 현실 순응적 삶의 태도를 표상한다고 할 수 있는 색인어 '무상'이 전체적으로 매우 높은 출현빈도를 보이고 있다는 점, 18세기에 가장 높은 출현 빈도를 보이지만, 여타의 시기에도 '윤리'나 '이법'과 같은 유가적 관념보다 이 색인어들이 많다는 점은 특별하게 주목할 만하다.

한편 '善政'과 '송축'의 내용소 색인어는 19세기에 이르러 폭발적으로 증가한다. 이는 무엇보다도 안민영과 같은 다작 작가의 영향력이 매우 크다. 대원군과 이재면이 패트런 역할을 하였던 까닭에 안민영의 작품에는 이들에 대한 예찬과 송축을 노래하고, 당대를 태평성대로 인식하는, 특별한 성향을 보였던 것이다. 즉 운현궁 왕실을 좌상객으로 모셨던 사정이 반영된 것이다.

2) 심리적 분위기의 양상

내면 풍경을 반영하는 두 번째 카테고리는 '심적 태세'이다. 이는 집단적 이념과 개체적 감성의 중간영역에 해당한다. 즉 그것은 개인의 내면 정감에서 발현된 것이지만, 소속된 집단이나 사회와의 관계 속에서 형성된 심리 현상이다. 이 범주에서 주목할 만한 점은 '울분, 체념, 자만, 自嘲, 우매, 未練, 자책' 등 부정적 심리 표현의 사례가 극히 적은데 비해, 대체적으로 낙관적이고 긍정적인 내면 심리를 드러내는 경우가 많다는 점이다. 물론 '개세'나 '탄로'와 같은 색인어도 적지 않은 비중이지만, 전반적으로 밝은 분위기를 압도하지는 못한다.

색인어	전체(2583수)		16세기(315수)		17세기(731수)		18세기(855수)		19세기(952수)		비고
	빈도	백분율	빈도	백분율	빈도	백분율	빈도	백분율	빈도	백분율	
한정	274	9.6	48	15.2	93	12.7	90	10.5	43	4.5	감소
고흥	211	7.4	15	4.8	60	8.2	61	7.1	75	7.9	증감
자족	164	5.7	14	4.4	65	8.9	65	7.6	20	2.1	증감
개세	127	4.5	14	4.4	33	4.5	29	3.4	51	5.4	증가
회고	124	4.3	12	3.8	21	2.9	35	4.1	56	5.9	증감
태평	100	3.5	10	3.2	15	2.1	31	3.6	44	4.6	증가
탄로	95	3.3	4	1.3	29	4.0	42	4.9	20	2.1	
의기	80	2.8	3	1.0	16	2.2	26	3.0	35	3.7	증가
세속초탈	72	2.5	6	1.9	21	2.9	29	3.4	16	1.7	
自慰	67	2.3	4	1.3	22	3.0	2.	2.3	21	2.2	
자긍	61	2.1	2	0.6	12	1.6	32	3.7	15	1.6	

　　상위의 빈출빈도를 보이면서도 감소추세에 있는 색인어로서 '한정'이 주목된다. 이 색인어는 유가 사대부의 전형적인 내면지향이라고 할 수 있는 바, 이러한 색인어의 감소는 외적 현실의 변화와 사대부의 존재 방식이라는 외재적 요인과 시조 담당층의 확대와 내용미학의 변전이라는 내재적 요인을 동시에 고려해야 하리라고 본다. 이 점을 잘 보여주는 통계적 분석이 공기관계(共起關係)의 여부에 대한 확인이다. 공기관계 조사는 하나의 작품에 어떤 색인어들이 동시에 출현하는지를 살핌으로써 그 의미 연관을 좀 더 확장적으로 살펴볼 수 있는 방법이다. 이 방법을 취한 선행연구에 의하면 16세기 양반층의 심상공간은 '강호에 한거하며 청정한 도리를 추구하는 처사적 삶'으로 드러난다고 본다.[14] '한정', '고흥', '자족'의 색인어들도 이러한 시적 지형도에 어울린다. 부귀·공명같은 세속적 욕망의 성취에 거리를 두면서 궁핍한 삶을 안빈으로 받아들이며, 백구와

---

14) 김홍규(2009), 앞의 논문, 253쪽.

벗하는 한가로운 정취와 자연의 조화로움과 일체화되는 데서 오는 높은
흥취를 펼쳐내는 것이다. 그리고 이것은 유가의 이념이나 도덕적 경계,
그리고 예술정신과도 전혀 모순되지 않는다.

그러나 위의 표에서도 확인할 수 있듯이 '한정'의 색인어는 감소해 가
지만, '고흥'과 '자족'은 증감을 반복한다. 이는 이들 색인어들 사이에 의
미연쇄에 일종의 균열이 생겨났으며, 높은 흥취와 자족감의 원천이 달라
져 가고 있으리라 추측할 수 있다.

> 면홰ᄂ 세 ᄃ래 네 ᄃ래요 일읜 벼ᄂ 픠ᄂ 모가 곱ᄂ가
> 오뉴월이 언제 가고 칠월이 ᄇ이로다
> 아마도 하ᄂ님 너희 삼길 제 날 위ᄒ야 삼기샷다.
> <삼족 7> #p 10250, 1472. [魏伯珪]=/삼족
>
> 草菴이 寂蓼ᄒᄃᆯ 벗 업시 혼ᄌ 안ᄌ
> 平調 한 닙히 白雲이 졀로 돈다
> 언의 뉘 이 죠혼 뜻을 알 리 잇다 ᄒ리오.
> <*해주 472> #p 29470, 4149. [金壽長]=/병가/해정/해주

18세기에 창작된 이 작품들은 고조된 흥취와 자족감을 노래하고 있지
만, 16세기 사대부들의 그것과는 상당한 의미 차이를 보인다. 유가의 심
미적 이념형으로서가 아니라 체험적 삶의 진지성이 투영된 자족감이다.
위백규의 <농가구장> 가운데 하나인 위 작품에서 화자는 영글어 가는
가을 들판에서의 희열과 자족감을 노래하고 있다. 오뉴월의 뙤약볕 아래
에서 구슬땀을 흘리며 김을 맸던 끝에 면화에는 주렁주렁 다래끼가 열리
고 이른 벼의 이삭도 영글어 가며 고개를 숙인다. 이와 같은 농작물을 조
물주가 나를 위해 만들었다는 종장의 감격은 성실한 노동의 대가에 대한
보상이라는 전제에서 가능한 것이다. 이처럼 전가시조에서의 '자족'과 '고

흥'은 저 고원한 이념의 광휘에서가 아니라, 세속적 현실의 건강한 삶에서 비롯한 것이다. 중인 가객 김수장의 시조 또한 가객으로서 자신의 삶과 가악 생활에 대한 강한 자의식으로부터 오는 자족감을 섬세하게 드러내고 있다. 적막한 초막의 암자에 홀로 있는 화자의 모습은 고적감과 쓸쓸함을 자아낸다. 그러나 이러한 분위기는 중장에서 돌연 반전된다. 평조한 곡조를 부르는 순간 흰 구름이 감도는 듯, 고조된 음악의 감흥은 자연과도 교감하는 듯한 황홀경으로 이어진다. 홀로 터득한 이 경지에서 느끼는 자득감은 평생을 예인으로서 살아 온 김수장의 내면 정감을 진솔하게 드러낸 것으로 여겨진다. 이처럼 '자족'과 '고흥'은 유가의 '한정'과 유리되어 세속적 현실의 다양한 계기들과 맞물리면서 내용의 실질을 변화시켜 왔던 것이다.

증가 추세에 있는 색인어들의 의미지향은 어떠한가. '태평'은 왕실의 좌상객과 관련된 연행 현장에서 출현한 작품과 상관성이 높기 때문에 일단 제외하기로 한다. '개세'와 '의기'는 세상의 政爭에 대한 불편한 심사가 투사된 항목들이다. 즉 세상살이의 질서가 주체의 기대수준과 멀어져 갈수록 이에 대한 염려와 한탄이 늘어가고, 이를 바로 잡고자 하는 의로운 기상이 시적 공간에 배어들게 마련이다. '회고' 또한 마찬가지이다. 회고란 아름다운 옛 시절에 대한 그리움을 동반하는 마음의 지향인데, 이에는 부정적 현실 인식이 깔려있게 마련이다. 현실에서의 결핍이 태평성세에 대한 복고적인 갈망으로 이어지기 때문이다. 이제는 세계를 관류하던 당연의 원리와 조화로운 질서가 개체적 존재들의 의식 속에서 더 이상 자명한 모습으로 받아들여지지 않았다는 사실을 반영하는 것이다.

이렇듯 고시조에 나타난 심적 태세는 일단 긍정적이고 낙관적인 지향을 보여주지만, 색인어별 증감의 추이를 고려하여 좀 더 세심하게 살펴본다면, 시적 자아와 이념적 세계간의 거리는 점차 확장되고 있다고 추정해 볼만하다.

3) 개체적 감성의 지향

세 번째 범주에 속하는 '감정'의 영역은 순전히 개별적 주체들의 정신적 영역에 속하는 심리적 작용인데, 논리적 사유 이전의 즉각적이고 직접적인 느낌의 형태로 발현된다. 시에서의 감성 표현은 미적 조탁의 과정을 거치게 마련이지만 그렇다고 하여 시적 자아의 원초적인 내면 정감에서 크게 이탈하는 것은 아니다.

색인어	전체(2583수)		16세기(315수)		17세기(731수)		18세기(855수)		19세기(952수)		비고
	빈도	백분율	빈도	백분율	빈도	백분율	빈도	백분율	빈도	백분율	
한탄	287	10.1	26	8.3	69	9.4	64	7.5	128	13.4	
기쁨	170	6.0	8	2.5	52	7.1	48	5.6	62	6.5	
그리움	169	5.9	17	5.4	37	5.1	32	3.7	83	8.7	
시름	136	4.8	10	3.2	47	6.4	24	2.8	55	5.8	
안타까움	84	2.9	10	3.2	17	2.3	24	2.8	33	3.5	
원망	43	1.5	4	1.3	11	1.5	11	1.3	17	1.8	

상위의 빈출빈도 6위까지의 색인어 목록과 분포 현황이다. 이로써 본다면 감성표현의 측면에서 고시조는 한탄이나 시름, 안타까움, 원망 등의 어두운 정서가 기쁨이나 그리움 등의 밝은 정서들 보다는 우세하다는 사실을 알 수 있다. 무엇보다도 한탄이 가장 빈번한 출현빈도를 보이며, 18세기를 제외한다면 점진적인 증가 추이를 보인다는 사실도 주목할 만하다. 이 점에 대해서는 양반층 시조를 대상으로 한 선행 연구에서 현실정치에 대한 '주변화 된 관인'들의 관심사가 투사된 것이며, 권력 질서 주변부의 무력한 관찰자로서의 무력감과 울분이 이와 같은 감성으로 표현된다고 지적한 바 있다. 또한 세월의 무상함과 염량세태에 대한 한탄 또한

이전 시대부터 존재해 왔다. 그러나 조선후기에 들어 한탄의 대상은 무척 다양해진다. 이는 무엇보다도 인정물태에 대한 시적 관심사의 확대에서 기인하는 것으로 짐작된다. 그 대표적인 사례로는 사회모순의 증가에 따른 수탈적 민중현실, 이별 등의 남녀간 애정 장애, 역사적 인물들의 오류나 실패 등에 대한 한탄을 들 수 있다.

> 그듸 츄슈 얼마 헌고 늬 농스 지은 거슨
> 토세 신역 밧친 후의 몃 셤이나 남을는지
> 아마도 다 ᄒ고 나면 과동이 어려.
> <풍대 63> #p 0, 499. [李世輔]=/풍대

> 易水 졈은 날에 츤 불암은 무스 일고
> 擊筑 悲歌에 壯士ㅣ 一去 不復還이라
> 至今히 俠窟 遺恨이 가실 쑬이 잇시랴.
> <*해주 318> #p 20170, 2859. [李鼎輔]=/해일/해정/해주

> 玉頬의 구는 눈물 羅巾으로 시쳐닐 졔
> 가난 늬 [마]음을 네 어이 모로넌다
> 네 졍녕 웃고 보늬여도 肝腸 슬데 하믈며.
> <금옥 151> #p 21200, 2999. [安玟英]=/금옥

첫 번째 시조는 농민 화자를 설정하여 수탈적 현실을 고발하는 이세보의 작품이다. 가을걷이가 끝났지만 작중화자는 수확의 기쁨보다도 겨울나기의 암담함에 한탄이 절로 난다. 수취체제의 문란으로 온갖 세금에 시달리는 농민의 근심을 생생하게 포착하였다. 이러한 내용은 이세보나 조황 등의 비판적 사대부의 평시조 작품뿐만 아니라 일부 사설시조에서도 회화적으로 반영되어 있어 생활 현실에 대한 관심과 시적 조명이 매우 확대되어 가고 있음을 확인할 수 있다. 두 번째 이정보의 작품에서는 전국

시대 비운의 자객 형가의 행적을 재현하고, 역사의 기억 속에 간직된 협객의 유한에 대해 한탄하고 있다. 진왕 시해의 길을 떠나면서 그가 부른 비장한 노래를 변주하여 초·중장에 배치하고, 비극적 결말은 행간에 담아두면서 긴 여운을 남기고 있다. 조선후기에『삼국지연의』·『초한연의』등의 유입과 더불어 영사시 형식의 시조가 빈출하였던 바,[15] 특히 탁월한 역사적 인물에 대한 포폄을 가하면서 한탄의 정감도 확산되었다. 마지막 작품은 작자 안민영이 평양기녀 혜란과 7개월간의 연정을 나누다가 결국 헤어지는 순간을 담아낸 것이다. 이별의 순간, 여인의 고운 뺨을 타고 흐르는 눈물에 시적 화자의 슬픔은 더욱 북받치고, 가눌 수 없는 아픔에 화자는 오히려 여인이 원망스럽다. 웃음을 머금으며 헤어져도 간장이 녹을진대, 우는 모습은 감당하기 어렵다는 심정인 것이다. 사랑하는 사람끼리의 별리는 늘 한스러운 것이지만, 안민영은 이를 실감나게 표현하였다. 결국 조선후기 '한탄'의 정감이 점증하는 이유는 시조가 사람살의 구체성에 좀 더 관심을 기울이고 세속적 욕망의 발현을 긍정하는 방향으로 움직여 갔기 때문이라 여겨진다.

'한탄', '시름'과 같은 부정적 정서가 평시조에 우세하다는 사실은 사설시조의 색인어 분포와 대비해 볼 때, 매우 특이하다. 사설시조에서는 그리움과 기쁨의 정서가 한탄이나 시름보다도 훨씬 우월한 출현빈도를 보이기 때문이다. 이는 물론 사설시조가 공적 가치보다는 개체적 욕망을, 숭고한 이념보다는 세속적 이해를 드러내는 방향으로 시적 관심사를 펼쳐내는데 원인이 있을 터이지만, 감성의 직조 방식에 있어서도 시학적 원리가 다르다는 점까지 감안해야 하리라고 본다.

---

15) 이형대(1998), 「초한고사 (楚漢古事) 소재 시조의 창작 동인과 시적인식」, 『한국시가연구』 3집, 한국시가학회; 김용찬(1993), 「조선후기 시조에 나타난 소설수용의 양상 −「삼국지연의」를 중심으로−」, 『어문논집』 32집, 민족어문학회, 참조.

4) 내면적 소망의 행로

마지막으로 살펴 볼 색인어의 범주는 개체적 소망에 관한 것이다. 여기에서는 주로 개체적 차원이나 또는 그가 속한 소집단이 꿈꾸거나 마음에지향하는 바를 색인어를 통해 포착할 수 있도록 설계하였다. 소망이란 무엇인가? 장 메종뇌브는 '스스로를 포기하지 않고 불행에 저항하고, 어떤운명이든지 평정한 마음으로 받아들이며, 노력의 결과로서 행복을 기다릴 수 있는 그런 확고한 영혼이 지닌 자질이 희망일 것'이라고 하였다.16)소망 또는 희망이란 욕망이 지닌 조급성과 난폭성, 그리고 원초적인 자기중심주의도 초월하는 것이기에 '신뢰감 속의 욕심없는 기다림'인 것이다.

색인어	전체(2583수)		16세기(315수)		17세기(731수)		18세기(855수)		19세기(952수)		비고
	빈도	백분율	빈도	백분율	빈도	백분율	빈도	백분율	빈도	백분율	
潔身	80	2.8	12	3.8	28	3.8	24	2.8	16	1.7	감소
장수	57	2.0	6	1.9	20	2.7	13	1.5	18	1.9	
부모봉양	53	1.9	7	2.2	19	2.6	12	1.4	15	1.6	감소
세속지락	47	1.6	4	1.3	11	1.5	27	3.2	5	0.5	증가
상봉	41	1.4	0	0.0	5	0.7	4	0.5	32	3.4	증가
소식	38	1.3	3	1.0	8	1.1	7	0.8	20	2.1	증가
화목	33	1.2	10	3.2	11	1.5	6	0.7	6	0.6	감소

이 영역의 색인어에서 감소추세와 증가추세의 색인어 그룹은 확연하게 준별된다. 우선 감소추세의 색인어 '결신', '부모봉양', '화목'부터 살펴보기로 한다. 이 항목들은 인격적 주체로서의 자기 완성과 가족 및 이웃간의 조화로운 인간관계를 추구하는 유가의 주요 덕목이기도 하다.

---

16) 장 메종뇌브, 김용민 역(1999), 『감정』, 한길사, 156쪽.

평시조와 사설시조 전체를 고려했을 때, 가장 높은 출현 빈도를 보이는 내용소가 '潔身'이다. 결신이란 말 그대로 세속의 더러움이나 영욕에 물들지 않고 자신의 깨끗함을 지키고자 하는 소망이다. 모든 소망 가운데 존심양성을 통한 결신의 지향이 높다는 점은 수신을 실천의 출발로 삼았던 유가의 덕목이 시적 모티프로서 존중되고 있었다고 볼 수 있다. 효의 실천이라 할 수 있는 '부모봉양'과 사회구성원 사이의 조화로움을 의미하는 '화목'의 색인어도 일찍이 훈민시조에서 강조되어왔던 바이다. 그러나 이러한 색인어 항목이 18, 19세기에 이르러 그 출현 빈도가 현저하게 감소하고 있음은 예사롭지가 않다. 그 이유는 무엇일까? 유가 이념의 규정력이 약화된 때문일까? 그렇게 보기는 어려울 듯하다. 조선후기에 오히려 오륜가사나 또는 계녀가류, 복선화음가류와 같은 규범류 가사들이 상당수 창작되었던 점을 염두에 둔다면 창작 원천으로서의 이념성의 영향력은 결코 줄지 않았다고 본다. 그렇다면 결국 시조쪽에서 시적 관심의 이동이나 표현 방식의 변화가 있었으리라고 추론된다. '화목'을 색인어로 하는 아래의 작품들이 이러한 추론에 힘을 실어준다.

> 우리도 갈 테 업다 숨 츠고 오곰 알픽
> 창 닷고 더온 방의 분대로 펴져 이서
> 비 우희 아기닉 치티고 괴여 보려 ᄒ노라.
> <옥고 51> #p 0, 3074. [權燮]=/옥고

> 힝긔예 보리 믹오 사발의 콩닙 치라
> 내 밥 만흘셰요 네 반찬 적글셰랴
> 먹은 뒷 흔숨 줌경이야 네오 내오 달을소냐.
> <삼족 5> #p 32210, 4570. [魏伯珪]=/삼족

18세기 작가 권섭의 작품에서는 유자의 근엄한 목소리에 의한 권계보다는 평범한 촌로의 일상 체험 진술의 일부분으로 여겨질 만큼 소박하고도 진솔한 느낌을 자아낸다. 『옥소고』에 실린 권섭의 작품들은 일련의 의미적 연쇄를 이루고 있기 때문에 전후에 배열된 작품의 맥락을 파악하는 것이 중요하다. 이 작품은 바로 그 이전 작품에서 복건 망혜로 마음껏 명산 승지를 구경하고 나서 돌아와 승유편이나 지어 보자는 벗님의 제안에 화답하는 형식으로 서술되어 있다. 이제는 여행을 갈 힘도 없고 숨차고 오금이 아프단다. 제안을 거절하겠다는 말이다. 작자의 이력을 보면 승경에 대한 유람에는 그야말로 남다른 마니아적 기질이 있었으나 이제 노쇠한 육체는 어쩔 수 없는 모양이다. 대신에 더운 방에 드러누워 어린 손주를 배 위에 올려서 어르고 사랑하여 주겠다고 한다. 유자의 예의염치보다는 다정다감한 할아버지의 손주 사랑이 함빡 느껴진다. 이처럼 권섭의 시조는 그것이 가족 간의 화목을 의도하는 것조차 눈치 챌 수 없게 고압적인 계몽의 언술보다는 생활의 포근한 정감으로 의미를 실현하고 있다.

위백규의 <농가구장> 가운데 '점심'이라 제목이 붙여진 이 작품의 메시지는 분명하다. 선행연구에서 지적하였듯이 궁경할 수밖에 없는 처지로 전락한 문중내 사족들 사이에서 요구되는 '공동체적 일체감'을 권면하고자 한 것이다.17) 그러나 표현방식을 주목할 만하다. 노동의 강도에 비한다면 한없이 거칠고 모자란 보리밥과 콩잎 채이지만, 자신의 밥과 반찬을 덜어 동료에게 나누는 장면이 눈물겹게 정겹다. 이러한 따스함이 있기에 점심 뒤에 즐기는 낮잠이 어찌 달콤하지 않겠는가. 이런 점에서 위백규의 표현 기법 또한 권섭의 그것과 상통한다.

물론 조선전기 훈민시조처럼 교술적 어조로 윤리와 이념을 진술하는

---

17) 권순회(2000), 「전가시조의 미적 특질과 사적 전개 양상」, 고려대 박사학위논문, 130~131쪽.

시조도 조선후기에 존재한다. 그러나 일련의 작품들은 방금 살펴본 바처럼 추상적 이념과 계몽적 언술로서가 아니라, 마치 일상에서 보이지 않게 작동하는 미시권력처럼 생활인의 정감으로 용해시켜 냈다고 할 수 있다.

부분적인 증감은 있지만 전체적으로 증가추세에 있는 색인어는 '세속지락', '상봉', '소식' 등이다. 이 가운데 '세속지락'이 19세기에 들어와서 현저하게 감소하는데, 이에 대해서는 아직 명료한 이유를 찾지 못하였다. 다만, 유명씨 시조와 무명씨 시조 사이에 '세속지락'의 색인어 출현빈도를 비교해 본다면 1.7%(82순위) / 3.8%(28순위)로 무명씨에서의 출현빈도가 월등하게 높다.18) 이로 미루어 볼 때, 19세기에 들어와 '세속지락'의 내용소는 상당부분 무명씨 작품으로 이월된 것으로 추측된다.

'세속지락'의 양상은 다양하게 나타난다. 취락과 주색, 유람과 행락, 천렵과 사냥, 남녀간의 애정 등이 주류를 이룬다. 이렇듯 세속적 삶의 즐거움에 대한 지향의 근저에는 일회적이며 소모적인 것으로서의 시간 인식이 크게 작용하고 있다.

> 酒色을 춤은 後에 百年을 살짝씨면
> 西施ㄴ들 돌아봄여 千日酒ㄴ들 먹을쏜야
> 애우려 춤곡 춤아든 날 속일까 ᄒ노라.
> <*해일 397> #p 26380, 3726. [松伊]=/청가 [李鼎輔]=/청영 [ ]=/
> 병가/시가/청육/해일

백년의 삶이 보장된다면 서시와 같은 탁월한 미인이나 한번 마시면 천일이나 취한다는 강렬한 술도 참을 터이지만, 그렇지 못한 경험적 현실을 화자는 주목하고 있다. 이렇듯 삶의 불확정성은 금욕이나 절제에 대한 신념을 와해시키고 흘러가는 시간이란 그저 소모적일 뿐이라는 인식이 싹

---

18) 김흥규 · 권순회(2002), 앞의 책, 161~163쪽.

튼다. 우리는 장 메종뇌브가 희망이란 '신뢰감 속의 욕심없는 기다림'이라고 했던 말을 기억하지만, 삶 자체에 대한 신뢰가 흔들릴 때 희망은 조급한 욕망으로 변화될 수 있다는 점도 알아차릴 수 있다. 이렇듯 '세속지락'과 더불어 남녀간의 애정에서 파생하는 '소식', '상봉'의 색인어의 증가 현상은 이념적인 삶에 대한 믿음과 이법적이고 원환적인 시간의식이 균열되어가는 틈새에서 비롯되었으리라 짐작된다. 이제 시조는 고원한 이념의 세계에서 생생한 욕망의 현실로 관심을 돌려가는 것이다.

4. 결론

내용소 색인어의 통계적 분석을 통해 고시조의 내면 지향을 살펴보고자 했던 본고는 가능한 한 색인어별 개별사례에 대한 관찰을 우선시하고 사례들 사이의 연관을 드러내보고자 하였다. 그러나 색인어 자체가 한 작품의 내용구성 요소들을 집약한 추상어일 뿐이고, 더군다나 해석적 근거 자체가 통계화 된 수치였기 때문에 구체성의 시학과는 근본적으로 거리가 있을 수밖에 없다. 따라서 통계 결과를 개별 작품에 조회하여 시조사적 의미를 구명하는 방식을 취하였다. 이러한 작업 결과를 통해 우리 시조사의 거시적 흐름 속에서 내면 풍경의 윤곽과 그것의 시대에 따른 변모 상이 다소라도 가늠될 수 있다면 다행이겠다.

이상의 논의를 요약하여 결론을 대신한다. 이 논문에서 다룬 내면 표출의 하위 부문은 ① 관념·의식, ② 심적 태세, ③ 감정, ④ 소망 등 4개 영역이다. 색인어 분석의 방향은 출현 빈도가 매우 높은 색인어를 우선적으로 주목하고, 낮더라도 시대적 차이가 분명한 색인어들을 그 다음 고려 대상으로 하여 시조사적 의미를 파악하고자 하였다.

이러한 색인어 통계 분석은 고시조의 장르적 성격은 물론, 시조사의 다층적 층위, 내면 지향의 흐름과 변모 양상, 시적 인식의 추이와 형상화 방식의 변화 등에 대한 다양한 정보를 제공한다. 영역별 검토 결과는 다음과 같다.

첫째, '관념 · 의식'의 영역에 관한 내용이다. 내면세계와 연관된 색인어의 빈출 빈도로 보면 개체적 존재의 내면 정감을 담아낸 '감정' 영역의 색인어보다는 유가의 가치체계나 공적 이념을 표상한 '관념 · 의식' 영역의 색인어가 훨씬 높다. 이는 시조가 순수 서정시로서 개별적 욕망이나 시적 상상력을 노래하는 것과는 또 달리 집단적 이념이나 세계관을 그려내는 방향으로 응집력을 보여 왔다는 사실을 암시한다. 또한 17세기에 들어 '이법'이란 색인어가 현저히 감소하고 있는데, 그 요인으로는 도학적 근본주의의 쇠퇴와 내면주의적 지향의 이탈 현상과 무관하지 않은 것으로 보인다. 이와 더불어 우리 시조사에서 '무상'이라는 색인어가 숲시기에 걸쳐 높은 출현 빈도를 보이는 것도 주목할 만한 현상이다. 이는 우리 시조의 시적 관심이 유가이념의 전일적 투사가 아니라 동시에 현재적이고 직관적인 삶의 감각을 존중해 왔음을 의미한다.

둘째, '심적 태세'에 관한 통계 결과이다. 이 영역에서는 부정적 심리 표현의 사례가 극히 적은데 비해 긍정적인 내면 심리를 드러내는 경우가 많았다. '고흥'과 '자족' 같은 색인어가 대표적인 사례이다. 그러나 색인어의 공기관계를 확인해 보면 고흥과 자족의 시적 원천은 시대의 흐름에 따라 달라졌음을 알 수 있다. 즉 강호에 한거하며 청정한 도리를 추구하는 데서 얻는 자족감에서 세속적 현실의 다양한 계기에서 획득되는 체험적인 희열이 부각되는 방향으로 변모되어 왔던 것이다. 동시에 '개세', '의기'와 같은 부정적 현실인식의 색인어 또한 증가하는데, 이는 시적 자아와 이념적 세계간의 틈새가 차츰 확장되고 있음을 암시한다.

셋째, '감정'의 영역은 개별적 주체의 내면정감을 나타내는 색인어 군집이다. 개체적 감성의 측면에서는 '한탄'과 같은 어두운 정서가 우세한데, 선행연구에서 주목한 바, 권력질서 주변부의 무력한 관찰자로서의 무력감과 울분의 표출이 주요 동인이다. 그러나 향유층이 중인까지 확장된 조선후기의 상황에서는 좀 더 다원적인 동인들이 나타난다. 무상한 염량세태, 사회모순의 증가, 남녀간의 애정 장애, 역사적 인물들에 대한 포폄등이 시적 관심사에 포착되면서 한탄의 정서가 높은 출현 빈도를 차지하고 있다.

넷째, '소망'의 영역은 개인이나 그가 소속한 소집단의 꿈이나 지향을 분석한 것이다. 전반적으로 감소 추세에 있는 색인어들은 '결신', '부모봉양', '화목' 등이다. 유가적 이념의 실천적 덕목인 이 색인어들이 감소하는 이유는 유가적 이념 기반의 약화라기보다는 언술 방식의 변화라는 시조 형상화 방식의 전환에 있는 듯하다. 즉 훈민시조와 같은 계몽적 언술을 지양하고 생활의 포근한 정감으로 윤리적 요소를 용해시켜내는 작시법을 구사하는 면모가 자주 보인다. 반면, '세속지락', '상봉', '소식' 등과 같은 색인어는 증가 추세에 있는데, 이념적인 삶에 대한 믿음이 흔들리고 이법적인 시간의식이 균열되어 가면서 생생한 욕망의 현실로 시조의 눈길이 옮아 간 때문이 아닌가 여겨진다.

마지막으로 요청적 과제를 제시하여 본다. 색인어를 활용한 고시조의 통계 분석은 정보표지의 다원화와 컴퓨팅 기법의 발전으로 분석의 영역이 날로 확대되어 가고 있다. 향후 설계에 따라서는 작자의 지역별 분포에 따른 주제 구현의 차이나 시적 경향의 흐름도 비교될 수 있으리라 본다. 그러나 컴퓨터의 산출물이 해석을 자동적으로 대신해줄 수는 없다. 그리고 보다 정확한 통계적 결과를 얻기 위해서는 작품에 대한 사실적 정보와 보편적 해석이 뒷받침되어야 한다.

예컨대 시조 내용미학의 지역적 차이를 고찰해 보고자 할 때, 지역을 어떻게 나눌 것인지가 설계되어야 하고, 작품의 지역적 배분의 기준을 작자의 출생지로 할 것인지, 아니면 창작 시기를 기준으로 할 것인지도 정해야 한다. 무엇을 기준으로 하든지 간에 작가나 작품에 대한 정확한 문헌고증이 전제라는 점은 두말할 필요도 없다. 또한 개별 작품에서 색인어를 추출할 때 좀 더 객관적이고 타당한 해석에 기반해야 설득력을 높일 수 있다.

통계분석의 결과로 나타난 유의미한 항목들은 개별 작품 및 그 시대적 맥락과 항상 조회될 때, 시조사의 구도가 온전하게 해명될 수 있다. 다시 말하자면 통계분석의 결과는 기존의 시조사 인식에 새로운 문제를 제기하기도 하고, 간과되었던 부분을 환기시키기도 하며, 해석의 과잉이나 오류에 대한 조정을 요구하기도 한다. 결국 통계분석이 자체의 결과로써가 아니라 재래의 해석적 시야 및 방법과 끊임없이 교섭할 때, 우리 시조사의 다채로운 모습이 훨씬 선명하게 드러날 수 있으리라 본다.

근대 불교시가의 전환기적 양상과 의미

─ 『조선불교월보(朝鮮佛敎月報)』(1912. 2.~1913. 8.)를 중심으로

김 종 진*

1. 머리말

20세기 초 불교계는 조선시대 5백 여 년에 걸친 질곡으로 와해된 운동성을 회복하고 근대종교로서의 체제를 갖추어야 하는 전환기적 과제를 맞이하게 되었다. 그러나 식민 체제에 편입되면서 불교계는 식민지 체제 속에서 한국불교의 정체성을 정립해야 하는 이중의 과제를 안게 된다. 불교계는 이렇게 과중한 시대의 모순을 해결하는 방법의 하나로 雜誌에 주목하게 되었는데, 이로 인해 비로소 불교계 전체를 아우르는 대중공론의 장을 확보하게 되었다. 불교계 잡지에 수록된 논설과 제반 담론들은 근대종교로의 전환문제에 관해 고심한 당대 불교계의 대응양상을 잘 보여주고 있다. 또한 불교계 잡지는 일상에서부터 작건 크건 다양하게 이루어지는 의식과 행사, 사상적 모색, 집단화된 계몽의식을 전달하여 당대의 담론을 형성하는 데 일정하게 기여하고 있는 시의성 있는 시사 잡지의 성격을 지닌다. 나아가 근대의 초입에 당시의 문화양태를 다양하게 수용하고

* 동국대학교

있는 복합적인 문화 텍스트로서 불교계 잡지를 주목해야할 필요가 있다. 불교계 잡지는 근대 불교계의 공론의 장으로, 불교계의 혁신에 대해 제언하고 불교의 역사를 복원하며 불교의 교리와 용어를 정리하는 논설이외에도, 새로운 시대에 걸맞은 의식을 모색하기도 하며, 다양한 장르의 문학작품을 수록하고 있는 총합으로 존재한다. 따라서 불교계 잡지는 불교사 관련 자료로서의 의미뿐만 아니라 근대 잡지사나 근대 불교문화사 혹은 동 시대의 문학사 연구에서 중요하게 다루어져야 할 대상인 것이다.

　문학 연구의 측면에서 볼 때 잡지에 수록된 시가 장르의 작품들과 서사장르, 희곡, 기행문 등은 이 시대 불교 지성인들의 문학적 대응양상을 여실히 보여주고 있는 자료적 가치를 지닌다. 그러나 이 시기의 불교계 잡지에 수록된 문학 자료를 정리하고 소개하는 노력은 본격적으로 이루어지지 않았는데, 이는 자료집의 부재로 인한 것이 가장 큰 이유였다. 이 상황에서 『한국근현대불교자료총서』(이철교 · 김광식 편, 민족사, 1996) 전 70권의 등장은 이 방면에 대해 본격적 연구의 견고한 발판을 마련한 의의를 지닌다.[1] 자료집에 집성된 불교계 잡지는 보수적인 문학관에서 상대적으로 진보적인 문학관까지, 국내에서 국외에 이르기까지, 불교교리 전

---

1) 자료집에 소개된 대표적인 불교계 잡지를 소개하면 다음과 같다.
　『조선불교월보(朝鮮佛教月報)』1~19호(1912. 2~1913. 8), 『해동불보(海東佛報)』1~8호(1913. 11~1914. 6), 『불교진흥회월보(佛教振興會月報)』1~9호(1915. 3~1915. 12), 『조선불교계(朝鮮佛教界)』1~3호(1916. 4~1916. 6), 『조선불교총보(朝鮮佛教叢報)』1~22호(1917. 3~1921. 1), 『유심(惟心)』1~3호(1918. 9~1918. 12), 『취산보림(鷲山寶林)』1~6호(1920. 1~1920. 10), 『조음(潮音)』창간호(1920. 12), 『불교(佛教)』1~108호(1924. 7~1933. 7), 『불일(佛日)』1~2호(1924. 7~1924. 11), 『평범(平凡)』1~3호(1926. 8~1926. 10) 『금강저(金剛杵)』15~26호(1928. 1~1943. 1), 『일광(一光)』1~10호(1928. 12~1940. 1), 『선원(禪苑)』1~4호(1931. 10~1935. 10), 『불교시보(佛教時報)』1~105호(1935. 8~1944. 4), 『금강산(金剛山)』1~10호(1935. 9~1936. 6), 『경북불교(慶北佛教)』1~48호(1936. 7~1941. 7), 『신불교(新佛教)』1~67호(1937. 3~1944. 12), 『람비니(藍毘尼)』1~4호(1937. 5~1940. 3).

달 중심에서 개인의 자유로운 정서의 표출에 이르기까지 등등 문학관, 작자 집단, 시의 내용 등에서 다양한 편폭을 보여준다. 이들 잡지를 불교사나 사상 연구의 자료가 아닌 당 시대를 호흡하고 있는 불교계 지성인 집단의 문화운동의 텍스트로서 파악할 필요성이 절실해진다. 그리고 이러한 기대는 개별 잡지에 대한 구체적인 분석이 수반될 때 이루어질 수 있다.

본고는 이 시기 불교계 잡지에 대한 문화사적, 문학사적 고찰을 염두에 두되, 관심의 폭을 좁혀 현전하는 최초의 불교계 잡지인『조선불교월보』(이하 '월보'로 지칭함)에 나타난 시가 장르의 전환기적 양상을 고찰하고자 한다. 이를 통해 전통적인 가사 창작의 흐름과 차별성을 지니는 도시 불교의 현장에서 이루어진 다양한 시가 작품을 복원하며 그 시대적 의의를 드러낼 수 있을 것으로 본다.

2.『조선불교월보』의 성격과 편집자

『조선불교월보(朝鮮佛教月報)』는 원종종무원(圓宗宗務院)의 기관지로서 1912년 2월 조선불교월보사(朝鮮佛教月報社)에서 간행하였다.[2] 편집 겸 발행인은 권상로(權相老. 1879~1965)이다.

이 잡지의 편집 방침은 '本報의 特色'으로 소개된 광고기사에 잘 드러나 있다. 권상로는 이 잡지가 '승려계의 모범, 학생계의 양사(良師), 수증가(修證家)의 보잠(寶箴), 종교가의 명감(明鑑), 한묵가(翰墨家)의 호우(好友)'가 되기를 희망하였다.[3] 이를 통해 이 잡지가 불교계 소식을 전달하는 단

---

2) 1912년 6월 圓宗과 臨濟宗이 통합되면서 운영의 주체는 朝鮮禪教兩宗各本山住持會議院으로 명칭이 바뀌었으나 잡지의 성격에는 큰 영향을 끼치지 않은 것으로 보인다.
3) 本報의 特色(11호)
　－本報는 佛祖의 骨髓로써 人天의 眼目을 開항기로 目的항오니 僧侶界의 模範.

순한 기관지를 넘어서 근대적 교양 잡지로서 다양한 독자층을 설정하고 있음을 알 수 있다. 그러나 실질적으로는 교리의 연구나 해설, 불교사의 정립과 자료의 발굴 등이 대다수를 이루고 있고, '官報'란을 통해 일제의 종교정책을 신속하게 전달하는 한편, '雜報'란을 통해 이와 관련된 기사를 게재하여 결과적으로 일제의 종교정책의 홍보에 기여하는 역할을 하기도 하였다. 그리고 일반 독자의 투고를 환영하고 있으나 실질적으로는 "政治에 關係가 有ᄒ 文字는 不要홈(11호 판권란)", "本報는 單純ᄒ 宗教性質인즉 政治 等을 含有ᄒ 投稿는 不要홈"(12호 속 표지)이라 하여 독자들의 현실 참여에 매우 제한적인 입장을 취하고 있다.

편집체제는 매 호마다 약간의 변화가 있으나 시사적인 논설, 불교 교리의 논구나 풀이, 불교사의 탐구나 금석문, 漢詩, 국문시가나 소설 작품, 관보, 국내 불교계 소식 등으로 일정한 순서에 따라 편집되었다.[4) 주요 필진으로는 권상로, 박한영, 최동식, 백용성, 한용운, 최취허 등이 있으며, 이 중 대표 필자는 단연 편집 겸 발행인이자 '기자'였던 권상로를 들 수 있다.

이들을 중심으로 1~19호까지 글의 편수를 제시하면 다음의 표와 같다.

ㅡ本報는 久遠한 敎史와 深奧한 敎理를 簡明ᄒ도록 發揮ᄒ오니 學生界의 良師.
ㅡ本報는 敎海에 行相과 禪林에 公案을 詳細히 演繹編述ᄒ오니 修證家의 寶筬.
ㅡ本報는 宇宙의 萬有와 眞俗의 諸諦를 籠絡ᄒ야 配對辨明ᄒ니 宗敎家의 明鑑.
ㅡ本報는 新舊學問과 內外群籍을 括取ᄒ야 文華가 彬蔚ᄒ오니 翰墨家의 好友.
ㅡ本報는 世出世間과 內外人民의게 普及ᄒ야 迅速流通홈으로 廣告力이 卓越.

4) 13호부터 편집체재가 완전히 바뀌었으나 담긴 내용은 처음의 순서와 크게 다르지 않다. 다만 본고의 대상인 근대시가가 13호부터는 등장하지 않는다는 점은 특기할 만하다.

1호ㅡ趣旨書 序 祝辭 論說 文苑 敎史 傳記 寄書 詞林 雜著 官報 雜報
8호ㅡ論說 講壇 文苑 敎史 傳記 寄書 雜著 詞林 歌園 譚叢 강연 官報抄錄 雜報
13호ㅡ一炷香 廣長舌 正法眼 無縫塔 大圓鏡 閑葛藤 無孔笛 언문부 官報抄 雜貨舖
19호ㅡ廣長舌 獅子吼 無縫塔 大圓鏡 流星身 閑葛藤 無孔笛 언문부 官報抄 雜貨舖

	1호	2	3	4	5	6	7	8	9	10	11	12	13	14	15	16	17	18	19
권상로	6편	9	6	11	11	10	5	7	3	3	3	7	7	5	5	6	6	6	11
박한영								1	1	0	1	4	4	2	4	5	6	5	5
최동식											2	4	2	3	2	3	3	2	2
한용운													1	1					
백용성				1	1	1			1	1									
최취허														2					
총목차	11	12	16	17	18	14	10	23	15	20	12	21	20	29	18	20	23	22	28

표를 보면 권상로의 글이 총 126편으로 압도적이며, 잡지의 초기에는 거의 1인 필진 시대라 할 수 있을 정도로 그의 비중과 역할이 컸다는 것을 알 수 있다.5)

그는 본명 이외에도 긔자(記者) 퇴경(退耕) 운산두타(雲山頭陀) 쌍하자(雙荷子) 운양사문(雲陽沙門) 일천제(一闡提) 지일자(之一子) 백운한사(白雲閑士) 무심도인(無心道人) 쌍련암주인(雙蓮庵主人) 사불산인(四佛山人) 농지생(聾之生) 운산도사(雲山道士) 상로자(相老子) 구소당(九韶堂) 등의 필명으로 불교, 역사, 사상, 문학, 문화 등 다방면에 걸쳐 매우 정력적인 글쓰기를 보여주고 있다.

당대의 대표적인 교학승이었던 박한영은 주로 [강단]란을 통해 교학을 전달하는 역할을 하였다.6) 박한영은 이회광이 원종을 세울 때 한용운과 함께 임제종을 세워 대립했던 관계로서, 이회광이 주도한 원종의 기관지로 출발한 조선불교월보에 참여할 입장은 아니었으나, 1912년 5월 28일 주지회의에서 원종과 임제종을 조선선교양종으로 통합하기로 결정하고

---

5) 이 편수는 목차에 제시된 것을 중심으로 계산한 것이다. 여러 사람이 동시에 참여하고 있는 축사란이나 한시를 모아놓은 사조란의 작품은 포함하지 않았다.
6) 물론 한시작품은 제외하였다. 이 잡지에 수록된 한시에 대한 고찰은 별고를 통해 규명될 필요가 있다.

양자가 화해 한 후 비로소 필진으로 등장하게 된다.7) 박한영의 글이 등장하는 8호부터는 권상로의 비중이 축소되는 경향이 있다.8) 그럼에도 실질적으로 권상로 1인에 의해 잡지가 지속되었다는 점에서 월보에 대한 연구의 상당부분은 권상로의 초기 활동에 대한 연구와 중복된다.

권상로 글의 성격을 대별하면 첫째, 조선불교개혁론,9) 둘째, 교리 연구 및 해설,10) 셋째, 해외 저술 번역 소개,11) 넷째, 한국불교사 정립과 문헌의 발굴,12) 다섯째 한시, 시가, 소설13) 및 기타 단형물14) 등이다. 이 가운데 앞의 네 측면에 대하여는 기존의 불교학, 역사학계에서 어느 정도 소개가 이루어진 상황이다.15) 그러나 계몽담론을 전달하는 과정에서 여성 독자를 공론의 장에 편입하고 이 과정에서 새로운 형식의 문학을 시도하는 역할에 대해서는 지금껏 논의된 바 없다.

한편 [雜報]란에 소개한 여러 기사를 선택하여 전달한 편집자로서의 역

---

7) 조선불교월보 7호 잡저.

8) 8호~11호에는 권상로의 글의 비중이 현격하게 줄어들며, 8호~12호까지는 '記者'로 소개되는 글이 없는 것은 박한영의 등장으로 인한 것인지 다른 이유인지 확인이 필요할 것으로 본다.

9) 잡저(3호~8호)와 한갈등(13호~18호)란에 12회 <조선불교개혁론>이 연재됨.

10) 강연, 강단, 학해, 논설란을 중심으로 소개되었다.

11) 村上專精의 불교통일론을 강단 정법안 사자후 란에 연재함. 村上專精(1851~1929)는 大乘非佛說을 주장한 일본의 유명한 불교학자이며, 권상로가 이를 번역한 것 역시 그의 개혁 의지가 잘 드러나는 것이라 한다.(이재현, 2000)

12) 敎史란과 무봉탑 란에 인도사, 지나사, 조선사, 일본사, 삼국사, 고려사가 연재되었으며, 문원과 대원경 란에 고승들의 비명 비문 간찰 등을 (24회에 걸쳐) 집성하였다. 傳記란에는 순도화상에서 원광법사에 이르는 초기 인물의 전기를 발굴 소개하였다. 불교사를 정립하는 문제는 권상로에게 가장 큰 관심사의 하나였다. 비문자료를 수집하기 위해 현상응모(4호~8호)를 하고 시상(14호. 雜貨舖)까지 하는 등 국학자로서 강한 의지와 사명감을 보여준다.

13) 소설로는 권상로의 <尋春>(1호), <楊柳絲>(4호.6호)와 南史居士의 <一宿覺>(2.3호)가 있다.

14) [譚叢]란에 소개된 짤막한 이야기(4.5.8호)로 추후에 소설과 단형물에 대한 논의가 필요하리라 본다.

15) 양은용(1993) 김경집(2001) 이재현(2000) 김경집(2006) 이덕진(2006) 외 참고

할은 통계자료에는 잡히지 않으나 나름대로 중요한 의미를 지닌다. [잡보]란의 여러 기사를 분석해보면 일정한 경향성을 확인할 수 있는데, 가장 주요한 관심사는 포교당의 건립과 불교의식의 집전 등이었다. 이들 기사를 적극 발굴하고 소개한 것은 불교의식의 재정립이라는 시대적인 과제와 맞닿아 있다.

시가 작품은 몇 편 되지 않으나, 한시 · 언문풀이 · 창가 · 가사 등 이 시대에 존재했던 다양한 형식을 보여준다. [사림(詞林)][사조(詞藻)]와 [무공적(無孔笛)]란에는 권상로 최동식 최취허(崔就墟) 박한영(朴漢永) 등의 한시가 수록되어 있다. 국문시가는 [가원(歌園)]과 [언문]란에 주로 수록되었다. 무심도인(無心道人)의 <諺文歌(언문뒤푸리)> <時鍾歌> <陽春九曲>, 지일자(之一子)의 <新歲拜>, 김정혜의 <紀念歌>, 최취허의 <歸一歌>, 복덕월 리한열의 <축사(祝辭)>, 이증석의 <新年祝詞> 등이 있다.16) 권상로의 시가작품 4편과 여타의 작품에는 불교개혁의 의지가 작품 속에 고스란히 반영되어 있는 바, 오랜 세월에 걸친 불교계의 어둠을 깨치고 새로운 중흥의 전기를 마련하자는 의도에서 자각과 정진을 고취시키는 계몽적인 내용이 주를 이루고 있다. 포교당 등의 건립과 기념일을 맞이하여 행사시에 부르는 창가로 소개된 김정혜, 최취허의 창가, 복덕월 리한열의 <축사(祝辭)>, 이증석의 <新年祝詞>는 근대적 전환기를 맞이한 이 시대의 불교계의 분위기를 잘 반영하고 있다. 물론 이러한 작품을 선별 수록한 편집자 권상로의 의도가 배경에 작용하고 있음은 유념해야 할 것이다. 이에 제3장에서는 권상로의 편집자로서의 역할이 주로 드러나는 창가, 언문풍월을 중심으로 그 전환기적 양상에 대해 고찰해 보고자 한다.

---

16) 이 가운데 '무심도인'과 '지일자'는 권상로의 호라는 점을 앞서 밝힌 바 있다.

3. 『조선불교월보』에 나타난 국문시가의 전환기적 양상

1) 새로운 의식의 모색과 唱歌

조선 왕조 500년에 걸친 오랜 抑佛의 상황에서 조선시대의 불교는 敎學의 부진과 교단의 쇠퇴를 맞이하였다. 이 가운데서도 왜란과 호란을 겪으면서 僧軍의 활동이 활발하게 전개되어 불교교단의 입지가 종교와 다른 차원에서 어느 정도 확보되었고, 이후 17세기에서 18세기에 이르는 동안 전국의 사찰에서 佛事가 중흥되는 기회를 맞이하였다. 이 시기에는 각 사찰의 대웅전을 비롯한 법당의 개보수와 重修가 이어졌고 이에 따라 각각의 부속건물에 필요한 다양한 형태의 탱화─감로도 시왕도 영산회상도 등─와 불상이 제작되었다. 아울러 불교경전의 재간행이 활발하게 이루어지게 된다. 이는 물론 진경시대라고 하는 영정조 전후의 우리 문화의 부흥시대와 맥을 같이 하는 것이다.

이러한 과정과 동시에 또는 계기적으로, 조선후기 불교계는 의례의 정립과 정비를 통해 불교를 홍포하고 법통을 전승하려는 노력을 보여주는데, 이를 18세기 이후에 정비된 각종 의례서를 통해 확인할 수 있다. 이 시기의 의례집으로『梵音集』(1723. 智還 편)『作法龜鑑』(1826. 白坡 찬)『同音集』(미상. 18세기 이후)『一判集』(미상. 18세기 이후) 등이 있다. 이 시기에 의식집을 여러 차례 펴낸 것은 의식의 정비를 통해서 교단의 질서를 세우고 법통을 잇는 등, 불교계의 분위기를 쇄신하고 대중포교에 효과를 높이기 위한 것으로 생각된다. 한편 범패의 가창과 함께 바라춤 나비춤 등의 다양한 무용의식과 괘불 그림 등 민속신앙적인 요소가 결합되는 양상을 보여준다.17)

---

17) 홍윤식,『한국불교사의 연구』, 교문사, 1988, 288쪽. 참고.

그러나 이러한 의례불교의 파생양상은 20세기 나라의 운명이 급박하게 돌아가고 급변하는 사회문화적인 환경 속에서 그 시대적인 의미를 상실하게 되었다. 근대적인 불교운동을 전개하는 선각자들은 기존의 의례불교에 대한 철저한 부정을 주창하거나 온건하게는 기존의례의 정비를 주장하게 되었다. 한용운의 『조선불교유신론』의 상당부분은 주로 기존의 신앙행태에 대한 비판이며 본질은 기존의 의례중심의 불교에 대한 비판으로 이루어져 있다.

> 조선 佛歌의 백 가지 법도가 신통치 않아서 하나도 볼 것이 없거니와 그 중에서도 齋供養의 의식(梵唄 四物 作法 禮懺 및 기타)이라든지 제사 때의 예절 따위의 일(對靈施食 및 기타)에 이르러서는 매우 번잡 혼란하여 질서가 없고 비열 잡박해서 끝이 없는 상태다. 이것을 모두어 도깨비의 연극이라고 이름 붙이면 거의 사실에 가까울 듯하니 지금은 말하는 것도 부끄러운 까닭에 가리어 논하지 않으련다.18)

한용운은 기존의 불교의례의 제 양상을 미신으로 규정하고 기복신앙적 불교를 벗어나야 한다고 주장하였다. 그리고 다신교적인 양상을 보이고 있는 각종 숭배의 대상을 석가모니 불상 하나로 통합하여야 하며, 의식절차도 간결하게 하여 종래 범패 사물 의식무 등을 중시하여 발전시킨 예능적 불교의식을 모두 없애야 된다고 하였다.

한용운이 비판하고 있는 재래의 예능적 특성을 지닌 다양한 형태의 불교의식은 조선 후기의 시대 상황에 대응한 하나의 문화양상이라는 점에서 그 역사적인 의미를 부여할 수 있다. 그러나 이러한 의례중심 예능중심의 포교방향은 근대의 상황에서 타율적이고 비 주체적인 신앙으로 규정되면서 새로운 의식의 필요성이 강하게 제시되었다. 한용운이『조선불

---

18) 한용운 저 이원섭 역,『조선불교유신론』, 운주사, 1992, 112쪽.

교유신론』에서 제기하고 있는 주장의 가장 큰 줄기는 기존의 의례불교의 다양하고 잡박한 예능형태는 불교의 본질을 벗어난 것이며 의식을 단순하게 하여 불교의 본래의 정신을 회복하자는 것이다.

그러나 이러한 주장은 한용운만이 제기한 독창적인 주장이라고만 할 수는 없다. 이미 이 시기에 조선의 불교계는 교육제도 사회제도의 근대적인 변화 속에서 의식과 관련한 다양한 모색이 이루어지고 있었던 것이다.

예를 들어 월보 2호의 기자 논설(<大邱信士의 衆議를 一述홈>)에는 범어사에서 대구에 설립 중인 포교당의 의식에 대한 의견이 세 갈래로 나뉘어져 있다는 점을 예의 주시하고 있다. 장차 포교하는 의식에서 불상을 모시자는 입장(因舊派), 일원상을 모시자는 입장(圓相派), 불상도 일원상도 없이 의식을 진행하자는 입장(眞空派)이 대립되어 있는데, 이 중 세 번째 진공파가 우세하다는 기사와 함께 기자의 의견을 개진하고 있다.19)

또한 1912년 5월 28일 11본사 주지회의에서 원종 임제종을 조선 선교 양종으로 결정하고 寺法을 제정하면서 三報本法式日로 세존열반회(2.15) 세존탄생회(4.8) 세존성도회(12.8)(60쪽)20)로 정하였고 "佛供節次는 從來의 淸規를 依ᄒ되 但 和請 鼓舞 라法 作法은 一切 廢止홈."(64쪽)21)이라 하여 전통 의례에 대한 금지를 사법으로 강제하고 있음을 알 수 있다. 寺法은 일본의 사찰령과 사찰령 시행 규칙에 의해 제정토록 한 일제의 문화 말살 정책의 와중에 제정된 폭압적인 법령이었다. 종래의 민속화된 불교

---

19) 我 朝鮮 佛教界에 活動力이 第一 澎漲 敏銳한 釜山府 梵魚寺에서는 東萊郡에 法輪寺를 創立ᄒ야 布教에 從事ᄒ고 又 其 餘力을 延伸ᄒ야 現今 永川郡 銀海寺와 合資ᄒ야 布教堂을 大邱에 又爲建築ᄒ는 中인딕 將來 奉佛 布教홀 儀式에 就ᄒ야 信士 諸氏의 論議가 不一ᄒ야 此를 類分ᄒ면 大槪 三派로 成立되야시니 甲,眞空派 乙,圓相派 丙,因舊派 (중략) 三派의 言論이 互相支吾ᄒ야 何로 落着홀는지는 未知이느 多數는 甲派를 向ᄒ야 擧手혼다더라.(이하 생략)
20) 4호(1912. 5)―[잡보]
21) 4호(1912. 5)―[잡보]

의례에 대한 반성과 일제의 문화 말살 정책은 근본적으로 큰 차이가 있으나, 산중불교에서 도시불교로 전환되는 이 시기에 양자가 한 지점에서 만나고 있다는 사실은 매우 역설적이라 할 수 있다.

　이 시기의 의식의 변화 양상은 불교계 잡지의 [잡보]나 [휘보]란을 중심으로 소개되었다. 월보의 경우에도 의식의 소개는 새로운 시대를 맞아 흥성하는 불교의 위상을 드러내는 호자료로 적극 소개되었다. 초기 간행에서 주목되는 것은 석탄일, 성도일, 열반재 등의 의식의 절차와 성황에 대한 것이다. 그리고 의식의 절차 중의 하나로 讚歌나 唱歌를 불렀다는 기록이 빠지지 않는다는 점도 주목할 만하다.22) 이와 함께 각지의 포교당 건축이나 행사시에 唱歌는 필수적인 절차의 하나로 각인되는 상황도 [잡보]

---

22) 대표적인 기사는 다음과 같다.
　1호-(1912.2)(成道紀念日 행사. 각황교당)
　畫會-1. 개회 2. 대중예식 3. 설교 4. 贊演 5. 답사 6. 進供
　夜會-1. 대중팔상예식 2. 讚歌-남학생 여학생 3. 奏樂 4. 설교 5. 찬연 6. 讚歌-남학생 양정여학생 7. 進供 8. 폐회
　4호(1912. 5)(涅槃齋 행사. 각황사 포교당)
　각황사 포교당내에서는 4월2일(음력 2월 15일)에 석가세존열반하신 제2861회에 당한 열반재를 성대히 거행하였는데 그 순서는 다음과 같다.
　畫會-1. 개회 2. 唱歌-호동학교학생(夜會시에는 호동학교학생 양정여학교학생) 3. 대중예식 4. 식사 5. 설교 6. 찬연 7. 답사 8. 唱歌(상동) 9. 진공 10. 폐회-인데 신남신녀와 기타 참관하는 내빈이 만장하여 無前한 盛況을 呈하였더라.)
　5호(1912. 6)-(釋迦誕辰日 행사. 각황사)
　畫會-1. 개회 2. 唱歌(사립호동학교학생 사립양정여학교학생) 3. 대중팔상예식 4. 설교 5. 贊演 6. 창가(사립호동학교학생 사립양정여학교학생) 7. 進供 8. 폐회 (夜會) (중략) 인듸 來會는 신사신녀와 幷관광자가 무려 7,8천에 달하였고 호동학교급 양정여학교에서 각각 50燈을 製獻하였으며 (중략) 각황사 창건이래 불과 3년에 여시히 확장됨을 추산하건데 不幾年에 吾敎의 대발전을 가히 단언하겠도다.
　5호(1912. 6)-(통도사 석탄일 및 사리계단탑 낙성식 거행)
　1. 開式(창가) 학생 2. 개식취지. 3. 설교(김구하) 4. 찬연 5. 축사(부인회대표 尹淑貞, 여학생대표 李仝子) 6. 답사 7. 창가(학생) 8. 遊戲-여학생 9. 進다과 10. 閉式(夜會에는 폐회 때도 唱歌)인데 참관자가 萬有餘名에 달하여 近古조선불교계는 초유한 성황을 정하였다더라.

를 통해 확인할 수 있다.23) 이들 의식은 월보가 창간된 초기 즉 1호~6호
에 자세히 소개되어 있어 이 시기 매우 새롭고 이목을 끄는 행사로 적극
적인 의미를 부여하고 있음을 알 수 있다. 각 행사에 소개된 창가 역시 불
교계의 의식에 새로 유입된 절차로서 주목되는 것임을 짐작할 수 있다.
그러나 7호 이후에는 더 이상 자세한 의식절차의 소개는 이루어지지 않
게 된다.24) 이제는 창가의 제창이 이목을 끄는 의식의 절차가 아니라 벌
써 하나의 일반적 경향으로 자리 잡았음을 유추할 수 있다. 다만 1913년
에 이르면 기존의 의식에 '幻燈'會라는 방식25)이 새로 선을 보이며, 이에
대해서는 다시 자세한 소개가 이루어진다.26) 근대 의식의 작은 변화에 대

---

23) 5호(1912. 6)−[잡보] 범어사 주최 경성 포교당 건축(조선임제종중앙포교당 개교식
　거행의 식순)
　1. 개회 2. 귀의삼보 3. <u>창가(사립호동학교학생)</u> 4. 주악(고아원음악) 5. 취지설명(한
　용운) 6. 入定(入定?) 3분간 7. 설교(백용성) 8. 찬연 9. 축사 9. 주악 10. <u>창가(상동)</u>
　11. 불교만세 12. 폐회 13. 進茶菓
　7호 [잡제] 함경남도 안변군 석왕사 포교당 세우고 봉불식 거행−拜觀者가 一路에
　充塞ᄒᆞ야 幾百萬名으로 計數키 難한 人山人海를 成ᄒᆞ얏고 기 법식순서는 좌와 여
　ᄒᆞ얏다더라
　晝會−1. 개회 2. 대중예식 3. 唱歌(明進學校 生徒) 4. 주악 5. 설교 6. 찬연 7. 답사 (*
　夜會시 唱歌 추가) 8. 진공
24) 10호 [잡보] 조선불교중앙포교당에서 지난 27일 제2회 기념일인 고로 각사 승려와
　신남신녀 제씨가 다수 회집ᄒᆞ야 주야회에 공전절후한 성대예식을 設行하였더라.
　13호 [雜貨舖] 경성 조선불교중앙포교당에서는 납월 8일 성도기념식을 성대히 거
　행ᄒᆞ얏다더라.
25) 최초로 등장하는 환등이 슬라이드를 말하는 것 같으나 이에 대한 자료는 더 확인해
　야할 필요성이 있다.
26) 15호 [雜貨舖] 경성 조선불교중앙포교당에서는 열반일에 성대ᄒᆞᆫ 기념식을 주야 2
　회에 設行ᄒᆞ며 夜會에 如來八相幻燈이 有ᄒᆞᆷ으로 인산인해를 成ᄒᆞ야 비상한 성황
　을 뫃하얏는ᄃᆡ 그 순서는 如左ᄒᆞ더라.
　晝會−1. 개회 2. 唱歌−학생 3. 八相禮式 4. 설교(박한영) 5. 贊演(이능화) 6. <u>창가−</u>
　<u>학생</u> 7. 進供 8. 폐회
　夜會−1. 개회 2. <u>창가−학생</u> 3. 奏樂 4. 팔상예식 5. <u>八相幻燈</u> 6. <u>창가−학생</u> 7. 진공
　8.폐회
　17호 [雜貨舖]−誕節盛式: 本年 陰 4월 8일 誕節은 세존응화 2939회 기념일인 고로

한 기자로서의 보도 자세가 여실히 드러나는 것이다.

이러한 행사에서 호동학교와 양정여학교, 그리고 명진학교 학생이 제창으로 불렀을 창가의 내용은 현재 전하지 않는다. 이 시기의 창가가 그러하듯이 서양의 악곡(예를 들어 올드랭사인 등)이나 일본의 곡조를 차용하여 불렀을 가능성이 크나 확인할 자료는 없다. 다만 현재 확인되는 자료는 <紀念歌>와 <歸一歌> 두 편이다.

<기념가>는 大邱 桐華寺 布敎堂 第 一回 記念式 唱歌로 소개(월보 7호.(1912. 8))되었다.

어와우리 同胞들아 오날날을 알으시오
明治四十 四年度에 奉佛ᄒ던 紀念일셰
우리世尊 釋迦如來 大慈大悲 誓願으로
三界火宅 苦海中에 衆生濟度 ᄒ시고져
秋天滿月 도드신듯 三十二相 八十種好
大人相을 莊嚴ᄒ사 淨飯王宮 誕生ᄒ와
七十九年 住世中에 三百餘會 說法으로
度脫衆生 ᄒ오시니 一生能事 아니신가
我佛如來 無上法門 希有ᄒ고 微妙ᄒ다
飢饉劫時 膏粱이요 疾病劫時 良藥이라
昏衢長夜 寶月이요 生死苦海 慈航일식
一歷耳根 ᄒ오시면 生死輪廻 永脫ᄒ고
無生法忍 證得ᄒ야 無上快樂 바드시니
엇지아니 조흘숀가 이리조흔 微妙法을
혼자알고 안說ᄒ면 佛子義務 아니로셰

環青丘로 言ᄒ야도 사원과 교당마다 기념에 대한 供養盛備와 法要演揚홈은 無處無之흔즉 枚擧報告ᄒ기 不能ᄒ거니와 其最勝 最大式場은 경성중부 각황사 즉 조선불교중앙포교당에ᄂ 주야기념식 성황은 無論ᄒ고 如來應化事蹟으로 素本을 삼어 幻燈會가 壯觀奇觀을 遂成ᄒ얏고 (하략)

어화우리 同胞들아 報佛恩德 ᄒ야보셰
報佛恩德 ᄒ사랴면 어이ᄒ야 ᄒ올넌고
香華燈燭 幢幡寶盖 가지가지 供養ᄒ며
三時身命 河沙七寶 가지가지 布施ᄒ며
頂戴ᄒ고 床座되야 恒沙劫을 지니여도
布敎傳道 못ᄒ오면 報佛恩德 아니로셰
어화우리 同胞들아 어셔어셔 工夫ᄒ야
布敎ᄒ며 傳道ᄒ야 報佛恩德 ᄒ야보셰
이와갓흔 佛恩德은 우리當然 갑흘바라
우리아니 갑흐오면 그뉘기롤 밋을손가
同胞들아 同胞들아 銘心不忘 잇지마오
紀念旗를 놉히들고 萬歲ᄒ번 불너보셰 <기념가>

　이 작품은 동화사 포교 출장본부인 아미산포교당에서 제1회 봉불기념
식을 거행하면서 부른 노래로서, 자세한 행사내용이 월보 6호 [잡보]란에
소개되어 있다.

　5월 20일 음력 4월 9일 동화사 포교 출장본부 아미산포교당에서 제
1회 奉佛기념식 거행ᄒ얏니 當地 各官吏와 各宗敎 各社會 代表와
紳士諸氏와 多數히 參禮ᄒ얏고 信徒ᄂ 男女間 수천여명에 達ᄒ얏ᄂ
디 下午 1시에 開會ᄒ야 本寺住持 金南坡씨가 出席ᄒ야 趣旨를 說明
하얏고 說敎ᄂ 朝鮮側에서 金月齊씨가 登壇ᄒ야 佛敎宗旨를 演揚ᄒ
얏고(중략) 餘興으로 <u>동화사학생 40여명과 파계사 학생 20여명과 유
가사학생 ᄭᅵ지 70여명이 일제히 紀念歌를 唱하고</u> 下午 8시에ᄂ 靑黃
赤白 四色燈籠으로 수백여개를 半空에 高懸ᄒ고 <u>학생이 提燈唱歌ᄒ
후에 폐회하얏니</u> 大邱ᄀᆺ치 인심이 완고ᄒ고 佛法을 신앙치 아니ᄒ
던 지방에도 (하략)

월제(月齊) 김정혜(金定慧)[27]는 봉불식을 기념하는 자리에서 조선측의 대표로 참석하여 강연[28]을 하였고, 기념 창가의 가사를 지었다 . 이 노래는 여러 학생들이 일제히 제창하였던 것으로 기록되었는데 그 곡조는 알 수 없다. 앞부분에서는 부처님의 은혜를 소개하고, 중반 이후에는 부처님의 은혜에 보답하는 일은 포교와 전도에 있다는 내용을 담고 있다. 김정혜가 법회에서 행한 강연의 요지가 각자 본분을 다하고 포교에 힘쓸 것을 권장하고 있는 것과 같은 내용이라 할 수 있다.

일제의 사찰 정책에 의해 더 이상의 사찰은 개창할 수 없고 포교당 건립만 가능케 한 결과 불교잡지에 포교당 건립 소식이 다수 차지하게 되었다. 그리고 포교당이라는 명칭에 걸맞게 포교와 전도에 힘쓸 것을 당부하는 내용의 창가가 불리는 것은 시대적인 현상이라 할 수 있다. 최취허(崔就墟)의 <귀일가(歸一歌)> 역시 경북 풍기군 봉명사(鳴鳳寺) 귀일강당(歸一講堂)의 건립을 축하하고 학업에 힘쓰자는 내용으로 월보 8호(1912. 9) [歌園]란에 수록되어 있다.

> 歸一講堂 學徒들아 歸一趣旨 知也否아
> 歸一意思 모르거든 歸一義味 드러보소
> 歸一ᄒᆞᄂᆞᆫ 此時代에 歸一안코 되깃ᄂᆞᆫ가
> 農業歸一 氣力업고 商業歸一 資本업네
> 工業歸一 흘수업고 學業歸一 第一일세
> 學業歸一 ᄒᆞ고보면 萬事歸一 졀노된다
> 國民義務 歸一ᄒᆞ면 忠君愛國 歸一ᄒᆞ고

---

27) 조선불교월보 제4호 [祝辭]란에 조선불교월보를 축하하는 한시투의 축사가 실려있다 <祝辭> 曰爾報公아 來何晚也오 公之不來에 慧炬幾滅터니 公之來也에 慧炬復明이로다 飢饉劫時 膏粱이오 疾病劫時 良藥이로다 孰聞公來ᄒᆞ고 不以蹈舞아 讚之不及ᄒᆞ고 頌之不及이로다 心香一炷로 暗祝吾公ᄒᆞ노니 壽量無窮ᄒᆞ야 於千萬劫이어다.

28) 강연 내용 전문이 동 잡지 6호에 실려 있다.

孝親敬長 歸一ᄒ면 爲人子弟 歸一ᄒ고
交友投分 歸一ᄒ면 朋友有信 歸一일세
三綱五常 歸一ᄒ면 慈善道德 歸一이오
慈善道德 歸一ᄒ면 三乘會歸 一乘이라
三歸一乘 ᄒ고보면 萬法歸一 一何歸지
此歸一於 何處런고 百川流水 歸一海라
三界萬類 歸一處는 畢竟成佛 歸一일식
歸一講堂 目的地는 如是歸一 如是로다
歸一歌를 놉히불너 歸一講堂 歸一ᄒ세 <귀일가>

　　매 구마다 당호인 '歸一'을 반복해서 일정한 리듬을 형성하고 있어, 노래로 부를 때 매우 박진감 있는 가락이 형성되었을 것으로 보인다.

　　지금까지 살펴본 바와 같이 이 시대에는 의식의 양상이 전 시기와 사뭇 다르게 전개된다. 의식이 현대적인 식순 개념으로 변모하고 있고 승려 중심의 의례가 아닌 자리를 함께 하는 모든 이를 위한 식순이 되어 있음을 알 수 있다. 그리고 기독교 의식가요에서 유래한 창가가 구연되고 있으며 여학생의 遊戱와 같은 근대적 오락물 혹은 근대적 예능화의 양상까지도 파악된다. 그리고 이러한 의식절차에 양건식 한용운 이능화 등이 연사로 참여하고 있음을 보면 한용운이 주창하고 있는 새로운 의식의 형태와 직간접적인 관련을 맺고 있음을 알 수 있다. 나아가 기념식 창가 등이 소개되면서 이 시기 의식불교의 근대화되는 과정에서 새로운 음악 장르의 도입과 형성이 하나의 현상으로 자리 잡고 있음을 알 수 있다.

　　1931년에 변화하는 시대 새로운 의식의 정비를 요구하는 시대적인 요청 속에 『석문의범』이 출간되었다. 이 책은 일반대중까지 독자로 설정하여 기존의 의례를 체계적으로 정리하고 화청으로 전승되는 기존의 불교가요를 수록하고 있다. 불교가요는 <회심곡> <백발가> <몽환가> 등의 가사, <원적가> <왕생가> <신년가> 등의 단형 가사, <신불가>

<찬불가> <성탄경축가> <성도가> <열반가> <학도권면가> 등의 창가가 수록되었다. 이 가운데 특히 창가는 1924년 이후 『불교』잡지에 빈번하게 소개된 讚歌, 紀念歌 가운데 일부를 수록한 것이다.

결국 1912년에서 1913년까지 경이의 눈으로 바라보았던 '창가'는 구체적으로 어떤 내용이며 어떤 곡조인지 알 수 없으나, <기념가> <귀일가> 등의 노래를 통해 그 내용을 짐작할 수 있다. 그럼에도 이들 작품의 내용과 당시 의례에 대한 관심을 기사화한 자료를 통해 이 시기가 근대적 의례로 변모하는 과정에서 새로운 노래들이 필요했으며 그 내용들의 경향성을 확인할 수 있다는 점에서 의의가 있다고 할 수 있다. 이러한 변화를 바탕으로 1920년대에는 본격적인 찬불가가 등장하고 이후 30년대에 의식집에 수록됨으로써 공인되는 과정을 거치게 된다. 이런 맥락에서 볼 때 1910년대의 창가는 근대 의식 가요의 전환점이라는 의의가 분명해진다.

2) 사회진화론의 훈습과 學生界의 투고 작품

조선불교월보의 간행은 근대불교계의 공론의 장을 마련한 기념비적인 사건이라 할 수 있다. 그렇다면 이 잡지가 표방하는 편집의 원칙은 무엇일까. 앞서 소개한 '편집 방침'에는 僧侶界, 學生界, 修證家, 宗敎家, 翰墨家의 네 부류가 제시되어 있다. 일종의 광고성 안내에 불과하지만, 이를 통해 잡지의 지향점과 내용을 짐작하기 어렵지 않다. 이들 중 학생계는 기존의 관습에 물들지 않고 불교계의 새로운 변화를 적극 수용하는 대상 혹은 주체로서 월보에서 주요한 독자로 설정되었다. 그리고 독자 확장이나 새로운 혁신의 불교이념을 전파하는데 학생들은 개혁의 우군으로, 새 시대의 필진으로 적극 편입되었다.

예를 들어 월보 창간호에 [축사]란에 기고한 인물을 검토해 보면 19명의 필진 가운데 승려, 거사(태화거사 남형, 일소거사 이능화, 서산거사 성훈—호동학교교장), 김윤식, 박영효 등의 지식인 이외에 '17세 학생 曺學乳', '金龍寺學生 全裕銑', '金龍寺學生 李曾錫' 등의 '학생계'가 한 몫을 차지하고 있음을 알 수 있다.29) 조학유는 1920년대에 찬불가를 지어 의식의 형성이 기여한 주요한 문화계 인물로 부상하게 된다. 시대의 호흡에 맞는 새로운 의식과 의식가요에 관심을 보여주던 권상로의 영향을 받았다고 할 수 있다. 전유선과 이증석은 금룡사의 학생들인데, 금룡사에서 주석하고 강의하였던 권상로의 제자들로 생각되기 때문이다.30)

明治四十五年 初春에 第一 喜消息은 佛教月報刊行이 是已라 (중략) 嗚呼法侶 僉彦이여 過去歷史 回思ᄒ소 唯一無二 大宗教를 鼓發之期 杳然타가 枯木에 春氣回ᄒ야 冷灰가 今復燃ᄒ니 年少學生 李曾錫도 佛法中에 一分子라 感賀心을 不勝ᄒ야 淸樅曉燈에 遙禮頂祝 ᄒᄂ바라 佛教月報兮여 9중략) 使吾教青年으로 人人愛讀此報ᄒ야 腦髓舊染 淨洗ᄒ고 新鮮空氣注入ᄒ면 (중략) 宗教蔚興ᄒ리로다. (이증석 <축사> 조선불교월보 1호, 11쪽.)

今日 我 靑年은 其將覆轍을 循蹈ᄒ야 吾教의 未來興替를 又復時代의 自然에 任置코져ᄒᄂ가 抑或活步를 勇施ᄒ야 吾教의 未來隆盛을 自己의 手로 造成코져 ᄒᄂ가 一年의 事는 春期에 可辦ᄒ지오 一家의

---

29) 이증석과 전유선, 조학유는 같은 호 [詞林]란에 한시를 발표하고 있다. 이증석과 전유선은 <축불교월보발행>을, 조학유는 <偶吟>이라는 제목 아래 한시를 발표하였다. 이증석의 한시를 소개한다. 月報精神亘古今 高談格句是圓音 聲聲透到雲山裡 覺我禪慂一夢深

30) 권상로는 1904년(26세) 금룡사 화장암의 강사로 부임한다. 1905년(27세) 상경하여 명진학교에 입학하여 3개월간 다니다가 중퇴하고 경상북도 문경 등 7개군 사찰연합으로 금룡사 내에 慶興學校를 창립하였다. 이듬해 이 학교의 한문교사가 되며, 30세 되던 1908년 이 학교의 측량과를 수료하고 사원의 강사와 학교의 교사를 두루 역임하였다(양은용(1993) 3~4쪽).

事는 長子가 可幹홀지오 一世의 事는 靑年이 可擔홀지니 今日 吾敎에
對ㅎ야 吾儕의 靑年은 其 責任이 重大ㅎ도다. (이중석, <寄書−敬告于
佛界靑年>, 조선불교월보 8호 45쪽.)

이중석의 논조는 이 시대에 유행한 사회진화론의 영향을 받아 변화와
개혁을 갈망하는 것으로 채워져 있으며, 학생계의 주축들은 이 시기에 전
개되는 불교청년운동의 주요 필진으로 부상하게 되는 것을 위의 글을 통
해 확인할 수 있다. 이와 함께 월보 12호에 '學生 李曾錫'의 작품으로 수록
된 <新年祝詞>는 창간호부터 전개한 새 시대의 변화에 대한 기대와 흥
분을 반복하고 있는 단형의 가사이다.

> 天理循環億千劫에 明治天地다시밝고
> 我師入寂三千年에 報化精神不滅ㅎ샤
> 佛敎月報化出ㅎ니 未曾有의祥瑞로다
> 菩提樹王萬千枝에 枝枝節節文明花라
> 日月雙流迅速ㅎ야 大正新春싀로워라
> 深冬長夜大夢關에 警世鍾은佛敎月報
> 狂風暴雨黑夜路에 電氣燈은佛敎月報
> 劫海波濤漲刮頭에 迷津筏은佛敎月報
> 衆生心病膏肓中에 回春丹은佛敎月報
> 嗟我衆生大導師는 佛敎月報이아닌가
> 送舊迎新오날날에 慶賀之心읍슬소냐
> 靑邱叢林一分子로 心香一炷싀로들어
> 來頭無恨新年마다 無窮幸福느리기를 <신년축사>

신년을 맞이하는 기쁨을 明治와 大正연호를 제시하면서 제시하였고,
월보의 창간을 축하하며 월보에 거는 기대를 격한 어조로 표출하고 있다.
<신년축사>는 월보에 넘쳐나는 사회진화론 논설의 훈습을 받은, 혹은
주도하는 불교청년의 목소리를 재확인시켜 주는 작품이라 할 수 있다.

3) 여성 독자의 편입과 언문풍월

여러 가지 한계가 없는 것은 아니나 조선불교월보는 불교계에 근대적 공론의 장을 마련하고 집단적인 변혁의 흐름을 선도해 나가며 여러 기사를 통해 불교사를 정립하는 등 그 의미가 작지 않다. 월보는 또 시대의 변화에 따른 불교의식의 변모에 대해서도 예의 주시하는 한편 불교청년세력을 형성하고 불교계의 주역으로 성장시키는 중요한 역할을 하고 있다. 이와 함께 본고에서 주목하는 것은 여성을 불교계의 일원으로 부각시키면서 새 시대의 변화에 서도록 지면을 할애하고 있다는 점이다. 비록 불완전하고 미미한 수준일지라도 이러한 변화는 매우 의미 있게 받아들일 필요가 있다.

이러한 변화는 제3호에 [언문란]을 신설하면서부터 시작되었다. 여기에는 복덕월 리한열의 <축사>, 춘수관녀ᄉ 천일청의 <신교ᄒ시ᄂ부인계에흔말ᄉᆷ으로경고흠>, 그리고 기자의 논설인 <불교ᄂ 보텬하형뎨자미의교>가 수록되어 있다. 기자의 논설은 같은 호 [論說]란에 국한문 혼용체로 소개된 <吾敎ᄂ 普天下兄弟姊妹의 敎>를 한글로 옮긴 것인데, 이는 전통적으로 '언문'에 익숙한 여성층을 독자로 확장하려는 의도에서 꾀한 변화라 할 수 있다. 기자(권상로)는 이 글에서 불교가 승려에만 한정된 것이 아니라 '여러 형제자매'의 것임을 말하면서 기존의 인식을 깨고 적극적인 참여가 필요하다는 것을 원론적으로 제시하였다.31) 이는 승려뿐만 아니라 거사 재가신도 특히 여성을 염두에 둔 것으로 독자층의 확장과도 관련이 있다.

---

31) "불교 이 자(二字)는 단순히 혈혈한 승려의 소유권이 된 자인가 또한 보천하 형제자매의 보통으로 수용할 공동권이 있는 자인가. 제위는 반드시 기백년 조선 습관에 젖어서 불교는 간단히 승려의 소유라 하실지나 기자는 반다시 보텬하형제자매의 공공한 불교라 하노라."

같은 호에 수록된 춘수관 녀〻 천일청의 글(<신교ᄒᆞ시ᄂᆞᆫ부인계에흔 말솜으로경고흠>)은 불교계 최초의 여성계 논설이다.[32] 지난 세월동안 억눌린 여성의 삶을 서두에 제시하고 새로운 희망의 시대에는 부패한 습관을 버리고 신사상을 고취하여 자선사업을 하자는 논리를 펼쳤다. 결론으로는 종교를 믿으려면 수신을 먼저 하라는 말로 끝맺고 있어 고답적인 담론으로 회귀하고 있으나, 여성의 목소리로 여성의 역할을 당부하는 글로서 그 의미가 작지 않다.

권상로의 논설 <불교와 녀〻>(월보 4호)는 불교와 '부인'과의 관계를 아함경을 비롯한 10여권의 경전을 인용하면서 논리를 제시하였다.

> 불교와 부인과는 특별한 관계가 있다 할지로다. 대저 여자는 상고로부터 불교가 아니면 구속을 면하고 해탈을 얻지못하며 또한 여자를 가르치신 말씀이 여사서 여대학 여논어 내칙 등 유교의 서적보담 더욱 상명한 부녀수신교과서가 되거늘 조선은 여러 백년을 불교를 믿지 아니하는 동시에 부녀의 학문도 업어지고 수신도 하지 못하여 부녀라 하면 인류사회에 쓰지 못할 버린 물건으로 대우하였으니 어찌 분하지 아니하리오.
> 불교는 자비가 광대하여 일체중생을 제도함으로 취지가 되느니 일체중생에게 각각 친절한 자는 자모라. 남의 자모가 되어 진정한 신심으로 불교를 숭봉하여 불경을 수신교과서로 하고 자녀의 교육과 가장

---

32) "지금 문명한 시대에 우리 불교의 종풍이 다시 일어남에 일월광명이 더욱 밝았으니 환희한 마음을 측량치 못하겠도다. 우리 여자된 일반 동포여 종금이왕으로는 이전에 부패한 습관은 다 버리고 신사상을 고취하여 복을 구코져 할진대 착한사업을 면려할지어다. 자선사업을 힘쓰지 아니하고 단정한 품행을 가지지 못하며 부처님 계명을 어기면 부처님 전에 천만번 예배하고 대중공양을 천만번하여도 복이 오지 아니하나니 공일이 되거든 교당에 참석하여 대법사의 설법과 제신사의 찬연을 자세히 듣고 집에 돌아가 자세히 연구하며 사구고 양자손 봉제사에 태홀치 아니하고 자선사업을 힘써 가정을 정돈하고 신심으로 귀의하오면 복록이 자연 융용할 것이오 자손이 자연 만당할지니 이러하기를 말지 아니하면 최상승 종문에 들어가 도솔천 내원궁도 내 마음대로 갈 것이오 무량겁 차신이 전녀성남하기도 어렵지 아니하오리니 생각할지어다 여자동포여 종교를 신하거든 수신을 면려하시오."

삼기는 것과 내지 무량한 자비로 보살행을 닦아 일체 중생의게 유익
한 사업을 행하면 누라서 부녀를 모욕하며 남존녀비를 주장하리오.
(중략) 불교와 여자는 직접으로 친밀한 관계가 있나니 악한 이름은 해
탈하고 아름다운 이름과 평등한 성리를 회복할지어다.

　　인용문은 논설의 결론에 해당하는 대목이다. 추상적인 선언이고 또 실
질적으로 여성의 권리와 역할 확장에 대해 어떤 노력을 했는지는 가시적
으로 드러나지 않으나, 여성 독자층을 위해 '언문란'을 만들고 논리를 제
공하는 역할은 이 시대의 편집자의 역할로 주목해야 마땅할 것이다.[33]
　　이러한 배경에서 여성의 시가 작품이 [언문]란에 등장하게 된다. 월보 3
호에 수록된 복덕월(福德月) 리한열(李漢烈)의 <축사(祝辭)>는 여성의
작품으로는 최초로 소개되는 것이다.

　　　　즐겁도다오날날에
　　　　불교월보출세로다
　　　　길고오랜장마ㅅ날에
　　　　청천빅일빗취인듯

　　잡지에는 작품이 한 줄 네 구로 소개되어 있어 언뜻 보면 말장난에 가
까운 문장을 나열한 것 같으나 이는 8음절 4행의 시적 형태를 띠고 있는
언문풍월(諺文風月)이다. 언문풍월은 1910년대를 전후해 풍미한 일종의
변종장르로 한시 형식을 모방한 일종의 패러디 장르이다.[34] 한시를 대신

---

33) 월보 12호의 [강단]란에는 묘길상비구니(妙吉祥比丘尼)의 <우리부텨님의 교가, 우
　　리동포형제, 자민의게, 관계가, 엇더흠을, 흔번의론홈>이 수록되어 있다. 월보의
　　편집자가 마련한 공론의 장에 최초로 등장하는 비구니의 논설이다. 5호(1912. 6)
　　잡보에 소개된 '통도사 석탄일 및 사리계단탑 낙성식' 행사에는 부인회대표 尹淑
　　貞, 여학생대표 李全子의 축사가 절차에 소개되어 있다.
34) 김영철, 『한국개화기시가의 장르연구』, 학문사, 1990. 32쪽.

할 수 있는 우리말 시가 있어야 한다고 여긴 것이 당시의 시대적 요청이었는데, 언문풍월은 시조 장르와 함께 경쟁관계에 있다가 1920년대 시조 부흥운동이 전개되면서 문학사에서 자취를 감춘 독특한 장르였다.[35] 언문풍월은 주로 7언시 형태로 전개되고 한시처럼 운자가 정해져 있다. 그러나 이광수의 경우에도 네 자씩 두 번 연속한 8언 율시를 지은 바 있고, 운자가 일정하지 않은 등 언문풍월은 형식적인 유동성을 지니고 있다. 복덕월 이한열의 <축사>는 네 글자를 두 번 연속한 8언 절구로서 1행과 3행에 쓰인 '에'는 운자로 생각된다. <축사>는 언문풍월이 대중들의 관심을 받고 활발하게 창작되던 시기[36]에 창작된 한 편의 '작품'이다. 여성 독자로서 당시 불교계의 현실인식을 드러내며, 잡지출현이 가져오는 변화에 대한 기대의 목소리를 표출하고 있는 최초의 작품이라는 의미가 있다. 이와 관련된 작품으로 권상로는 무심도인(無心道人)이라는 필명으로 <諺文歌(언문뒤푸리)>를 발표하였다. 당대에 유행하던 국문뒤풀이 형식에 새 시대의 불교에 대한 책무와 희망을 담았다. 내용이 직접 여성과 관련되는 것은 아니나 이 작품 역시 여성독자를 위해 [가원(歌園)]란에 소개한 것으로서 여성독자에 대한 적극적인 편입의 의도를 드러내고 있다.

4. 맺음말

조선불교월보(1912. 2~1913. 8)는 현전하는 최초의 불교계 잡지이다. 본고는 불교계 잡지를 하나의 문화텍스트로 바라볼 것을 제안하면서 월

---

35) 조동일, 『한국문학통사』 4권, 2005, 309~314쪽.
36) 『언문풍월』이 1917년 고금서해에서 출간되기도 하였고, 신문 잡지에서 현상응모를 통해 우수작을 가리기도 하는 등 매우 활발한 향유양상을 보인다.(조동일. 위의 책)

보에 소개된 시가 작품을 중심으로 그 전환기적 양상을 검토하였다.

조선불교월보에는 시가 작품이 많은 편은 아니나 근대전환기에 시도되거나 유행한 시가 장르가 등장하고 있다. 당대에 유행한 시가를 의식가요, 종교가요로 적극 편입하려는 노력을 보여주고 있다는 점에서 이러한 현상을 1910년대의 불교문화사나 문학사에서 의미 있게 받아들일 필요가 있다. 월보 이후에 등장한 1910년대의 불교계 잡지들(『해동불보』『조선불교진흥회월보』『조선불교계』『조선불교총보』)에서는 오히려 월보에서 보여주는 다양한 시도들을 발견할 수 없으며, 1920년대『불교』지의 등장과 함께 다시 본격화된다는 점에서 월보의 시도는 근대불교문학의 전환기에 매우 의미 있는 것으로 생각된다.

조선불교월보에 보이는 전환기적 양상은 월보사의 기자이자 편집자로서 권상로의 시각과 관심이 상당부분 반영된 것이다. 권상로는 불교계가 최초로 마련한 공론의 장에 새로운 의식의 형성과정을 소개하고, 개혁의지를 지닌 '청년'들을 발굴하고 필진으로 수용하였으며, 한글로 여성의 역할을 당부하는 논설을 쓰고 [언문]란을 신설하여 여성독자의 글과 자신의 시가를 소개하고 있다. 편집자로서 권상로가 발굴하고 소개한 이들 시가의 내용은 사실 새 시대에 대한 희망 일색이어서 문학적 성취가 뛰어나다고 할 수는 없다. 그러나 근대의 급격한 변화 속에서 오랜 세월의 억압을 일시에 분출해야 했던 당대 불교 지성인들의 급박한 숨결이 작품에 반영된 결과로 이해한다면 이 작품들 역시 나름대로 전환기적 양상을 보여주는 작품으로 인정할 수 있을 것이다.

본고는 권상로의 편집자적 역할에 주목하여 논의를 전개한 결과, 그가 창작한 시가에 대한 고찰은 이루어지지 못하였다. 이를 포함하여 이 시기에 타 종교잡지에 수록된 시가와의 비교를 통한 근대 종교시가의 고찰에 대해서는 후고를 기약하기로 한다.

고전시가에 나타난 여승 형상, '비구니 되기'와 '환속 권유'

장정수*

1. 서론

숭유억불의 정책을 펼쳤던 조선시대에는 불교가 침체되었다. 그러나 조선전기 사회는 고려의 유습이 잔존해 있고 유교적 지배이념이 정착되어 가는 과도기적 성격이 강하여 억불정책이 구체화되기 어려웠다. 사대부들 중에는 불교식 제례를 거행하는 자가 많았으며, 경중사사(京中寺社)의 주지가 대부분 양반출신이었다. 특히 궁중의 빈(嬪)·후궁(後宮)·궁녀(宮女) 및 사족(士族)의 부녀자 등이 왕이나 남편의 삼년상을 마치고 나면 스스로 삭발하고 비구니가 되는 경우가 많았다. 이에 조선의 왕들은 외적으로는 불교를 이단으로 규정하고 불교교리에 대해 부정적인 견해를 가지고 있으나, 내적으로는 '수신(修身)의 도(道)', '靈魂慰解(영혼위해)의 수단'으로서 불교를 인정하는 이중적인 태도를 취할 수밖에 없었고, 궁중의 여인들을 위해 내불당(內佛堂)과 정업원(淨業院)의 설립을 허용하였다.

* 고려대학교

17세기에는 유교적 통치이념의 안정적 지배와 니사혁파(尼寺革罷) 및 승려의 도성출입 금지 등으로 지배층 부녀자의 출가는 거의 나타나지 않는다. 그러나 점점 더 강화되는 출가 규제에도 불구하고 출가하여 비구니가 되는 여성들은 꾸준히 이어졌을 것으로 생각된다.[1]

비구니에 대한 억압이 강화된 조선후기에 규방가사와 애정가사, 사설시조, 시집살이노래 등에서 비구니가 된 사연을 토로하거나 비구니의 모습을 형상화한 작품들이 다수 발견되어 흥미를 끈다.

규방가사와 시집살이노래는 조선후기의 가부장적 가족제도와 유교적 이데올로기 아래 고통 받던 여인들이 현실의 고통에서 벗어나기 위해 비구니가 되는 사연을 노래했는데, 그들의 선택이 수행과 포교활동을 목적으로 하는 종교 활동과는 거리가 먼 현실도피적인 경향을 띤다는 점에서 하나의 유형으로 설정하여 해명을 시도해 볼 만하다. 아울러 여승의 성적 타락상을 고발하거나 여승에게 구애하는 사설시조와 애정가사에서는 여승에 대한 조선후기 사회의 통념을 확인할 수 있어 또 다른 방향에서의 접근이 가능하다. 이는 '여승'이라는 동일 소재가 조선후기 문학에서 어떤 다양한 스펙트럼을 보여주고 있는지를 확인할 수 있는 기회가 되리라 생각한다.

이에 본고에서는 규방가사 <신가전>·<청춘과부곡>, 시집살이노래인 <양동이노래>·<중노래>, 애정가사에 속하는 연작가사 ≪승가≫[2],

---

1) 정석종·박병선(1998), 「조선후기 불교정책과 원당(1): 尼僧의 존재양상을 중심으로」, 『민족문화논총』18·19집, 영남대학교 민족문화연구소, 225~232쪽.
2) 연작가사 ≪승가≫란 한 양반 남성과 여승이 주고받은 일련의 가사 작품을 말하며, <송녀승가(送女僧歌)>·<승답사(僧答辭)>·<재송녀승가(再送女僧歌)>·<녀승재답사(女僧再答辭)> 등이 여기에 속한다. 『악부(樂府) 고대본(高大本)』, 『해동유요(海東遺謠)』, 『고금기사(古今奇詞)』 등의 문헌에 실려 있으며, 수록 작품 수는 문헌별로 편차가 있다. ≪승가≫의 주제에 대해서는 '불교에의 귀의'로 보아 불교가사의 범주에 포함시키는 이도 있으나 필자는 이 작품의 주제가 종교에 대한 근원적인 고뇌가 아니라 '양반 남성과 여승 간의 애정의 갈등'이라고 보아 애정가사의 범주

사설시조 <長衫 쓰더 치마 적슴 짓고~> · <削髮爲僧 앗가온 閣氏~> 등을 대상으로 삼아 각 유형에 따른 '여승(女僧)'의 형상과 그 의미를 밝혀 보고자 한다.

2. 비구니 되기: 현세적 고통으로부터의 일탈

규방가사와 시집살이노래는 조선후기에 강화된 가부장제로 인해 억압을 받았던 여성들의 욕망이 반영된 문학 장르이다. 여승(女僧)을 소재로 한 규방가사와 시집살이노래는 작중 화자의 신앙생활이나 종교적 갈등을 노래하는 것이 아니라 그들이 비구니가 된 사연을 토로하고 있다는 점에서 공통성을 지닌다. '결혼'이라는, 운명을 바꾸는 일신의 변화로 인해 겪게 된 현실적 고통이 그들이 비구니가 된 직접적인 이유이다. 그들의 출가는 탈출구가 보이지 않는 상황에서의 '어쩔 수 없는 선택'이며 '생존을 위한 저항'이라고 할 수 있다.

이 장에서는 양반으로서의 체면의식과 당대 유교이데올로기에 젖어 암울한 삶을 살던 사족(士族) 여인이 자신의 비극적 운명의 종착지로서 삭발위승(削髮爲僧)을 택하는 규방가사와, 시집살이의 부당함을 견디지 못해 분노와 저항의 표현으로서 출가를 택하는 시집살이노래로 나누어 '삭발위승(削髮爲僧)'의 구체적 배경과 과정을 분석하고 그 의미를 변별해 보고자 한다.

에 포함시키고자 한다. 연작가사 ≪승가≫의 존재 양상에 대해서는 최현재(2000), 「연작가사 ≪승가≫의 원형과 구조적 특징」, 『한국문화』 26, 서울대 규장각 한국학 연구원, 참조.

1) 비극적 운명에 대한 체념

　규방가사인 <신가전>은 고자 신랑을 만나 첫날밤에 파경을 맞은 여인의 사연을, <청춘과부곡>은 유복자 하나 없이 신혼 초에 남편과 사별한 여인의 사연을 들려주는 작품이다. 두 작품 모두 인간의 가장 기본적이고 본능적인 욕망을 거세당한 여인의 고통을 토로하였다. 그런 까닭에 이 두 작품에는 여승(女僧)이 된 화자의 수도자적 모습은 발견되지 않고, 그들이 여승이 될 수밖에 없었던 사연이 작품의 중심을 이루고 있다.

　<신가전>은 중매쟁이에게 속아 고자 신랑과 결혼하여 첫날밤에 파경을 맞게 된 문벌가의 무남독녀 이야기이다. 딸이 결혼에 실패하자 유복녀를 키워 온 어머니는 화병으로 죽고 어머니 삼년상 후 주인공은 비구니가 된다.

> 익통방골 고즈놈이 이 소문 줍간 듯고
> 직물을 협비ᄒ여 좌우로 통혼할 제
> 말줄ᄒ는 믹파들이 날마다 뫼야들 제
> 만슈산의 구름 못듯 청산서 안기 못듯
> 온가지로 쇠이면서 ᄉ외 일 부즈 자랑
> 빅단으로 선이난 양 눈의 맛고 귀예 든다
> 닉 ᄆ옴 흡족ᄒ니 결단코 허락하즈
> 딕ᄉ룰 완정ᄒ니 즐겁기 그지업다
> 　　　　(중략)
> 홍정이라 물너닉며 업친 물을 담을손가
> 구경군은 빗치 업고 안팟빈긱 헤어지니
> 경업슨 혼닌니요 빗업슨 즌칙로다
> 　　　　(중략)
> 앗갑다 닉 쏠이아 불샹타 닉 쏠이이
> 가슴이 뮈여지고 간쟝이 녹난고나
> 신부 거동 잠간 보니 칠보로 꾸민 속의

표연이 도라안즈 얼굴이 초초하여
흐르나니 눈물이오 말 못ᄒ난 벙어린 체
압 못 보난 소경인 체 닉 손으로 쌤을 치고
누구를 흔탄ᄒ리 - <신가전>3)

　주인공의 비극은 사기결혼에서 비롯된다. 청환거족(淸宦巨族)의 가계
와 풍부한 경제력을 배경으로 자신만만하게 사윗감을 물색하던 주인공의
어머니는 무수히 드나드는 문객(文客)과 매파들의 추천자 속에서 드디어
'익통방골'에 사는 한 사나이를 골라 정혼하게 된다. 매파의 거짓말에 속
아 '익통방골 고자'를 인물과 경제력을 겸비한, 바라던 사윗감으로 생각
하였으나 혼례를 치르고 나서 신랑이 성불구자인데다 재산을 노리고 계
획적으로 접근했음을 알게 된다.
　혼인 실패 요인은 배우자감을 직접 만나지 않고 중매를 통해서 집안과
조건만을 확인하던 당시의 혼인제도에도 문제가 있지만, 보다 직접적인
원인은 폐쇄된 양반가 여인들의 처지에 있다. 세상물정에 어둡고 외부세
계와의 접촉도 불가능했던 어머니와 딸은 혼인 당사자임에도 불구하고
막후에 서서 관망할 수밖에 없는 처지였다. 남성들이 대외적인 모든 일을
처리하는 가부장적 사회에서 남편과 아버지를 갖지 못한 두 여인은 자신
의 앞날을 운명에 맡기고 순응할 수밖에 없었던 것이다.4)

　익들을스 닉 팔즈야 쥬야로 원ᄒ다가
　스회본 제 삼일 만의 세상을 ᄇ려시니
　신부팔즈 더욱 설어 지극히 익통ᄒ고
　셰월이 훌훌ᄒ여 삼연을 마츤 후의
　즈수ᄒ여 죽즈ᄒ니 길너닌 유모ᄒ고

3) 박요순(1977), 「신가전(자료)」, 『숭전어문학』 6집, 숭실대학교, 252~256쪽.
4) 박요순(1990), 「歌辭 <申哥傳>」, 『韓國詩歌의 新照明』, 탐구당, 224쪽.

다졍흔 시비들이 밤낫즈로 지희ᄒ니
죽을 도리 젼혀 업다 이 목슘 진긔젼은
셰상이 괴로오니 출ᄒ리 승이 되쇠 - <신가젼>[5]

사기결혼으로 인해 어머니가 화병으로 죽고 주인공이 출가하게 되는
것은 삼종지도(三從之道)를 내세우고 재가(再嫁)를 용납지 않았던 당대의
관습에 근본적인 이유가 있다. 일단 혼인한 이상 평생 고자 신랑과 살아
야만 하는 딸의 기구한 운명을 원통해 하다가 "고자신랑 밧비 좃츠 제 집
으로 보뉘여라"라는 유언을 남기고 어머니가 죽자 주인공은 삼년상을 마
친 후 자살을 시도하지만 유모와 하녀들의 감시 때문에 성공하지 못한다.
자신의 의지대로 죽을 수조차 없었던 주인공은 결국 19세 나이에 입산하
여 비구니가 되는 길을 택한다.

전후일도 셜운 ᄉ셜 낫낫치 이라니
모든 중이 말을 듯고 눈물이 쏘다진다
일쟝을 힐ᄂᆞᆫ 흔 후 노승이 하난 말이
후환이 업스오니 삭발ᄒ고 중의 모양
아기씨 고은 얼굴 불샹ᄒ고 익싁ᄒ다
ᄌᆞ겨가 되난이다 션ᄉ님 그말 말소
날 갓흔 셜운 인싱 그 무엇이 앗가오며
후환인들 잇슬손가 밧비밧비 싹그소셔
노승님계 비난이다 - <신가젼>[6]

승려가 되는 데에 후회가 없냐고 재차 확인하는 노승에게 주인공은
"날 갓흔 셜운 인싱 그 무엇이 앗가오며 후환인들 잇"겠냐고 하면서 빨리
빨리 머리를 깎아 달라고 한다. 삭발을 재촉하는 주인공에게서 불교에의

---

5) 박요순(1977), 257쪽.
6) 박요순(1977), 257~258쪽.

귀의를 통해 종교의 가치를 깨닫고 정신적인 성숙을 이루고자 하는 태도는 발견되지 않는다. 죽기 전에는 고통에서 벗어날 길이 없으므로 작중화자는 차선책으로 출가(出家)를 선택한 것이다. 더 이상 불행할 수도 더 이상 고통스러울 수도 없는 처지이니 스스로 천민 신분인 비구니로 추락한 것이다.

<신가전>의 주인공은 문벌로 보나 경제적인 면으로 보나 스스로 삶을 포기하거나 출가하여 승려가 될 이유가 없을 듯하다. 그러나 사대부가에서 삼종지도(三從之道)를 체화시키며[7] 종속적인 존재로밖에 자신을 인식하지 못했던 주인공은 결혼 실패 후 정상적인 생존 대열에 낄 자신감을 가지지 못한다. 마음대로 죽을 수도 없었던 주인공이 선택할 수 있는 유일한 생존의 방법은 비구니가 되어 스스로 자신을 세상과 단절시키는 것뿐이었다.

<청춘과부곡>은 17세에 청상과부가 된 여인의 탄식가이다. 작중화자의 남편은 유복자 하나 남기지 않고 젊은 나이에 죽었고, 화자는 남편에 대한 그리움과 이웃 동무의 행복한 삶에 대한 선망으로 평생 한숨과 눈물로 세월을 보내다가 불문에 귀의하게 된다.

> 날 ᄀᆞᆺ흔 인싱 보소 ᄌᆞ식 업시 과부 되여
> 이렁뎌렁 지내다가 이내 몸이 죽어갈 제
> 어ᄂᆞ ᄌᆞ식 압희 안져 엄마 엄마 슳히 울고
> <u>과부 중의 청츈과부 금슈에도 못 비홀네</u>
> 아니 죽고 살자ᄒᆞᆫ들 임 싱각이 졀로 난다
> 익고 답답 내 팔ᄌᆞ야 가쇼롭고 가쇼롭다 − <청춘과부곡>[8]

---

7) "셰상 인싱 삼종지의 잇건마난/ ᄌᆞ인한 닉 팔ᄌᆞᄂᆞᆫ 칠숙의 유복녀로/ 부친 얼굴 못 뵈옵고 계유계유 길러닉여"
8) 김문기(1973),『서민가사연구』, 형설출판사, 294쪽.

유교문화권에서는 생활자료의 생산〔남경여직(男耕女織)〕과 (자손을 생산하여 대를 잇는) 성적 욕구의 실현, 후세대의 양육과 노후 보장의 측면에서 가족의 중요성이 강조되었다.[9] 이에 유복자조차 없이 평생 혼자 늙어 가는 화자는 '과부 중에 청춘과부는 금수보다도 못하다'고 울부짖는다. 부계 혈족 중심의 가족이 사회의 기본 단위가 되는 조선사회에서 내 가족을 갖지 못한 과부는 존재의 가치마저 부정당한다.

> 이 날 가고 뎌 날 가고 류빅네 날 다 지낸들
> 우음 우슬 날이 업고 눈물 므를 날이 업네
> 어화 내 일이야 신셰 공곰 싱각ᄒ니
> ᄒ던 일도 ᄒ기 슬코
> 누어 곰곰 싱각ᄒ니 업던 병이 절로 난다
> 머리 싹고 즁이 되야 념불공부나 ᄒ여 볼가
> 빅팔념쥬 목에 걸고 보살 신당 되여 볼가
> 그리뎌리 다 못ᄒ면 여취여광ᄒ리로다
> 천ᄉ만ᄉ 싱각ᄒ니 므음둘 듸 바이 업다
> 방정마진 내 팔ᄌ야 팔ᄌ 즁에 불샹ᄒ다 - <청츈과부곡>[10]

작중화자는 일 년 삼백육십 일 웃을 날이 없고 눈물 마를 날이 없다고 한탄한다. 작중화자의 관심을 끄는 것은 아무 것도 없다. 자신의 불행한 신세를 곱씹다가 답답함과 슬픔에서 벗어날 방도를 이리저리 궁리해 본다. 머리 깎고 중이 될까, 절의 보살이나 되어 볼까, 미친 듯 취한 듯 아무렇게나 살아 볼까, 온갖 궁리를 다하지만 결론은 나지 않는다. 모든 것은 자신의 기박한 팔자로 귀결된다.

---

9) 이숙인(2007),「유학의 가족사상」, 한국고전여성문학회,『한국고전문학 속의 가족과 여성』, 월인, 41쪽.
10) 김문기(1973), 294~295쪽.

승을 쓰라 드러가니 광치도 찬란ᄒ고
경개도 졀승ᄒ야 별유턴디 여긔로다
불젼에 빈례ᄒ고 불당에 참예ᄒ니
졔승 모다 즐겨ᄒ네
로승이 뭇ᄂ 말이 그디 젼ᄉ 알으시오
렴용 디답ᄒᄂ 말이 쇼쳡팔ᄌ 박명ᄒ여
가군을 령별ᄒ고 수회에 골몰ᄒ와
젼ᄉ를 모로노라
그 로승 ᄒᄂ 말이 젼싱에 부인계셔
이 졀 법승 되엿슬 째 부쳐임씌 득죄ᄒ여
인간에 내치심애 쳥룡ᄉ 부쳐임이
불샹히 넉이시샤 이리로 인도ᄒ엿스니
쳥츈에 죄밧읍은 조곰도 슬허 마오
어화 내 일이야 이제야 알니로다
이것 뎌것 다 ᄇ리고 불문에 귀의ᄒ여
후싱길이나 닥가 볼가 ᄒ노라 - <쳥츈과부곡>11)

  화자는 울울한 심사를 달랠 길 없어 유산(遊山) 놀이를 갔다가 한 사찰
에 이른다. 그 절에서 만난 노비구니는 화자에게 전생에 승려였는데 부처
님께 죄를 지어 청춘에 과부가 되는 비극적인 운명을 타고나게 되었다고
말해 준다. 그리고 부처님의 가호로 이 절에 이르게 되었으니 세속의 번
민을 떨쳐버리고 기쁨과 안락을 찾을 수 있는 불문(佛門)에 귀의하라고
권한다. 자신의 불행이 전생의 악업으로 인한 운명임을 알게 됨으로써 고
통은 어느 정도 해소된다. 불가에의 귀의가 현실적 고통을 직접 해결해
주지는 않지만, 자신의 운명을 받아들이고 불가에 귀의함으로써 고통에
서 벗어나는 길을 발견하게 된 것이다.
  이외에도 연작가사 ≪승가≫에 등장하는 여승 역시 조실부모하고 의

---

11) 같은 책, 298~299쪽.

지할 곳이 없어 입산하였다.[12) 사고무친한 어린 여자가 혼자서 세상을 헤쳐 나가기는 어려웠을 것이다. 경제적 능력도 없으며 혼자서 혼인을 주선할 수도 없는 처지인 여자가 생존해 나갈 수 있는 가장 안전한 공간이 절이었기에 주인공은 승려가 되어 인간적인 욕망을 끊고 불제자로 살아가는 길을 택한 것이다.

앞서 살펴본 바와 같이 이 부류의 작품에서 작중화자가 머리 깎고 비구니가 되는 길을 택한 까닭은 '첫날밤의 결혼 파경', '결혼 직후 남편과의 사별', '조실부모'라는 불행한 사건 때문이다. 남성으로 태어났으면 겪지 않았을, 혹은 이겨나갈 수 있었을 '불행한 운명'[13) 때문에 비구니가 된 것이다. 인생에 있을 수 있는 불행한 사건을 벗어날 길 없는 '비극적 운명'으로 만들어버린 것은, 여성에게는 새로운 인생을 살아볼 기회조차 부여하지 않는 당대의 규범, 여성은 독자적 삶을 살지 못하고 남성에게 종속되어 살아가야만 했던 사회적 관습이었다.

이들의 '삭발위승(削髮爲僧)'은 종교적 신념 때문도 아니며, 자발적인 선택도 아니다. 그리고 이들의 선택이 한 순간의 분노나 슬픔에 의해 즉흥적으로 결행된 것도 아니다. 그 선택은 돌파구 없는 비극적 운명에 대한 체념이라고 할 수 있다. 그런 까닭에 승려가 되어서도 "눈물노 세월 삼고 흔숨으로 벗을 삼아" 살아가며(<신가전>), 현세(現世)에서의 삶은 포기하고 "이것 뎌것 다 ᄇ리고 불문에 귀의ᄒ여 후싱길이나 닥"겠다고 (<청춘과부곡>) 하는 것이다.

---

12) "여승(女僧)이 딕답(對答)ᄒ되 소승(小僧)이 팔자(八字) 긔박(旣薄)ᄒ야/ 어려서 천지(天地)를 여희읍고/ 혈혈단신(孑孑單身)이 의탁(倚托)이 무로(無路)ᄒ여/ 망월당(望月堂) 승(僧)이 되어 스승임(任) 심부름 가오" - <승가타령>, 『주해 악부』, 232쪽. "어버이 여흰 後에 설른 마음 둘 딕 읍서/ 入山 削髮爲僧ᄒ여 世念을 ᄯ쳐스니" - <승답ᄉ>, 『주해 악부』, 235쪽.

13) 이정아(2007), 「규방가사와 시집살이 노래에 나타난 여성의 자기 인식」, 『한국고전연구』 15집, 한국고전연구학회, 223쪽.

2) 부당한 억압에 대한 항거

고전시가 중 '삭발위승(削髮爲僧)'의 모티프가 가장 흔하게 발견되는 것이 민요 중 시집살이노래이다. 과거 우리 사회는 유교적 이념에 기반한 부계 혈통의 직계가족 원리를 운명적으로 주어진, 절대적으로 지켜야만 하는 인륜 또는 천륜으로 인식하였다. 혼인, 재산 상속 및 친족 관계를 부계 중심으로 일관되게 규정했으며, 여자는 가족 내에서 부차적인 존재로, 가계 계승을 위한 자녀 출산의 도구로 여겼다. 이러한 가족에 비혈연자로서 새로 편입되어 온 며느리는 가장 낮은 지위에 놓이게 마련이었다.14) 이러한 가족제도 속에서 시집간 여자가 시집식구와의 관계에서 겪는 갈등을 노래하고 있는 것이 시집살이노래이다. 시집살이노래 중에는 <양동이노래>, <중노래>, <이생원네맏딸애기> 등 시집살이를 견디지 못해 출가하여 중이 되는 내용을 담고 있는 작품들이 다수 발견된다.

시집살이노래 속 화자는 시집살이라는 전에 경험해 보지 못한 극한의 상황에 놓이게 되면서 겪게 되는 서러움과 두려움, 미움과 분노 등의 감정적 반응을 직접적으로 토로함으로써 고통스러운 시집살이의 현실을 말한다.15)

시집살이노래에서는 여자로 태어났기 때문에 지켜야 할 윤리적 규범이 제시되지도 않고 그러한 규범을 준수하는 것이 여성의 삶이라는 이념 지향적 태도도 찾아볼 수 없다. 오로지 의식주가 위협받는 생존 현실과 시집식구들이 보이는 몰인정함만이 강조된다. 규방가사에서 여성으로서의 성적 정체성에 대한 부정 의식 또는 지켜야 할 윤리적 규범을 따라야 한다는 강박 관념이 작품을 통해 빈번히 나타나는 것과는 달리 시집살이

---

14) 서영숙(2007), 「가족의 변경에 서서 부르는 노래 - <시집살이노래>에 나타난 여성과 가족」, 한국고전여성문학회, 『한국고전문학 속의 가족과 여성』, 월인, 168쪽.
15) 이정아(2007), 230쪽.

노래 속 화자는 생존이 보장되지 않는 비인간적인 삶의 현장에서 살기 위해 몸부림치는 처절함과 그로 인한 절망감을 드러내고 있다.16)

가)
한살묵어 에미죽고 두 살묵어 애비죽고
이럭저럭 커가주고 시집이라고 가논께나
시집간 샘일만에 참깨닷말 두루깨 닷말 두닷말로 볶고난께
양동우도 벌어지고 양가매도 벌어지네
                (중략)
시어마니 거동을 봐라 종지코로 홀작임서
봉애눈을 부리뜸서
잠다리로 질쑥임서 곰배폴로 찔쑥임서
너그집에 자주가서 쇠비쟁기를 다폴아도
양가매 양동우로 사오니라
깎고깎고 머리를 깎고 중놀이를 내 나가네
깎아주소 깎아주소 이내머리를 깎아주소
한쪽머리 깎고난께 치매앞이 젖었고나
두쪽머리를 다깎고난께 눈물강이 되었고나 - <시집간지 사흘만에>17)

나)
시집가든 사흘만에 호망자리 둘러미고 밭매로야 가라칸다
머슴들아 머슴들아 밭을매로 가자시라
마당겉이 굳은밭을 미겉이도 지슴밭을
한골매고 두골매고 삼시골을 거듭매니 저임때가 되였구나
머슴들요 머슴들요 전심묵을 가입시다
집이라고 가이끄네 사랑문을 열어놓고
(이전에는 아이케도 하는데 지금 목이 다르다 말이다)
사랑문을 열어놓고 번개겉은 시애비가 번개겉이 뛰나오메

_____

16) 이정아(2007), 229쪽.
17) 강등학 외(2005),『한국구비문학의 이해』, 도서출판 월인, 295쪽.

고기라상 일이라고 저임찾어 벌어오나
쪼바리겉은 시어마니 쪼불세가 기나오메
고게라사 일이라고 저임찾어 벌어오나
흔들흔들 맞동세가 실랑실랑 흔들메야
고게라사 일이라고 저임찾어 벌어오나
기가차여 매가차여 저임쪼매 주이시소
밥을준다 하는거로
버리밥을 식기굽에 문체주고 등게장을 떤제주니
밥식기로 거머지고 장방우에 얹어놓고
농문을랑 열어치고 우리엄매 솜씨치매 우리어매 눈공채매
한폭따여 고깔짓고 두폭따여 행전짓고 시폭따여 바랑짓고
서방님으 / 선보한테 가가주고 선보임요 선보임요
나느가네 나느가네 시집살이 몬살어서 싱각시로 나느가네[18]

　가)의 <양동이노래>는 결혼을 하였음에도 시집식구들이 아직 자신을 한 식구로 인정하지 않고, 지시한 일을 하다 망가진 살림을 배상하라고 하자 승려로 나서며 세상을 등진다는 내용이다. 나)의 <중노래> 역시 시집간 여자가 시집식구로부터 터무니없는 구박과 멸시를 받고 집을 나와 중이 되는 노래이다. 시집온 지 사흘 만에 밭을 매러 가라고 하여 일을 끝내고 점심을 먹으러 오니 시아버지 이하 온 식구가 벌써 밥을 먹으러 왔냐고 구박한다. 구걸하듯 겨우 받은 보리밥은 바닥에 깔릴 정도로 적고, 반찬이라곤 된장밖에 없다. 분한 마음에 곧바로 자기 방으로 들어가 시집올 때 가지고 온 치마를 뜯어 장삼과 행전, 바랑을 지어 입고 시집을 떠난다.

　시집살이노래의 갈등의 원인은 시집식구가 시집간 여자에게 가하는 비인간적인 행위이다. 이러한 행위는 한 혈연의 친족들이 그 혈연이 아닌 이에게 행하는, 즉 가족의 이름으로 행하는 폭력이라고 할 수 있다. 이를

---

18) 조동일(1970), 『서사민요연구』, 계명대학교출판부, 214~215쪽.

전통사회에서는 '시집살이'라고 부르며, 여자로서는 당연히 겪어야 할 '통과의례'로 여기게끔 교육했고, 이를 감내하는 것을 부덕으로 미화하였다. 하지만 시집살이노래를 불렀던 여자들은 결코 이러한 사회의 규범과 관습을 내면화하지 않았기에[19] 갈등이 발생한 것이다. <양동이노래>나 <중노래> 같은 작품에는 시집간 여자에게 요구되는 전통적인 이념과 가족이라는 제도를 과감하게 탈피하여 사람으로서의 자유를 찾고자 하는 강한 의지가 드러나 있다.

시집살이노래는 비극적 운명 때문에 자신의 미래를 포기하고 비구니가 될 수밖에 없었던 규방가사 작품들과는 다르다. 가부장적 가족제도와 봉건윤리 속에서 여성이 주체적 삶을 살아가기 어렵다는 점에서 시집살이노래의 '삭발위승(削髮爲僧)'도 어쩔 수 없는 선택으로 비칠 수 있다. 그러나 시집살이노래의 주인공은 그들의 처지가 앞장에서 살펴본 작품들의 주인공들만큼 비극적이며 절박해 보이지 않는다는 점에서 차이를 지닌다.

그들에게는 대부분 든든한 친정도 있으며, 시집의 형편이 생계가 힘들만큼 어렵지도 않으며, 남편과의 사이가 나쁜 것도 아니다. 갈등의 근본적 원인은 시집식구가 며느리에게 가하는 여러 가지 '불평등한 대우'이다. 시집간 여자는 시집오기 전 친정에서의 생활, 다른 시집식구의 생활에 자신의 모습을 비교하면서 자신에게 가해지는 대우의 부당성을 자각하게 되는 것이다.[20] 따라서 시집살이노래에 나타나는 '삭발위승(削髮爲僧)'은 자신도 어찌할 수 없는 비극적 운명의 귀결이 아니라 자신에게 가해진 사회적 억압에 대한 항거의 성격이 강하다. 물론 과장된 표현이겠지만, '시집간 지 사흘 만에' 시집식구들의 구박을 견디지 못해 그 자리에서 혼수로 해 온 치마를 뜯어 장삼을 지어 입고 출가를 하는 것은 오랜 고뇌와 계획 속에 결행된 것이 아니라 우발적이고 극단적인 행동으로 비친다.

---

19) 서영숙(2007), 170쪽.
20) 같은 책, 171쪽.

이렇게 가출한 며느리는 세속에 대한 미련을 끊지 못하고 친정집이나 시집으로 탁발을 나간다. 탁발을 통해 이루어지는 친정 부모와의 재회나 죽은 남편과의 결합[21]은 작중화자가 진실로 원하는 삶이 무엇인지를 알게 해 준다. 그것은 아무런 억압이 없는 자유로운 상태에서 이루어지는 남편과의 진정한 결합이다.[22] 시집살이노래의 이러한 구성은 시집살이의 고통만 해결된다면 주인공은 원래의 자리로 돌아갈 의향이 있음을 시사한다. 그러나 남편과의 자유로운 사랑은 기존 가족제도에서는 불가능한 것임을 알기에 단호하게 승려가 되는 길을 '선택'한 것이다.

시집살이노래의 주인공은 세속에 대한 미련을 완전히 끊은 것이 아니며 자신의 인생 자체를 부정하지도 않는다. 시집식구와의 갈등이 문제이지 자신의 운명 자체가 비극적인 것은 아니다. 시집살이노래에서의 '삭발위승(削髮爲僧)'은 주체적이고 인격적인 존재로 살고자 하는 여성의 의지를 표명한 것이며, 견고한 가부장적 가족제도 하에서 며느리에게 가해지는 부당한 시집살이에 대한 저항적 의미가 강하다. 이는 시집살이의 고통을 함께 겪으면서도 가문 의식, 양반으로서의 체면 때문에 경거망동할 수 없으며, 부계적 가족제도에 적극적으로 적응함으로써 시집 내에서의 자신의 위치를 확보하고자 했던 사대부여성의 태도와는 분명 다른 평민 여성의 면모를 보여주는 것이다.

앞서 살펴본 규방가사와 시집살이노래에서는 초세간적(超世間的) 삶을 살려는 출가승의 진정한 모습을 찾아보기 어렵다. 이 두 유형의 작품이

---

21) 시집살이노래 중 '중노래'에는 친정에 탁발을 갔다가 시집으로 가는 이야기가 덧붙는 각 편도 있다. 시집에 가니 시집은 망하고 남편을 비롯한 시집식구가 모두 죽었는데, 남편의 무덤에 찾아갔더니 무덤이 갈라져 주인공이 남편의 무덤 속으로 들어간다든지, 남편과 함께 한 쌍의 나비가 되어 하늘로 날아가는 내용으로 이루어져 있다. 이것은 시집살이노래 향유자들의 궁극적인 바람은 사랑하는 남편과의 결합임을 시사한다.
22) 서영숙(2007), 175쪽.

삭발위승(削髮爲僧)을 소재로 하고 있으면서도 종교적 성향이 두드러지지 않는 것은 자탄(自嘆)과 술회(述懷)를 통해 위안과 심리적 치유를 얻고자 하는 여성문학의 특성에 기인하는 것이라 하겠다.

3. 환속 권유 : 기존질서로의 편입 요구

1) 비구니에 대한 부정적 시선

조선시대에 들어와 거국적으로 이루어진 불교탄압책은 사찰의 격감, 승려신분의 추락, 사찰의 쇠퇴 및 불학(佛學)의 퇴조 등을 초래하였다. 이제 지배 계층에서는 더 이상 출가를 영광스럽게 여기지 않았으며, 승려는 성직자로서 최소한의 존엄성과 예외성조차 인정받지 못하고 천민(賤民)으로 전락하게 된다. 이에 따라 조선의 승상(僧像) 역시 성승(聖僧)에서 이승(異僧), 이승에서 속승(俗僧), 속승에서 악승(惡僧)으로 추락하게 된다.[23]

악승(惡僧)의 전형적인 악행으로는 색탐(色貪)이 거론되는데, 승려가 된 여성에 대한 담론 또한 '음탕하다, 제멋대로다, 추악하다, 백성에게 해롭다' 등으로 매우 부정적인 것이었다. 심지어 '사족부녀(士族婦女)가 출가하는 동기는 진정으로 불법에 귀의하기 위해서가 아니라 실행(失行 : 相姦 혹은 劫姦)하였거나 남편이 죽은 후에 명복을 빈다는 핑계로 사찰을 돌아다니면서 음탕한 짓을 하기 위해서'라고 비난하기도 하였다.[24] 여승에 대한 이러한 인식은 남성의 시선에 의해 형성된 것으로, 여승들을 당

---

23) 김승호(2007), 「조선후기 야담에 나타난 僧의 유형과 그 의미」, 『한국어문학연구』 48집, 한국어문학연구회, 146쪽.
24) 정석종 · 박병선(1998), 228쪽.

시 유교 규범의 경계를 벗어난 존재로 파악하고 있다.[25)]

아래의 기록은 여승에 대한 조선사회의 부정적인 인식을 잘 보여주고 있는데, 이러한 인식은 당대 사회의 이데올로기를 주도하는 남성들의 시각을 바탕으로 하고 있다.

> 국조(國朝) 이래로 승니의 도성 출입을 금단한 것은 음란하고 간특함을 징계하여 민속을 바로잡으려는 것입니다. 일찍이 선왕조(先王朝)에서 특명으로 모든 여승(女僧)의 집을 허물어 철거한 것은 뜻한 바가 있는 것인데, 근년에도 니도(尼道: 불교)가 다시 성하여 10여 명이나 백 명씩 떼를 지어 동교(東郊)의 멀지 않은 곳에 큰 집을 지으니 금벽이 빛나고, 10리 안에 여섯 군데는 서로 바라보입니다. 그래서 <u>민간의 부녀로서 지아비를 배반하고 주인을 배반한 자와 일찍 과부가 되어 실행(失行)한 무리가 앞을 다투어 밀려들어 모이는 장소가 되었는데, 간음을 행하며 간특한 짓을 하는 등 현혹시켜 어지럽히는 정상이 한두 가지가 아닙니다.</u> 청컨대, 경조(京兆)로 하여금 그 건물을 허물어 각각 갈 곳으로 돌려보내게 하여 그 사람들을 사람답게 만들고 그 폐해를 고치소서.[26)]

위의 『숙종실록』의 기록에서는 지아비를 배반하거나 실행(失行)하여 여승이 된 여인들이 사찰에 모여 살면서 간음과 간사한 짓을 일삼는다고 비난하며 비구니들을 환속시키고 비구니 사찰을 철폐할 것을 주장하고 있다. 지배층의 이와 같은 인식은 비구니에 대한 당대 사회의 통념으로 작용하게 된다.

조선후기 사회의 여승에 대한 부정적 인식을 잘 드러내고 있는 작품이 아래에 제시된 사설시조 작품이다.

---

25) 정지영(2004), 「조선시대 혼인장려책과 독신여성 : 유교적 가부장제와 주변적 여성의 흔적」, 『한국여성학』, 한국여성학회, 28쪽.
26) 『숙종실록』 40, 30년 10월 28일(을미).

가)

아홉 그 뉘옵신고 건너 佛堂에 動鈴즁이 내 그오려니

홀居士 홀노 자옵는 房 안에 무슨 것 ᄒ라 와 겨오신고

홀居士내 노감토 버셔 거는 말쯰지에 늬 곳갈 걸너 왓습네.27)

나)

長衫「중습」 쁘더 치미 젹슴 짓고 念珠「염주」란 글너 암당나귀
밀치ᄒ세

西王世界「셔왕셰게」極樂世界「극낙셰게」南無阿彌陀佛「남무아
미타불」觀世音菩薩「관셰음보살」十年工夫「십연공부」도 네 갈 데
로 네이거라

밤즁만 암거亽 풍에 드니 念佛經이 업셔라.28)

가)는 한밤중에 이웃 절의 홀로 지내는 거사(居士)에게 자러 온 비구니
의 모습을, 나)는 십년공부를 한 순간에 내팽개치고 찾아온 파계승과 동
침하는 암거사29)의 모습을 그리고 있다. 두 작품 모두 여승의 성적 타락
상을 통해 여승의 음탕함을 드러내고자 하였다.

조선시대의 승려는 신분, 지위가 추락하여 천인과 다를 바 없는 처지에
있으면서도 내내 엄한 도덕률을 요구 당했으며 그들을 에워싼 날카로운
감시의 눈길에서 자유로울 수 없었다. 특수한 신분인 만큼 비행을 엄폐하
기도 어렵고 결코 그것을 용서받기도 힘든 상황이었다.30)

사설시조에서는 주로 비구니의 성적 타락을 묘사하여 그들을 희화하

27) 정재호 외(1992),『주해 악부』, 고려대학교 민족문화연구소, 115쪽.
28)『樂府 乾』, 단국대소장 필사본, 25쪽.
29) 이 작품에서 '암거사'가 구체적으로 어떤 신분인지는 명확하지 않다. 여승을 암거
    사로 표현했을 수도 있고, 사당을 암거사로 표현했을 가능성도 있다. 그러나 조선
    후기 사찰이 거사집단과 사당패의 근거지 역할을 했다는 점을 고려한다면 그 신분
    의 차이는 크게 문제될 것이 없다고 본다.
30) 김승호(2007), 162쪽.

고 비난한다. 여승에 대한 이러한 태도는 사설시조가 주로 유흥공간에서 한창 흥취가 무르익은 시점에서 불린다는 것과 관련이 된다. 여승에 대한 부정적 시각은 작가의 개인적 경험이나 판단에 의한 것이라고 보기 어렵다. 이는 당대의 통념을 끌어들여 좀 더 자극적인 소재를 원하는 청중의 기호에 맞춘 것이라고 보는 것이 타당할 듯하다.

조선시대에는 비구와 비구니 모두를 폄하하였지만 그 가운데서도 비구니에 대한 인식이 비구승에 비해 더 부정적이었던 까닭은, 이들이 유교적 가족질서 속에 머물지 않았던 여성들이었기 때문이다. 따라서 비구니 사찰은 유교의 질서를 어지럽힌 여성들의 도피처이며, 여승들은 다른 여성들로 하여금 나쁜 행동을 하게 유도하는 존재로 인식되었다. 특히 처녀가 승려가 되는 것은 부부의 음양지합(陰陽之合)이라는 국가 유지의 근간이 흔들리는 문제였기 때문에 더욱 부정적으로 인식하였다.31)

> ≪경전≫에 이르기를, '안으로 원망하는 여자가 없게 하고, 밖으로는 탄식하는 지아비가 없게 한다.'하였으니, 이것은 부부의 음양(陰陽)이 화합함을 중하게 여긴 것입니다. 이제 나이 어린 여승들이 마음속으로는 정욕(情慾)을 쌓으면서도 밖으로는 절의(節義)를 가장하니, 마음으로는 비록 혼인하고 싶어도 형편이 말을 하기가 어려워서 한숨으로 날을 보내다가 몸을 마치는 자도 또한 있으니, 어찌 숨은 원망이 없다고 말할 수 있겠습니까. 중앙과 외방 관리에게 명하여, 30세 이하의 여승들은 머리를 기르게 하여 혼인을 하도록 하는 것이 어떻겠습니까.32)

"남녀가 서로 짝을 지어 산업을 이루게 하면 모두 양민(良民)이 될 것인데, 그대로 앉아서 옷과 음식을 소모시키며 국정을 어지럽힌다"는 것이 승려에 대한 당시의 일반적인 인식이었다. 이에 조정에서는 유교 이데올

---

31) 정지영(2004), 28쪽.
32) 『세종실록』 100, 25년 5월 16일(경오).

로기를 표방하는 조선 국가의 입장에서 불교와 결합한 여성의 저항에 대해 혼인장려책과 여승의 도성 출입 금지라는 이중적 태도를 보여 준다.[33] 여승들을 유교적 가족질서 속으로 편입시키려는 국가〔남성〕의 의지는 다음과 같은 사설시조 작품에도 반영되어 있다.

削髮爲僧 앗가온 閣氏 닉의 말 드러 보쇼
　어득흔 佛堂 안에 念佛만 외오다가 네 人生 죽어지면 치籠에 入棺
ㅎ야 홍독기로 틱 밧치고 火葬을 ㅎ고 나니 空山寂寞 구진비의 우는
귓것 네 아니 되랴 다시금 네 마음 도로혀면 粉壁紗窓 月三更에 고은
님 품에 들어 鴛鴦枕 돌베고 翡翠衾 나슈 덥고 晝夜 동품ㅎ니
　子孫이 滿堂ㅎ고 富貴를 누리면서 百年偕老ㅎ리라.[34]

이 작품은 연작가사 ≪승가≫의 내용을 시조의 소재로 택하여 부른 것으로 보이는데, 음양지합(陰陽之合)을 모르고 죽으면 적막공산의 원혼이 될 것이니 자식을 생산하고 부귀를 누리면서 인간다운 삶을 살라고 권함으로써, 유교적 가족질서로의 편입을 요구하고 있다.

2) 여승에 대한 성적 욕망

여승에 대한 당대 사회의 통념을 보여주는 사설시조와 달리 개인적 차원에서 남성들이 여승을 어떤 이미지로 받아들이고 있으며, 어떤 태도로 대하는지를 잘 보여 주는 작품이 연작가사 ≪승가≫로 불리는『고대본 악부』소재의 <송녀승가>, <승답스>, <지송녀승가>, <녀승지답사>

---

33) 정지영(2004), 33쪽.
34)『청구가요(靑邱歌謠)』, 693번.

이다. ≪승가≫는 사대부 기혼남성이 우연히 산길에서 만난 여승의 미모에 반하여 여승에게 편지를 보내 구애를 했다가 거절당하고, 다시 편지를 보내나 거절당하는 편지글 형식의 연작가사이다.[35) 이 작품에서 사대부 남성은 여승을 처음 만난 순간부터 애정의 대상, 성적 대상으로 바라보고 있다.

> 우연이 두미월계(斗尾月溪) 좁은 길의 남남 업시 맛나니
> 연광(年光) 이팔(二八)이요 옥빈홍안(玉鬢紅顔)에 틴도(態度)를 지엿는데
> 셰(細)딴삿갓 슈겨 쓰고 셰(細)모시 두루마기 눌너 입고
> 삼졀죽장(三節竹杖) 숀의 쥐고 나려오는 져 거동(這擧動)을 볼작시면
> 장부간장(丈夫肝腸) 다 녹인다 - <승가타령>[36)

우연히 좁은 산길에서 사대부 남성과 여승 단둘이 만났는데, 사대부 남성은 첫눈에 여승의 미모에 반한다. "셰(細)딴삿갓 슈겨 쓰고 셰(細)모시 두루마기 눌너 입고 삼졀죽장(三節竹杖) 숀의 쥐고 나려오는" 모습에 마음을 뺏긴 화자는 "장부간장(丈夫肝腸) 다 녹인다"며 자신의 심정을 직접적으로 토로한다. 이러한 태도에서는 여승을 수도자로 대하는 모습을 전혀 찾아볼 수 없다. 화자인 남성은 여승을 미모를 갖춘 여인, 애정의 대상, 즉 자신이 쟁취해야 하는 '마음에 드는 임'으로 인식하고 있다. 그러나 첫눈에 반한 여인이 세속의 여인이 아니라 불도(佛道)를 닦는 비구니라는 것이 문제이다.

---

35) ≪승가≫는 이본에 따라 결말의 차이를 보인다. 『전가보장(傳家寶藏)』에 실려 있는 <승우답>은 '믿는 것은 낭군이요 바라는 것은 후사이며, 한 몸 바치니 하실 대로 하라'면서 결국 남성의 연정 호소에 못 이겨 환속하는 내용으로 되어 있다. 최현재(2000), 24쪽.
36) 정재호 외(1992), 233쪽.

玉佩 金環 어듸 두고 百八念珠 거럿는고
엽헤 치인 三升鉢囊 七寶香囊 대신인가
容貌의 곱고 밉기 治粧으로 가랴마는
這 花容 虛老ᄒ기 그 안이 앗가온가
갓쯕의 고은(보흰) 樣态 牛粉째를 미러닉여(올니고져)
桃花 갓튼 불근 닙의 臙脂빗츨 올니(도치)고져
十八珠 月璣彈을 져 귀 밋헤 걸고지고
八字靑山 春色으로 這 눈섭 짓고지고(그리고져)
구름 갓흔 머리(綠髮) 一二年 길너닉여
銀竹節 玉龍簪 金鳳釵로 압단장 숨인 後에
石雄黃 眞珠套心 뒤허울 닉고지고 – <송녀승가>37)

양반 여인의 모습에서 풍겨지는 아름다움, 화려함과 여승의 모습에서
느낄 수 있는 수수함, 무던함을 비교하는 데서 여승이 세속의 여인이었으
면 하는 남성의 안타까움이 강하게 드러난다. 작중 화자는 곱게 화장을
하고 머리를 길러 금비녀·은비녀로 단장한 여승의 모습을 상상함으로
써, 여승을 얻고 싶은 자신의 욕망을 드러낸다.

人間에 고흔 게딥 너섚이라 ᄒ랴마는
져마다 福이 읍서 내 눈의 다 들손가
앗가온 這 花容이 헛도이 늘것셰라
寒梅花 옴겨다가 窓前의 심우고져
楚襄王 巫山女도 朝雲暮雨 되여 잇고
銀河水 織女星도 牽牛를 만나거든
禪師님 무슴 일노 져대도록 미미 홀ᄉ
三間草屋 寂寞흔 데 孤處이 혼자 안져
世上을 아조 잇고 念佛만 工夫타가
즈네 人生 죽어디면 늣기 리 뉘 잇스리 – <지송녀승가>38)

37) 정재호 외(1992), 234쪽.

위의 인용 부분에서는 사대부 남성이 여승을 직접적으로 유혹하고 있다. 고운 얼굴이 헛되이 늙는 것이 안타깝다고 하면서 초양왕과 무산신녀, 견우직녀를 들먹이며 운우지락(雲雨之樂)을 요구한다.

≪승가≫의 남성주인공은 기혼의 양반이다. 그는 아내가 있음에도 불구하고 여승을 자신의 첩으로 삼기 위해 온갖 논리를 펼치며 여승을 유혹한다. 사대부 남성은 여승에게 자신의 첩이 되면 부귀를 누리며 백년해로할 수 있을 것이라 장담한다. 또한 자식을 낳아 기르며 화목하게 지내다가 죽으면 자손들이 후하게 장례를 치러 주고 제사를 잘 받들 것이라는, 안락한 노후 보장으로 환속을 권한다.

> 그 얼골 그 行實로 媤父母 못 괴이며
> 行實을 닥가늬면 마노라 싀올손가
> 　　　　(중략)
> 내 말슴 올히 녁겨 前 마음 도로 혜면
> 富貴도 홀 거시오 百年을 偕老ᄒ리
> 琴瑟이 和合ᄒ여 子孫이 滿堂ᄒ면
> 헌 머리의 이 쇠인 듯 닷는 놈 긔는 놈의
> 榮華로이 누리다가 死後를 도라보면
> 子孫이 詵詵ᄒ여 錦繡로 斂襲ᄒ여
> 流蘇寶帳에 百夫緦麻가 들넬 젹에
> 그 안이 즐거온가 인간의 조흔 일이 이밧게 또 잇는가
> 　　　　　　　　　　　　　　　－ <직송녀승가>[39]

사대부 남성이 여승에게 환속을 권하는 논리는 남성적 시각에 매어 있는 것이지, 여승이 환속하여 사대부의 첩이 되었을 경우의 처첩간의 갈등이나 주변의 따가운 시선 등 여승이 처하게 될 상황은 전혀 고려되지 않

---

38) 정재호 외(1992), 236쪽.
39) 정재호 외(1992), 236쪽.

은 것이다. 그는 미모(美貌)의 허로(虛勞), 음양의 논리, 노후 보장, 경제적 안정 등을 내세우며 여승에게 기존의 가족제도 안으로 편입될 것을 권유한다. 여성의 시집살이에서 가장 큰 갈등 요소가 되는 시어머니 · 본처와의 관계는 전혀 고려하지 않고, "그 얼골 그 行實로 媤父母 못 괴이며 行實을 닥가늬면 마노라 싀올손가"라고 하며 자신의 욕망을 충족시키는 데만 급급하다. 시부모와의 갈등, 처첩간의 갈등은 다시 여승을 '삭발위승(削髮爲僧)'의 주인공이 되게 할 가능성이 있음에도 불구하고 사대부 남성은 '행실(行實)' 또는 '부덕(婦德)'이라는 이름으로 불리는 가족질서를 내세우며 여승에게 희생을 강요한다.

남성의 적극적인 애정 공세에 여승도 잠시 마음이 흔들리나, 여승은 남의 이목이 두렵고, 기존의 가족제도 속으로 편입되고 싶지 않은 까닭에 남성의 구애를 거절한다.

> 不祥트라 ㅎ신 行下 曖昧흔들 어이ㅎ리
> <u>世緣未盡ㅎ여 還俗을 ㅎ량이면</u>
> <u>才質이 魯鈍ㅎ니 妾의 道理 어이 ㅎ며</u>
> <u>微賤흔 이늬 몸이 迷惑흔 人事로서</u>
> <u>性品이 强强ㅎ니 남의 시앗슨 실코</u>
> 날 갓튼 人生을 싱각도 마르시고
> 醫術을 모르거든 남의 病을 어이 알고
> 人命이 在天커든 내 어이 살녀내리
> 千金 갓혼 貴흔 몸을 부딜읍시 傷치 말고
> 功名에 뜻슬 두어 속절읍시 이즈시고
> 不關흔 즁의 몸을 더러이 아읍시고
> 榮華로 지내다가 紅顔粉面 고혼 任을
> 다시 어듸 求ㅎ서서 千歲나 누리소서 - <승답ᄉ>[40]

---

40) 정재호 외(1992), 235쪽.

어렸을 때 부모를 잃고 승려가 되었다고 하니 결혼생활의 경험은 없을 것이나, 여승은 가부장제 가족제도 속에서 남의 첩으로 살아가는 것이 어떤 일인지를 분명히 인식하고 있다. 세상과의 인연이 남아 있어 환속을 한다고 하더라도 자신은 어리석고 미련하여 첩의 도리를 할 수 없을 것이며, 또 미혹하고 성격이 강하여 남의 시앗 노릇은 할 수 없다며 남성의 구애를 단호하게 거절한다. 양반남성의 맹목적인 구애, 확신할 수 없는 행복에 자신의 미래를 맡겨 버리기에는 자신에게 가해질 현실의 굴레가 너무 가혹할 것임을 알았던 까닭에 남성의 유혹을 물리치고 수행의 길을 가기로 작정한다.

조선후기 시가에 나타나는 여승에 대한 남성의 시선은 대체로 자신의 욕망을 채우기 위한 대상, 즉 성적 대상으로 나타난다. 승려는 최하층의 신분에 속한다. 그렇기에 여승과 사대부 남성과의 동등한 사랑이 이루어지기는 어렵다. 여승이 환속한다 하더라도 주체적 삶, 어떤 사회적·제도적 폭력도 가해지지 않는 자유로운 삶을 살기는 어려울 것이다.

비구니가 된 여인들이 추구한 행복과 환속을 권유하는 남성이 제시한 행복의 조건은 크게 다르지 않다. 그들 모두 사랑하는 남편, 아내가 자식과 화목한 가정을 이루고 자유롭게 살아가는 삶을 추구한다. 그러나 비구니가 되는 길을 택했던 여성들은 사회적 폭력(사기 결혼, 재가금지의 사회적 관념, 시집살이)이 평범한 행복을 가로막은 까닭에 삭발위승(削髮爲僧)의 길을 택했다. 남성도 똑같은 논리를 내세우며 여승에게 환속을 권하지만 그것은 여승의 진정한 행복을 위한 것이 아니라 자신의 욕망을 채우기 위한 것이라는 점에서 엇갈린 방향으로 나가고 있다.

4. 결론: 여승에 대한 엇갈린 시선

'여승(女僧)'이라는 소재를 취한 조선후기 시가 작품들을 살펴본 결과 장르 및 작가의 신분에 따라 '여승'에 대한 인식이 다르게 나타나고 있음을 확인하였다. 여성들의 체험을 노래하고 있는 규방가사와 시집살이노래에서는 '비구니되기〔삭발위승, 削髮爲僧〕'이 주요한 모티프가 된다. 이러한 현상은 전통사회에서 여성들의 삶이 가정 내로 제한되었다는 점을 인식할 때 가족제도의 모순과 관련됨을 시사한다.

여성에게 삼종지도(三從之道)와 개가금지(改嫁禁止)가 강요되는 가부장적 가족제도 하에서 여성들은 주체적이고 독자적인 삶을 살 수 없었다. 고자 신랑을 만나도, 청상과부가 되어도, 수절하며 자신의 운명을 받아들여야 했으며, 시집식구들로부터 부당한 대우를 받아도 시집 내에서 자신의 위치를 확보할 때까지 억압을 감내해야만 했다. 이러한 상황을 받아들이지 않기로 했을 때 여성들이 택할 수 있는 삶은 머리 깎고 비구니가 되는 것뿐이었다.

머리를 깎고 비구니가 되는 것은 여성들이 현실의 고통에서 벗어나고 현실을 거부하는 거의 유일한 방법이라고 할 수 있다. 이는 남성의 작품에서는 현실적 고통에서 벗어나기 위해 승려가 되거나 승려가 되고자 하는 모습이 거의 발견되지 않는 것과 대조되는 현상이다. 남성들은 세상과 뜻이 맞지 않을 때 다양한 방법으로 해결을 시도한다. 취락(醉樂), 은거(隱居), 광인(狂人) 행세 등 그들은 자신의 가족과 자신의 삶 자체를 포기하지 않고서도 세상을 향해 강력하게 저항할 수가 있으며, 자신의 뜻을 펼칠 수 있다. 남성들에게 가족은 자신에게 속하는 부속물이라는 생각이 강했기 때문이다.

그러나 여성들의 경우는 고통의 원인이 혼인제도나 가족제도 등 당대의 제도나 관습 자체에서 기인하는 경우가 대부분이다. 또한 여성들의 삶 자체가 가정생활로 제한되어 있기 때문에 그들이 현실적 고통을 해결할 방법이 다양하지 않다. 따라서 자살을 택해 자신의 존재 자체를 소멸시키 거나 근본적인 원인이 되는 세계〔가정〕과 절연하는 것 외에는 달리 방 법이 없다. 규방가사와 시집살이노래 등 여성의 입장에서 불린 노래에서 비구니의 구체적 형상이나 수도자로서의 생활 등이 드러나지 않는 것도 이런 이유이다. 이들 작품은 오직 '여승이 되기까지'에 집중하고 있다. 그 들은 여승이 되고 난 이후의 삶이나 구도(求道)에 대해서는 관심을 보이 지 않는다. 그들은 여성 주인공이 세상을 등지고 여승이 될 수밖에 없었 던 기막힌 사연에 관심이 있을 뿐이다.

따라서 규방가사와 시집살이노래는 대체로 삭발하고 비구니가 되는 것으로 끝나거나, 승려가 되어 '나무아미타불을 외치며 한숨으로 평생을 지냈다'는 식으로 그 후의 일을 간략하게 언급하는 것으로 끝나는 경우가 대부분이다. 주인공의 삶이 종교적 수양을 통해 어떻게 변화되어 나갔는 지에 대해서는 관심을 보이지 않는 것이다. 이렇게 저마다의 구구절절한 사연을 통해 '여승'은 모두 비련의 주인공이 되며, 비구니 사찰은 비련의 여인들의 안식처, 위안처가 되는 것이다.

반면 사설시조와 애정가사인 ≪승가≫는 여승에 대한 당대의 보편적 인식 및 유교적 사회질서에서 벗어난 여승들을 기존의 가족제도 속으로 귀환시키려는 남성〔사회〕의 의지를 담고 있다.

조선후기의 불교의 타락상을 일정 정도 반영하고 있는 것으로 보이는 사설시조에서는 여승의 성적 타락을 노래함으로써 그들을 희화하고 여승 에 대한 부정적 이미지를 강조한다.

≪승가≫는 남자 복식 속에 갇혀 있는 여승의 육제적 아름다움에 관심 을 두고 있다. 작중화자인 사대부 남성은 여인이 어떤 사연으로 비구니가

되었는지, 그녀의 파란만장한 인생에는 그다지 관심이 없다. 여승으로서 살아가는 그녀의 처지와 심정을 이해하려는 노력도 보이지 않는다. "어버이 여읜 사룸 다 즁이 되량이면 朝鮮이라 八道사룸 나물 이 멧치나 될고 阿彌陀佛 觀世音菩薩 千万番 외오면서 竹琵와 磬子를 無數이 두다린들 글로서 붓쳐 되며 죽은 父母 사라올가"[41]라고 하며 여승의 지나간 삶을 무화시킨다. 남성은 여승을 수도자나 정신적 고뇌를 겪고 있는 한 사람의 인격체로 보지 않고, 오직 애욕의 대상으로 인식하고 자신의 욕망을 채우려 한다. 그의 눈에 감지되는 것은 승복 속에 감춰진 에로틱한 자태이며, 가슴의 불을 일으키는 "아장아슷 것는 거름"이며, 화려하게 꾸며 놓으면 누구보다 아름다울 듯한 고운 얼굴이다. '젊고 아름다운 모습이 운우지정(雲雨之情)도 알지 못하고 헛되이 늙을까 염려스럽다'는 표현은 남성의 성적 욕망을 우회적으로 표출한 것이다.

앞에서 살펴본 바와 같이 규방가사와 시집살이노래에서는 비구니가 될 수밖에 없었던 자신의 괴로운 삶에 대한 자탄(自嘆)과 술회(述懷)를 통해 위안과 심리적 치유를 얻고자 하였다. 이에 반해 남성적 시각을 바탕으로 한 사설시조와 ≪승가≫에서는 여승을 성적 대상으로 인식하고 있으며, 여성들을 가정 밖으로 내몰았던 봉건적 윤리와 제도로써 여승의 환속을 권유한다. '여승'이라는 동일한 소재를 다루고 있으면서도 비구니가 된 여성들의 목소리와 그들을 향해 소리치는 남성의 목소리는 서로 다른 방향을 향하고 있기에 만나기가 어렵다.

조선후기 시가문학에 나타나는 여승에 대한 이와 같은 엇갈린 시선은 각 장르의 담당층, 창작 및 향유 방식 등과 관련이 있을 것으로 생각된다. 본고에서 다룬 국문시가 외에도 정약용의 서사한시 <소경에게 시집간 여자(道康瞽家詞)> 및 고전소설에서도 다양한 여승의 형상이 포착된다.

---

41) <지송녀승가>, 정재호 외(1992), 236쪽.

조선시대 문학의 각 장르를 망라하여 여승의 형상을 추적해 본다면 좀 더 풍부하고 정밀한 여승의 형상이 그려질 것이다. 아울러 근대기까지 이어지는 불교사의 변천에 따른 여승의 변모를 추적해 보는 것도 재미있는 작업이 될 것이다.

활자본 고소설의 출판과 유통에 대한 몇 가지 문제들
- 원고/저본, 저작권, 판권지, 광고, 서적목록을 중심으로

유 춘 동*

1. 서론

최근 고소설 연구에서 가장 활발하면서도 주목할 만한 성과가 제출되는 분야는 '구활자본 고소설'[1])에 대한 것들이다. 고소설 연구 초기에는 필사본이나 방각본 소설에 연구가 집중되어 주목받지 못했고, 특히나 연구자료로서는 부적합하다는 오해를 받아 거의 방치되다시피 한 것이 구활자본 고소설이었다.[2])

그러나 지금은 '고소설의 대중화, 고소설의 새로운 전성기'를 이끈 주역이라는 시각에서 구활자본 고소설을 바라보게 되면서 다양한 연구가

---

* 선문대학교

1) 연구자에 따라서 구활자본 고소설, 활자본 고소설, 활판본 고소설, 고대소설, 딱지본, 얘기책 등의 다양한 용어를 사용한다. 이글에서는 그 가운데 "구활자본 고소설"이라는 용어를 쓰기로 한다.
2) 김동욱의 언급을 통해서 당시의 구활자본 고소설에 대한 학계의 인식을 볼 수 있다. "新文學期 이후의 活版本 古代小說은 恣意的인 改稿가 많고, 요지음 市井의 古典小說全集은 學問的인 信憑性이 없는 Parodier한 出版物이어서 學生들의 레포오트에 그런 冊子에서 引用한 文章이 나올 때 寒心스럽기 짝이 없었다." 김동욱, 『영인고소설판각본전집』1, 연세대 인문과학연구소, 1973, 3쪽.

이루어지고 있다.3) 연구는 크게 구활자본 고소설의 간행 실태,4) 구활자본 출판사별 사주(社主)와 출판 활동,5) 구활자본 고소설과 이전 시기에 존재했던 상업출판물과의 관계6) 등으로 정리할 수 있다. 이 중에서도 특히 구활자본 고소설의 간행 실태를 파악하는 것에 집중하여 총 381종의 구

---

3) 이외에도 구활자본 고소설을 대상으로 최근 주목할 만한 전시가 이루어졌다. 아단문고, 국립중앙도서관, 서울대, 디지털한글박물관에서 구활자본 고소설을 대상으로 회고전, 디지털 테마 컬렉션, 특별기획전이 개최되었다.

4) 이능우, 「고대소설 구활판본 조사목록」, 『논문집』 8, 1968; 하동호, 『개화기소설연구: 서지중심으로 본 개화기소설』, 단국대 국문과 박사학위논문, 1972; 하동호, 「속칭 얘기책 서지고략」, 『도서관』 199, 1975; 우쾌제, 「구활자본 고소설의 출판 및 연구 현황 검토」, 『고전소설 연구의 방향』, 새문사, 1985; 이영근, 「개화기 소설 출판의 양상」, 『기전어문학』 1, 1986; 류탁일, 『한국 고소설 비평 자료 집성』, 아세아문화사, 1994; 소재영 외, 『한국의 딱지본』, 범우사, 1996; 권순긍, 『활자본 고소설의 편폭과 지향』, 보고사, 2000; 이주영, 『구활자본 고전소설 연구』, 월인, 1998; 오윤선, 「신소설 서지 데이터베이스의 분석과 그 의미」, 『우리어문연구』 25, 2005; 엄태웅, 「활자본 고전소설의 근대적 간행 양상」, 고려대 국문과 석사논문, 2006; 김성철, 「활자본 고소설의 존재 양태와 창작 방식 연구」, 고려대 국문과 박사학위논문, 2011; 최호석, 「활자본 고전소설의 총량에 대한 연구」, 『고전문학연구』 43, 2013.

5) 이주영, 「신문관 간행 육전소설 연구」, 『고전문학연구』 1996; 한기형, 「1910년대 신소설에 미친 출판, 유통 환경의 영향」, 『한국학보』 84, 1996; 방효순, 「박문서관의 출판활동에 관한 연구」, 『국회도서관보』 37(5), 2000; 방효순, 「일제시대 민간 서적 발행 활동의 구조적 특성에 관한 연구」, 이화여대 문헌정보학과 박사학위논문, 2001; 최호석, 「지송욱과 신구서림」, 『고소설연구』 19, 2005; 이종국, 「개화기 출판 활동의 한 징험: 회동서관의 출판문화사적 의의를 중심으로」, 『출판학연구』 49, 2005; 김종수, 「일제 강점기 경성의 출판문화 동향과 문학서적의 근대적 위상」, 『서울학연구』 35, 2009; 김종수, 「일제 식민지 문학서적의 근대적 위상: 박문서관의 활동을 중심으로」, 『우리어문연구』 41, 2011; 최호석, 「신문관 간행 육전소설에 대한 연구」, 『한민족어문학』 57, 2011; 최호석, 「영창서관의 고전소설 출판에 대한 연구」, 『우리어문연구』 37, 2010; 권두연, 「보성관의 출판 활동 연구」, 『현대문학의 연구』 44, 2010; 이민희, 『백두용과 한남서림 연구』, 역락, 2013.

6) 이윤석 · 대곡삼번 · 정명기 편, 『세책 고소설 연구』, 혜안, 2003. 유춘동 「세책본 금령전의 텍스트 위상 연구」, 『열상고전연구』 20, 2004; 유춘동, 「20세기 초 구활자본 고소설의 세책 유통에 대한 연구」, 『장서각』 15, 2006; 김준형, 「근대전환기 글쓰기의 변모와 구활자본 고전소설」, 『고전과 해석』 1, 2006; 유광수, 「구활자본 적성의 전의 두 연원에 대하여」, 『열상고전연구』 32, 2010.

활자본 고소설이 1970년대까지 3,000여 회에 걸쳐 간행되었다는 사실이 밝혀지기도 했다.[7]

이러한 연구들로 인하여 구활자본 고소설에 대한 중요성이 그 어느 때보다도 부각되고 있다. 그러나 구활자본 고소설의 출판(생산)에서부터 유통에 이르는 각 과정을 세밀하게 들여다보면 상업출판물로서 구활자본이 갖는 특성이나 위상을 밝히는 연구는 미진하다. 이 글에서 살펴보려는 것이 그동안의 연구에서 사각지대로 남아있는 구활자본 고소설 출판(생산)에서의 원고(原稿)/저본(底本)의 문제, 구활자본 고소설의 저작권 문제, 구활자본을 간행했던 각 출판사의 출판사별 광고나 도서목록과 같은 유통의 문제이다. 이 문제는 구활자본 고소설의 특성과 상업출판물로서의 면모를 밝히는 작업으로, '상업출판물 고소설' 시장에서 구활자본 고소설이 지닌 특성이 무엇인지, 전대(前代)의 상업출판물이었던 방각본이나 세책 필사본과 어떤 관계에 있으며 차별점이 무엇인지를 논의할 계기를 마련할 것으로 기대한다.

2. 구활자본 고소설 출판에서의 원고(原稿)/저본의 문제

새로운 인쇄기술인 활판인쇄가 도입되면서 '상업출판물에서의 소설 시장'을 처음 장악했던 것은 신소설(新小說)이었다. 그러나 1912년 이해조의 『옥중화』가 간행되고 대중들에게 많은 인기를 끌면서 상황은 변하게 된다.[8] 이때부터 각 출판사는 고소설에 대한 대중들의 선호에 주목하여

---

7) 이능우(202종). 서울대 동아문화연구소(196종), 소재영(246종), 우쾌제(249종). 권순긍(305종), 이주영(350종), 최근에는 최호석에 의하여 381종이 확인되었다. 최호석, 「활자본 고전소설의 총량에 대한 연구」, 『고전문학연구』 43, 2013.
8) 신소설이 지닌 내용의 한계로 이 문제를 설명하기도 하고, 일제 강점기 검열로 인하

경쟁적으로 고소설 출판을 본격화했다. 그래서 1913-1916년 시기에만 61곳의 출판사에서 100여 종이 넘는 고소설을 간행했다.[9]

이처럼 많은 곳에서 간행되었던 구활자본 고소설에 대해서 연구자들은 주로 초판의 간행일, 간행을 담당했던 출판사, 편집(저술) 겸 발행자와 같은 서지적인 측면에만 주목했다. 그러나 중요한 문제는 각 출판사에서 단기간 내에 어떻게 이처럼 많은 출판물을 간행할 수 있었고, 간행에 필요한 원고/저본을 어떻게 확보했는가 하는 점이다. 이 문제가 규명되어야만 구활자본 고소설의 출판 문제, 유통과 소비 등의 문제가 분명해 질 것이다.

현재 확인된 구활자본 고소설은 이전 시기부터 읽혀왔고 인기를 끌었던 것을 간행한 것, 새롭게 창작한 것, 중국이나 일본의 소설을 가져다가 번역한 것으로 크게 유형을 나눌 수 있다. 초기의 구활자본 고소설은 기존에 인기리에 읽혀왔던 것이나 중국소설을 번역한 것들이 주를 이루었다. 그러나 이후에는 거의 모든 유형의 고소설이 간행되었다.

대다수의 연구자는 그 원인을 기존에 있던 방각본이나 일반필사본을 가져다가 옮겨 놓았기 때문으로 보고 있다. 실제로『홍길동전』(덕흥서림)이나『조웅전』(박문서관)처럼 경판방각본이나 완판방각본을 가져다가 그대로 출판의 원고/저본으로 쓴 것도 존재하기 때문이다. 그러나 대다수의 구활자본 고소설은 현재까지 원고/저본을 알 수가 없다. 따라서 이 문제에 대하여 다른 원천 확인이 필요하다.

현재 남아있는 세책 필사본 고소설을 검토하면서 확인했던 중요한 점은 구활자본 고소설과 자구(字句)와 내용 등이 정확히 일치한다는 것이다. 실물로 남아있는 세책 필사본은 대략 60여 종인데, 이 중에서 세책 필사본을 원고/저본으로 사용하여 간행한 구활자본 고소설은 30종에 이른다.

여 상대적으로 간행이 쉬운 고소설을 택했다는 의견이 있기도 하다. 김재용 · 이상경 · 오성호 · 하정일,『한국근대민족문학사』, 한길사, 1998; 이주영, 앞의 책, 42~43쪽.
9) 이주영, 앞의 책, 37~38쪽.

이는 구활자본 고소설을 출판할 때 각 출판사에서 세책 필사본을 가져다가 원고/저본으로 사용했음을 분명히 보여주고 있다. 그동안 자료를 발굴하면서 확인했던 내용을 <표>로 정리하면 다음과 같다.[10)]

번호	세책 필사본(제명)	원고/저본으로 삼은 출판사(초판기준)
1	춘향전/고본춘향전	신문관
2	고려보감	보급/신구서림
3	곽해룡전	신구서림
4	구운몽	유일서관
5	금방울전(금령전)	조선서관
6	금향정기	동미서시
7	김진옥전	신구서림
8	남정팔난기	조선서관
9	백학선전	신구서림
10	삼옥삼주	회동서관
11	설인귀전	조선서관/동미서시
12	수매청심록	신구서림
13	수호지/일백단팔귀화기	조선서관
14	숙녀지기	회동서관
15	옥란빙	회동서관
16	옥루몽	신문관/광학서포
17	유화기연	대창/보급서관
18	이대봉전	덕흥서림
19	장경전	박문서관
20	장국진전/모란정기	동아서관

---

10) 유춘동, 「세책본 금령전의 텍스트 위상 연구」, 『열상고전연구』 20, 2004; 「20세기 초 구활자본 고소설의 세책 유통에 대한 연구」, 『장서각』 15, 2006; 「서울대 규장각 소장, 토정―약현 세책 고소설 연구」, 『한국문화』 66, 2014; 「일본 동양문고 소장 세책 고소설의 성격과 의미」, 『민족문화연구』 64, 2014. 차후 지면을 달리하여 세책 필사본과 구활자본 고소설의 관계를 자세히 논하기로 한다.

21	장백전	덕흥서림
22	장자방전	조선서관
23	장한절효기	신명서림
24	전운치전/전우치전	영창서관
25	적성의전	세창서관
26	정을선전	동미서시
27	징세비태록	덕흥서림
28	창선감의록	조선서관
29	하진양문록	동미서시
30	현수문전	조선서관

　이때 각 출판사는 출판사별로 조금씩 차이를 두며 세책 필사본을 간행원고로 사용했다. 세책 필사본을 원본 그대로 원고/저본으로 사용했던 곳도 있고, 내용을 일부 수정하거나 이해를 돕기 위하여 장회(章回)와 장회명(章回名)을 삽입한 곳도 있으며, 작품 전반부는 다른 작품인 듯 변용시킨 뒤 뒷부분에는 세책 필사본을 그대로 사용한 곳도 있다. 이에 대한 예를 간략하게 제시하면 다음과 같다.11)

　　[예1]
　　○ 원쉬 딕연을 빅셜ᄒ여 졔장 군쫄을 샹ᄉᄒ고 텬ᄌ긔 복지 쥬왈, "이졔 도젹을 □ᄒ엿ᄉ오니 쇼신은 물너가와 아비 젹쇼로 가고져 ᄒ나이다." 상이 갈오ᄉ딕, 짐이 환궁ᄒ 후 명관을 보닉여 다려올 거시니 염녀 말고 황셩으로 가믈 니르신딕 원쉬 기쥬 왈, "엇지 명관 보닉기를 기다리 〃 잇가? 신이 단녀오리이다." (중략) 셜산도로 향ᄒ니라. (약현 세책)
　　○ 원쉬 딕연을 빅셜ᄒ여 졔장 군쫄을 샹ᄉᄒ고 텬ᄌ게 복디 쥬왈, "이졔 도젹을 파ᄒ엿ᄉ오니 쇼인은 물너가 아비 젹소로 가고져

---

11) 아래의 <예>는 각주 10)번에서 밝힌 논문에서 인용한 것임을 거듭 밝힌다.

ᄒ나이다." 샹이 갈ᄋ샤ᄃᆡ, 짐이 환궁흔 후 명관을 보ᄂᆡ여 다려올 거
시니 념녀 말고 황셩으로 가물 이르신ᄃᆡ 원쉬 쥬왈, "엇지 ᄉ관 보ᄂᆡ
시기를 기다리〃잇고? 신이 단여 오리이다." (중략) 셜산으로 향ᄒ여
가니라. (구활자본)

[예1]은『곽해룡젼』의 셰책 필사본과 구활자본 고소설을 비교한 것이
다. 예문에서 볼 수 있듯이 두 본은 조사와 표기에서 약간의 차이만 있을
뿐 자구가 대부분 일치한다.[12] 상당수의 구활자본 고소설은 이러한 유형
에 속하는데, 구활자본을 간행할 때에 셰책 필사본을 원고/저본으로 사용
되었음을 분명하게 보여준다.

[예2]
○ 화셜. ᄃᆡ원 지졍말에 쟝원이라 ᄒᄂᆞᆫ 지 잇스되 벼살이 한원에
잇더니 원나라 망ᄒ고 ᄃᆡ명이 즁흥흠이 시졀을 념ᄒ야 틱안쥬 이릉
산에 숨엇더니 일〃은 쟝공이 일몽을 어드니 남젼산 신령이 가로ᄃᆡ,
시운이 불리ᄒ야 죠만간에 ᄃᆡ화 잇실거시니 밧비 쩌나라 ᄒ고(…후
략…) (향목동 셰책)
○ 졔일회. 동희룡죵을 쟝부인이 급흔 것을 구ᄒ고 조츈 막씨를 옥
계계서 그 효졀을 감동ᄒ시다. 화셜. ᄃᆡ원 지졍말에 쟝원이라 ᄒᄂᆞᆫ
지 잇스되 벼살이 한원에 잇더니 원나라 망ᄒ고 ᄃᆡ명이 즁흥흠이 시
졀을 념ᄒ야 틱안쥬 이풍산에 숨엇더니 일일은 쟝공이 일몽을 어드
니 남젼산 신령이 갈오ᄃᆡ, 시운이 불리ᄒ야 죠만간에 ᄃᆡ화 잇실거시
니 밧비 쩌나라 ᄒ고 (…후략…) (구활자본)

[예2]는『금방울젼(금령젼)』의 셰책 필사본과 구활자본 고소설을 비교
한 것이다. 예문에서 볼 수 있듯이 두 본의 자구는 거의 일치한다. 다만 구

---

12) 구활자본 고소설『곽해룡젼』의 사례는 이윤석, 정명기가 처음으로 밝혔다. 이윤석 ·
정명기,『구활자본 야담의 변이양상 연구』, 보고사, 2001, 149~156쪽.

활자본에서는 세책 필사본에서 볼 수 없었던 장회와 장회명을 삽입했다. 주목할 점은 이처럼 장회와 장회명을 삽입한 본의 경우 미리 편집(編輯)이란 사실을 밝히고 있다. 세책 필사본을 가져다가 원고/저본으로 사용했지만 [예1]처럼 그대로 사용하기에는 부담감이 있었기 때문으로 보인다.13) 중요한 점은 [예2]도 구활자본 간행에서 세책 필사본이 원고/저본으로 사용되었음을 분명하게 보여준다.

[예3]

ㅇ 화셜. 숑 시졀의 뎡시랑이라 ㅎᄂ 스룸이 〃시ᄃᆡ 문장 필법이 거록ㅎ여 일작 벼살이 좌승상의 쳐ㅎ여 그 부인 셩씨로 더부러 동셩 문 밧긔 쳐ㅎ여 틱평으로 지닐시 늦게야 흔 아들을 나흐미 얼골이 비범ㅎ고 긔상이 쥰슈ㅎ미 승상이 날노 사랑ㅎ더라. 셰월이 여류ㅎ여 십 셰 되미 일홈을 〃션이라 ㅎ고 ᄌᆞ를 민강이라 ㅎ다. (…중략…) <u>이의 유모를 블너 연유를 말ᄒᆞ니 유뫼 쏘흔 놀나며 그 쥭을 다른 기를 쥬니 그 기 쏘 먹고 쥭ᄂᆞᆫ지라. 유모와 쇼졔 딕경ㅎ여 그 후로ᄂᆞᆫ 쥬ᄂᆞᆫ 음식을 먹지 아니ㅎ고 유모의 집의셔 밥을 지어 슈건의 싼다가 먹고 겨유 연명만 ㅎ고 지닉더라. 노씨 마음의 혜오딕 '약을 먹어도 쥭지 아니ㅎ니 이상ㅎ도다.' ㅎ며.</u> (약현 세책)

ㅇ 대명 가뎡 년간에 해동 죠션국 경상좌도 계림부 자산촌에 일위 재상이 엇스되 셩은 졍이요 일홈은 진희라. 잠령거족으로 소년등과하야 벼살이 상국에 이르러 명망이 죠야에 진동하더니 시셰 변쳔함을 인하야 법강이 해이하고 졍령이 물란하야 군자의 당은 자년 믈너가고 쇼인의 당이 뎜뎜 나아옴으로 풍진 환로에 뜻시 업는지라. (…중략…) <u>이의 유모를 불러 년유를 말하니 유모 대경하야 이의 개를 불러 쥭을 먹이니 그 개 즉시 쥭거날 소졔와 유뫼 더욱 놀나 차후는 쥬는 음식을 먹지 아니하고 유모의 집에서 밥을 지어 슈건의 싼다가 겨우 연명만</u>

---

13) 구활자본 간행업자나 출판사의 출판 의식이라고 볼 수도 있고, 세책업자와의 마찰을 피하기 위하여 그리고 세책을 읽었던 경험이 있는 독자들을 의식한 결과일 수도 있다. 앞으로 이 부분에 대한 논의가 필요하다.

하더라. 노씨 마음의 혜오되, '약을 먹여도 죽지 아니하니 가장 이상하도다.' 하고. (구활자본)

　[예3]은『정을선전』의 세책 필사본과 구활자본 고소설을 비교한 것이다. 두 작품의 시작을 보면 작품의 시대 배경, 주인공 부모의 이름, 가계(家系)에 대한 설명이 다르기 때문에 서로 다른 별개의 작품으로 생각하기 쉽다.

　그러나 이처럼 서로 다른 두 본은 밑줄 친 대목인 '계모가 유추년을 죽이려 밤에 독을 넣는 장면'에서부터 자구와 내용이 정확하게 일치한다. 따라서 구활자본『정을선전』의 경우에는 세책 필사본을 가져다가 처음부터 그대로 원고/저본으로 사용하지 않고 일정 부분을 변개(가공)한 뒤에 나머지는 세책 필사본을 사용한 것임을 알 수 있다.

　구활자본『정을선전』과 같은 사례는 몇 종이 더 있다. 예를 들어『전우치전』과『징세비태록』이다. 이 본들은 표제(表題)에 개정(改正), 수정(修訂)이라는 문구를 넣었다. 이 문구를 넣은 것은 세책 필사본을 원고/저본으로 하면서 [예1]이나 [예2]와는 좀더 적극적이면서도 차별화 전략을 시도했다는 의미로 여겨진다.

　이상과 같이 구활자본 고소설이 간행(출판)되는 과정에서 세책 필사본이 출판의 원고/저본이었음을 밝혔다. 이처럼 확인된 사례는 30종이지만 더 많은 구활자본 고소설이 세책 필사본을 가져다가 원고/저본으로 사용했을 것이다.

　현재 남아있는 세책 필사본의 대여 장부(帳簿)를 보면 장편가문소설에서부터 단권 소설에 이르기까지 154종의 고소설이 확인된다.[14] 이 목록에 기재된 작품은 대부분 구활자본 소설로도 간행된 것들이다. 앞서 제시

─────────────────

14) 정명기, 「세책본소설의 유통 양상」, 『고소설연구』 16, 2003; 전상욱, 「세책 총목록에 대한 연구」, 『열상고전연구』 30, 2009.

한 예를 본다면 이들 구활자본 고소설 또한 세책 필사본을 가져다가 원고/저본으로 사용했고, 출판사별로 조금씩 차이를 두면서 융통성 있게 활용했던 것으로 보인다.

그동안 구활자본 고소설의 간행(출판)의 문제를 다루면서 출판에 필요한 원고/저본의 문제는 거의 논의되지 못했다. 단기간 내에 각 출판사에서 많은 수의 구활자본 고소설을 간행할 수 있었던 것은 이처럼 앞선 시기에 세책 필사본이 존재했기 때문이다. 앞으로 구활자본 고소설에 대한 논의를 위해서는 전대의 대표적인 상업출판물이었던 세책 필사본과의 관계를 분명히 해 둘 필요가 있다.

3. 구활자본 고소설 출판에서 저작권 및 원작자의 문제

『홍길동전』이나 『구운몽』 등을 제외하면 대부분의 고소설은 원작자(저자)를 알 수 없다. 이전 시기에 고소설을 읽었던 독자나 출판업자들은 이 문제를 중요하게 생각하지 않았던 것으로 보인다. 그러나 1909년 2월에 출판법이 시행되면서 간행되는 도서에 저자, 발행인, 발행처(출판사), 발행연도 등의 정보를 담은 판권지를 부착해야만 하는 상황이 발생하면서 상황은 달라졌다. 고소설의 원작자가 누구인지, 이 작품들의 저작권을 어떻게 부여할지에 대한 개념이 생기게 된 것이다.

그런데 판권지에 기재된 원작자는 작품의 실제 작자가 아닌 출판사의 사주(社主)가 기재된 경우가 많다. 이로 인하여 구활자본 고소설의 원작자(저자), 판권, 저작권 등은 늘 논의되지 못했다. 흥미로운 점은 대정(大正) 7년(1918)에 광한서림(廣韓書林)에서 간행된 도서목록에서 이 문제에 대한 새로운 시사점을 얻을 수 있다.

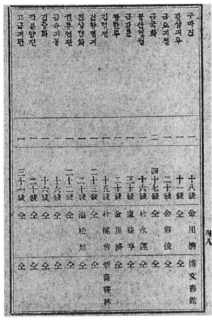

[사진 1] 광한서림 간행 도서목록

현재 각 출판사에서는 지금도 일정한 주기로 도서목록을 간행한다. 독자에게 자사(自社)에서 간행된 도서 전반에 대한 정보를 제공함으로써, 판매를 촉진시키는 중요한 수단으로 여기기 때문이다.

구활자본 고소설을 간행했던 출판사도 마찬가지였다. 각 출판사에서는 경쟁적으로 도서목록을 만들어 배포하거나 책 한 칸에 따로 지면을 마련하여 실었다. 도서목록을 현재와 비교한다면 우편으로 서적을 주문(注文)하는 방법이나 타사(他社)에서 발행했던 서적의 목록도 실어놓았다는 점뿐이다.15)

광한서림의 도서목록이 당시 간행되었던 다른 출판사의 것들과 큰 차이를 보이는 부분은 <사진1>처럼 다른 출판사에서는 볼 수 없는 한문소설이나 고소설을 대상으로 저자 겸 발행자, 발행소(출판사)에 대한 내용을 자세히 기재해 놓았다는 점이다.16)

---

15) 이처럼 현재의 방식과 차이가 있는 이유는 출판사마다 긴밀한 전략적인 제휴를 맺고 있었거나 친인척 관계였기 때문으로 보인다.
16) 목록은 조선총독부교과용도서, 경성서적조합발행서적, 교과교육급참고서류, 동식화물생리위생서류, 작문서류, 역사지지급지도서류, 실업서류, 경제서류, 부기서류, 수학급산술서류, 정치급법률서류, 어학서류, 서한서류, 법첩서류, 자전서류, 시율서류, 창가가곡음률류, 의학서류, 복서서류, 교회서류, 잡지서류, 한문소설급전기서류, 소설서류, 신구잡가류, 당판급백지판각종분류목록으로 구분하였고 서목(書

이 서적목록에 기재된 저자 겸 발행자는 물론 작품의 원저자는 아니다. 당시에는 한 작품을 두고 여러 출판사에서 중복 출판되는 상황이 벌어졌다. 이 서적목록에서 이처럼 지면을 할애하여 저자 겸 발행자를 상세히 밝힌 이유는 다른 곳에서 출판이 되더라도 적어도 이 작품에 한해서는 원래 편집자, 발행자의 일정한 권리를 인정해주었던 당시 분위기에서 비롯된 것으로 여겨진다. 도서목록을 통해서 볼 수 있는 '출판사-원저자-작품'의 상황을 정리하면 다음과 같다.

번호	출판사	원저자	작품
1	고금서해	이종일	소운전
2	광동서국	이종정	관운장실기, 조자룡실기, 소달기전, 약산동대, 옥련몽, 오선기봉, 장비마초실기, 초한전장실기
		박건회	남만왕밍획, 왕소군새소군전
		홍순모	증상연정 심청전, 화용도실기
		김익수	정수경전
3	광문서시	정기성	김희경전, 여중호걸, 유문성전
		정경회	주원장창업실기
4	광익서관	고경상	금낭이산, 타호무송
		박건회	음양삼태성
		이규용	악의전단전
5	덕흥서림	김동진	현토 옥루몽, 박태보실기, 강릉추월, 김진옥전, 남강월, 조웅전, 유충렬전, 섬동지전, 석중옥, 석화룡전, 숙향전, 장끼전, 장백전, 청운오선록, 현씨양웅쌍린기, 홍길동전
6	동아서관	김연규	김원전, 이태경전, 화산기봉
		박건회	이대장전
		빈칸처리	장국진전

目), 권수, 실가, 저작자, 발행소까지도 실어놓았다.

7	동일서관	이민한	어룡전
8	동미서시	박건회	일대장관, 울지경덕
9	동문서림	박승엽	사대장전
		박건회	정진사전
10	동창서관	유철진	한문춘향전, 이린전
11	문명서관	현 억	구운몽
12	문창서관	박건회	일백단팔귀화기
13	박문서관	김용제	광한루, 토의간
		노익형	적성의전, 이대봉전, 소학사전, 장경전, 채봉감별곡
		김익수	백학선전
		박건회	삼설기, 장자방실기
		이해조	옥중화
		신귀영	박문서관
14	신구서림	박건회	하진양문록, 강태공실기, 대월서상기, 김령전, 검향뎡긔, 육효자전, 쌍문충효록, 소약란직금도, 설인귀전, 수양제행락기, 양주봉전, 월봉산기, 진대방전, 진시황전, 청루지열녀, 팔장사전, 황장군전, 현수문전, 홍계월전
		지송욱	권룡선전, 곽분양전, 고금기관, 이진사전, 곽해룡전, 여자충효록, 당태종전, 조생원전, 몽결초한송, 별주부전, 배비장전, 부용의 상사곡, 보심록, 삼문규합, 삼옥삼주, 옥중가인, 연의각, 추풍감별곡, 창선감의록, 청년회심곡
		김익수	장학사전, 정현무전
15	신명서림	이종완	김학공전
		박영진	능견난사
		강의영	대성용문전, 이태백실기, 임화정연, 옥중가화
		김재의	장한절효기
		김기풍	정비전, 진장군전
16	신문관	남악주인	홍경래실기

17	영창서관	강의영	여장군전, 전우치전, 서동지전, 삼국대전
18	영풍서관	수산선생	광한루회진기
		고 김춘택	한문현토사씨남정기
		이주완	현토삼국지, 서한연의
19	오거서창	안왕거	한문포염라연의
		이해조	홍장군전, 한씨보응록
20	유일/신구서림	남궁준	현토구운몽
21	유일서관	선우일	김태자전
		박건회	금강산실기, 서유기, 수호지후집, 염라대왕, 특별무쌍춘향전
		남궁준	용문장군전, 이해룡전, 불로초, 숙녀지기, 제마무전, 정목란전, 적벽대전
22	이문당	신귀영	고진감래, 이몽선전, 삼선기
		박건회	구두장군, 이학사전
		이원생	장한림전, 최보은전, 초패왕, 한태공실기
23	조선서관	박건회	강시중전, 괴똥어미전, 고독각씨전
		이병재	이두충렬전
24	태화서관	현공렴	열녀전
25	한남서림	백두용	창선감의록, 현토천군연의
26	한성서관	남궁설	일선한 춘향전, 임경업전, 박씨전, 신양대전, 쌍주기연, 양산백전, 장화홍련전, 증수경전, 초한전
		노익형	임호은전
		민준호	양풍운전, 월영낭자전
		신귀영	장풍운전
27	회동서관	이규용	한문현토숙향전, 한선쌍문서상기, 금산사몽유록, 쌍미기봉, 옥란빙
		박건회	목단정기, 수호지전집
		고유상	수당연의, 손방연의, 옥루몽 대/소본, 정을선전
		이용한	증수춘향전
		고경상	청야휘집

출판사를 소유하고 있던 사주(社主)가 저자(저작) 겸 발행자로 등장하는 것은 구활자본 고소설에서 보편적인 일이다. 그러나 <표>처럼 출판사의 사주 이외에 다른 저자(저작) 겸 발행자를 밝힌 것은 의외적인 일이다. 이런 이유는 여러 경우를 생각해 볼 수 있겠지만,[17] 해당 작품에 한해서는 기재된 사람이 판권을 소유하고 있었음을 명시한 것으로 보인다.

이 문제는 박건회를 통해서 구체화할 수 있을 것이다. 그는 조선서관의 사주로 있으면서 상당수의 고소설을 간행하였고, 동미서시처럼 다른 출판사에서도 고소설을 간행에 참여하였다. 자사나 타사에서 책을 출간하면서 그는 반드시 저작물에다가 저자(저작/편집) 겸 발행자를 명시했다.

1918년 무렵 조선서관이 폐업하면서 박건회는 자신이 갖고 있던 작품의 판권을 대부분 다른 곳에 판매했던 곳으로 보인다. 이때 자신이 갖고 있던 판권이나 권한을 어느 선까지 넘겨주었는지는 알 수 없다. 그러나 광한서림의 서적목록을 보면 다른 출판사에 판권을 넘겼다 하더라도 어느 정도 권리를 행사했고 그 권리가 유효했음을 보여주고 있다.

각 출판사마다 중복출판과 무분별한 표절 출판물이 생기면서 이를 해결할 목적으로 경성서적업조합 등이 발족된다. 이때부터는 경성서적업조합의 대표자가 저작 겸 발행자로 전면에 나서고, 회동서관이나 덕흥서림과 같은 대형출판사에서는 사주를 아예 대표 저작 겸 발행자로 기재하는 것이 보편화된다.

광한서림의 도서목록은 이 시기 직전에 상황을 보여준다는 점에서 의미가 있다. 즉, 구활자본 고소설은 출판될 때부터 저자, 저작권, 판권의 개념이 전혀 없었던 것이 아니라 적어도 각 출판사에서 초판이나 제작(발행)에 최초로 간여했던 저자(저작) 겸 발행자에 대해서는 나름 일정한 권리가 있었고, 이를 명기한 풍토가 존재했음을 보여주고 있다.[18]

---

17) 이주영은 이 경우에 저명한 작자를 내세워 광고 효과를 얻고자 의도했거나 출판사와 작자가 특수한 관계였을 가능성을 제시했다. 이주영, 앞의 책, 80쪽.

18) 동아일보 1933년 2월 15일에는 이상준이 덕흥서림을 비롯한 7곳 출판사에 저작

4. 구활자본 고소설 유통에서 도서광고, 도서목록, 분매소의 문제

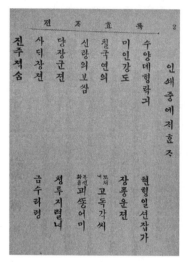

[사진 2] 권두에 실린 광고

구활자본 고소설을 발행 및 취급하는 출판사가 난립하고 영업 경쟁이 가속화되면서, 각 출판사는 다양한 작품의 확보 및 출시에만 몰두한 것이 아니라 판매 증진을 위한 유통에도 다양한 시도가 이루어졌다.

그간 이 문제는 신문이나 잡지에 실린 광고, 표지 장정 등에만 주목했다.19) 그러나 구활자본 고소설 텍스트 안의 권두─권말─판권지 부분을 활용한 다양한 시도가 있어서 이에 주목하여 자료를 살펴볼 필요가 있다.20)

권 소송을 제기한 것을 볼 수 있다.

19) 류탁일, 『한국 고소설 비평자료 집성』, 아세아문화사, 1994; 장문정, 『딱지본의 출판디자인사적연구』, 홍익대 시각디자인학과 석사학위논문, 2001; 이기훈, 「독서의 근대, 근대의 독서: 1920년대의 책읽기」, 『역사문제연구』 7, 2001; 천정환, 『근대의 책읽기』, 푸른역사, 2003; 서유리, 「딱지본 소설책의 표지 디자인 연구」, 『한국근대미술사학』 20, 2009; 권두연, 「신문관 활동의 구조적 측면 연구2: 서지목록과 광고를 중심으로」, 『민족문학사연구』 44, 2010; 박진영, 『번역과 번안의 시대』, 소명출판, 2011.

20) 류탁일은 이러한 점에 착안하여 구활자본 고소설 출판사 36곳의 판권지와 광고를 정리한 바 있다. 류탁일, 앞의 책, 339~489쪽. 그러나 그가 자료를 정리한 뒤로 훨씬 더 많은 구활자본 고소설이 공개되었다. 예를 들어 국립중앙도서관 소장 구활자본 고소설 898종, 서울대 중앙도서관 소장 201종은 해당 기관 사이트에서도 원문을 쉽게 볼 수 있게 되었고, 연세대, 콜럼비아대학, 토야마대학에는 현재까지 국내에 알려지지 않은 상당량의 구활자본 고소설이 소장되어 있음이 확인되었다. 따라서 이를 함께 정리해서 이 문제를 살펴볼 필요가 있다.

구활자본 고소설 첫 장에는 보통 제목과 본문으로만 판형이 짜여있다고 생각하기 쉽다. 그러나 신문관의 육전소설(1913)처럼 책을 발간하게 된 동기를 제시한 경우도 있고, 동문서림의 『구운몽』(1913), 동양서원의 『광한루』(1913), 덕흥서림의 『강릉추월』(1915)처럼 독법(讀法)을 제시하면서 전대의 소설이나 타사의 출판물과의 차이점을 강조한 경우도 있고, 동미서시의 『춘향전』(1913), 조선서관의 『서유기』(1913), 『수호지』(1913), 『장자방실기』(1913), 광동서국의 『화용도실기』(1920), 신구서림의 『배비장전』(1913)처럼 도상(圖像)을 실어 제품의 차별성을 강조한 경우도 있으며, 수문서관의 『요지경』(1911)과 조선서관의 『육효자전』(1916)처럼 자사에서 출판한 다른 책이나 간행 예정인 책들을 실어놓은 경우도 있다. 이러한 예는 흔히 신소설의 고유한 상품화 전략이라고 언급하고 있는데,[21] 사실은 구활자본 고소설에서도 볼 수 있다.

권말의 경우에는 잘 알려진 것처럼 여러 광고 유형을 볼 수 있다. 광익서관의 『제갈량전』(1917), 『화옥쌍기』(1918), 신구서림의 『곽해룡전』(1917), 『소대성전』(1917), 한성서관의 『박씨전』(1915), 『월영낭자전』(1916)처럼 본문이 끝난 뒤에 여유가 있는 공간을 활용하여 자사의 다른 작품이나 주문 방법 등을 적어 놓은 경우도 있고,[22] 신문관, 신구서림, 박문서관처럼 자사에서 간행한 다른 작품이나 신간(新刊)의 내용을 알기 쉽게 정리한 경우도 있으며, 경성서관/신명서림, 조선서관/동미서시, 영풍서관/동미서시, 유일서관/한성서관처럼 공동으로 발행했던 출판사나 덕흥서림의 『유충렬전』(1921)처럼 대리(代理) 판매소의 주소를 자세하게 기재한 경우도 있다.

---

21) 김종현, 「신소설의 상품화 전략 연구」, 『현대소설연구』 23, 2004; 김경미 외, 『1910년대 문학과 근대』, 월인, 2005.
22) 예를 들어 "쏘 자미가 쌔가 쏘다지는 소설은 무어시오. 금향뎡긔, 모란뎡긔, 류효자전, 현슈문전, 금방울전, 당태종전, 진시황실긔, 소약란전, 월봉산긔, 홍계월전, 월왕전이라."와 같은 것이다. 류탁일, 앞의 책에서 이러한 예를 자세히 실어놓았다.

이외에도 작품에다가 비슷한 유형의 작품을 한두 편 더 싣거나 야담을 실어놓은 것도 있다. 그 대표적인 예가 태화서관의 『콩쥐팥쥐전』(1928), 회동서관의 『금산사몽유록』(1915), 신구서림의 『소약란직금도』(1916)이다. 현재의 대형마트에서 흔히 볼 수 있는 것처럼 한 제품을 구매했을 때 덤으로 다른 작품을 주는 방식을 이미 구활자본 고소설에서는 실시했다.

[사진 3] 신구서림(1913)의 판권지   [사진 4] 신문관(1913)의 판권지

한편, 판권지를 중요한 광고의 지면이라고 인식하여 이를 출판사마다 적극적으로 활용하는 방법도 생겨났다. 출판법이 시행된 처음의 판권지는 마지막 장에 따로 독립시켜서, 저자 겸 발행인, 인쇄인, 인쇄소, 발행소, 발매소 등의 책의 서지사항만을 적는 것이 일반적이었다.

그러나 몇 달이 지난 뒤에 판권지에도 변화가 생겼다. 출판된 서적을 광고하거나 출판사의 특징을 부각시키는 것으로 변모한 것이다. 이러한 판권지의 변화는 조선서관, 동미서시, 신구서림, 신문관에서부터 비롯된 것으로 보인다. 앞서 제시한 사진들은 1913년 신구서림과 신문관의 판권지이다. 판권사항은 되도록 작게 만들고 자사에서 간행한 목록이나 책의 광고를 싣는데 판권지면을 적극적으로 활용하고 있다.

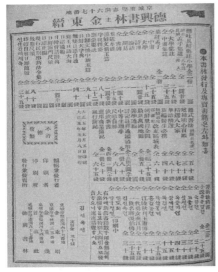

[사진 5] 사주를 강조한 덕흥서림

판권지는 이후에 다시 변화하여 출판사별로 특색 있는 지면이 되었다. 광문서시(廣文書市)는 "광문서시의 특색"이라는 문구를 달아 출판사 자체를 부각시켰고, 동미서시(東美書市), 대창서원(大昌書院), 박문서관(博文書館)은 "발행급발매서목록대개(發行及發賣書目錄大槪)"처럼 자사의 간행된 다양한 출판물만을 부각시키는 쪽으로, 삼광서림(三光書林), 신구서림(新舊書林), 오거서창(五車西廠), 회동서관(匯東書館), 대성서림(大成書林)는 "호평신간서적안내(好評新刊書籍案內), 급고(急告), 지급광고(至急廣告)"처럼 자사에서 최신 간행물을 강조하는 방향으로, 덕흥서관(德興書館)과 동아서관(東亞書館)은 사주(社主)를 전면 배치하여 책임있는 출판사임을 강조하는 면모를 보였고, 한성서관(漢城書館)은 "신구소설(新舊小說)"을 함께 제시하여 성향이 다른 독자들의 구매욕구를 강화하였으며, 영창서관(永昌書館)은 이러한 타사의 광고를 자사 제품에 따라 적절히 활용하였다.

이후 서적에 대한 수요가 급증하고 간행된 서적의 종류가 다양해지면서 판권지는 다시 변모하는데, 이번에는 단(段)을 세분화시켜 촘촘하게 더 많은 서적을 실어 광고했다. 예를 들어 덕흥서림의 경우 처음에는 2단 구성으로 총 20종을 실었다면 소화 5년(1929)에 이르러서는 8단으로 나누어 모두 66종의 책을 기재해 놓았다.

이처럼 판권지를 활용한 서적목록은 출판사에 따라서 차이가 있지만 점차 줄어들고 판권지만 붙는 경향이 많아진다. 아마도 종수가 많아지고 출판물이 다양해지면서 이런 방식을 이용하기 보다는 판매를 위한 서적목록을 만드는 것이 더 유효했기 때문이다. 실 예로 태화서관(太華書館)의 경우에는 몇 종만 소개한 뒤에, 나머지 서적은 언제든 서적목록을 보내준다고 광고하고 있다.

판권지는 이처럼 구활자본 고소설의 판매를 위한 유효한 지면이었지만 이와는 별도로 고소설 유통에 대한 새로운 사실도 알 수 있다. 판권지에는 자사와 밀접한 관계를 맺고 있는 발행소, 배급소를 적어놓았는데, 특히 지방에 있었던 출판사나 지역배급소에 대한 정보가 주목을 요한다. 평양의 광문책사(光文冊肆), 광명서관(光明書館), 동명서관(東明書館), 대구의 광문사(廣文社), 부산의 대산서림(大山書林), 해주의 보은서당(報恩書堂), 공주의 복음서관 등이 있었고, 한성/유일서관은 함남(咸南) 원산지역에다가 아예 자체 출장소를 마련하여 소설을 유통시켰다. 또한 판권지를 통해서 1970년대까지 구활자본 고소설을 간행한 곳을 확인할 수 있는데 잘 알려진 향민사, 세창서관 이외에, 백합사(百合社), 홍문서관(弘文書館) 등에서도 꾸준히 간행했던 사실을 알 수 있다.

5. 마무리와 과제

이 글에서 다룬 내용은 그동안 구활자본 고소설 출판과 유통에서 거의 다루어지지 못했던 원고/저본의 문제, 저작권, 유통의 문제였다. 먼저, 구활자본 고소설의 간행 과정에서 각 출판사는 출판에 필요한 원고/저본을 세책 필사본을 활용했다는 점을 언급했다. 다음으로 구활자본 고소설의 저자, 저작권, 판권의 문제를 언급했다. 구활자본 고소설은 저작권, 판권

古代小說이 依然히首位

신소설도점차로대두해

書籍出版界의統計

이상은대개 신문지를 중심으로 한 추세이어니와 신문지가아닌 일반출판물은 신문지의 발전과 가티 자연히증가하야 최근총건 수가 팔백구십일건에 달하는데 그중에 만흔종류가 권동뎍으로 나려오다십히하는 신구소설 과 조선에만 독특한뼈노친량반 행셰에 필요한 족보와문집가튼출관이언제나 매한가지로 수위를 차지하고잇스나 새로운 경향으로는 고무공업 의약보(醫藥報) 상업보(商業報) 가튼것이 새로이 발생되는것과어린이의 잡지 가어린이 별나라 무궁화등 류칠종이 발행되는것인데 발행부수는 몃만부몃천부라 선전하지 만실상은그러케부수는만치못

[사진 6] 동아일보 1928. 7. 17일자

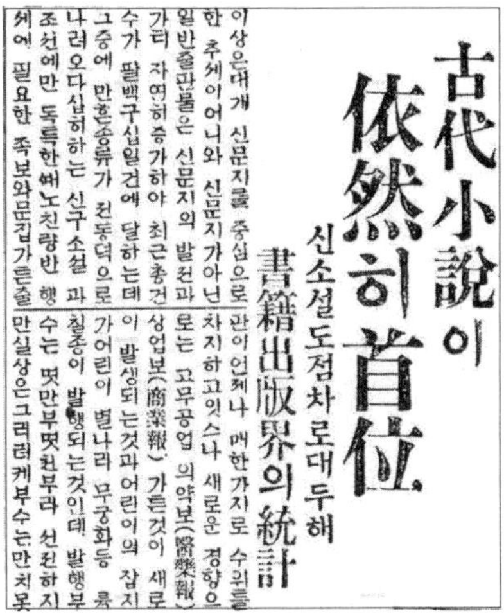

이 없었다는 것이 일반적인 인식이지만 광한서림(廣韓書林)에서 간행된 도서목록을 통해서 이 문제에 대한 새로운 가능성을 확인했다. 애초부터 고소설의 원저자를 따지기에는 어려웠으나 적어도 초판을 간행했던 최초의 저자(저작) 겸 발행자에 대해서는 나름 일정한 권리가 있었고 이를 명기한 풍토가 존재했음을 알 수 있었다.

마지막으로 구활자본 고소설 텍스트 안의 권두–권말–판권지 등을 활용한 다양한 광고나 유통의 방법들이 내재하여 이에 주목하여 자료를 살펴보았다. 각 출판사에서는 간행뿐만이 아니라 판매 증진을 위하여 권두–권말–판권지 등을 활용한 다양하고도 차별화된 광고를 선보였다. 그리고 이와는 별도로 판권지에 언급된 지방에 있었던 출판사와 분매소를 언급했다.

구활자본 고소설은 1928년 조선총독부 경무국에서 발행한 <조선출판물실태조사>에서 다른 종류의 서적을 제치고 문학 관계 서적 중에서 1위를 차지했다. 출판계에서는 이 문제에 대한 심각성을 제기하는 보도가 잇달았고, 급기야 김기진은 대중소설론에 대한 자신의 생각을 제시하기도 한다. 차후 연구에서 자세히 밝혀야 할 부분이다.

또한 구활자본 고소설 각 출판사마다 제작된 <판매도서목록>과 신문, 잡지, 실본(實本)에 실린 목록을 정리하는 것도 보완해야 할 문제이다. 또한 이 글에서는 1920년대『옥루몽』출판을 둘러싼 저작권 문제의 공방을 다루지 못했는데 이 또한 차후 과제로 넘긴다.

<수매청심록>의 창작 방식과 의도

김 정 녀*

1. 논의 방향

[1] <수매청심록>은 작자와 연대 미상의 애정소설로, 남주인공 이중백과 여주인공 오현요의 애정 성취 과정을 곡진하게 그린 작품이다. "閨中話談", "규중한화", "니즁빅젼", "리쥬벽젼", "권신낭젼", "權龍仙傳" 등의 題名으로도 유통되었는데, 필사본 이본들은 대개 "슈미쳥심녹"으로 되어 있는 반면, 활자본 이본은 보급서관본(1918)을 제외하고 모두 "권용션젼"으로 되어 있다.[1] 필사본에서의 남주인공 이름인 '이중백'이 활자본에서는 '권용선'으로 바뀌었는데, 활자본은 남주인공의 이름을 따서 제명한 것이다.

그런데 활자본 계열은 기본적인 서사 전개 면에서 필사본 계열과 대동소이하나 작중 인물의 이름과 배경이 필사본과 다르며, 죽은 줄만 알았던 '오현오'를 '권용선'이 형주에서 다시 만나 회포를 푸는 장면 이후부터는

---

* 단국대학교

1) 조희웅(1999), 『고전소설 이본목록』, 집문당, 66~69쪽; 조희웅(2006), 『고전소설 연구보정 (上)』, 박이정, 95~97쪽.

필사본의 화소를 생략하거나 요약적으로 서술하면서 작품의 서사 분량을 대폭 축소하였다. 활자본은 필사본을 대본으로 번안에 가까운 변개를 한 것으로 보인다. 따라서 활자본을 <수매청심록> 이본 가운데 그 변모가 심한 이본 계열로 볼 수는 있겠지만, 그 題名인 <권용선전>을 이 이본군의 대표 작품명으로 삼는 것은 문제가 있다.[2] 선행하는 필사본 이본들에서 압도적으로 많이 보이는 제명이 "슈민쳥심녹"이고,[3] 작품의 완결성을 감안해 보더라도 이 작품의 原題는 "슈민쳥심녹"이었을 것이므로 대표 작품명은 <수매청심록>이 되어야 할 것이다.

　　<수매청심록>은 이본 간에 첨삭과 변개가 심한 편이다. 현재 학계에 보고된 필사본 이본만 해도 60여 종이나 된다.[4] 활자본도 9종이 조사되었는데, 앞서 서술한 바와 같이 활자본 계열은 등장인물의 이름과 작품의 배경이 필사본과 다르며, 주인공들이 경사로 돌아와 2차 고난을 해결하고 애정을 성취하는 후반부의 서사가 매우 소략하게 서술되어 있어 변개가 심한 이본 계열이라 할 수 있다.

---

2) 조희웅(1999; 2006)에는 이 작품의 대표 작품명이 <권용선전>으로 되어 있다. 그러나 <권용선전>은 활자본 혹은 활자본을 모본으로 필사한 이본에만 보이는 제명이다. 활자본은 필사본의 후반부를 의도적으로 생략하고, 등장인물의 이름, 작품 배경 등을 변개함으로써 서술시각이나 작품세계의 변모를 가져왔으므로 이를 대표 작품명으로 삼는 것은 문제가 있다.

3) 69종의 필사본 중 작품의 內題를 포함하여 "슈민쳥심녹"이란 제명을 보이는 이본은 모두 60종이다. 이 중 "권용선전"과 "권신낭전" 등은 활자본을 필사한 이본이므로 해당 이본 4종을 제외하면 65종 중 60종이 "슈민쳥심녹"으로 되어 있다. 이는 전체 필사본 중 92%를 넘는 수치이다.

4) 현재까지 학계에 보고된 이 작품의 필사본의 종수는 60여 종이며 필자가 새로 확인한 이본을 합치면 70여 종에 이른다. 이 가운데 기존 논의에서 검토된 이본은 20종이 채 안 된다. 전영학(1992)의 논문(「水梅淸心錄 硏究」, 석사학위논문, 충북대 교육대학원, 4~9쪽)에서 12종, 김수봉(1994)의 논문(「壽梅淸心錄 硏究」, 『우암어문논집』4집, 부산외대 국어국문학과, 145~153쪽)에서 16종의 이본을 대상으로 이본 간의 충차를 논의한 바 있으나 이후 50여 종이 넘는 필사본 이본이 더 발견된 셈이다. 현전하는 이본들을 망라한 서지적 연구를 진행한 후 작품에 대한 논의를 전개해야 하겠지만, 이에 대한 논의를 위해서는 별도의 자리가 필요하다.

16종의 한글 필사본을 대상으로 이본간의 층차를 연구한 김수봉의 논의에 따르면, 필사본은 크게 (1) 한국학중앙연구원 장서각 소장 병오본(95張) 계열과 (2) 박순호 소장본(56張) 계열로 나눌 수 있다. (1) 과 (2) 의 계열은 전반적으로 서사의 골격은 비슷하지만, (2) 는 (1) 에 비해 화소가 매우 소략하고 표현에 있어서도 구체성이나 긴장감이 떨어진다. 특히 (2) 는 여주인공 이름이 '선요'로 나타나고 중백이 순무 중 괴물을 퇴치하는 부분이 생략되었으며, 결말부에서 두 주인공이 임종 후 학을 타고 승천하는 것으로 그려져 있어 (1) 과는 분명한 차이를 보인다.5) 현전하는 대다수의 이본들은 (1) 의 계열에 속하는데 화소별 묘사에서 첨삭이 있거나 인물명에서 발음상의 차이를 보이는 정도이지 서술시각이나 작품세계에 영향을 미칠 정도는 아니다.

본고에서는 아직 학계에 보고되지 않은 이본인 계명대 동산도서관 소장본을 대상으로 논의를 전개하고자 한다.6) 이 이본은 (1) 의 계열, 즉 한국학중앙연구원 소장 병오본 계열에 속하는 이본인데, 이 계열에 속하는 다른 이본들과 비교해 보면 서사의 결락이 없고, 동일 화소도 다른 이본에 비해 매우 풍부하게 표현되어 있어 이본으로서의 가치가 높다. 특히 이 이본은 서사 전개 도중 독자의 이해를 돕기 위해 인물 간의 관계, 이전에 있었던 사건, 생소한 단어 등에 대한 보충 설명이 필요하다고 여겨지는 부분에 細註를 달아 두었는데,7) 善本을 학계에 소개하는 의미에서

---

5) 김수봉(1994), 147~150쪽.
6) 계명대 동산도서관에는 "슈미청심녹"이란 제명의 이본이 3종 있는데, 최근 이 중 1종(고811.35 수매청)에 대한 해제가 이루어진 바 있다. 김정녀(2009),「壽梅淸心錄」,『계명대학교동산도서관소장 善本古書해제집 2』, 계명대학교출판부, 430~434쪽. 본고에서 대상으로 삼은 이본은 아직 학계에 소개되지 않은 이본(고811.35 수매청ㅅ)으로 상하권 1책의 완질본이다. 이후 작품을 인용할 때는 권수와 면수만 표시하기로 한다.
7) 한두 가지 예를 들면 다음과 같다. ① 인물 관계에 대한 설명: "심부인이 왈, 늬 오소제을 오미불망흔 지 여러 셰월리라. 늬 임의 이곳의 왓시니 한 번 보오리가? 오부인―

논의 대상으로 삼았다.

대상 이본은 상·하권 1책(82張)의 한글 필사본으로, 표지가 낡아서 表題는 보이지 않는다. 상권의 内題는 "슈미쳥심녹 권지상"으로 되어 있고 하권은 "슈미졍청심당8) 하녹권이라"고 쓰여 있다. 상권과 하권의 題名 방식이 다른데, '슈미쳥심'은 여주인공 오현요가 거처하던 '슈미졍'과 '쳥심당'을 일컫는 것으로9) 상권에서와 달리 하권에서는 당호를 축약 형태로 기술하지 않고 모두 드러내었다. 평균 매면 13행, 매행 28자 내외의 형태로 필사되어 있으나 字數가 일정치는 않다.

논의 도중 필요에 따라 선행 연구에서 (1) 계열 대표본으로 소개한 바 있는 한국학중앙연구원 장서각 소장 "壽梅淸心錄(内題:슈미쳥심록)"(병

오부인은 즁회의 모친이요 심부인은 즁빅의 모친이[인]즉 양부인니 동서 간이라― 피셕 되왈, 미거ᄒ온 딜여을 유렴ᄒᄉ 보고져 ᄒ옵시니 무산 어려옴이 잇사오릿가? ᄒ시니"(상권, 47면). ② 이전 사건에 대한 설명: "젼일 소졔 결강을 지닐 쩌의 몽사 명빅ᄒ여 오상서의 현몽이 여ᄎ여ᄎ 졍영ᄒ옵고―오상서의 현몽은 그 ᄯᆯ 오소졔으로 니듕빅의게 평싱을 부탁이라― 졔 비록 연긔 유츙ᄒ나 ᄌ고 셩예 후의 죵ᄎ 합공ᄒ난 일이 잇ᄉ오니 실가지의을 일위여 조모의 질거우물 어든 즉"(상권, 38면). ③ 단어에 대한 설명: "젼일 거ᄼ―거ᄼ은 친 오라번니을 거ᄼ라 ᄒ더라― 몽즁의 일으시기을 네가 환난 즁의 스라리라 ᄒ시던니 과연 오늘 보니"(하권, 55면). 밑줄 친 부분이 細註로 필사된 것인데, 앞에 언급된 인물이나 사건이 뒤에 다시 나올 때 전후 맥락을 명확히 파악하도록 주를 달아 놓고 있다. 이러한 부분은 이 이본의 생산자(서술자 혹은 필사자)가 작품을 매우 섬세하게 읽고 공들여 필사하였음을 보여 주는 대목이다.

8) 원문에는 '졍'이 누락되었으나 필사자가 오른쪽 여백에 보충하였다(하권, 1면).

9) 태후의 명에 따라 다시 궁으로 잡혀 가게 된 오현요는 자신이 그동안 머물렀던 청심당을 바라보며 다음과 같이 한탄한다. "닉 젼일 강졍 숙부되 <u>슈미졍</u>의서 셩예 슈월의 궁금의 들엇더니, 쏘 틱츈현 표미 되의 <u>쳥심당</u>의 와 부부 상봉 수월의 쏘흔 궁금의 들게 되니 셰ᄉ을 낙측이라. <u>일후의 칙을 모와 슈미쳥심당으로써 졔목ᄒ리라</u>"(하권, 38면). 이 이본에는 작품의 제목이 "슈미쳥심녹"이 된 배경이 나와 있는데, 발화자인 오현요가 이 책의 작자로 기술되어 있다. 제목의 배경을 서술한 부분은 다른 이본에도 더러 보이나 작중 인물 오소져를 작자로 본 것이 특이하다. 계명대본은 한글 필사본의 유통 및 향유와 관련하여서도 흥미로운 자료라 할 만하다.

오, 95張)과 (2) 계열 대표본으로 소개한 박순호 소장본 "슈미쳥심녹 상하 권합부라"(56張)를 함께 다루고자 한다.

[2] 상당한 수의 필사본 이본을 거느리고 있고, 활자본으로도 거듭 출판 될 정도로 대중적 인기를 끌었던 작품이지만, <수매청심록>에 대한 기 존 연구는 소략한 편이다. 김태준의 『조선소설사』에는 <권용선전>이란 작품명만 보일 뿐이고,10) 김기동은 활자본 <권용선전>을 애정소설로 분류, 그 내용을 소개하면서 "플롯의 현실성과 참신성, 표현의 절실성, 주 제의 명확성" 등을 들어 '보기 드문 秀作'이라 평가한 바 있다.11) 높은 평 가를 받았지만 이후로도 별다른 연구의 진전이 없다가 조석래에 의해 <권용선전>의 인물, 사건, 주제 등 작품 전반에 걸쳐 도교사상과의 관련 성이 조망되었으며,12) 정종대에 의해 염정소설로서의 구조적 특징13)이, 이혜숙에 의해 갈등구조의 양상과 의미가 구체적으로 논의되었다.14)

한편 <수매청심록>이란 작품을 학계에 처음으로 소개한 논자는 전영 학이다. 본격적인 이본고를 전개한 것은 아니지만 <수매청심록>이란 제명의 필사본 이본 12종을 학계에 보고하고 이 가운데 이수봉本 "水梅淸 心錄"을 대상으로 애정소설로서의 구조적 특징을 확인하였다.15) 김수봉

---

10) 김태준 저, 박희병 교주(1990), 『증보조선소설사』, 한길사, 228쪽. 김태준은 이 작 품을 <소대성전>, <양주봉전>과 같은 군담류로 보았다.
11) 김기동(1981), 『한국고전소설연구』, 교학사, 204~207쪽. 김기동은 서지 항목에서 필사본에 대해서는 언급하지 않았으며, 활자본으로 간행된 <腹梅淸心錄>을 <권 용선전>의 이본으로 보았다.
12) 조석래(1985), 「권용선전 연구」, 『한국학논집』8집, 한양대 한국학연구소, 263~280쪽.
13) 정종대(1990), 『염정소설구조연구』, 계명문화사, 75~77쪽.
14) 이혜숙(1994), 「권용선전의 구조와 의미」, 『논문집』12집, 혜전전문대학, 423~443쪽.
15) 전영학(1992)의 논문은 필사본 <수매청심록>을 논의한 최초의 연구라는 점에서 의미가 크다. 또한 필사본 <수매청심록>과 활자본 <권용선전>이 이본 관계에 있을 것으로 조심스럽게 추정하기도 하였다. 그런데 주인공의 이름을 따 작품명을 붙인 '傳'字 소설이 '錄'字 소설보다 앞선다는 가정 하에 <권용선전>이 <수매청

은 낙질을 제외한 필사본 8종과 활자본 1종을 대상으로 각 이본의 특징과 이본간의 관계를 연구함으로써 이 작품의 이본을 계열화하는 한편, 남녀 주인공의 성격, 갈등 구조 등을 면밀히 분석하여 여타의 애정소설과 구별되는 작품의 특징적 면모를 구명하였다.[16] 김수봉의 본격적인 작품론의 결과 <수매청심록>과 <권용선전>의 관계 및 작품이 지닌 독자적 성격 등이 어느 정도 밝혀졌다고 하겠다. 하지만 여전히 해결해야 할 문제는 남아 있다.

우선, 작품의 이본 계통과 선후에 관한 문제이다. 물론 모든 이본을 검토한 후에야 작품 연구를 진행할 수 있는 것은 아니지만 현재 연구된 이본의 종수는 필사본 16종과 활자본 1종뿐으로, 이는 전체 이본의 20% 정도에 불과하다. 나머지 이본에 대한 검토의 결과 기존 논의를 얼마나 보완할 수 있을지는 알 수 없으나, 적어도 활자본 <권용선전>의 母本이 되었을 필사본 이본의 계통 정도는 확인되어야 작품의 형성과 이본의 선후 관계를 명확하게 확정지을 수 있을 것이다.

다음, 작품의 소설사적 의미에 대한 문제이다. 기존 논의에서 여타 애정소설 작품들과의 차별적인 면모는 밝혀졌지만, 그러한 독자성과 특수성의 연원이나 애정소설의 사적 전개에서 차지하는 위상 등에 대한 연구로 이어지지 못하고 있다. 연구자들의 손길이 미처 닿지 않은 작품이 한둘은 아니겠지만 이 작품에 대한 연구의 필요성을 환기하는 차원에서 부언해 둔다.

심록>보다 앞선 작품일 것이란 견해를 보였는데, 題名 방식만을 근거로 이본의 선후를 규정지을 수는 없다. 필사본과 활자본의 관련 양상, 유통 과정, 서사 단락, 표기 형태, 필사 혹은 출판 연대 등을 두루 고려하여 원작과 이본의 관계를 구명해야 할 것이다. 필사본 가운데 활자본보다 연대가 빠른 이본이 존재한다는 점(한국학중앙연구원 장서각 소장본 중 을미년(1895)에 필사된 이본이 있음), <권용선전>은 <수매청심록>을 생략·변개한 작품이라는 점 등을 고려해 볼 때 원작은 <수매청심록>이 분명하다.

16) 김수봉(1994), 143~173쪽.

[3] 본고에서는 <수매청심록>이 여타의 통속적 애정소설들과 보이는 차별성이 어디에서 기인한 것인지에 대한 의문에 답해 보고자 한다. 작가가 기존 작품과의 차별화를 시도하는 것은 숙명이라고 해야 할 것이다. 그러나 문학적 관습이나 향유층의 성향 및 기대와 완전히 동떨어진, 어느 날 하늘에서 뚝 떨어진 별은 없다고 해도 과언이 아니다. <수매청심록>이 여타의 애정소설류와 구조적 동질성을 보이면서도 인물 및 상황 설정 등이 다르다는 것은 의도적 차별화일 가능성이 높다. 무엇을 겨냥한 차별화인지, 그럼으로써 지향하고자 한 문학적 가치는 무엇이었는지가 본고의 주요 논의 방향이다.

이러한 문제의식을 가지고 작품에 접근했을 때 주목되는 또 하나의 작품이 있다. 바로 <윤지경전>이다. <수매청심록>은 中宗代를 역사적 배경으로 소설화한 <윤지경전>과 전체적인 서사 구조와 등장인물들의 성격 및 역할이 비슷하여 영향 관계에 있을 것으로 추정되는 작품이다.[17] 물론 두 작품은 기본적인 서사의 틀은 같지만 인물의 형상화나 사건의 구체적인 전개, 문학적 지향성 등에서 이질적인 면이 더 많은 작품이다. 특히 <윤지경전>은 중종대를 배경으로 한 역사적 사건과 인물들이 작품 전면에 등장함으로써 역사적 현실의 문제가 비중 있게 그려져 있는 반면,[18] <수매청심록>은 무대를 중국으로 옮기면서 특정 역사적 사건이

---

17) 전영학은 두 작품에 등장하는 주요 인물들의 역할을 대비하면서 스토리의 뼈대가 같다는 결론에 도달하였지만, 새로운 문헌이 발견되지 않는 이상 두 작품의 상호 영향 관계를 단정 지을 수는 없다고 논의하였다. 전영학(1992), 12~16쪽.

18) <윤지경전>에 대해서는 김기동이 "역사적 상황의 바탕 위에 사실과 허구를 교묘히 절충해서 남녀의 애정을 표현해낸 작품"이라고 논의한 이래{김기동(1973),「중종조의 대표적 고전 尹知敬傳의 발굴 경위와 평가」,『文學思想』12, 문학사상사, 389쪽}, 작품의 핵심 갈등인 애정담과 역사담이 어떻게 결구되어 있는지에 관한 연구가 꾸준히 이어졌다. <윤지경전>에 대한 그간의 연구 성과 검토는 최근의 논의로 미룬다. 심치열(2003),「윤지경전 연구」,『돈암어문학』16집, 돈암어문학회, 227~257쪽; 황혜진(2008),「윤지경전의 가치 갈등과 그 문화적 의미」,『겨레어문

나 인물은 모두 사라지고 허구적 인물들이 사건을 전개해 나감으로써 이들이 추구하는 소설적 진실이 무엇인지에 초점이 놓이게 되었다. 이러한 중요한 차이에도 불구하고 두 작품을 비교 고찰하려는 것은 이것이 <수매청심록>을 창작한 작자의 의도로 보이기 때문이다.

본고에서는 <윤지경전>에 대한 문학적 대응, 즉 수용과 변용의 측면에서 <수매청심록>을 살펴보고자 한다. <윤지경전>의 인물 및 사건의 틀을 가져와 비슷하게 배치해 두고서도 구체적인 인물의 성격화나 사건의 형상화 기법에 있어 차별화를 꾀한 것에는 작자의 어떤 의도가 담겨 있다고 보는 것이 본고의 논의 방향이다. 논의의 결과 <수매청심록>의 창작 방식과 작품의 지향 등이 구체적으로 해명될 수 있기를 기대한다. 나아가 고소설의 '수용과 변용'에 대한 이해의 폭을 넓히는 계기가 되길 희망한다.

2. <윤지경전>과 <수매청심록>의 서사 구조 대비

<수매청심록>과 <윤지경전>은 남녀 주인공의 애정 성취를 가로막는 여러 문제들이 해결되고, 마침내 두 사람이 온전히 결합하기까지의 과정을 곡진하게 펼쳐나간 작품들이다. 그러나 <윤지경전>은 역사적 사실을 배경으로 작자의 역사의식 및 현실인식이 적극적으로 개진되어 있는 작품인 반면, <수매청심록>은 才子와 佳人의 만남, 이별, 재회를 중심 화소로 하여 향유층의 통속적 흥미에 철저히 봉사하고 있는 작품이다. 이렇게 작품의 지향 면에서 커다란 차이를 보이지만 두 작품은 영향 관계에 놓여 있는 것으로 보인다. 이는 두 작품의 서사 구조를 대비해 보면 쉽

학』40집, 겨레어문학회, 225~228쪽.

게 알 수 있다. 두 작품에서의 인물의 성격이나 인물 상호 간의 관계, 사건의 전개 등이 서로 유사하기 때문이다.

먼저 <윤지경전>의 주요 서사 단락을 보이면 다음과 같다.[19]

> (1) 만남과 정혼 : 중종조 판서 윤현의 셋째 아들 지경이 참판 최홍일의 집으로 避病 갔다가 육촌 남매 연화를 보고 연모하는 마음을 품는다. 부모께 고하고 청혼하나 연화의 모친 이부인이 지경의 靑樓 출입을 이유로 거절한다. 이때 지경과 연화가 염질을 앓아 양가가 피접을 떠난다. 병이 나은 지경과 연화는 친밀히 지내며 서로의 마음을 확인하고, 연화의 뜻을 안 崔家에서 청혼하여 明春에 혼인하기로 한다.
>
> (2) 늑혼의 위기 : 이듬해 지경이 장원급제하자 희안군이 청혼하였다가 거절당한다. 이에 연성옹주의 부마로 지경을 추천한다. 혼례 당일 부마 간택의 命을 들은 지경은 입궐하여 上에게 성혼 사실을 아뢰나 합궁 전이라며 명을 거두지 않는다. 강력히 저항하였으나 지경은 결국 왕명에 따라 옹주와 혼인한다.
>
> (3) 재회와 이별 : 지경은 연화에 대한 그리움으로 崔家를 찾고 두

---

19) <윤지경전>의 이본은 현재 한문본 1종과 국문본 10종이 보고되었는데{조희웅 (1999), 『고전소설 이본목록』, 505~506쪽; 조희웅(2006), 『고전소설 연구보정 (上)』, 774쪽}, 이 중 4종의 이본을 대상으로 주로 이본고가 진행되었다. 한문본(동국대 소장본)으로 창작된 "尹仁鏡傳"을 저본으로 하여 국문본 이본들이 산생되었는데, 3종의 국문본 이본을 비교 검토한 권혁래의 논의에 따르면, 세 이본은 큰 차이가 없으나 '서울대본·김동욱본—하버드대본' 순으로 파생되었다고 한다. 본고에서는 국문본 가운데 선행하는 이본인 서울대본(규장각 소장)을 논의 대상으로 삼는다. 이 이본은 『필사본고소설전집』6권(김기동 편(1980), 아세아문화사, 285~381쪽)에 영인되어 있다. 이후 작품을 인용할 때는 전집의 면수만을 밝히기로 한다. 이본 관련 주요 논의는 다음과 같다. 권일태(1984), 「古典小說 尹知敬傳 考究」, 『동악어문논집』19집, 동국대 동악어문학회, 180~182쪽; 이혜화(1986), 「尹仁鏡傳 연구」, 『月山임동권박사송수기념논문집』, 집문당, 49~74쪽; 이방주(1996), 「윤지경전 연구」, 석사학위논문, 한국교원대, 12~74쪽; 권혁래(1999), 「윤지경전의 이본 연구」, 『고소설연구』8집, 한국고소설학회{권혁래(2001), 『조선후기 역사소설의 탐구』, 월인, 167~198쪽 재수록}.

사람은 합궁한다. 옹주가 이 사실을 모친인 귀인 박씨에게 고하자 上이 지경을 불러 꾸짖는다. 지경이 뜻을 굽히지 않자 上이 최홍일에게 지경의 출입을 막으라 명한다. 이에 최가에서는 연화가 병들어 죽었다고 속이고 거짓 장례를 치른다. 부음을 들은 지경은 실성통곡한다.

(4) 재회와 이별 : 3년이 지난 어느 날, 비통해하는 지경을 위해 조카 선중이 연화의 은신처를 알려준다. 연화와 재회한 지경은 나랏일도 뒤로 하고 연화 곁을 떠나지 않는다. 上이 송환을 시켜 지경을 불러 올리니 지경은 기묘사화의 부당함, 남곤, 심정, 박귀인 등의 간악함을 諫한다. 결국 지경은 대흥으로 연화는 함흥으로 귀양을 간다.

(5) 반동세력과 대립 : 上이 귀양지로 송환을 보내니 지경은 송환에게 조광조가 모함을 받았다는 증거를 보여준다. 송환의 이야기를 들은 세자가 지경을 불러 '나뭇잎 글자'에 대해 물어보자고 上에게 주청하나 박귀인이 반대한다. 이때 연화는 귀양지에서 아들을 낳는다.

(6) 역모로 인한 반동세력의 몰락 : 시간이 흘러 세자에 대한 박귀인 등의 저주가 발각되어 그 일파가 처벌되고, 연성옹주도 정배된다. 상이 비로소 지경의 선경지명을 칭찬하고 해배시켜 승지에 제수한다.

(7) 재회 이후의 여생 : 지경이 연화를 귀양지에서 데려오고, 이후 중종이 崩하고 왕위를 이은 세자의 청에 따라 옹주를 받아들인다. 옹주 회과하고 연화는 3자 2녀를, 옹주는 2자 2녀를 생산한다. 세월이 흘러 임진년에 옹주는 학질로 죽고, 지경이 92세의 일기로 생을 마감하니 뒤따라 연화도 우물에 빠져 자결한다. 첫째 아들 윤임을 비롯하여 자손들이 모두 영화롭게 된다.

이상과 같은 서사 구조를 지닌 <윤지경전>이 중편소설 분량이라면 <수매청심록>은 장편에 해당하는 작품이다. 기본적인 서사 구조는 유사하지만 <수매청심록>은 장편소설의 서사 편폭에 걸맞게 등장인물의 수가 대폭 늘어났으며, 다양한 화소들이 어우러져 서사가 전개되고 있다. 그러나 작품의 핵심 화소인 남녀 주인공의 결연 과정을 중심에 놓고 보면 <수매청심록>은 <윤지경전>의 서사 틀을 그대로 가지고 왔다고 해도 과언이 아니다. 구체적인 대비를 위해 <수매청심록>의 핵심 서사 단락을 정리해 보면 다음과 같다.

(1) 만남과 정혼 : 대명시절 호부상서 이문영이 심부인과의 사이에서 3자 1녀를 두었는데, 셋째 아들 중백의 기상과 재주가 특출하여 더욱 사랑한다. 중백은 장원급제 후 장씨와 혼인하였으나 홀연 부인이 득병하여 죽는다. 이상서 역시 득병하여 아우 이시랑에게 가사를 부탁하고 죽는다. 한편 낙향하여 산동에 살던 이부상서 오후는 뒤늦게 딸 현요를 얻는다. 현요의 나이 9세에 모친이 죽고 이듬해 오상서마저 득병하자 오상서는 매부 이시랑에게 현요를 부탁하고 죽는다. 중백은 숙부 이시랑을 만나러 갔다가 현요를 보고 그 미모와 재질에 반한다. 그 해 이시랑은 솔가하여 경사로 올라오고 오소저의 脫喪 후 중백이 구혼하자 받아들인다.

(2) 늑혼의 위기 : 어느 날 천자와 후원을 거니는 중백을 보고 명운군주가 주태후에게 간청하여 賜婚을 명한다. 중백은 오소저와의 정혼 사실을 아뢰나 태후의 뜻이 강경하여 천자가 명을 거두지 않는다. 중백이 삭탈관직을 당하여도 뜻을 굽히지 않자 이시랑은 중백과 오소저를 비밀리에 혼인시킨다. 그날 중백은 군주와 다시 성례를 올린다.

(3) 재회와 이별 : 몇 달이 지나도 중백이 군주와 동침하지 않자 결국 오소저와의 성혼 사실이 드러난다. 태후는 노하여 중백을 취옥하고 오소저를 窘禁한다. 한편 번방의 제왕이 반의를 두자 태후의 아우 주현이 천자께 주달하여 중백을 正天使로 보낸다. 태후는 중백이 없는 틈을 타 오소저를 노국 세자의 후궁으로 가라고 위협한다. 오소저는 궁에서 벗어나고자 거짓으로 응한다. 남

강에 도착했을 때 시비 쌍섬이 오소저를 대신하여 투강하고 이 틈을 타 오소저는 변복하고 중백의 표매 심씨가 사는 태춘현으로 간다. 제왕을 평정한 중백은 귀로에 오소저의 남강지변을 듣고 피를 토하며 실신한다.

(4) 재회와 이별 : 중백은 산동 오상서의 고택을 찾아보고 분묘를 정비하며 현요를 그리워한다. 이때 오상서가 꿈에 나타나 태춘현에 가면 소저를 만날 수 있다고 일러준다. 중백이 온다는 전갈을 받은 오소저는 또다시 환란이 일어날까 두려워 몸을 숨긴다. 심씨는 중백이 병이 깊어 토혈과 실신을 반복하자 결국 오소저가 살아 있음을 밝힌다. 이윽고 오소저를 만난 중백은 수매정에서 이루지 못한 첫날밤을 청심당에서 보낸다. 중백이 여러 날이 지나도 황성에 돌아오지 않자 모든 사실이 드러나고, 주현은 진자유를 보내 오소저를 잡아오게 한다. 진자유는 명순공주와 석귀비에게 도움을 청하여 오소저를 데려와 명순궁으로 보낸다.

(5) 반동세력과 대립 : 공주의 방해로 오소저를 살해하려는 뜻을 이루지 못하자 태후는 오소저에게 독약을 보낸다. 시비 일취가 대신 나아가 독약을 마시고 죽자 오소저는 상심한다. 태자 역시 오소저를 보호하고 나서자 태후와 주현은 또다시 흉계를 꾸민다.

(6) 역모로 인한 반동세력의 몰락 : 주현은 태자를 죽이고자 자객을 보낸다. 이때 이상서의 현몽으로 위기를 모면한 태자는 자객의 자백을 받아내 역모 죄로 천자께 아뢴다. 중백 또한 주현의 죄상을 밝혀 상소한다. 죄상이 낱낱이 드러나자 결국 주현은 처형되고 태후 역시 분을 이기지 못하고 병들어 죽는다.

(7) 재회 이후의 여생 : 천자가 중백을 위국공에 봉하고 오소저에게 정렬부인 직첩을 내린다. 오부인은 이남이녀를 생산하고, 오부인의 부탁으로 위국공이 군주를 용납하자 군주 또한 일녀를 얻는다. 한편 주태후의 친아들 노왕이 반란을 일으켰다 패망하자 군주는 연좌로 서인이 된다. 세월이 흘러 오부인의 아들 형제 차례로 등과하여 벼슬이 일품에 이른다. 위국공은 퇴사하여 오부인과 더불어 한가로이 지내다 여년을 마친다.

<윤지경전>과 <수매청심록>의 주요 서사 단락을 비교해 보면 남녀 주인공이 처한 상황이나 인물들 간의 관계, 결연을 방해하는 사건의 전개, 갈등이 해결되는 국면 등이 서로 대응됨을 알 수 있다. 특히 두 작품에서 주요 인물들의 성격과 그 역할은 우연이라고 말하기 어려울 정도로 겹친다. 두 작품에 등장하는 주요 인물들을 역할별로 배치하면 다음과 같다.

	윤지경전	수매청심록
남주인공	재상 윤현의 3남 중 3자 지경	상서 이문영의 3남1녀 중 3자 중백
여주인공	참판 최홍일의 재취 이부인의 딸 연화	상서 오후의 무남독녀 현요20)
늑혼녀	박귀인의 소생 연성옹주	주태후의 손녀 명운군주21)
반동세력	박귀인과 희안군, 복성군, 간신 홍상 등	주태후와 그 남동생 주현22)
왕권	중종과 세자	천자와 태자

고소설의 남주인공은 대체로 만득자의 독자로 설정되는 것이 일반적인데, 두 작품에서는 공히 셋째 아들로 형상화되어 있으며,23) 여주인공의 경우 남주인공과 인척관계라는 점도 공통되는 사항이다. 이 외에도 여주인공을 보고 첫눈에 반한 남주인공이 오랜 시간을 기다려 정혼하게 된 그 순간, 왕/천자의 부마로 간택되어 늑혼을 겪게 된다는 점, 옹주/군주와 화락하지 못하는 이유가 여주인공에게 있음을 알게 된 반동세력, 즉 박귀인/주태후 등의 방해로 남주인공과 여주인공이 이별하게 되는 점, 여주인공

---

20) 박순호 소장본(56張)에는 여주인공 이름이 '선요'로 되어 있음.
21) 박순호 소장본(56張)에는 군주의 이름이 '희평'으로 되어 있고, 한국학중앙연구원 장서각 소장본(95張)에는 '희영'으로 되어 있음.
22) 한국학중앙연구원 장서각 소장본(95張)에는 '주연'으로 되어 있음.
23) 한문본 "尹仁鏡傳"(동국대 소장)과 국문본 "윤최직합녹"(한국학중앙연구원 장서각 소장), "윤지경젼"(하버드대 옌칭도서관 소장)에는 남주인공이 다섯째 아들로 되어 있으나, 국문본 "윤디경젼"(서울대 규장각 소장)과 "눈디경젼"(김동욱본, 단국대 율곡도서관 소장)에서는 공히 셋째 아들로 그려져 있다. <수매청심록> 이본들에는 모두 3자 1녀 중 셋째로 설정되어 있다.

이 죽은 것으로 알고 있던 남주인공이 조력자의 도움으로 여주인공을 다시 만나게 되는 점, 결국 이들의 재회가 드러나 2차 이별과 고난을 겪게 되는 점, 남주인공과 師弟의 인연이 있는 세자/태자가 주인공을 도와주려 하는 점, 남녀 주인공을 해치려던 반동세력이 급기야 세자/태자까지 해치려다 역모 죄가 백일하에 드러나 처형되는 점, 왕/천자가 비로소 남녀 주인공의 결연을 인정하고 붕어한 뒤 세자/태자가 왕위에 오르고 세자/태자의 요청에 따라 서인으로 강등된 옹주/군주를 후처로 받아들이는 점 등, 이들 주요 인물들이 벌이는 일련의 서사는 서로 대응된다. 물론 이들 중 몇 개의 화소는 다른 통속적 애정소설에서도 쉽게 찾아볼 수 있는 것들이다. 그러나 개별 화소뿐만이 아니라 주요 서사 단락의 구조적 동질성은 우연의 일치라고 보기 어렵다.

주요 인물들 외에 보조적 역할을 하는 인물들에까지 논의를 확대하면 두 작품의 상호 영향 관계는 더욱 명확해진다. <수매청심록>은 장편이므로 인물들의 숫자가 <윤지경전>보다 훨씬 많기는 하지만 사건 전개에서 중요한 역할을 하는 보조인물들은 <윤지경전>의 인물들을 모델로 하고 있다. 주요 보조인물의 예를 들면, <윤지경전>의 '조카 선중'과 '송환'은 <수매청심록>의 '표매 심씨', '진자유'와 그 서사적 기능이 겹친다.

<윤지경전>에서 연화의 조카 선중은 어느 날 죽은 연화를 잊지 못해 한삼을 적시며 슬피 울고 있는 지경을 위해 연화의 은신처를 알려 준다. 두 주인공이 재회하는 데 결정적인 역할을 하는 보조인물인데, <수매청심록>에서는 그러한 역할을 중백의 표매 심씨가 하고 있다. 처음 현요가 태춘헌 심씨의 집에 몸을 의탁하고 있음을 중백에게 알려준 사람은 現夢한 오상서이다. 그러나 중백이 夢事를 전적으로 믿은 것은 아니며, 현요는 청심당에 숨어 있었기에 중백은 여전히 현요가 죽은 것으로 알고 그리움으로 토혈과 기절을 반복한다. 이런 중백을 가엽게 여기고 현요가 살아

있음을 알려 준 사람이 표매 심씨이다. 한편 <윤지경전>에서는 죽은 줄
로만 알았던 연화를 다시 만난 지경이 한시도 그 곁을 떠나지 않고, 심지
어 入朝도 하지 않자 결국 왕은 송환을 보내 부른다. <수매청심록>에서
중백 역시 남강에 투사한 줄로만 알았던 현요를 다시 만난 뒤로는 황성
으로 올라갈 생각도 하지 않고 현요만을 바라보고 있자, 뒤늦게 사실을
알게 된 태후와 주현이 진자유를 보내 불러들인다. <수매청심록>의 서
사가 많이 부연되어 있고 구체적인 인물 형상화에는 차이가 있지만 송환
과 진자유가 담당하고 있는 역할은 서로 대응된다. 이는 <수매청심록>
의 작가가 <윤지경전>의 서사적 틀을 수용하지 않았다면 설명될 수 없
는 부분이다.

　　물론 앞서도 언급하였듯이 두 작품이 유사하긴 하지만 서사의 편폭 면
에서도 차이가 나고 세부적인 사건의 전개에 있어서는 오히려 유사성보
다 차이점이 더 많다고 할 수 있다. <윤지경전>에서 지경과 연화는 연배
가 비슷하고 초혼이지만, <수매청심록>에서 중백은 喪妻했고, 현요와
의 나이 차이가 꽤 많이 나는 것으로 설정되어 있어 여타의 애정소설에서
보이는 남주인공의 처지와는 다르다. 또한 연화의 부모는 모두 생존해 있
지만 현요는 친척집에 의탁한 어린 고아로 설정되어 있다. 늑혼의 경우도
<윤지경전>에서는 희안군의 윤지경에 대한 유감에서 빚어진 사건이지
만, <수매청심록>에서는 중백의 출중함을 연모한 군주의 요청에 의해
벌어진 사건이다. <수매청심록>에는 <윤지경전>에 대응되는 인물들
외에도 현요의 유모, 시비 쌍섬과 일취, 이시랑의 자녀인 중희와 선강, 석
귀비, 명순공주 등이 현요와 중백의 만남을 주선하거나 현요가 고난을 극
복하는 데 도움을 주는 주요 보조인물로 새롭게 배치되어 서사를 다채롭
게 이끌어 나간다.[24]

---

24) 이와 같은 차이는 작자가 작품을 장편화하면서 인물의 형상화나 사건의 구성 등에

사건 전개의 초점도 <윤지경전>에서는 지경의 사랑이 기묘사화를 일으킨 불의한 소인배들에 대항하는 비판정신과 맞물려 있어 지경의 현실 인식이나 대응 양상에 맞춰져 있는 반면, <수매청심록>에서는 현숙한 숙녀 현요를 향한 중백의 멈출 수 없는 사랑과 사랑을 얻지 못한 군주 세력의 모진 박해를 고스란히 당하는 현요의 고난에 맞춰져 있다. 그 결과 <윤지경전>은 정치 질서를 어지럽히는 불합리한 세력에 대한 현실비판의 성격을 지니는 반면, <수매청심록>은 현실에 대한 심각한 문제의식 보다는 소설 속 남녀 주인공들이 겪는 우여곡절과 마침내 이루어지는 결연 그 자체에 몰두하고 있는 통속적 성향의 작품이다.

이처럼 <수매청심록>은 서사의 편폭이나 세부적인 사건의 전개 면에서 <윤지경전>과 많은 차이를 보이기도 한다. 그러나 서사의 기본 틀인 주요 서사 단락과 등장인물의 배치가 서로 겹치기 때문에 두 작품의 거리는 여전히 가깝다고 할 수 있다. 두 작품에 보이는 위와 같은 핵심 서사의 일치가 우연이 아니라면 추리는 의외로 간단할 수 있다. 어느 한 작품이 원작을 모방했으리라는 결론이다. <윤지경전>이나 <수매청심록> 두 작품 모두 정확한 창작 연대나 작자를 알 수 없기에 확정지을 수는 없지만 아무래도 원작에 해당하는 것은 <윤지경전>일 것이다.25) 즉 <수매

있어서 당대 소설 향유층의 성향을 반영한 것일 텐데, 이에 대해서는 3장에서 구체적으로 논의하고자 한다.

25) 두 작품 중 어느 작품이 선행하느냐의 문제는 작품 내·외적 상황을 고려하여 더 검토해 보아야 하지만, 현전하는 두 작품의 필사본의 존재 양태, 인물 형상화 기법이나 갈등 해결의 방식에 투영된 향유층의 가치관, 작품의 통속화 정도 등으로 보아 <윤지경전>과 <수매청심록>의 선후 관계는 분명해 보인다. 기존 연구에서 추정한 바 있는 "윤디경전"(서울대 규장각 소장)의 필사 연도인 기유년은 1669년 혹은 1729년이다. 그리고 국문본 이전에 한문본 "尹仁鏡傳"이 존재했음이 밝혀졌다(이혜화, 앞의 논문; 권혁래, 앞의 책). <윤지경전>은 늦어도 18세기 중반 이전에 창작, 유통되었다고 볼 수 있다. 한편 현전하는 <수매청심록>의 필사본들은 대개 19세기 말, 20세기 초의 간기를 보인다. 확인된 간기 중 이른 시기의 것은 한국학중앙연구원 장서각 소장 "슈미청심녹"인데, 그 필사 연도인 '셰직을미계츅염

청심록>은 <윤지경전>의 인물 및 사건의 틀을 수용하고 다른 한편으로 인물의 형상이나 사건의 구체적 전개에 있어 나름의 변모를 시도, 독자적인 작품으로 재구성하였다고 추론할 수 있겠다.

그런데 <수매청심록>이 <윤지경전>의 단순 모방작이라면, 그리고 재구성과 변용의 결과가 독자성을 획득하지 못했다면 '아류작'으로 치부하고 말면 그만이다. 작가의 역량 부족을 안타까워 할 뿐 우리가 할 수 있는 일은 없다. 하지만 현전하는 70여 종에 이르는 이본의 유통 상황을 보았을 때 <수매청심록>은 일정한 성공을 거두었으며, 인기리에 읽힌 작품이라고 말할 수 있다. <윤지경전>의 현전하는 이본이 10종에 불과하다는 사실을 떠올려 볼 때, <수매청심록>이 이룬 성과는 값지다.[26] 수많은 이본을 산생하며 널리 유통되었을 뿐만 아니라 활자본으로도 거듭 출판되었다. 이는 독자들이 <윤지경전>과는 다른 문학적 코드를 <수매청심록>에서는 발견했다는 것을 의미한다.

이제 <수매청심록>이 <윤지경전>의 수용과 변용을 통해 무엇을 이야기하고자 한 것인지, 그리고 그러한 문학적 변용을 시도한 의도는 무엇인지를 확인해 보기로 하자. 그것이 당대 소설 향유층이 <수매청심록>에 보낸 지대한 관심에 값하는 것이리라 믿는다.

삼일입동필서'의 을미년은 1895년(고종 32)이다. 이보다 60년 앞선다고 해도 19세기 중반을 소급하기는 어려울 것이다. 필사 시기를 확인할 수 있는 다른 이본들도 여기에서 크게 벗어나지 않는다. 본고에서는 <수매청심록>을 19세기 중후반에 산생, 유통된 통속적 애정소설로 보고 논의를 전개하고자 한다.

26) <윤지경전>의 현전하는 이본 수는 <수매청심록>과 비교하여 적다는 것이지, 결코 적다고 할 수 없다. 그리고 당시에는 훨씬 많은 양이 유통되었을 것이다. 국문본으로 번역·유통되었다는 것은 그만큼 인기 있는 작품이었다는 의미이다. 그리고 18세기 중반 이전에 창작된 <윤지경전>보다 19세기 중후반에 유통되기 시작한 <수매청심록>의 이본 보존율이 상대적으로 높을 수밖에 없다는 점도 고려되어야 한다. 그러나 이러한 점을 감안하더라도 19세기에 창작된 통속적 애정소설 가운데 <수매청심록>만큼의 이본 수를 거느린 작품을 찾아보기 어렵다는 점에서 이 작품의 성공과 인기를 인정하지 않을 수 없다.

3. <수매청심록>의 창작 방식과 의도

<수매청심록>의 작자는 <윤지경전>을 읽고 어떤 생각을 하였을까? 남녀의 결연 방식 면에서 보면 <윤지경전>은 충분히 통속적 흥미를 끌 만한 작품이다. 남녀 주인공의 애정 성취를 방해하는 늑혼의 개입으로 초야도 치루지 못한 채 두 사람이 이별을 하고, 재회와 이별을 반복하던 끝에 반대 세력의 몰락으로 남녀 주인공이 완전한 결연을 이루며, 늑혼녀 또한 회과하여 주인공과 화합하게 된다는 결말 등은 독자의 소설적 흥미를 충족시키기에 부족함이 없다. 하지만 앞서도 살펴보았듯이 <윤지경전>의 애정 서사는 불합리한 정치 현실을 비판적으로 인식하고 이에 대응해 나가는 또 다른 서사의 축과 맞물려 있다. 이 점은 남녀 주인공의 결연 과정에만 오로지 몰두하고 있는 '애정소설'류와 구별되는 지점이며,27) 지경의 정치비판의식이 작품의 성향을 좌우할 만큼 비중이 크다는 점에서 '통속소설'류로 볼 수 없다.28)

---

27) 김정숙은 재자가인소설의 내용적 특질을 고찰하면서 그 통속적 경향에 대해 논의한 바 있는데, "尹仁鏡傳"(<윤지경전>의 한문본, 동국대 소장)은 혼암한 임금에 당당하게 맞서는 남자 주인공에 초점이 놓여 있고, 여주인공의 인물 형상이 독자적 개성을 지니지 못하였으며, 재자가인소설에 걸맞는 남녀의 연애가 없다는 점 등을 들어 남녀의 애정을 소재로 한 통속적 한문소설인 '재자가인소설'에 포함되지 않는다고 보았다. 김정숙(2006),『조선후기 재자가인소설과 통속적 한문소설』, 보고사, 47~49쪽.

28) 기존 논의에서는 이러한 측면 때문에 <윤지경전>을 역사소설/사회소설 등으로 보기도 하였다. <윤지경전>의 역사적 성격에 주목한 연구로는 여세주, 권인숙, 권혁래의 논의가 대표적이다. 여세주는 이 작품이 역사적 사실이나 인물을 단순히 소재적 차원에서 차용하는 데 그치지 않고 그것을 통해 역사현실을 문제 삼고 있다는 점에서 역사소설로서의 면모를 찾아볼 수 있다고 하였으며, 권인숙은 단순한 남녀 애정 문제를 다룬 작품이 아닌 정치적 의도성을 지닌 작품으로 보았다. 또한 권혁래는 <윤지경전>을 사랑과 혼사 문제를 표면에 깔면서 현실정치의 바람직한 신하상과 정치철학을 제시한 역사소설 유형으로 다루었다. 여세주(1985),「尹知敬傳의 작품 양상과 문제의식」,『영남어문학』12집, 영남어문학회, 109~130쪽; 권인숙(1995),

<수매청심록>의 주요 서사 구조를 살펴보았을 때, 작자는 이러한 <윤지경전>의 서사 구조에서 통속적 흥미를 끌 만한 애정 서사의 축을 적극 수용하였다고 할 수 있다. <윤지경전>에서 역점을 두었던 '역사 현실에 대한 비판의식'을 드러내는 서사의 한 축은 과감히 손질하고, 나머지 한 축인 '애정 서사'를 더욱 확대하여 통속적 흥미를 유발, 제고하는 방향에서 작품을 창작하였다. 이 장에서는 크게 두 부분, 인물 형상화의 측면과 서사 전개 및 구성의 측면으로 나누어 <수매청심록>의 창작 방식과 의도를 살피고자 한다. 논의를 통해 <수매청심록>이 당대 소설 향유층의 통속적 욕망을 어떻게 반영, 의미화하고 있는지를 구체적으로 해명하고자 한다.

1) 이상적 · 통속적 인물의 형상화

통속적 애정소설에서 남주인공의 文才가 뛰어나 어린 나이에 장원급제를 하고, 한림학사 등 높은 벼슬을 제수 받는 것은 공식구라 할 정도로 일반적인 모습이다. <수매청심록>에서도 이중백은 반악의 골격, 이백의 문장, 두목지의 풍채, 넓은 도량, 씩씩한 기상을 두루 갖춘, 세상에 다시없는 인물로 형상화되어 있다.29) 과거에 장원급제하여 명망이 진동함은 물론이고, 문예뿐만 아니라 무예도 출중하여 국가 질서를 어지럽히는 세력을 평정하는 등의 영웅적 면모를 보이기도 한다.30) <윤지경전>에서 지

「윤지경의 역사적 성격 고찰」,『한국고전연구』1집, 한국고전연구학회, 269~287쪽; 권혁래(2000),『조선후기 역사소설의 성격』, 박이정, 148~153쪽 및 167~171쪽.

29) "더욱 즁빅이 특출ᄒ여 장딕 엄위한 긔상이 쇄락 늠ᆫ ᄒ고 골격이 반악의 고유라. 이빅의 문장이며 두목지 풍치와 너른 도량과 활달ᄒ 긔상이 고금의 쌍이 업신즉 부모 더욱 사랑ᄒ고 일가 충찬ᄒ더라."(상권, 1면)

30) 김수봉은 즁백의 일생이 영웅의 일대기 구조를 지니지 않는다는 점을 들어 영웅소

경이 풍채가 준수하고 문장이 빼어난 인물 정도로 형상화되어 있는 것과 비교하면 중백의 인물 형상은 훨씬 이상적인 영웅호걸의 모습으로 그려져 있다고 하겠다. 작자는 이러한 주인공의 인물 형상화를 위해 도적 토벌, 괴물 퇴치, 반란 세력 제압, 자객 퇴치와 같은 화소를 적절히 배치하여 두기도 하였는데, 이는 영웅소설을 비롯한 조선후기 통속소설류에서 익히 보아왔던 화소라는 점에서 작자가 독자의 통속적 흥미를 고려하여 인물을 형상화하였음을 알 수 있겠다.

통속소설의 영웅호걸들은 대개 풍류남아적 면모를 동시에 지닌다. <구운몽>의 양소유가 2처 6첩을 거느린 것과 같이 한 명의 남자가 다수의 여성들과 가연을 맺는 모습은 호방한 성격의 영웅에게는 낯선 풍경이 아니라고 할 수 있다. 그런데 중백은 영웅호걸이지만 오로지 여주인공 현요에게만 목매는 인물로 설정되어 있어 특이하다. 관서 순무 시 태수와 자사가 중백을 영접하기 위해 창기를 들여도 전혀 미혹되지 않으며, 장사 지방에서 국색을 만났으나 그녀를 팔년강 괴물에게서 구원하기는 해도 인연을 맺지는 않는다. 중백은 현숙한 숙녀 얻기의 어려움을 입버릇처럼 말하던 중 숙부 이시랑의 집에 의탁하고 있던 현요의 미모와 재질에 온 마음을 빼앗기고 만다. 이후의 모든 서사는 현요와 가연을 맺기까지의 기나긴 기다림의 연속이라고 할 수 있다.

이러한 중백의 애정 추구는 연화에 대한 지경의 사랑과는 또 다른 면모이다. <윤지경전>은 기묘사화를 비롯한 당대 정치현실에 대한 비판의 성격을 지니기 때문에 지경의 연화에 대한 사랑이 아무리 애틋하고 절절하게 그려져 있다고 해도 그것은 지경의 정치 신념을 지키기 위한 일종의

설류에서 보이는 영웅적 남주인공과 구별된다고 하였으나{김수봉(1994), 158쪽}, 본고에서 이야기하는 '영웅'은 향유층의 통속적 욕망이 반영된 '이상적 인물'의 의미이다. 이러한 영웅호걸의 인물 형상화에는 조선후기 인기리에 읽혔던 영웅소설 속 남주인공의 모습이 투영되어 있다고 할 수 있다.

장치로 읽힌다. 일례로 죽은 줄 알았던 연화를 다시 만난 지경이 조정 일
은 돌보지 않고 연화 곁에만 머물러 있으려는 근본적인 이유는 불의한 세
력에 대한 항거, 소인배의 일파로 연루되지 않기 위한 의도적인 행동이었
다. 이 일로 인해 유배를 가게 된 지경이 부친 윤현과 연화를 위로하며 한
말을 보면 모든 것이 보신지책에서 나온 행동이었음을 알 수 있다.[31] 연
화와의 애정을 성취하려는 목적보다는 더 큰 환란을 피하기 위해 유배를
자청한 것이다.[32]

　　그러나 <수매청심록>에서 중백의 사랑은 어떤 정치적 목적도, 의도
도 배제되어 있다. 영웅재자의 가인에 대한 순수한 욕망이라는 점은 이
작품의 문학적 코드가 통속적 대중을 향해 있음을 짐작케 한다. 그러나
중백의 욕망은 쉽게 성사되지 않는다. 중백은 어린 현요가 혼인할 나이가
될 때까지 기다려야 했으며, 애타는 마음을 불쑥 내비쳤다가 오히려 현요
가 몸을 사리는 상황을 만들기도 한다. 오랜 시간 끝에 정작 혼인을 하게
된 순간에는 천자의 늑혼으로 반나절 만에 이별을 해야 했다. 이후 우여
곡절 끝에 현요를 다시 만났을 때도 결연은 쉽게 이루어지지 않는다. 이
과정에서 중백의 현요에 대한 욕망은 점점 더 커져 어린 여자의 사랑을
얻기 위해 애달아하는 가련한 남성으로 그려지기도 한다.[33] 세상에 다시

31) "지경 왈, 부친이 엇지 쇼즈의 뜨즐 모르시느니잇고? 불과 슈년이 못ᄒ여 됫환이
　　늘 거시니 쇼지 샹히 박씨를 노홉게 ᄒ여 졍빈를 ᄌ원ᄒᄆᆡ 부지 경죵코져 ᄒ미
　　로소이다."(윤디경젼, 351면) "최씨 망극ᄒ여 ᄒ니 부매 쇼왈, 슬어 ᄆ라 쇼져 귀향
　　을 가야 우리 부뷔 히로ᄒ리라. 죠곰도 셜워 말나."(윤디경젼, 352면)
32) <윤지경전>에서 지경의 행동이 보신책의 일편이었음을 알 수 있는 또 다른 대목
　　이 있다. 지경은 반대세력이 모두 패망한 후 서인이었던 옹주를 받아들여 진중후대
　　한다. 이로 보아 처음에 옹주를 박대하면서 부덕이 없다느니, 박색괴물이라느니 했
　　던 지경의 말은 박귀인, 홍상 등 불의한 소인배들과 연루되지 않으려는 의도적인
　　배척이었다고 볼 수 있다. 지경의 옹주에 대한 후대가 세자의 부탁과 옹주의 회과
　　로 인한 것이라 해도 옹주를 용납한 뒤 옹주의 무릎을 베고 다정하게 노는 화소나
　　"꽃같은 부인"이라는 언술 등은 옹주가 박색괴물이 아니었음을 의미한다.
33) 중백은 현요를 향한 애타는 마음을 『교홍기』의 남주인공 신순(신후경)에 빗대어

없는 영웅호걸인 중백이 결연을 이루기까지 현요로 인해 울고 웃는 이러한 모습은 독자의 통속적 욕망을 충족시켜 주기에 부족함이 없는 설정이라 할 수 있겠다.

중백의 통속적 인물 형상은 애정 추구의 모습에서뿐만 아니라 그의 행동 전반에 걸쳐 나타나는 양상이다. <윤지경전>에서 지경은 그 대상이 왕이라도 비판적 언사를 거두지 않을 정도로 꼿꼿한 성품의 소유자로 형상화되어 있다. 기실 <윤지경전>에서는 모든 갈등의 핵심에 왕이 있다. 왕이 혼암하고, 왕이 늑혼을 요구하고, 왕이 지경과 대립한다. 물론 옹주, 귀인 박씨, 홍상, 복성군 등도 반동세력으로서 그 기능을 하고는 있지만 누구보다 왕이 가장 전면에 나서서 지경과 연화의 결연을 방해하는 인물로 형상화되어 있다. 그렇기 때문에 윤지경은 임금을 향해 '不明하다'느니 '昏君'이라느니, '딸[옹주]을 제대로 못 낳았'느니 하는 등의 막말도 서슴지 않는다. 당대의 어지러운 정치 현실을 개탄하고 고민하는 지경의 모습에서 통속적 면모를 찾아보기는 어렵다. 오히려 지경은 체제 비판적이라는 점에서 문제적 인물이라 할 수 있다.

반면 <수매청심록>에서는 천자를 전면에 내세우기보다 군주, 주태후, 주현을 전면에 내세워 중백 혹은 현요와 대립하도록 하고 있다. 천자의 부당한 행동은 오히려 간신, 요첩의 기승 때문에 비롯된 것으로 처리되고 있다.[34] 현요와의 결연을 방해하는 간신 주현과의 대립은 정치적,

표현하면서 현요와 가연을 맺지 못하면 자신도 신후경처럼 죽게 될 것이라고 말한다("공주의 손을 익그러 외현의 나와서 소왈, 늬가 오날 ᄌ 오소졔을 덧늬여 다시 어더 보기 어려울가 십부니 네 모름직기 회심케 ᄒ고 ᄯ 슉부 젼의 늬의 소원을 고ᄒ여 오슈 쳔향을 늬의 규분의 옴기게 ᄒ라. 만일 그러ᄒ면 늬 진실노 일싱 영힝ᄒ련이와 그러치 아니ᄒ면 맛ᄎᆷ늬 신후경의 쥭그물 면치 못ᄒ리니 연즉 장부의 신셰 그 아니 가련ᄒ야?"(상권, 36면)). <윤지경전>에서도 지경이 연화에게 구애하면서 『교홍기』의 신후경을 인용하는 장면이 나오는데, 『교홍기』가 조선에 널리 알려진 작품이긴 하지만 <윤지경전>과 <수매청심록> 모두에서 남주인공의 마음을 전하는 전고로 활용되고 있는 점은 우연이라 보기 어렵다.
34) 중백은 자신과 오소저가 곤액을 당하게 된 까닭을 군주, 주태후, 주현의 간계로 돌

이념적인 문제가 아니며 오히려 선악 대결의 국면을 띠고 있다. 그러므로 간신 등은 영웅의 충심에 의해 제거되고, 온갖 시련을 견뎌낸 여주인공과의 결연 및 국가적 포상 등은 봉건 질서를 적극적으로 옹호하는 측면을 보인다. 그 결과 <윤지경전>에서는 절대적인 윤리 가치로 여겨지던 '충'에 대한 적극적인 반감이 드러나기도 하는 반면, <수매청심록>에서는 '충·효·열'의 이념이 모두 긍정되고 있다. 작가는 세계 자체에 대한 심각한 문제제기나 비판적 태도를 보이는 인물이 아니라 체제 순응적이며, 오히려 국가 체제를 안정화시키는 영웅으로 중백을 형상화하고 있다.

그러나 중백이 현요와의 결연을 방해하는 상황 자체에 대해서까지 순응적인 것은 아니다. 오히려 중백은 지경과 마찬가지로 애정지상주의자라 부를 수 있을 정도이다. 현요를 향한 사랑에 목매고, 여주인공의 죽음 소식에 토혈을 하다 호흡을 통치 못할 정도로 애통해 하고, 그리움이 병이 되어 죽으려고까지 하는 인물이다. 여주인공에 대한 중백의 애정 추구는 집착에 가까울 정도로 낭만적, 통속적으로 그려져 있다. 다만 지경의 애정 추구가 현실적 맥락과 맞닿아 있다면 중백의 애정 추구는 통속적 욕망 추구의 성격이 짙다고 하겠다.

한편 여주인공 현요는 인물과 재덕과 절조를 두루 갖춘 이상적인 요조 숙녀로 그려져 있다. 연화와 현요 모두 빼어난 미모의 소유자요 재덕을 갖춘 인물로 형상화되어 있지만, 현요의 아름다움은 영웅의 "철석 심장을 요동할"(상권, 20면) 정도이며, "사름의 혈육으로 싱긴 빅 아니라 분명 천신의 조화을 붓쳐 닉신 빅"(상권, 21면)라고 칭송할 만큼 천하절색으로

리고 있으며("오소제을 궁금의 드리기난 <u>군쥬의 흉게</u>로 틱후을 짓촉ᄒ되미요, 쳔수을 삼어 제국의 보닉기난 <u>쥬현의 간게</u>ᄉ니 소즈 제국의 간 후의 쌕ᄎ히 오소제을 살히코즈 ᄒ리니 엇지 분치 아니릿가."(상권, 74면)), 서술자 역시 천자의 본심은 중백을 아끼고 있었음("텬자 잠간 틱후의 뜻슬 슌슈ᄒ미나 본딕 쥼빅의 삼형계을 즁히 역기난 고로 일어타시 벼살을 듀심일너라."(상권 74면))을 독자에게 전달함으로써 중백과 천자의 대립 구도가 되는 것을 막고 있다.

그려져 있다. 현요의 화용월태에 대한 형상화는 그녀가 등장할 때마다 반복적으로 언급되어 있으며, 聲音, 詩才, 태도, 덕행 등에 대한 칭송 또한 수차례 묘사되어 있다. 영웅군자와 짝할 만한 요조숙녀로 설정되어 있는 현요의 모습은 통속적 애정소설에서 빈번히 보이는 여주인공의 인물 형상과 다르지 않다.

그런데 여타의 애정소설에서는 남녀 주인공이 만남 이후 서로에게 마음이 끌려 결연을 맺으려 하는 것이 일반적이다. <윤지경전>에서도 연화는 지경의 적극적인 구애에 마음을 열고 친밀히 지내며, 부모에게 지경과의 혼인을 요청할 정도로 자신의 마음을 표현하는 데 인색하지 않다. 그러나 현요는 지나치다 싶을 정도로 남주인공 중백에게 거리를 두고, 쉽게 마음을 보이지 않으며 늘 요조한 숙녀로서 처신한다. 이러한 현요의 행동은 가정 · 가문소설에서 흔히 보이는 현숙한 부인의 면모로서 당대 독자들이 이상적으로 그리는 여성의 형상이라 할 만하다.

<윤지경전>과 <수매청심록>에서 여주인공의 형상을 좀 더 비교해 보자. 지경이 왕명에 따라 결국 옹주와 결혼하게 되자 홀로 남게 된 연화는 부모에게 근심을 끼치게 된 자신의 불효를 탄식하며 고뇌하는 모습을 보인다. 또한 지경이 연화에 대한 그리움으로 담을 넘어 들어오자 연화는 짐짓 지경의 행동이 진중하지 못함을 이야기하지만 결국 지경의 손에 이끌려 견권지정을 나눈다. 뿐만 아니라 지경이 옹주궁으로 돌아간 뒤 합방 사실을 부모에게 숨기는 연화의 태도는 안타까울 정도로 인간적이다.

조선후기 통속소설에서 상층 신분의 여주인공은 대개 요조숙녀로 형상화되어 있다는 점을 고려하면 독자들에게 연화의 인간적인 모습은 오히려 낯설 수 있다.[35] 죽은 사람으로 3년을 보낸 뒤 지경을 만난 자리에서 주체하지 못하고 하염없이 눈물을 흘리는 연화, 임금이 퇴혼을 명하였음

---

35) 연화의 인물 형상은 조선후기 통속적 애정소설에 등장하는 이상화된 여주인공보다는 애정전기소설의 여주인공에 가깝다고 할 수 있다.

에도 합궁하여 결국 유배지에서 아이를 낳는 연화, 노년에 이르러서는 임종한 지경을 따라 우물에 몸을 던져 자살하는 연화의 모습은 조선후기 관념화·이상화된 여성 형상에 익숙해 있는 소설 향유층에게는 그것이 사실에 기반한 것이라 해도 불편한 진실일 수 있다. 특히 老嫗를 이끌고 우물에 몸을 던지는 연화의 형상은 가히 충격적인데, <윤지경전>의 이본 가운데 후대에 파생된 것으로 보이는 하버드대본의 경우는 옹주와 더불어 3인이 일생 동안 화락하게 지낸 것으로 결말이 변모되어 있다.36) 이는 행복한 결말을 원하는 이본 생산자의 의도가 반영된 것일 텐데, 이것이 곧 조선후기 소설 향유층의 독서 취향이라 할 수 있겠다.

이러한 소설 독자층의 취향이 잘 반영되어 있는 것이 <수매청심록>의 현요의 인물 형상이다. 현요는 오상서의 현몽으로 중백이 천정배필임을 암시받은 뒤에도, 숙부나 숙모가 배석한 자리에서 남매의 예로써 중백을 볼 때에도 친근한 태도를 보이지 않으며, 정혼 이후에는 사사로이 만나는 것조차 꺼린다.37) 군주와의 혼례 전 비밀리에 성례를 치른 뒤에도 여전히 중백에게 수행군자로서 처신할 것을 요구하며, 중백의 표매 심씨의 집에서 자신에 대한 그리움으로 토혈과 기절을 반복하는 중백을 보면

---

36) <윤지경전>의 이본 가운데 연화가 우물에 빠져 자살하는 이야기는 한문본과 국문본에 공히 나타나는데, 국문본 가운데 후대에 파생된 하버드대 소장 "윤지경전"의 경우는 지경, 연화, 옹주의 죽음에 대한 언급 없이 일생 화락하게 지냈다고만 되어 있으며, 후손 윤임 등에 대한 서술도 누락되었다. 하버드대본 "윤지경전"은 권혁래(2001), 앞의 책, 251~281쪽에 소개되어 있다.

37) 늑혼으로 혼인이 어그러질 위기에서 중백은 현요의 마음을 확인코자 사사로이 찾아간다. 이때 현요는 수행군자의 태도가 아님을 역설하는데, 중백이 돌아간 뒤 유모와 현요의 대화 내용은 보면 작가가 현요를 현숙한 요조숙녀로 형상화하고 있음을 명확히 알 수 있다. "잇딘 싱의 도라온 후의 유모 왈, 소졔난 너무 고집ᄒᆞ사 상공의 만죵은이을 츄호도 갑지 아니ᄒᆞ시니 소여의 마음은 읻달나 ᄒᆞ나이다. 소졔 증식 대왈, 어미 비록 사족의 힝실은 안나나 엇지 이런 말을 ᄂᆞᆯ난요? 닉 신셰 곤ᄒᆞ여 이러ᄒᆞᆫ 욕을 당ᄒᆞ고 오희려 살어심도 졀통ᄒᆞ거든 엇지 일호나 졔의 픽레을 감심ᄒᆞ리요 ᄒᆞ더라."(상권 58면)

서도 모습을 감추고 나서기를 꺼리는 등 도덕적인 여성으로 형상화되어 있다.[38] 물론 중백은 이러한 현요의 태도에 또 감탄하기도 한다. 이와 같이 미모와 덕행을 두루 갖춘 요조숙녀 현요의 모습은 중백뿐만 아니라 당대 독자층이 이상적인 여성으로 추수한 인물이 어떤 유형인지를 짐작할 수 있는 대목이라 하겠다.

<윤지경전>과 <수매청심록>의 인물들 가운데 어느 쪽이 더 현실적이고 사실적인지를 말하라면 <윤지경전>의 인물들일 것이다. 그러나 권력의 횡포에 맞서기 위해 임금을 질욕하는 윤지경과 임금의 퇴혼 명령에도 사사로이 합방하고, 결국 유배지에서 혼자 아이를 낳는 연화의 인물 형상은 통속적 서사 문법에 익숙한 조선후기 소설 향유층에게는 낯설고 불편할 수 있다. <수매청심록>의 작가는 <윤지경전>의 인물 배치는 그대로 수용하되 독자들의 낭만적, 통속적 욕망을 반영한 영웅호걸과 요조숙녀의 인물 형상을 통해 향유층의 취향에 부응하고 있다고 하겠다. 이러한 독자들의 취향 형성에 당대에 유행했던 수많은 통속소설류가 두루 영향을 미쳤을 것임은 주지의 사실이다.

2) 통속적 애정 서사의 확대와 여성 고난의 부각

<수매청심록>의 작가는 <윤지경전>을 통속적으로 재현해 보겠다는 의도를 가지고 서사 전개 전반에 걸쳐 변용을 시도하고 있다. 그 가운

---

38) 김수봉은 현요의 이러한 도덕적 행동을 중백을 진심으로 사랑하지 않기 때문이라고 보았으나(김수봉(1994), 163쪽), 이는 현요를 도덕적으로 형상화하려는 작가의 의도에서 나온 것으로 보아야 할 것이다. 현요는 실제 중백을 처음 보았을 때 그의 용모와 기상을 보고 마음으로 탄복한다. 그러나 이러한 마음을 함부로 내색하지 않는 것이 사족 여성의 바른 행실이라고 여기기 때문에 중백의 적극적인 구애를 수행 군자의 태도가 아니라며 나무라기도 하는 것이다.

데 작가가 역점을 두고 변용한 부분은 통속적 애정 서사의 확대와 여성의 고난 부각을 통한 소설적 흥미 유발이라 하겠다.

<윤지경전>에서는 지경과 연화의 만남, 이별, 재회 등의 사건이 지경의 정치 현실에 대한 비판적 언술과 교차되면서 빠르게 전개된다. 그리고 남녀 주인공 중 지경만이 서사의 전면에 나서서 반동세력과 직접적으로 대립한다. 지경의 행동이 연화에게 영향을 미쳐 연화 역시 고난을 겪기는 하지만 연화가 반동세력의 직접적인 박해를 받거나 그들과 대립하는 것은 아니다. 그러나 <수매청심록>에서는 남녀 주인공이 완전한 결연을 이루기까지 중백은 중백대로, 현요는 현요대로 서사의 전면에서 각자에게 주어진 문제를 해결하고 고난을 극복해 나가는 구성 방식을 취하고 있다.[39] 고난 극복의 과정이 단순하지 않고 이별과 재회를 반복하는 구성을 취하고 있어 남녀 주인공의 결연이 지속적으로 지연된다. <수매청심록>의 작자는 두 주인공이 결연을 이루기까지 다채로운 화소를 배치, 애정 서사를 대폭 확대함으로써 통속적 재미를 추구하고 있는 것이다.

처음 중백이 숙부 이시랑 집에서 현요를 보았을 때, 현요의 나이는 불과 10세에 불과했다. 중백이 16세에 喪妻하고 7년을 환거하였으니 나이 차가 꽤 날 뿐만 아니라 이때는 현요가 부모의 상중이라 현요를 마음에만 둘 뿐 본격적으로 애정을 드러내지 못한다. 현요의 탈상 후 중백은 현요와의 결연을 바라고 자신의 마음을 드러내기 시작하는데, 현요의 화용월

---

39) 기존 논의에서는 이 작품의 주요 사건 전개가 다른 애정소설에 비해 남주인공의 고난과 애정 성취에 집중되어 있다고 보았다(김수봉(1994), 154~155쪽). 비교 대상으로 삼은 <숙향전>, <춘향전>, <숙영낭자전>, <백학선전> 등에 등장하는 남주인공과 비교하면 <수매청심록>의 이중백의 애정 성취 과정이 곡진하게 그려져 있는 것이 사실이다. 그러나 여주인공 현요 또한 중백과 마찬가지로 궁에 갇히고, 늑혼으로 인한 죽음의 위기를 겪으며, 반동세력이 몰락하기 전까지 끊임없이 핍박을 당한다. 중백이 제왕을 진압하러 떠나 있는 동안 오히려 반동세력과 직접 대립하고 있는 인물은 현요라는 점에서 "여주인공이 부주인공의 역할밖에 담당하지 못한다"는 지적은 적절하지 않다고 할 수 있다.

태를 매일 보기 위해 천자께 遊山을 칭탁하고 관직에서 물러나 숙부 집에서 몇 달을 보내기도 한다. 이렇게 마음을 졸이고 기다림의 시간을 보낸 뒤 마침내 정혼을 하게 되는데, 이 부분까지의 서사가 작품 전체의 4분의 1을 차지할 정도로 길게 부연되어 있다. 이는 <수매청심록>이 결연 그 자체보다는 결연을 이루기까지의 과정에 서사의 초점을 두고 있는 작품임을 잘 보여 주는 대목이다.

한편 통속적 애정소설에서 늑혼 화소는 남녀의 결연을 지연시키는 사건으로 자주 등장한다. 현요와의 정혼 이후 중백 또한 천자의 賜婚 명을 받는다. 그런데 <수매청심록>에서는 남주인공인 중백만 늑혼을 겪는 것이 아니라 여주인공 현요 또한 늑혼을 겪는 것으로 설정되어 있다. 여성의 늑혼은 남성의 늑혼과 달리 그 결과에 따라 남녀 주인공의 결연이 이루어지지 못할 수도 있는 급박한 상황이라는 점에서 독자의 긴장과 흥미를 더욱 부추긴다고 할 수 있다. 결국 현요는 늑혼을 피하기 위해 남강에 투사할 위기에 처하며, 남복 개착하고 안신처를 향해 도로 유리를 감심하기까지 한다.

현요가 장성하기까지의 기다림, 늑혼으로 인한 이별 외에도 중백과 현요의 결연을 지연시키는 화소는 또 있다. 바로 여주인공 현요의 태도이다. 늑혼으로 이별을 하게 된 것이야 그렇다 하더라도 태춘현에 있는 표매 집에서도 중백과 현요의 만남은 쉽게 성사되지 않는다. 이는 죽은 것으로 되어 있는 자신의 종적이 드러나면 또 다시 환란이 닥칠까 염려한 현요의 처신 때문인데, 이렇게 만남이 지연되면서 두 사람의 결연에 대한 독자의 기대는 더욱 커지기 때문에 소설적 흥미소로 작용하고 있다고 하겠다.

주인공들의 결연을 지연시키는 다양한 화소들의 배치로 인해 서사의 반경도 매우 넓어졌다. 특히 중백이 관서 육십주를 순행하는 순무어사의 임무를 맡아 도적을 진무하거나 팔년강 괴물을 쏘아 죽이는 화소, 叛意를 둔 제왕을 평정하러 떠나는 화소, 산동 순무 길에 주현이 보낸 자객과 일전을 벌이는 화소 등의 배치는 중백이 영웅적으로 문제를 해결해 나가는 과정을 생동감 있게 보여주는 사건 구성이다. 또한 주태후가 중백과 떼어 놓기 위해 현요를 宮禁하여 해치려다 여의치 않자 노국 세자의 후궁으로 쫓아 보내는 화소, 남강에서 投死한 것으로 위장하고 태춘현에 숨어 있던 현요를 다시 궁으로 불러들여 해치려는 화소 등의 배치는 현요의 수난 양상을 더욱 부각시키는 구성이라 할 수 있다.

이와 같이 <윤지경전>이 정치와 애정, 두 가지에 시선을 분산시키고 있다면, 아니 오히려 정치적인 견해 차이가 중종과 윤지경의 갈등을 더욱 증폭시키고 있다면, <수매청심록>은 남녀의 결연 과정에 오로지 초점이 맞춰져 있다. <수매청심록>은 <윤지경전>에서 정치적·역사적 요소를 모두 소거하고 남녀의 결연을 계속적으로 지연시키면서 애정 서사를 대폭 확대한 결과 소설적 흥미를 더욱 끌어 올린 작품이라고 할 수 있겠다.

한편 <수매청심록>은 <윤지경전>과 비교하면 여주인공의 수난 양상이 부각되어 있으며, 고난 극복의 과정이 길게 부연되어 있다고 하겠다. 각각 죽음의 위기를 넘기고 만난 중백과 현요는 청심당에서 합방함으로써 일차 결연을 이루지만 군주, 주태후, 주현 등과의 갈등이 상존해 있기 때문에 안정적인 결연이라 하기 어렵다. 또다시 현요는 주태후에 의해 죽을 위기에 처하게 되는데, 이후 작품은 온갖 시련을 참고 견뎌낸 현요에 대한 보상으로 마무리되고 있다. 이 과정에서 반동 인물의 악인적 면모를 강조하여 갈등을 고조시키고, 여주인공의 고난 극복을 돕는 긍정적 인물을 다수 배치하여 사건을 해결해 나간 점은 독자의 통속적 흥미를 더욱 돋우는 기능을 하고 있다.

<윤지경전>에서는 남녀 주인공의 결연을 가로막는 반대세력이 소인 배요, 자신들의 정치적 욕망을 위해 세자를 모해하는 등 간흉한 무리로

그려지긴 하지만, 남녀 주인공에게 직접적인 위해를 가하는 악행을 벌이지는 않는 반면, <수매청심록>에서는 주인공과 반대세력이 선악의 대립 구도를 형성하고 있다. 군주, 주태후, 주현 등은 남녀 주인공을 곤액에 빠뜨리는 악인형 인물들로, 군주는 "음흉간특"하고, 주태후는 "요악"하며, 주현은 "간신"으로 묘사되어 있다. 이들은 결국 인과응보에 따라 처벌되는데, 악인형 인물과 뜻을 함께하거나 추종한 이들도 그에 상응하는 결말을 맞게 된다.40)

반면 <수매청심록>에는 여주인공이 위험에 빠졌을 때 힘써 구원하는 인물들도 적지 않은데 侍婢 쌍섬, 일취 등이 눈에 띤다. 이들은 어렸을 때부터 현요와 골육처럼 함께 자란 유모의 두 딸들인데, 쌍섬은 노국으로 가던 도중 현요를 대신하여 남강에 투사하는 것으로, 일취는 현요를 독살코자 주태후가 보낸 독약을 대신 마시고 죽는 것으로 여주인공을 돕는다. 두 인물 모두 섬기던 주인에 대한 충성을 죽음으로써 보인 것인데, 두 시비의 충절에 대해 이후 현요는 초제(醮祭)하고 충렬묘를 지어 준다. 이와 같은 선악 대립과 인과응보에 따른 서사 결구는 여타의 통속소설에서 독자의 낭만적 환상을 충족시키는 요소로 이미 충분히 검증된 것들이기에 안정적으로 재구성될 수 있었을 것이다.

지금까지 <수매청심록>이 <윤지경전>의 인물 배치와 주요 서사구조를 수용하는 한편 새롭게 변용한 측면이 무엇인지를 인물 형상화의 측면과 사건 전개의 측면으로 나누어 살펴보았다. 작가는 이상적인 영웅호걸과 요조숙녀의 만남이라는 통속적 설정을 통해 당대 독자층의 욕망을 반영하고 있으며, 남녀 주인공의 결연을 계속적으로 지연시키는 통속적

---

40) 군주의 유모 전씨와 주현이 보낸 자객 왕준 등이 악인형 인물의 추종자들이라 할 수 있는데, 오소저와의 성혼 사실을 군주에게 고한 유모 전씨는 이중백에게 심한 매질을 당하고, 주현의 명으로 중백을 죽이려던 자객은 중백의 칼에 도리어 죽임을 당한다.

애정 서사의 확대, 여주인공의 고난 부각 등을 통해 조선후기 통속소설의 서사문법에 익숙해져 있는 향유층의 성향에 적절히 부응하고 있음을 논의하였다. 이러한 작자의 창작 방식에는 원작인 <윤지경전>은 물론이고 당대 폭넓게 향유된 영웅소설, 가정·가문소설, 통속적 애정소설 등이 두루 영향을 미쳤을 것으로 보인다.

조선후기 소설 창작에서 전대 작품의 수용과 변용은 새삼스러운 것이 아닐 수도 있다. 하지만 이러한 수용과 변용의 결과 <수매청심록>은 당대 소설 향유층의 통속적 욕망을 반영하는 새로운 작품으로 탄생하게 되었으며, 그 소설적 흥미를 인정받아 수많은 이본을 산생하며 유통, 향유되었다고 볼 수 있겠다. <수매청심록>은 조선후기 통속적 애정소설의 창작, 향유의 일면을 보여주는 작품으로서 앞으로 더 많은 관심과 논의가 요구되는 작품이다.

4. 맺음말

본고는 <수매청심록>의 창작 방식의 특징과 그 의도를 살핀 것이다. <수매청심록>은 여타의 통속적 애정소설류와 구조적 동질성을 지니면서도 인물의 성격과 갈등 상황 등에서 매우 독특한 면모를 보이는 작품이다. 유형화되어 있는 대개의 애정소설과 달리 인물의 형상화, 사건의 전개 등에서 보이는 이 작품의 특징적 면모가 어디에서 기인한 것인지를 고찰하기 위해 본고에서는 작품의 창작 방식과 작자의 의도를 구체적으로 논의하였다.

논의의 결과를 요약하면 다음과 같다. 우선 이 작품의 題名과 관련하여 기존 논의에서 수정되어야 할 점에 대해 논의하였다. <수매청심록>(필사본)은 <권용선전>(활자본)의 이본으로 소개되곤 했으나 활자본은 필사본의 작중 인물과 배경, 서사 구조를 적극적으로 변개한 것이다. 선행하는 필사본 이본들에서 압도적으로(92% 이상) 많이 보이는 제명이 "슈미쳥심녹"이므로 이 이본군의 대표 작품명은 <수매청심록>이 되어야 한다.

다음 창작 방식과 의도를 해명하기 위해 작품의 수용과 변용의 측면을 논의하였다. <수매청심록>은 <윤지경전>의 주요 서사구조와 인물 배치 등을 적극 수용하면서도 세부적인 사건의 전개나 인물 형상화에서는 통속적 흥미를 제고하는 방향으로 변용을 시도한 작품이다. <수매청심록>이 남주인공의 지고지순한 애정 추구에 초점을 둔 것, 忠보다 애정을 우선적인 가치로 여기는 것, 이미 혼례를 올린 남녀 주인공이 이별과 재회를 반복하는 것 등은 원작인 <윤지경전>의 서사적 틀을 수용하고 있기 때문이다. 반면 남주인공의 관념적 목소리 및 전경화되어 있는 역사적 사건의 소거, 소설적 흥미를 유발하는 다양한 화소의 배치 등은 통속적 애정소설을 향유한 당대 독자층의 취향이 반영되면서 나타난 결과이다. 특히 영웅호걸과 요조숙녀로 이상화된 남녀 주인공의 인물 형상과 이들의 결연을 지연시키는 애정 서사의 확대, 여주인공의 고난 부각 등은 향유층의 독서 관습, 가치관 등과 관련이 있음을 논의하였다.

<수매청심록>은 <윤지경전>을 통속적으로 재현해 보겠다는 의도를 가지고 서사 전반에 걸쳐 변용을 시도한 작품이다. 이러한 변용의 과정에 당대 폭넓게 향유된 영웅소설, 가정·가문소설, 통속적 애정소설 등이 두루 영향을 미쳤음은 물론이다. 그런데 이전에 창작된 작품에 영향을 받아 새롭게 창작된 작품 가운데 적극적인 문학적 대응의 측면에서 바라보아야 할 작품이 적지 않다. 흔히 모방작, 아류작으로 간주하곤 하였으나, 원작에 대한 수용과 변용을 새로운 관점에서 바라보자는 것이 본고의 의도였다. 원작과 달리 작가가 인물 및 사건을 어떻게 설정, 형상화하고

있는지, 궁극적으로 지향하는 소설적 가치는 무엇인지, 그것이 의미하는 문학사회학적 의미는 무엇인지 등을 통해 고소설의 창작과 향유에 대한 기존의 논의를 보완할 수 있기를 기대한다. 본고는 이러한 연구의 일단이며, 앞으로 수용과 변용의 측면에서 새롭게 해석해볼 만한 일련의 작품들을 대상으로41) 그 문학적 대응의 양상을 종합적으로 연구해 보고자 한다.

---

41) 예를 들면 <운영전>과 <상사동기>, <금화사몽유록>과 <왕회전>, <유연전>과 <화산중봉기> 등이 원작과 원작에 대한 문학적 대응의 측면에서 새롭게 논의해 볼 만한 작품들이다. 특히 <유연전>과 <화산중봉기>는 본고의 논의 구도의 연장선상에서 작자의 창작 방식과 의도를 면밀히 살펴볼 필요가 있는 작품이다. 김정녀(2009), 「화산중봉기」, 『계명대학교동산도서관소장 善本古書해제집 2』, 계명대학교출판부, 511~516쪽.

『화용도』의 장르적 성격 연구

백 미 나*

1. 머리말

현존하는 판소리계 소설 가운데 소재 원천이 확실하게 드러나 있는 작품으로는 『화용도』한 작품뿐이다. 『화용도』는 그 소재 원천이 중국 소설에 있기 때문에 다른 판소리계 소설과 비교했을 때, 그 원본의 확정이 가능하다. 또한 여타 고전소설과는 다른 판소리 문학만의 특질을 원본(소설)과의 직접적인 비교 · 대조를 통해서 밝혀내는 것이 가능하다. 작품의 이러한 이점을 활용한다면, 원본에서의 변이 · 수용 양상뿐만 아니라 판소리계 소설만이 가지고 있는 특성을 보다 구체적으로 밝혀 낼 수 있을 것이다.

이런 연유로 본고는 창본 <적벽가>, 판소리계 소설<화용도>[1]의 다각적인 면을 비교 분석함으로써 판소리계 소설 <화용도>의 장르적 성격 및 변별 양상에 대하여 논의하고자 한다. 특히 각기 다른 장르적 성격

---

* 경희대학교

1) <적벽가>의 이본은 판소리 연창을 전제로 하여 기록된 창본과 독서를 전제로 하여 기록된 소설본으로 크게 양분할 수 있다. 일반적으로 창본은 '적벽가'로, 소설본은 '화용도'로 통칭되고 있으나, 창본이 '화용도'로, 소설본이 '적벽가'로 표제된 이본도 있다.

을 띠고 있는 창본, 판소리계 소설, 더 나아가 소재의 원천을 제공한 중국 소설<삼국지연의>과의 비교를 통해서 각 장르가 지니는 성향에 따라서 작품의 미세한 성격이 어떻게 탈바꿈하는지를 살피고자 한다. 특별히 서술방식의 구현양상에 초점을 맞추고자 하는데, 이는 자칫 간과되기 쉬운 작품의 서술방식을 면밀하게 분석해 나가다 보면 작품 전체 틀이 가지고 있는 특성 또한 알 수 있지 않을까 해서이다. 본고에서 논의 대상으로 삼은 자료는 다음과 같다. 우선 창본의 자료로는『적벽가 전집1』(김진영, 김현주외, 박이정, 1998)을 선택했으며, 판소리계 소설의 이본으로는 김종철 소장본 <화용도>를 했으며, 중국 소설 <삼국지>는 한문 현토본 <삼국지>를 선택했다. 이들 자료들은 우선 필자가 손쉽게 구입할 수 있는 자료들이기도 하지만 무엇보다 다른 작품에 비해서 정리가 잘 되어 있는 자료들이며 각기 다른 세 계열의 특성들을 나름대로 뚜렷이 지니고 있기 때문에 논의 대상으로 선택한다.

2. <화용도>의 서술방식

판소리 <적벽가>가『삼국지연의』에 기원을 둔 작품이라면, 판소리 사설 <적벽가>와 판소리계 소설 <적벽가(화용도)>의 선후 관계는 어떻게 될까?『삼국지연의』의 '적벽대전' 부분을 그린 소설이 먼저 나오고 이어서 판소리 <적벽가>가 파생되어 나왔으리라고 가정하는 경로를 일단 상정해볼 수 있다. 그러나 현전하는 거의 모든 소설본들이 판소리 <적벽가>의 삽입 가요를 수용하고 있는 등 판소리적 요소를 명백하게 갖추고 있으므로, <적벽가>가 설화가 아닌 소설에서 나왔다고 하더라도 판소리 사설에서 판소리계 소설로 전환한 과정은 다른 판소리 작품들과 다를 바 없게 된다. 결국 판소리 <적벽가>는 소설 『삼국지연의』에서 나와서 판소리계 소설 <적벽가(화용도)>로 전개해나갔다는 결론을 내릴 수 있다. 이렇게 판소리 <적벽가>에서 파생되어 나온 소설 <화용도>는 이후 판소리 <적벽가>와 다시 교류하며 쌍방향적 영향 관계에 들어서지만, 독자적인 작품 확대 과정을 통해 나름대로의 일정한 변별성을 확보해나간다.[2] 때문에 판소리계 소설 <화용도> 또한 여타의 판소리계 소설과 마찬가지로 그 장르적 접합 양상이 매우 복잡하게 얽혀 있다. 이렇게 얽혀 있는 실타래를 한올 한올 풀어 나가다 보면 원래의 가닥을 볼 수 있지 않을까 한다. 원전인 중국소설 『삼국지연의』는 역사적 사실을 소설로 탈바꿈 시킨 것이다. 역사적 사실보다 소설에 등장하는 이야기가 훨씬 더 사실감[3]을 주고 있으므로 조선후기 많은 독자들이 애독한 것이다. 그러

---

[2] 김상훈, 「적벽가」, 『판소리의 세계』, 문학과지성사, 2000, 277쪽.

[3] 김현주, 「야담의 寫實的 性格」『한국고전연구회』, 계명문화사, 1995. 46~47쪽 에서 야담에서의 사실적 성격을 다음과 같이 규정하고 있다. "우리가 흔히 말하는 리얼리티의 세계에는 事實性과 寫實性의 양면이 존재한다. 事實性은 현실 세계에서 벌어졌거나 벌어졌을 법한 일을 기술하는 것으로서 비현실적이거나 환상적인 일을 기술하는 것과는 대척적인 것이다. 여기에서는 현실 세계에서 벌어졌을 만한가, 그렇지 않은가가 중요한 기준으로 작용하기 때문에 事實性은 달리 實在性이라고도 할 수 있을 것이다. 그러니까 actuality 혹은 factuality와 비슷한 개념으로 이해할 수 있을 것 같다. 그러나 寫實性은 현실 세계에서 벌어졌거나 벌어졌을 법한 일이건 환상적인 일이건 막론하고 그것들을 보다 그럴 듯하고 실감나게 그리는 것이다. 그러므로 事實性이 현실적 차원의 것이라면 寫實性은 서술방식 또는 묘사방식상의 문제인 것이다. 그럴 듯하게 그리고 실감나게 그리는 것이 어떻게 서술하고 어떻게 묘사하는 것인지 그 개념 구정을 명확하게 하기는 어렵겠지만 그것은 작품 내적으로 형상화될 수 있는 그 무엇일 것인데, 일단 개연성(plausibility)이라든지 핍진성(verisimilitude)과 유사한 개념 범주로 생각해 볼 수 있을 것이다. 아무튼 현실 세계에서 실재했을 법한 사건들을 기술하는 경향(事實性)이 야담에서 강해진다는 것은 쉽게 인정할 수 있음에도 불구하고 야담에는 여전히 환몽적인 사건의 기술이 혼재되어 있다는 점에서 볼 때, 事實性보다는 寫實性의 측면에서 야담을 바라보는 것이 야담을 야담답게 보는 길이 아닌가 생각된다." 이러한 논의에 따르면, 비단 야담뿐만이 아니라 역사적 사실을 소재로 한 소설의 경우는 모두 여기에 해당할 수 있다고 하겠다. 판소리계 소설 <적벽가>의 경우도 마찬가지인 것이다.

나 여타의 군담소설류와는 달리 판소리계 소설 <적벽가>는 군담소설이 가지고 있는 장르적 속성인 인물의 영웅담이나 일생구조를 취하고 있지 않다. 군담소설류에서 가장 중요시 다루어지는 이런 요소들이 판소리계 소설 <적벽가>에 와서는 소재적 차원에서만 머물고 있다. 이처럼 소설의 성격이 변모하는데 결정적인 역할을 한 것이 바로 판소리가 가지는 공연문화적 성격이 아닌가 한다. 판소리의 공연문화적 요소는 <적벽가>에서 군담류 성격을 배재시키는 대신에 유흥적 요소를 가미한 것이다.

1) 반복 · 나열 위주의 서술방식

판소리 작품이 소리판에서 공연될 때의 방식과 소설로 독서될 때의 그 것과는 사뭇 다르다. 소리판이라는 입체적 공간의 공연장에서는 공연 작품의 서사적 구조가 유기적 통일성이 해체되는 데에까지 이르는 개방적 재창조의 현장이 마련되는 것이다. 여기에서는 소리판의 역동적 메커니즘이 일으키는 원심력에 의해 서로 당착되는 면면이 이어지기도 하고 어긋나는 모습끼리 어우러지기도 한다.[4] 공연장의 특수성은 소설의 서사구조의 틀을 변형시킨다. 특히, 서술방식에서의 변이가 두드러진다. 판소리계 소설로 변모된 『삼국지연의』는 기존의 군담류의 웅장함과 비장보다는 해학과 골계적 성격을 가미하고 있다. 또한 그 서술방식에 있어서도 묘사나 대구보다는 나열, 반복위주의 서술방식을 취하고 있다. 후자의 서술방식상의 특성은 다른 판소리계 소설 작품들에서도 나타난다. 즉 아래의 <심청전>, <춘향전>에서도 같은 원리가 구현되고 있음을 볼 수 있다.

---

4) 서종문, 「판소리의 주제 구현방식」, 『판소리의 세계』, 판소리학회 엮음, 문학과지성사, 2000, 152쪽.

(1) 술고긔 만이 먹고 흠푼고복 격양가 부르며 질긔 놀나 졔장군졸 영을 듯고 말달이긔 창써긔와 총노키 칼써기와 휘휘 둘여 편군치긔 십팔게 틱견ᄒᆞ긔 딕연을 비셜ᄒᆞ야 소도 만이 잡보 쩍도 만이 ᄒᆞ고 긔도 만이 집고 닥도 만이 잡고 호군이 낭ᄌᆞ홀 졔 술먹ᄂᆞᆫ 놈 밥먹ᄂᆞᆫ 놈 쩍먹ᄂᆞᆫ 놈 고긔 먹ᄂᆞᆫ 놈 상토 잡고 이너무 무엇ᄒᆞ자 ᄒᆞᄂᆞᆫ 놈 졀입 버서 들고 술를 먹고 창씃트로 틱 괴이고 요만ᄒᆞ고 조우ᄂᆞᆫ 놈 골픽잡 긔 바돌 두워 붓쳐먹긔 돈치긔와 딕공치긔 갑오쏩긔 졀밧긔 돈치ᄂᆞᆫ 놈 달리실름ᄒᆞᄂᆞᆫ 놈 팔실름 ᄒᆞᄂᆞᆫ 놈 우슘 졔워 우ᄂᆞᆫ 놈 술 먹고 계우 ᄂᆞᆫ 놈 군문소시닉셥찬ᄒᆞ고 조조 군령 닉 좃갓다 쳔ᄒᆞ 둥실 닉 좃 갓 다 진즁이 아니라 여름 술먹이쳥이 도랴쑤나 흔 츙 이리 취흥이 낭ᄌᆞ 홀 졔 벙노직장우일힝이라 그 즁의 늘근 군ᄉᆞ ᄒᆞ나가 밥 쥬워도 안이 먹고 술 쥬워도 안 먹고 고긔 쥬워도 안이 먹고 장막 박긔로 나가든니 졀입 버서 쎵의 노코 물방릭5)

(2) 보난 그닉 身勢 四顧無親 孑孑單身 依託할 곳 바이 업서 지평막 딕 더덤더덤 구령에도 잡바지고 돌에 츠이 넘어져서 身勢自嘆 우난 거동 눈으로 본 듯 ᄒᆞ고 飢寒을 못이긔셔 이 집 져 집 단이면셔 밥 좀 주오 실푼 쇼릭 괴에 징징 들이난 듯 나 죽은 혼이라도 츠마 어이 듯 고 보며 名山大刹 信功 디려 四十晩得 노은 孑息 졋 흔번도 못 물이고 죽단 말이 무삼 일고 이리져리 싱각ᄒᆞ이 멸고 면 황쳔질을 눈물지어 어ᄀᆞ며 압픠 막커 어이갈고 건너말 楊寡婦宅 돈 열양 막겻신이 쵸상 에나 보틱씨고 방안에 잇난 양식 흿복쓸노 두엇다ᄀᆞ 못 다 먹고 도라 간이 두고 양식 ᄒᆞ옵시고 陳御史宅 冠帶 흔 불 胸背에 鶴을 노타ᄀᆞ 못 다 노코 죽어간이 남어 重大흔 衣服이라 죽기 前에 갓다주오6)

(3) 도령님(道令任)이 취흥(醉興)을 못 익이여 안졋다 이러나셔 두 로두로 건닐면셔 남방(南方)을 바라보니 쥬림취각(酒簾翠閣)을 벽공 (碧空)에 어리여 수호문창(繡戶紋窓) 놉히 소사 압흐로 영쥬(瀛洲) 뒤

5) 김진영 外, 『적벽가전집3』, 박이정, 2001, 265쪽.
6) 김진영 外, 『심청전전집12』, 박이정, 2004, 86쪽.

으로 무릉도원(武陵桃源) 흰 빅자(白字) 붉을 홍자(紅字) 송이송이 곳치 퓌고 붉을 단(丹) 푸를 쳥(靑) 고물고물 단쳥(丹靑)이라 류막(柳幕)에 잉졔셩(鶯啼聲)은 나의 취흥(醉興) 도두는 듯 화간빅졉쌍쌍비(花間白蝶雙雙飛)는 향긔(香) 찻는 거동이라 빅빅홍홍난만즁(白白紅紅爛漫中)에 션녀(仙女)의 그네줄이 란만도화(爛漫桃花) 놉흔 가지 소소럿쳐 툭툭 차니 송이송이 밋친 곳이 느러져 써러져서 오락가락ᄒᆞ는 모양 버들가지에 가리워서 보일듯 말듯 ᄒᆞ는지라 도령(道令)이 란간(欄干)을 의지(倚支)ᄒᆞ여 한참 바라보더니 별안간(瞥眼間)에 몸이 웃슬ᄒᆞ고 뎡신(精神)이 아득ᄒᆞ여지면서[7]

(1)에서 보는 바와 같이 <화용도>의 서술방식은 문장체 소설의 읽기 위주의 서술방식과 사뭇 다르다. 연행자가 공연장에서 연행해야 하기 때문에 우선 암송하기 쉬운 서술방식을 취한다. 대구, 비슷한 어휘 나열, 중언부언, 명사형 어미구사 등은 모두 연행자가 암송하기 편하게 서술방식을 바꾼 결과다. 서양의 장편 서사시 오딧세우스가 이와 비슷한 서술방식으로 구현되는 것을 보면, 구술문화의 전승과정에서 자연스럽게 변이된 현상인 것을 알 수 있다.

(2)는 필사본 <심청전>이다. 심봉사가 젖먹이 심청이를 안고 이집 저집 다니면서 젖동냥하는 장면이다. 자신의 신세 한탄을 장황하게 나열하며 한자어를 많이 구사하고 있다. 필사본이 읽기 쉬운 문체로 이루어진 것을 볼 수 있다.

(3)은 활자본 <춘향전>이다. 판소리 이본 중에서 가장 후대에 나온 형태이다. 문장 구성도 희곡의 형식을 빌어서 구성되어 있다. 상황묘사가 상당히 줄어든 대신에 인물들 간의 대화를 중심으로 사건을 진행한다. 인물의 대화와 대화 사이에는 기호로 표시를 해 두고 있다. 현대의 희곡기법을 차용하여 <춘향전>을 새롭게 각색한 것으로 보인다.

7) 김진영 外, 『춘향전전집16』, 박이정, 2004, 16쪽.

2) 다면적 서술방식

<화용도>는 사건의 전개나 인물의 행위, 장면의 설정 등과 같은 부분
에서는 목소리가 상당히 객관화되어 있다. 그것은 서술자의 목소리가 인
물의 시각 위에 탑재되는 경향을 통해 잘 드러남을 알 수 있다. 어느 정도
한국화 된 구어체식 대화는 이를 단적으로 웅변한다. 아래에서 보는 어휘
들은 일상생활에서 사용하는 구어체 언어들로서 서술자의 주관적인 목소
리가 최대한 배재되고 인물의 말 그대로 재현되고 있음을 보여준다. 이렇
게 대화를 그대로 인용하는 인물 시각적 시점의 증대는 다양한 목소리의
동시 공존을 가능하게 함으로써 서술의 객관성을 도모한다.

> 흔 軍師 나안지며 너는 有識ᄒ고 豪氣잇는 사름어다 닉 셔룬 말 드
> 러보라 堂上의 鶴髮老親 離別흔 졔 몇 히 된고 父兮鞠我 母兮鞠我 昊
> 天罔極 그 恩惠를 엇지ᄒ야 다 갑풀고 昏定晨省出告反面 朝夕이면 菽
> 水供養 至誠으로 다흔딕도 水欲靜而風不止오 子欲養而親不待라 西山
> 에 지는 히를 붓들 슈가 업습난딕 膝下를 흔 번 써나 몃히 소식 업서
> 시니 우리 부모 늘 기둘여 바름 텅텅 부는 늘에 의문망이 몃 番이며
> 비가 쪽쪽 오는 밤에 의궁망이 몃 番인고 彼楂彼屺 올나가서 바리나
> 보자 ᄒ딕 軍法이 至嚴ᄒ야 暫時 遷移홀 슈 업닉 無想타 曺丞相은 軍
> 法도 모로던가 無兄弟 獨身 늘를 歸養ᄒ라 아니ᄒ고 千里 戰場 다려
> 다가 不孝子 되게 ᄒ늬 哀苦哀苦 셜운지고 흔 軍師 나안지며[8]

위의 예문은 신재효본 창본 <적벽가>가 중에서 군사 설움 장면이다.
여기에서 보는 바와 같이 창본의 특징은 우선 유식한 한자 어구가 많으며
낭송하기 쉬운 대구체로 되어 있다. 물론 소설로 읽혀진 작품들에서도 이
러한 요소들이 농후하게 나타나는 것이 사실이나 그래도 창본은 훨씬 더

---

8) 김진영 外, 『적벽가전집1』, 박이정, 1998, 18쪽.

정제된 암송하기 쉬운 문체로 되어 있다고 할 수 있다. 서술방식 또한 동적 이미지의 단어들을 많이 사용하고 있어 문장에 생동감을 넣어 주고 있으며 적당한 호흡의 길이에 맞게 문장을 쓰고 있다. 이러한 서술방식과 판소리만이 가지고 있는 특유의 구조는 판소리의 주제화와 긴밀한 상호 연관을 가지고 있다.

서술방식의 다양화가 공연장의 분위기와 연계되면서 작품의 주제적 의미의 생성에 어떻게 이바지하게 되는가에 대해서는 그렇게 분명한 설명이 제시되어온 것 같지는 않다. 사설의 짜임은 판소리 작품의 주제적 의미 생성에 직접적인 상관관계에 놓이는 일이다. 독서물의 성격을 지니는 소설에서는 서사적 전개가 주로 시간적 선상의 전개에 의존하여 작품이 짜이게 된다. 이에 비해서 공연물의 성격을 지니는 소리판에서는 장면화 경향성에 의해서 공간적 전개에 상응되게 사설의 짜임이 이루어지게 된다. 이러한 차이가 작품의 주제적 의미 생성에 어떻게 작용하는 것인가. 서사적 구조의 전개는 통일된 주제적 의미로 구현된다. 이에 비해 장면화의 전개가 빈번하게 이루어지는 판소리 사설의 짜임에서는 독립된 공간이 독자적 세계로 중첩되거나, 연결되면서 사건을 확대하기도 하고 인물의 성격을 변화시키기도 한다. 이에 따라 서로 다른 의미망이 병립적이거나 방사선상으로 주제적 의미에 이리저리 얽히게 된다. 이런 경우에 서로 상반되거나, 심지어는 당착되는 의미 군락이 주제의 구현 쪽에 드러나게 마련이다.[9]

판소리는 서민 예술로 출발하였지만, 한 계층의 독점적 예술로 머물지 않았다. 대립적이라고 할 수 있는 양반층까지도 아울렀고, 심지어는 신분 사회의 최정점이라고 할 수 있는 궁중까지도 그 연행 공간으로 활용할 수 있었다. 판소리는 호남의 음악과 결합되면서 그 정체성을 획득할 수 있었

---

9) 서종문, 위의 책, 154~155쪽.

다. 그러나 그 기본적인 토대는 호남의 무악이었지만, 다른 지역의 음악이라 하여 배제하지 않았다. 경기지역의 것을 받아들이니 '경드름'이고, 흥부 아내는 경상도와 가까운 곳에 살아 '메나리 목청'으로 박 타는 사설을 매겼다. 또한 판소리는 '아니리 광대'라는 말이 있는 것처럼 이야기를 그 본질로 하여 이루어진 형태이다. 그래서 <춘향가>는 노래이면서 동시에 '춘향의 이야기'이다.[10]

판소리 사설의 구성 방식이 "긴장−이완", "장면의 극대화"[11], "부분의 독자성"과 같은 이원적 구조를 지니고 있으며, 판소리의 진술방식이 다성적 목소리로 구성되어 있다는 것은 이미 일련의 연구를 통해서 밝혀진 바이다. 또한 판소리 사설은 단순한 독서물이 아니라 연극적 요소를 내포한 공연물이며 이는 소리판의 상황, 사설의 짜임, 창곡의 엮음, 창자의 더늠, 관중의 반응 등이 다양한 경로를 통해 작품 속에 반영되어 있으며, 이러한 요소들이 판소리 사설을 엮어 가는데 매우 중요한 요소로 자리 매김한다는 사실도 일반적으로 받아들여지고 있다. 판소리 사설만이 가지고 있는 이러한 제반 특성들과 관련지어 볼 때, 판소리의 주제 구현 방식 또한

---

10) 정병헌, 「판소리의 미학적 성격」, 『판소리의 세계』, 판소리학회 엮음, 문학과지성사, 2000, 51~52쪽.

11) 장면의 극대화의 원리'의 실현이 일차적으로는 사설의 형식 논리 파괴나 음악의 불협화를 초래하는 것처럼 보이게 한다. 이것은 판소리의 관례로 본다면 전혀 논리의 파괴나 불협화가 될 수 없다. 판소리는 삶의 다양한 국면들을 생생한 현장의 목소리로 전하고자 하는데, 논리적으로 이루어진 삶이란 이 세상 어디에도 없기 때문이다. 또한 비장으로의 심화나 골계로의 극단화는 삶의 모습과 일치하지 않는 것처럼 보이기도 한다. 그러나 우리의 일상적인 삶에서 모든 시간이나 장면은 동일한 질량을 갖고 있지 않다. 어떤 시간이나 장면은 우리의 삶에 더없이 중요하지만, 또 그렇지 않은 부분은 그냥 우리의 기억에 남지 않고 사라질 수 있는 것이다. 인식의 시간이나 장면이 이렇게 다른데도 이를 동일하게 나열하는 것은 그런 의미에서 본다면 대단히 불합리한 것이다. 판소리는 이런 순간의 진실성을 포착하고 이를 예술적으로 형상화하였다. 그 결과 미학의 초점화 또는 복합화 현상이 자연스럽게 수용된 것이다. 정병헌, 위의 책, 63쪽.

단일한 주제 혹은 양면적 주제 즉 표면적 주제와 이면적 주제에서 벗어나 다면적 주제 구현 양상을 띤다. 예를 들면, <춘향가>의 경우 창자가 "쑥대머리"부분을 특히 강조해서 창을 할 경우 청자는 <춘향가>에서 춘향의 애절한 사랑에 감동을 받을 것이고, "십장가" 대목을 강조해서 창을 할 경우 변사또의 포악성과 유교적 惻이 청자에게 와 닿을 것이다. 카멜레온이라는 파충류가 환경의 변화에 따라 자신의 보호색을 달리 하는 경우와 마찬가지로 판소리 사설의 주제 구현 방식도 상반된 주제 즉 표면적 주제와 이면적 주제의 상충 속에서 소리판의 상황에 따라서, 각기 다른 이본에 따라서, 판소리 공연 상황에 따라서 전자가 우세하게 드러날 수도 있으며, 후자가 우세하게 드러날 수도 있으며, 소리판에서 변형되는 현상까지 고려한다면 전혀 색다른 제 3의 주제가 구현될 수도 있을 것이다. 판소리 구조가 최소한의 서사적 기본 골격만 갖춘 다음 그 이외에서는 자유로운 변형이 허용되듯이 주제 구성 방식 또한 두 개의 상반된 큰 축 내에서의 자유로움을 가지고 있다.

3. 다양한 장르의 속성 혼합

1) 시가장르의 수용양상

판소리라는 말의 廣義 속에는 많은 영역이 포함될 수 있다. 판소리는 상엿소리나 시조를 그 속에 들여올 수 있고, 필요하다면 유행가인 잡가도 마음대로 끌어 쓸 수 있다. 거지들의 품바타령도 판소리 속에서는 얼마든지 자유롭다. 다른 계층의 것이라 하여, 그리고 장르나 세계관, 또는 지역적 기반이 다르다 하여 배척하지 않고 어느 것이나 다 수용한다. 이러한

'천의 얼굴' 때문에 판소리의 미학은 하나의 결론으로 귀결되지 않는다. 판소리에 관하여 어느 한 일면만의 미학을 논하는 것은 불가능한 것처럼 보이기도 한다.

장르는 하나의 유기체와 같이 생성, 변화, 혼용, 소멸, 등의 과정을 거친다. 각 장르의 개성적 성격에 따라서 일련의 과정을 단계적으로 밟는 경우도 있고, 몇 단계로 단축시켜 그 생명을 마감하는 경우도 있다. 모든 장르는 예외 없이 유기체와 마찬가지로 변화한다. 그 변화의 속도와 소멸의 시기가 각기 다를 뿐이다. 장르의 변이 양상에 직접적, 간접적 영향을 주는 것은 당대의 사회적 환경이다. 조선후기에 이르면 기존장르의 혼용현상은 심해진다.12) 이러한 현상은 조선후기의 다변화된 사회현상과 관련지어 생각해 볼 수 있다. 조선후기 사회상을 가장 민감하게 받아들인 장르는 바로 판소리라고 할 수 있다. 때문에 판소리의 등장은 타 장르의 혼용, 해체를 가중시킨 결과를 낳기도 한다. 그 예로 판소리에서 드러나는 시가장르의 수용양상을 살펴보자.

소리가 예술 장르로 확립하는 데 있어 음악과 관련되는 시가와의 결합은 결정적인 영향을 끼쳤다고 할 수 있을 것이다. 처음에는 단순히 기존의 시가를 받아들여 이야기 문학을 풍요롭게 하는 데 그쳤지만, 뒤에는

---

12) 조선후기에 이르면, 다양한 장르에서 혼용현상이 일어난다. 그 가운데 시조에서 소설의 서술방식을 수용한 장르 변동 양상을 예를 들어보면 다음과 같다.
大漢이 傾頹홀 제 반가올손 劉皇叔이
風雪을 무릅쓰고 草廬의 三顧ᄒ니 平生에 픔은 經綸 홀 때가 밧브거든
어디타 긴긴 봄날에 때그른 줌만 자는고
"엇디타 긴긴 봄날에 때그른 줌만 자는고"는 인물의 말일 수도 선행담화의 서술자의 말일 수도 없다. 소설에서는 공명의 여유로움을 깊은 뜻을 지닌 자의 신중한 자세, 또는 대사를 도모하는 자가 갖추어야 할 평정심으로 보고 있다. 이를 "때그른 줌"이라고 한 것은 한실을 일으키려는 절박한 뜻을 무시하고 일을 지체시킨 공명에 대한 후행담화의 서술자(작가)의 비판이다. 고정희, 「소설수용시조의 장르변동 양상과 그 사회적 맥락」, 『장르교섭과 고전시가』, 월인, 1999, 286쪽.

본래 이야기로 된 부분까지도 음악에 얹혀 음악적 문화로 이행하도록 하였다. 그리하여 판소리는 음악과 결합된 시가의 만화경적 표현으로 인식될 만큼 다양한 예술 형태를 포괄하게 되었던 것이다.[13]

한 조사에 의하면 <춘향가>에 차용된 기존 가요의 장르는 시조가 12편, 십이가사에서 8편, 잡가에서 13편, 가면극에서 21편, 민요에서 20편, 무가에서 18편, 그리고 다른 판소리에서 형성된 가요가 26편이다. 이렇게 상황에 합당한 노래라면 얼마든지 차용하여 사용할 수 있는 것이 판소리의 음악어법이다.

2) 소설의 인물형상화의 수용양상

소설에서의 인물 형상화와 판소리에서의 인물형상화는 다소 다르다. 소설의 인물 형상화 수법을 판소리에서 어떻게 변이 수용시키는지에 대해서 살펴보자.

사설이 전달하려는 메시지가 창곡에 의해 효과적으로 전달될 때에 의미 이해에 미적 체험이 결합하여 그 메시지는 인식의 차원에서 각성의 차원까지 도달하게 마련이다. 사설의 의미 지향성과 창곡의 미적 흥취성이 복합되어 등장인물에 대한 긍정적 수용과 부정적인 거부 사건 전개에서의 정서적 몰입과 비판적 거리 확보, 배경묘사 속으로의 이입과 시선의 연속화 등등의 역동적인 향수 과정을 이끌어낸다.[14] 판소리에서는 공연 현장에서 감상하는 과정에서 주제적 의미뿐만 아니라 정서적 환기까지 포함하여 체험되는 방식을 통해서 인물형상이 구체화 된다.

이러한 인물 형상의 구체화는 공연장의 분위기에 따라서 그때그때 즉

---

13) 정병헌, 위의 책, 61쪽.
14) 서종문, 위의 책, 156쪽.

홍성을 발휘하기도 한다. 인물의 모습을 마치 현장에서 눈으로 보는 것처럼 묘사를 해야 실감이 나기 때문이다. 이때, 창자의 몸짓, 표정은 인물의 모습을 구체화시키는데 일조를 가한다. 다음에 나오는 공명과 현덕의 모습을 살펴보자.

> 읍긔를 다흔 후의 동조 드러와 엿조오디 젼일 두번 와계시던 유현쥬 쏘 와계 졍젼 디후호야 반일이나 되야는이다 션싱이 이러셔셔 머리예는 윤건이요 몸의난 흑창의라 빅우션를 손의 둘고 당ㅇ하의 나려와 읍호고 마조올여 예필좌졍후의 공명이 눈를 드러 현덕를 잠간 보니 웅균 용안이요 슈슈실하호고 조고 건이호니 창업지쥬 영웅이라 쏘 현덕이 눈을 드러 공명를 잠간 보니 두 눈섭싀이예 쳔지조화와 강산졍긔와 육도삼약과 육졍육갑 둔갑장신지법을 흉즁의 품러거날 현덕이 흠음호고 졍셩으로 엿조오디 삼국이 분분흔 즁의 위부오강호고 흔실이 미약호야 간웅이 사호니 죵묘사즉이 명직조셕이오니 이몸이 졔쥬되야 갈충홍복호랴 호되 양병미간호야 할지리 업싸오니 션싱의 놉푼 일홈 드은지가 오릭더니 션싱 모셔가야 셰 번치 와싸오니 이졔 한나라 회복호긔난 션싱 쳐분이로소이다[15]

공명, 현덕의 모습은 외모뿐만 아니라 내면의 모습까지도 구체적으로 형상화했다. 특히, 내면의 모습에 대한 형상화는 서술자가 원하는 인물상의 구체화에 있어서 필수적 요인으로 작용한다. 외모의 묘사와 내면의 묘사가 일치될 때, 인물의 구체적인 모습이 생생하게 관중들에게 각인시킬 수 있기 때문이다. 단순한 외형 묘사만으로는 관중의 상상력을 가동시킬 수 없으며, 그렇게 되면 공연장으로 관중들을 흡입시키는데 실패하게 된다. 이것을 누구보다 잘 알고 있는 창자가 인물묘사부분을 소홀히 할 수는 없었을 것이다.

또한 그 묘사 방식에 있어서도 군담류 고전 소설의 경우와 다소 차이를

---

15) 김진영 外, 『적벽가전집3』, 박이정, 2001, 251쪽.

보이고 있다. 특히 인물의 묘사 방식이 군담소설류의 경우는 추상적 관념적인 인상 위주의 서술 방식인데 비하여 <화용도>의 경우는 인물의 묘사 방식이 구체화되어 나타난다. 위의 예문에서 보는 바와 같이 인물의 묘사가 추상적인 인상주의적 수법이 아니라 인물 생김 생김을 구체적으로 묘사하고 있다.

이러한 인물의 구체적인 묘사는 등장인물로 하여금 살아 움직이게 만드는 구실을 하며 이는 작품 속의 등장인물이 판소리를 재현되었을 때, 그 생동감을 느끼게끔 하기 위한 장치라고 볼 수 있다.

4. 맺음말

본 논문은 <화용도>의 장르적 성격에 대해서 살펴보았다. 이 논문을 처음 계획한 의도는 <화용도>라는 작품이 소설에서 어떠한 과정을 거쳐 판소리로 되었는지, 그 과정에서 소설장르와 판소리 장르의 성격은 어떤 식으로 변별성을 가지는지를 알아보고자 한 것이다. <황용도>는 원작이 있는 소설에서 판소리로 수용되었기 때문에 이 탈바꿈의 과정을 면밀히 검토해 나가다 보면 소설의 장르적 속성을 어떻게 수용 변이 시키며, 나아가 각 계열의 장르적 성격을 파악할 수 있지 않을까 해서다. 그 결과 소설 <삼국지연의>에 나오는 적벽대전 부분과 판소리 <화용도>는 해당 장르가 가지는 개별적 성격만큼이나 서로 다른 성격을 가지고 있다는 것을 살펴보았다. 여기서 한 걸음 더 나아가 군담류 소설이 가지는 보편성이 <화용도>에서는 어떤 식으로 변모하는지를 면밀히 살펴볼 필요가 있다. 그렇게 함으로써 <황용도>의 온전한 장르적 성격이 밝혀질 것이기 때문이다. 이는 다음 기회로 미루기로 한다.

태몽담 전승현장에 나타나는 큰꿈의 흔적과 그 의미

박 상 란*

1. 들어가는 말

태몽담 전승에서 두드러지게 나타나는 특징은 이야기의 전개 과정이나 귀결점에서 젠더적 의미가 강하게 표출된다는 점이다. 대부분의 태몽담이 아들꿈인가 딸꿈인가 하는 문제로 귀결되며 이 둘을 놓고 향유자들 사이에서 희비가 엇갈리기 때문이다. 따라서 태몽담 전승에서 길몽이라 함은 바로 아들꿈을 가리킨다.[1]

그런데 이러한 성별적 갈림과 이를 둘러싼 희비 속에서 간혹 '큰꿈'[2]이 호출된다. 이 경우 같은 용꿈이라도 아들꿈보다 큰꿈으로 수용된다. 이는 태몽이 아들태몽과 딸태몽으로 갈리기 전의, 그리고 태몽이 큰꿈 위주로

---

* 동국대학교

1) 졸고(2010), 「현대 태몽담에 나타난 가족관계의 양상과 의미 — 딸태몽담을 중심으로」, 『구비문학연구』 31, 한국구비문학회, 158~175쪽 참조.
2) '큰꿈'은 태어날 아기가 크게 될 꿈을 지칭한다. 이는 태몽담 전승 현장에서 일반적으로 쓰이는 용어지만, 학술적으로는 생소할 수 있어 처음 나올 때만 작은따옴표를 붙여 표시하였음을 밝혀 둔다.

인식되던 상황, 더 나아가서 태몽이 큰꿈으로만 존재했던 상황을 암시한다고 할 수 있다. 물론 이 마지막 단계의 큰꿈은 신화적 영웅의 탄생을 계시하는 꿈이다. 즉, 현재 전승 현장에서 가끔 돌출하는 큰꿈은 여러 겹의 의미층으로 구성되어 있는데 그 가장 안쪽은 바로 신성한 탄생에 대한 계시와 관련된다는 것이다. 그리고 이러한 계시로서의 꿈이 태몽의 근원적 의미가 아닌가 한다. 즉, 애초에 태몽은 신성한 큰꿈으로서만 존재했다는 것이다. 본 연구에서는 이상의 관점에서 현재 태몽담 전승 현장에 나타나는 큰꿈의 존재를 통해 태몽담의 형성 문제를 추론해 보고자 한다.

다음으로는 큰꿈을 통해 민간에서 전승되는 태몽담의 특징적인 면모를 규명하고자 한다. 큰꿈은 실현을 전제로 했을 때 의미가 있는데 민간에서 나타나는 큰꿈은 단지 기대의 대상이든지, 실현되지 않아 느끼는 회한과 자책의 근원이기 일쑤다. 이런 점에서 큰꿈은 특히 보통 사람들이 겪는 꿈과 현실의 괴리, 신분상승과 관련된 소외와 좌절을 논의하는 데 중요한 매체라고 할 수 있다. 본 연구에서는 이러한 관점에서 큰꿈이라는 존재를 통해 민간의 꿈 인식의 일단을 규명하고자 한다.

이상의 연구 목적을 위하여 본 연구에서는 전국 규모의 현지조사를 통해 태몽담 자료를 채록하였다. 그 결과 총 547편의 태몽담이 수집되었다. 물론 현대에 전승되는 태몽담에는 아들선호의식 및 자식을 매개로 한 현대인의 욕망과 가치관이 두드러지게 나타난다. 따라서 태몽담의 생성 배경으로 추정되는 신화적 탄생담과의 관련성 내지 민간의 태몽 의식이 크게 드러나지 않는 것이 사실이다. 하지만 현대 태몽담 전승에 신화적 전승 맥락 내지 민간의 태몽 의식이 전혀 나타나지 않는다고 볼 수 없다. 본 연구에서는 전승 현장에서 간혹 호출되는 큰꿈의 존재를 통해 신화적 배경 내지 민간의 꿈 의식을 가늠해 보고자 한다.

논의 순서를 들면, 우선 최근까지 이루어진 현지조사 결과를 정리하여 태몽담의 전승 문제에 대해 논할 것이다. 다음으로 태몽담의 전승 과정에 나타나는 큰꿈의 사례를 들고 각각의 의미를 규명할 것이다. 마지막으로 큰꿈의 의미를 태몽담 생성의 문제, 그리고 민간 태몽담의 특징적 면모와 관련지어 논할 것이다.

2. 태몽담 전승의 특징

현대 태몽담에 대한 선행 연구가 있으나[3] 이는 일부 지역을 중심으로 하여 논의에 한계가 있었던 것이 사실이다. 특히, 태몽담 전승에 있어 지역별 차이를 고려하지 않은 것이 가장 큰 문제였다. 이에 본 연구에서는 전국적 규모로 태몽담을 채록하였다. 그 결과 최근까지 총 547편의 태몽담을 수집하였다. 이들 자료를 지역별로 정리하면 다음과 같다.

<지역별 태몽담 자료 조사표>

도/특별시	시/군/구	읍/면/동/리	편수	도별편수
서 울	광진구	자양동	48	66
	종 로	종 로	7	
	중 구	충무로	11	
인 천	북 구	청천동	28	28
경기도	구 리	진전읍	3	70
	남양주	광릉내	15	
	포 천	금주리	19	
	양 평	곡수리	22	
		옥현리	11	

---

3) 대표적으로 졸고, 「비극적 태몽담과 죄의식의 문제―구전설화 <태몽>을 중심으로」, 『한국어문학연구』 55, 한국어문학연구학회, 2010; 앞의 논문.

강원도	철 원	신철원	59	119
	동 해	어달동	9	
		대구동	18	
		북평동	10	
	원 주	흥 업	11	
		서 곡	12	
충청남도	부 여	동남리	30	45
		마정리	2	
	서 산	용현리	6	
	홍 성	오관리	7	
경상북도	경 주	효현동	17	92
		황성동	8	
	포 항	흥 해	14	
		신 광	15	
		청 하	4	
	경 산	사정리	20	
		산전리	14	
경상남도	양 산	외 산	12	41
		매 곡	8	
		덕 계	8	
	부 산	월 평	7	
		기 장	6	
전라북도	전 주	진북동	10	34
		중노송동	18	
		금암동	6	
전라남도	목 포	상 동	28	52
	여 수	오림동	13	
		화양면	11	
총편수		547		

물론 이 또한 각 도내 일부 지역을 대상으로 한 것이라 전국 규모의 채록이라고 하기에는 한계가 있다. 하지만 여기에서 수집된 자료는 태몽담 전승에 나타나는 큰꿈의 양상과 그 의미를 검토하는 데는 충분하리라 본다. 또한 태몽담 전승의 전반적인 양상과 특징에 대해서는 별도의 논의가 필요할 만큼 다양하고 복잡한 측면이 있다. 따라서 이 장에서는 그 중 전국규모의 조사에서 기대되는 지역별 차이 여부, 그리고 본 연구와 직결되는 큰꿈과 관련된 문제에 한해 태몽담 전승에 대해 논하려고 한다.

우선 이번 현지 조사를 통해 태몽담 전승 양상에 있어 지역적으로 큰 차이가 없음이 확인되었다. 구연 참여도의 경우 대부분의 지역에서 태몽담 구연이 활발히 이루어졌다. 각 노인정이나 노인들 개인의 사정에 따른 편차가 있을 뿐이다. 이는 태몽담이 오랜 과거로부터 현재까지 강한 생명력을 갖고 전승되고 있는 데 기인한 것이다. 또한 이는 태몽담은 특별한 구연 능력 없이도 태몽을 기억하고 있으면 구연이 가능하기 때문일 것이다. 서사구조의 경우 '태아상징에 대한 태몽주체의 행위'로 되어 있는 태몽담 서사 구조4)에 있어서 지역별로 큰 차이가 없었다. 태아상징의 경우도 지역별로 큰 차이가 없었다. 다만 철원의 군화, 담양의 대나무, 원주의 노루, 포항의 고동 등 특정 지역에만 나타나는 상징이 있는데 이는 해당 지역의 산물이 태몽담에 반영된 사례로서 주목할 만하다. 하지만 대부분의 지역에서 태아상징을 공유하고 있어서 이와 관련하여 지역별로 큰 차이를 발견하기 어려웠다.

다음으로는 큰꿈과 관련된 특징이다. 전승 현장에서 향유자들은 태몽의 실현과 관련하여 시종 아들인가, 아들이 아닌가에 관심이 쏠려 있다. 이는 남아선호의식에 따라 아들 태몽을 기대하던 전통 시대의 습속이 잔

---

4) 졸고, 「현대 태몽담에 나타난 가족관계의 양상과 의미 – 딸태몽담을 중심으로」, 175~181쪽 참조.

존한 결과이다. 그런데 태몽담이 성별 예시로 귀결되지 않는 경우도 있다. 태몽이 복꿈으로 수용되기도 하는 것이다. 예컨대, 한 구연자는 큰 금빛 붕어를 잡아 치마에 담고 다시 숟가락을 주워 담는 꿈에 대해 붕어와 관련해서는 아들꿈으로, 숟가락과 관련해서는 복꿈으로 받아들였다.5) 감자꿈을 딸꿈이 아니라 식복을 암시하는 꿈으로 인식하는 경우도 있다.6) 이러한 복꿈 외에 출세꿈도 나타난다. 이는 태어날 아기의 사회적 성공을 암시하는 꿈이다. 물론 이러한 출세꿈은 조심스럽게 다루어질 뿐만 아니라 실현되지 않았다는 후일담으로 존재하기 일쑤다. 이는 전승 현장이 민간인 데 기인한다. 즉, 보통 사람들의 처지에서 보면 출세가 흔히 이루어질 수 없는 것이기 때문이다. 따라서 출세꿈의 경우 꿈대로 이루어지지 않아서 아쉽다는 사례, 혹은 무난하게 사는 것을 출세로 치면서 꿈의 실현을 합리화하는 사례 등이 많은 편이다.

출세꿈 중 귀한 성격을 지닌 것이 큰꿈이다. 이는 태어날 아기가 '크게 될 인물' 즉, 고귀한 신분의 인물이 될 것임을 암시하는 꿈이다. 이런 점에서 재물에 한정되는 복꿈과도 구분되고, 어떤 분야에서 성공한다는 의미의 출세꿈과도 구분된다. 따라서 큰꿈은 더 조심스럽게 다루어진다. 향유자들의 처지에서 보면 큰꿈은 실현될 가능성이 극히 희박할 뿐만 아니라 그것을 꾸었다는 것 자체가 다른 사람들에게 당치 않다는 인상을 줄 수도 있기 때문이다. 그래서인지 구연 현장에서 큰꿈에 대한 이야기는 대부분 완결된 구조를 갖춘 서사로서보다는 꿈이 실현되지 않았다는 후일담 속에 존재한다. 그러므로 태몽담으로서 큰꿈 이야기 유형이 독립적으로 존재하지는 않는다. 그 존재를 환기하는 정도로 태몽담 구연 중에, 혹은 후일담에서 넌지시 큰꿈이 호출될 뿐이다. 또한 큰꿈을 출세꿈, 혹은 그저 '좋은 꿈'이라고 완곡하게 표현하기도 한다. 따라서 출세꿈과

---

5) 이○○, 여 · 56세, 2010. 5. 31, 서울 자양동.
6) 이○○, 여 · 42세, 2010. 5. 31, 서울 자양동.

좋은 꿈의 경우 문맥상 큰 인물이 될 꿈에 해당하는 경우 큰꿈에 포함된다고 할 수 있다.

요컨대 태몽담 전승에 있어서 특징적인 점은 구연 참여도, 서사구조, 태아상징의 측면에서 지역별로 큰 차이가 없다는 것이다. 또한 아들꿈 중심의 성별 편중 현상이 두드러지게 나타나지만 간혹 큰꿈의 존재가 환기된다는 점도 태몽담 전승의 특징으로 들 수 있다.

3. 큰꿈의 사례

큰꿈은 독립적으로 존재하지 않는다. 태몽담 향유자들의 의식 속에서 존재하는 것이다. 물론 이러한 의식에는 큰꿈의 실현 문제까지 포함되어 있다. 이렇게 볼 때 현전하는 민간의 태몽담 중에는 큰꿈을 소재로 하는 이야기가 거의 없다. 현실적으로 서민들의 태몽이 큰꿈이 되기는 어렵기 때문일 것이다. 다만 태몽담 구연 과정에서 큰꿈의 존재가 환기되기는 한다. 여기에서는 후일담, 태몽발설 금기, 하찮은 상징 꿈 구연에서 큰꿈에 대해 언급하는 사례들을 정리하고 그 의미를 검토하기로 한다.

1) 후일담에 나타나는 큰꿈

(1) 징조와 기대

큰꿈의 징조는 큰 짐승이 태아상징으로 나타나는 것이다. 태몽 속에 큰 짐승이 나타나면 향유자들은 이를 큰꿈으로 여긴다. 여기에서 큰 짐승은 물리적으로도 크면서 민속에서 영물로 통하는 호랑이, 용 등의 동물을 말한다. 또한 달과 해 등의 천체도 큰꿈의 징조로 수용된다. 다만 이번 조사에서 구체적인 태몽담과 관련되어 큰꿈의 징조로 여겨진 것은 주로 꿈에 큰짐승이 나타난 경우이다.

(가)
호랑이는 진짜 아들인갑더라. …… (청: 큰 자식 놓을 때...) ……//아들이지 싶다 아들이지 싶다 카드니 참 아들이드라구. (청: 아들이 뭐……아들이라도 여간…) …//(청: 큰 큰 짐승은 놓으면 큰 자식 된다 이카든대 옛날에는)7)

(나)
…… 범띠에다가 인제 호랑이꿈 꿨잖아요. 제가 또 寅時에 태어났어요. 그래서 약간 아 그게 인제 쫌 크게 될 인물이다 (웃음) …… 네 기대가 컸었는데. (웃음)8)

(다)
…… 얘네가 크게 될 애니까 잘 길르라고 막 그랬어.9)

(가)의 경우 호랑이가 태몽상징으로 나타난 아들꿈 서사의 처음과 끝 부분이다. 여기에서 구연자는 호랑이가 아들상징임을 거듭 강조한다. 구연자의 입장에서 보면 이 꿈은 아들꿈인 것이다. 다만 한 청자가 이 꿈은 큰꿈이라 하며 구연에 개입하였다. 태몽상징으로 호랑이가 나타난 것을

---

7) 이○○, 여·64세, 2012. 1. 19, 포항 흥해(태몽주체는 구연자의 남편임/이하 구연자와 태몽주체가 일치하지 않을 경우 태몽주체를 별도로 표시함). 이하 … 는 본 이야기나 후일담 안에서의 필자 생략, ……는 청취 불능, //는 본 이야기와 후일담을 구분하는 표시, '조'는 조사자, '조2'는 채록을 도와준 동료 연구자, '청'은 청자를 말함. 또한 논문 분량상 꼭 필요하지 않은 경우 조사자나 청자의 문답식 발언은 생략함.
8) 김○○, 여·20대, 2012. 3. 15, 서울 동국대학교(태몽주체는 구연자의 어머니임).
9) 박○○, 여·51세, 2012. 2. 25, 인천 청천동(태몽주체는 구연자의 시어머니임).

큰꿈의 징조로 본 것이다. 구연자가 개의치 않고 계속하여 아들꿈임을 강조하자 이 청자는 "아들이라도 여간"이라고 함으로써, 아들도 보통 아들이 아닐 것이라는 뜻을 내비쳤다. 그리고 다른 구연자의 태몽담을 포함하여 세 편의 태몽담 구연이 이루어진 후의 후일담에서 옛날에는 큰 짐승꿈을 꾸면 큰 자식을 낳는다고 하였다며 한 번 더 이 점을 강조하였다. 따라서 이 경우는 젠더에 긴박된 현대 태몽담 전승 현장에서 큰꿈의 징조를 확인한다는 의의가 있다. (나)는 호랑이를 상징으로 하는 딸꿈 서사 후의 후일담으로, 그 꿈으로 인해 주변에서 딸이 크게 되겠다고 기대했다는 말이다. (다)는 시어머니가 자신이 꾼 용꿈으로 인해 손자들이 크게 될 것이니 잘 기르라고 당부했다는 말이다. 이 세 경우는 호랑이와 용 등 큰 짐승이 꿈에 나타나는 것을 큰꿈의 징조로 보고, 그로 인해 아이들이 장차 큰 인물이 될 것으로 기대했다는 공통점이 있다.

더 나아가서 큰꿈을 계기로 막연히 장래를 기대하는 것을 넘어 좀 더 나은 삶을 살도록 자녀들을 고무시켰다는 사례도 있다.

(라)
······ 니가 처음에 쫌 덜떨어지지만 나중에는 쫌 크게 될 건 가 보다 해가주구 저도 그렇게 생각하고 있어요.[10]

(마)
······ '너를 날 때 이런 꿈을 꿨다. 보통 꿈이 아닌데. 너 분명히 큰 애가 돼야 되는데 너 왜 이러냐.' (웃음) ······[11]

(라)는 두 가지 딸태몽담 서사 후의 후일담이다. 첫 번째는 땅에 떨어져 있는 감을 줍는 꿈이고, 두 번째는 큰 물고기를 잡는 꿈으로 한 아이에 대

---

10) 주○○, 여 · 20대, 2010. 6. 18, 서울 동국대학교(태몽주체는 구연자의 어머니임).
11) 전○○, 여 · 45세, 2012. 3. 13, 서울 동국대학교.

해 순차적으로 꾼 것이다. 이에 대해 태몽주체인 아이의 엄마는 두 가지 태몽을 연결하여 딸이 좀 처음에는 부진하겠지만 나중에는 크게 될 것으로 기대했다고 하였다. (마)는 하늘에서 날아다니는 거북이꿈 서사 후의 후일담으로, 큰꿈을 이용해 아이가 좀 더 분발하도록 이끈다는 내용이다.

다음은 태아상징은 평범한데 그 소종래가 비범한 것을 큰꿈의 징조로 본 경우이다.

> (바)
> …… 그 이는 아들이고 꿈도 참 좋은 꿈이다고 높은 어른이 주신 거……//우리 우리 큰 아들은 이렇게 지나가는 점 이렇게 보는 아주머니한테 얘기를 하라 그래 그 얘기를 했더니 나보고 어디 가서 그런 얘기 하지 말래. 우리 아들 꿈은 대개 좋다고 아무 데나 가서 얘기하지 말래 (웃음).12)

(바)는 다음과 같은 큰아들 태몽담의 후일담이다.

> 예 우리 큰 아들은 …… 새벽에 허연 할아버지가 두루막을 입고 …… 저 건너 저 산에 가면 큰 바윗돌이 있다 그래요. …… 가니까 그 옆에 도라지라고 있는 캔 게 캐니까 무를 도라지를 캐니게 무야. 근데 (청중: 아들이야 아들) ……

여기에서 구연자는 무를 상징으로 하는 아들꿈을 꾸었다. 이에 청자들도 무를 아들 상징으로 받아들였다. 하지만 구연자는 이후 몇 차례에 걸친 후일담에서 이를 '좋은꿈'이라고 하였다. 태몽에 있어 좋은 꿈은 바로 큰꿈으로, 태어날 아기가 크게 된다는 의미이다. "어디 가서 그런 얘기 하지 말래"라고 하는 태몽발설 금기가 제기된 것은 이 때문이다. 물론 구연

---

12) 장○○, 여·64세, 2010. 6. 2, 신철원 갈말.

자가 이렇게 해석하는 것은 산신령과 같은 허연 할아버지의 지시에 의해 무를 얻었기 때문이다. 이에 구연자는 누설하지 말고 치성을 드리라는 점쟁이의 말을 믿고 아들이 크게 되기를 기대하게 된 것이다.

요컨대 태몽담 향유자들은 큰짐승이 꿈에 나타나거나 신령한 존재가 상징을 지시해 줄 때 이를 큰꿈으로 받아들였다. 그리고 이를 계기로 자식이 크게 되기를 기대하였으며 최선을 다해 살아가도록 자식을 고무시켰다.

(2) 실현에 대한 만족과 그 한계

전승 현장에서 큰꿈은 징조 혹은 기대의 계기로써만 등장하지 않는다. 큰꿈이 실현되었다고 여겨 만족스러워하는 경우도 있다.

(가)
…… 그랬는데 열일곱 명 떨치구서 시험을 봐주려는데 들어가더라구 ○○공고 ……13)

(나)
…… 근데 그게 군인 가서 출세했어. 운전 배워가지구 (청: 운전 배워…)… 밥먹고 사는 게 출세지 뭐.14)

(다)
…… 용꿈 꾸면 좋대 아들이. 용꿈 꿔서 좋게 꿨어 그래서 우리 아들이 좋게 될 줄 알았어. 예. (청: 어디가……?) 서울. (청: 용꿈이랑 꿨은께 서울 가서 살것구만) (청: 서울만 살면……?) (청: 꿈만 잘 꾸어도)// …… (조: 용꿈 꾸고 굉장히 기대를 하셨겠네요?) 응 지금 크게 됐어요. ……15)

---

13) 이○○, 여 · 72세, 2010. 6. 2, 신철원 갈말.
14) 임○○, 여 · 79세, 2010. 6. 2, 신철원 갈말.

(가)는 잉어를 상징으로 하는 아들꿈 구연 후 나온 후일담으로, 해당 아들이 꿈대로 성공했다고 하는 말이다. (나)는 국화를 상징으로 하는 아들 꿈 구연 후 해당 아들이 성공했다고 하는 말이다. 그런데 구연자들이 제시하는 성공의 면모가 다소 소박한 면모를 띤다. (가)는 ○○공고에 들어간 것을 성공이라 하였다. 물론 당시 ○○공고에 입학한 것이 사회적으로 큰 성공일 수 있다. 하지만 이미 중년으로 장성한 아들에게 있어 성공의 면모가 명문고에 합격한 것이 전부라면 그 이후에는 사회적으로 내세울 것이 별로 없다는 말이 된다. 그래서 아들의 명문고 입학을 큰꿈의 실현으로 여긴 것이다. 더 나아가서 (나)의 경우 아들이 입대하여 운전병이 된 것을 성공으로 여겼다. 이 구연자의 입장에서는 '밥먹고 사는 것'이 출세이기 때문이다. (다)의 경우 용을 상징으로 하는 아들꿈 구연 후 나온 후일담으로 해당 아들이 기대에 맞게 크게 되었다고 하였다. 물론 구체적인 발언을 하지 않아 크게 된 실상을 알 수는 없다. 다만 청자들이 우스개로 용꿈 꾸어서 서울 산다고 하는 말에 주목할 필요가 있다. 여기에서 자식을 서울로 유학 보내 성공하기를 기대한 지방 향유자들의 꿈을 엿볼 수 있거니와, 이런 점에서 서울 거주가 성공과 관련됨을 알 수 있다.

이렇게 보면 민간의 태몽담 향유자들은 큰꿈을 꾸고 그에 맞게 자식들이 성공했다고 만족스러워 하기는 하지만 그 성공이 소박한 수준임을 알 수 있다. 이는 큰꿈이 실현되는 데 있어 현실적으로 한계가 있는 보통 사람들의 처지에 기인한 것일 수 있다. 이들에게 있어 걱정 없는 무난한 상태가 바로 성공일 수 있기 때문이다. 따라서 명문고 입학, 운전병으로 입대, 서울 거주 등을 성공으로 여겨 이를 큰꿈의 실현으로 여긴 것이다. 즉, 이들은 큰꿈을 꾸고 그것이 실현되었다고 만족하지만, 그 처지와 관련하여 실현의 정도에 한계가 있으므로 이는 불완전한 만족이라고 할 수 있다.

---

15) 양○○, 여 · 73세, 2012. 3. 18, 전주 중노송동.

다음으로 꿈의 크기보다 꿈의 실현과 관련하여 2대에 걸쳐 희비가 엇갈렸다는 점에서 특이한 경우이다.

(라)
…… 근데 고 손자가 아이 저기 행정고시에 첫 파스해 합격을 했어요. 예 그렇고. 손자가…… (청: 덕 보네…좋은…) 예 ……16)

(마)
…… 큰 잉어들이 금빛이 나는 잉어들이 두 마리가 그렇게 왔다 갔다 하더래. 그러니까 시어머니한테 그 소리를 했더니 "어디 가서 뭔 얘기 하지 말라"고 그러드래. "나중 출세하면 해라." 그러더니 정말 그 사람들이 그 아들들이 장성해서 뭐 삼성에 가 있고 뭐 연구원으로 있고 두 아들이 정말 그렇게 잘 됐는데// …… 병원에를 따라가니까 딸이라고 딸이라고 한께는 "우리 아들들은 잉어 봐서 정말 다 아들을 봤는데 딸이랜다 야." 그런 말씀이 쪼끔 서운한 것 같은 거야.17)

(라)의 경우 용을 상징으로 하는 아들꿈을 꾸고 기대를 하였지만 별로 성공하지 못했는데 그것이 손자대에 실현되었고 하였다. (마)의 경우 이와 반대로 잉어를 상징으로 하는 아들꿈을 꾸고 기대한 대로 아들들이 크게 되었는데, 같은 꿈을 꾼 손주의 경우 꿈대로 되지 않아 서운하다고 하였다. 물론 후자의 경우 손주가 아직 태아로 있으면서 성별 검사 결과 딸로 나오면서 생긴 일이다. 즉, 아들대에서는 잉어가 성공하는 징조로 나타났는데, 손주대에서는 일단 딸이 되면서 성공과 멀어졌다고 본 것이다. 이는 성공은 아들에게만 가능하다는 전통적인 사고에 기인한 것이지만, 태몽주체의 입장에서 손주대의 잉어꿈은 실현되지 않은 사례에 속한다.

---

16) 정○○, 여 · 88세, 2012. 1. 19, 포항 홍해.
17) 윤○○, 여 · 60세, 2012. 8. 4, 부여 동남리(태몽주체는 구연자의 이웃친구).

또한 전자에서는 행정고시 1차 합격, 후자에서는 유망 대기업 및 연구소 취직이 성공의 사례이다. 이들은 현대에 있어 유망 직종과 관련됨으로써 성공한 사례에 속할 수 있다. 다만 전자에서는 아들대에 실현되지 않은 큰꿈을 손주대에 적용하여 대리 만족을 느끼고, 후자는 동일한 상징이 손주대에서는 실현되지 않았다는 점에서 실현에 따른 만족감이 충분하지 않다는 공통점이 있다.

요컨대 실현에 한계가 있는 경우 향유자들은 성공의 크기를 낮추거나 실현의 주체를 다른 대상으로 돌림으로써 큰꿈이 실현되었다고 만족한다. 그런 점에서 불완전한 만족이라고 할 수 있다. 다만 여기에서 현실에 맞게 꿈의 의미를 합리화시키려는 노력과 큰꿈에 대한 믿음을 엿볼 수 있다.

(3) 실현되지 않은 데 따른 아쉬움과 자책

후일담에서 큰꿈은 대부분 기대만큼 실현되지 않았다는 향유자들의 언급 속에 등장한다. 그리고 이에 대해 향유자들은 몇 가지 불만족스럽다는 태도를 취한다. 우선 아쉬워하거나 자책하는 경우이다.

(가)
우리는 첫 아 꿀 때 꿈 참 좋은 것 꿔가 디개 아가 출세할 줄 알았는데 (웃음) 별로고. 별로 그리 무난하게 사는데. …… 그래가 우린 큰 기대를 했거든. 근데 그 별로 마 그저 군대에서 중령으로 예편해가 그리 살고 있거든요. ……18)

(나)
…… 진짜로 용이 승천하는 꿈을 꿨대요 여의주를 물고. 그러면 사실

---

18) 정○○, 여 · 88세, 2012. 1. 19, 포항 흥해.

은 이게 관운이나 아주 굉장히 좋은 꿈이잖아 용이. 근데 별볼일 없는
데 지금 (웃음).//그 그 있잖아 대박 터진 관운이 공무원이야 (웃음)[19].

이들 자료는 모두 용을 상징으로 하는 아들꿈을 꾸고 기대하였는데 그
렇지 못하다는 내용으로 되어 있다. 그런데 주인공이 (가)에서는 중령으
로 예편해 살고 있으며 (나)에서는 공무원으로 재직 중이다. 이러한 성공
의 면모는 앞서 명문고 입학, 운전병으로 입대, 서울 거주 등과 비교할 때
훨씬 성공한 축에 속한다. 이렇게 보면 이들 구연자들은 성공의 기준을
높게 잡고 꿈대로 실현되지 않아 아쉬워한다고 할 수 있다. 혹은 이들은
아들과 남편이 이룬 성공적인 삶에 다소 만족하면서도 주위 사람들의 심
리를 헤아려 성공하지 못했다고 하는 것일 수도 있다. 즉, 표면적으로는
아쉬워하지만 내심으로는 만족해 한다는 것이다. 이는 앞서 성공의 기준
을 낮게 잡아 표면적으로는 꿈대로 실현되었다고 만족해 하지만 내심으
로는 꿈만큼 성공하지 않았음을 아쉬워하는 경우와 대비된다.

다음으로는 큰꿈이 실현되지 못한 것을 부모인 자신의 책임으로 돌려
자책하는 경우이다.

(다)
…… 우리 작은 애가 크면은 잘 될 거라구 잘 될 거라구. 거기서 그
러시더라구. 잘 되긴 뭐 뭐 다 그렇게 사는 거지. …… 그러니까는 인
제 그게 커가지구 무슨 가마를 탄 게 그게 저기 말 탄 게 그게 좋은 거
래. 크게 될 앤데 뒷받침을 못해주니까 크게를 못 된 거야 그게. (청: 옛
날로 말하자면 인제 벼슬아치가 된다는 거지.) ……[20]

---

19) 고○○, 여 · 42세, 2010. 5. 31. 서울 자양동(태몽주체는 구연자의 시모).
20) 조○○, 여 · 67세, 2011. 11. 19, 철원 갈말.

(라)

…… 우리 형편으로 뭐 용꿈 꿔가지고 그 이름으로 태용이라고 짓고 이랬는데. …// … 첫아들이 용꿈 꿔어 낳았는데 그런데 뭐 그 뭐 크게 출세할 줄 알고 자기 이름도 그래 태용이라 짓고 이래도 그 뭐 선생질밖에 몬하더라. ……21)

(마)

…… 그래 니는 가서 잘 살고 잘 살고 아들 둘쨋놈은 갈치면은 큰 큰 놈 될 줄 알았다고. …… 책도 뇌주면서 인저 우리 엄마가 꿈에 둘째 아들 둘째 아들 줄라고 놔뒀다 캐서 너는 아들을 나도 연달아 나고 인제 둘째 놈은 인제 갈치면은 크게 될 거이라고 그러더라고.//(둘째 아들 잘 사냐고 물어보니까 돈이 없어서 못 가르쳐서 근근이 해양고등학교 나와서 배 타갖고 돈은 벌어서 지금은 집짓고 산다고 함.)22)

(다)의 경우 태몽 주체가 꿈속에서 말을 타고 있는데 많은 사람들이 모여들어 자신을 우러러보았다는 태몽담을 구연한 후의 후일담이다. 이 꿈은 한 청자의 말처럼 높은 관직에 오를 큰꿈인데 뒷받침을 못해 주어 실현되지 못했다고 하였다. (라)의 경우 용을 상징으로 하는 아들태몽을 꾸고 이름도 태용이라 짓고 크게 될 줄로 기대하였는데 교사밖에 되지 못했다는 말이다. 그런데 여기에는 가정 형편이 어려워 그렇게 되었을 것이라는 의식이 깔려 있다. (마)는 친정어머니의 꿈속에 박도 주렁주렁 열려 있고 노적가리도 잔뜩 쌓여 있는데다 둘째 아들에게 줄 책더미까지 보였다는 태몽담 구연 후의 후일담이다. 꿈으로 보아서는 둘째 아들이 크게 될 줄 알았는데 가정 형편 때문에 교육을 제대로 못 받아 간신히 해양고등학교를 나와 선원이 되었다는 말이다. 요컨대 이들 세 경우는 큰꿈이 실현

---

21) 신○○, 여 · 88세, 2012. 1. 19, 포항 흥해(태몽주체는 구연자의 남편).
22) ○○○, 여 · 73세, 2012. 4. 21, 양산 덕계(태몽주체는 구연자의 친정모).

되지 못한 원인을 열악한 가정 형편에 돌려 부모로서 자책하는 심정을 나타낸 것이다.

이상은 큰꿈이 실현되지 않았다고 아쉬워하거나 그것이 부모인 자신의 책임이라고 자책하는 경우이다. 이 또한 큰꿈과 그것의 실현을 긴밀히 관련시키는 의식에 따른 것이다. 큰꿈으로 태어난 자식은 반드시 크게 되기 마련인데, 그렇지 못한 것은 꿈과 무관한 현실의 사정에 의한 것으로 보기 때문이다. 이러한 점은 <태몽>이라는 설화에서 큰꿈을 꾸었는데 가난한 형편 때문에 제대로 가르치지 못해 그 자식을 죽게 만들었다는 내용과 같은 맥락이다.[23] 즉, 가난한 집에서 큰 꿈을 꾸었기 때문에 사단이 일어난 것이다. 이렇게 보면 가난이 큰꿈의 실현에 장애가 된다는 것은 보통 사람들이 큰꿈에 대해 가지는 핵심적인 의미라고 할 수 있다. 또한 실현의 한계를 꿈의 외부에 찾는 데서 역으로 큰꿈에 대한 향유자들의 믿음, 기대를 엿볼 수 있다.

(4) 꿈의 한계—불완전한 꿈에 대한 회한

마지막으로 큰꿈이 실현되지 않은 것을 꿈 자체의 하자에 돌리는 경우이다. 큰꿈이긴 한데 거기에 흠이 있어 실현되지 못했다고 보는 것이다. 이 또한 큰꿈을 꾸고 기대하다가 실현되지 못하자 아쉬워하되 그 원인을 꿈의 외부보다는 내부에서 찾는 것이다. 따라서 이 경우 큰꿈의 사례는 후일담이 아니라 꿈의 서사에서 확인된다.

(가)
…… 용이 막 이렇게 발 달려 갖고 이렇게 저기하는 꿈 있잖아 그런 꿈 막 (조: 승천할려고 막?) 예예. 승천하는 꿈은 안 꾸고. (청: 승천을

---

23) 졸고, 「비극적 태몽담과 죄의식의 문제—구전설화 <태몽>을 중심으로」 참고.

했어야지 대통령이 되는 건데) 승천하는 것까지는 안 꾸고 이렇게 용이 막 보이고 ……24)

(나)
…… 그게 마 득천을 해고 올라갔시면 마 크게 됐는데 그게 마 앞에 그게 야 저저저 옥천둑 논둑으로 마실 내려왔…… 그게 마 이래가주 실 올라 갔시면 구래이가 아들 우리 머심아가 크게 됐는데 그게 마 남의 논둑을 내려왔거든. …… 마음이 마마마 그래 꾸고 나니 마 저게만 올라갔시면 어떠노 싶은게 그랬대 그래. ……25)

(가)의 경우 꿈속에서 용이 보였고 어떤 행위를 한 듯한데 이에 대해 구연자는 자세히 기억하지 못한다. 용이 승천하려고 한 것이냐고 조사자가 묻자 그것은 아니라고만 했다. 그런데 옆에 있던 청자가 "승천을 했어야지 대통령이 되는 건데"라고 한 점에서 꿈이 실현되지 못한 원인을 꿈 자체에 둔다는 점을 알 수 있다. (나)는 구렁이가 등천하려다가 실패하고 남의 논둑에 내려앉았기 때문에 그 자식이 현재 크게 되지 못했다고 아쉬워하는 경우이다.

한편 다음 사례는 그러한 꿈의 한계도 이미 태몽 주체의 현실적 처지에 기인한다고 하여 회한을 드러낸 경우이다.

(다)
…… 근데 이 새가 싹 빠져나가가지구 그 박정희한테 딱 가드래. 그래갖구는 아버지가 저 사람이 대통령 될 거라고 막 그러더라구. 근데 진짜루 그 때 박정희가 대통령 됐잖아. 그러니까 이제 날라가버렸으니까. 그걸 잡았어야 되는 건데 아이! 날라가버렸으니까 인제 그래. 그러니까 이제 뒷바라지를 못 해준다는 그 뜻이잖애. 그니까는 그걸

---

24) 장○○, 여 · 48세, 2012. 2. 25, 인천 청천동.
25) 김○○, 여 · 73세, 2011. 12. 17, 경주 효현동.

꼭 잡고 있었어야 되는 건데. 그랬으면 큰 인물이 되는 건데.26)

(라)
근데 아부지가 갑작……여 저기 올무해……이 붙잡아가지구 가게. 올개미에. 그리구서는 했는데 그리구 보니까 없어졌어. 그래서 (청: 없어졌어?) 응. 없어졌어. 그래서 그래서 꿈이 안 좋은지.

(마)
…… 구렁이 있잖아요 한 아름도 넘어요 …… 그러더니 어느 순간에 이 구렁이가 움직이지를 않아요. …… 그러니까 내가 하는 소리가 '그 구렁이 죽었어요.' 그러더라구요.//예 그 그게 났으면은 크게 될 인물이 되지 않았을까 그렇게 생각을 하는데 …… 과일도 크구 이렇게 동물도 크구 이러는 거는 그 아이가 커서 크게 될 꿈이래요.27)

(다)의 경우 꿈속에서 새를 놓쳐 큰 인물이 될 기회를 잃었다는 내용이다. 그런데 그렇게 된 근본적인 원인은 바로 가정 형편 때문이라고 하여 꿈의 한계를 현실의 처지와 관련시켰다. (라)의 경우 꿈속에서 호랑이가 나타났는데 태몽주체의 남편이 잡아가게 올무를 만들라고 하자 호랑이가 갑자기 사라졌다는 얘기이다. 이에 구연자는 현재 그 아들이 무척 곤궁한 것이 꿈 때문인가 하여 "꿈이 안 좋은지."라고 되새겨 보는 것이다. 이 구연자는 다른 자리에서 "호랑이꿈은 칠성한테 태어나는거야"라고 하여 호랑이꿈이 큰꿈임을 강조한 적이 있다. 따라서 본래 호랑이꿈은 좋은 꿈인데 자신이 꿈을 잘못 꾸어서 아들이 그런 처지에 있다고 여기는 것이다. (마)의 경우 꿈속에서 크고 탐스러운 구렁이가 움직이지 않자 산모인 자신이 이를 죽였다고 한 경우이다. 그리고 실제로 이 아기는 태중에서 죽은 채로 몇 개월간 있었다고 하였다. 이에 구연자는 자신이 꿈속에서 죽

---

26) 박○○, 여 · 51세, 2012. 2. 25, 인천 청천동(태몽주체는 구연자의 친정아버지).
27) 김○○, 여 · 52세, 2012. 3. 17, 포천 금주리.

었다고 했기 때문에 아기가 죽은 것이라고 자책하였다. 더욱이 상징의 형태로 보건대 아기가 태어났으면 크게 될 것이었으므로 더 자책감이 든다고 하였다.

요컨대 이들 세 가지 사례는 자식이 크게 되지 못했거나, 궁핍하게 살거나, 유산된 것을 꿈의 한계로 보면서도 태몽주체인 부모의 책임으로 돌려 자책하는 경우라 할 수 있다.

2) 태몽발설 금기와 큰꿈

태몽에 대해 다른 사람에게 말하지 않는 습속이 있다. 물론 많은 사람들은 태몽에 대해 거리낌 없이 이야기하지만 간혹 이를 꺼리는 사람들이 있는 것이다. 본 연구에서는 이러한 현상을 '태몽발설 금기'라 칭하기로 한다.

태몽발설 금기 현상 중 대부분은 아이가 아직 다 자라지 않아서 그 실현 여부에 대해 지켜보아야 하므로 태몽에 대해 말할 수 없다는 경우이다. 그런데 태몽발설 금기 현상이 단지 이러한 현실적인 이유에서만 생겨나는 것은 아닌 듯하다. 향유자들의 태몽관에 따라 상이한 태몽발설 금기 현상들이 공존하고 있는 것이다. 본 연구에서는 그 양상과 의미를 규명하되 금기 자체보다 그것을 통해 드러나는 큰꿈의 의미를 확인하는 데 관심이 있다. 따라서 태몽발설 금기 현상을 그 원인과 의미에 따라 세 가지 정도로 나누고 거기에서 확인되는 큰꿈의 문제를 논하기로 한다.

우선, 태몽은 그 아이가 출세할 때까지 발설해서는 안 된다고 하는 경우이다. 물론 여기에서 태몽은 큰꿈에 한정된다.

> …… 꿈 얘기 그 사람이 크가주고 출세 해가주고 나서는 이얘기를 해도 남한테 이야기를 안 하잖아. 그 전에는요 큰 꿈은. 그 사람이 왜

왜 그 저 이용식씨 어마씨 내들이 이얘기 안 하고 있다가 자기 아들 걸 리가 시의원 걸리가주고 그리 이야기하더라 …//… 중요한 꿈은 남한테 이얘 그 저 출세 안 한 다음에는 이얘기를 안 합니다. ……28)

이 구연자는 큰꿈은 실현된 경우에 한해 발설이 가능하다고 누차 역설하였다. 이렇게 되면 태몽의 주인공이 출세하지 않으면 태몽담 구연은 있을 수 없게 된다. 출세가 태몽담 구연의 관건인 것이다. 구연자는 그에 대한 적절한 사례로 아들이 시의원에 당선되자 그 어머니가 아들의 태몽담을 만천하에 공개한 일을 들었다. 또한 이 구연자는 자신의 외손자가 현재 사법고시 준비 중이라 그 태몽에 대해 말할 수 없다고 하여 청중으로부터 심한 비난을 받았는데, 그러면서도 끝내 금기를 지켰다.

이상 출세하지 않으면 말해서는 안 된다고 하는 태몽발설 금기에서 성별 예시꿈과 별도로 존재하며 특별한 취급을 받는 큰꿈의 존재를 확인할 수 있다.

둘째, 태몽을 하늘의 계시로 받아들여 그 장래상의 호불호와 무관하게 무조건 발설하지 말아야 한다는 경우이다. 태몽에 대한 신앙적 태도가 가장 강하게 남아 있다고 할 수 있다.

…… 꿈을 꿔어서 그 아이가 커서 잘 되나 안 되나 …… 내가 경험을 4남매를 낳아가 서이가 죽었는데 죽은 아들 꿈하고 살아가지고 ○○대 나와서 그룹 바로 갔거든. 그 아이하고 차이점이 있어 꿈이. 그러니까 말은 안 할래.29)

여기에서 태몽이 좋으면 아이가 성공하고 좋지 않으면 잘못된다고 생각함으로써 꿈과 실현을 일치시킴을 알 수 있다. 따라서 이러한 태몽발설

---

28) 김○○, 여 · 73세, 2011. 12. 17, 경주 효현동.
29) ○○○, 여 · 70대, 2012. 3. 11, 동해 대구.

금기의 궁극적인 의식의 지점은 태몽의 계시성에 대한 믿음이다. 하늘의 뜻이 꿈을 매개로 인간 세계에 관여한다고 여기는 것이다. 이런 점에서 모든 태몽은 그 자체로 신성한 것이므로 발설이 금기시된다. 이에 대한 사례는 다음과 같다.

> 그런 꿈은 안 가르쳐 주는 건디 (조: 안 가르쳐 주는 거에요 어머니?) 태몽인께 태몽인께 안 가르쳐 준다고 했어. 나만 갖고 있지.[30]

같은 경우로 전주 학수당노인정의 한 70대 노인은 태몽은 말하지 않는 것이라 하며 한 마디도 하지 않았으며, 태몽담 조사 자체를 못마땅하게 여겼다. 더 나아가서 전주 건천경로당의 60대 여성은 조사 내내 입도 열지 않았으며 무슨 천기누설에 해당되는 양 진지하게 침묵하는 자세를 보였다. 목포 상동4부경로당의 60대 여성도 마찬가지였다.

이러한 태몽발설 금기에 나타나는 태몽관은 태몽을 하늘이 내려준다고 믿는다는 점에서 신화적 탄생담에 닿아 있다고 할 수 있다. 신화에서 신의 탄생은 하늘의 뜻에 따른 것이므로 탄생이 비범한 양상을 띤다. 일광감응과 같은 신비로운 현상에 따라 임신이 이루어지는 것이 그 실례이다. 태몽은 인지의 발달에 따라 이러한 신화적 사건이 꿈이라는 매개체를 빌려 좀 더 합리화된 것으로 보인다.[31] 따라서 신화적 탄생담의 합리적 전이라는 점에서 보면 애초에 태몽은 그 자체가 귀한 꿈이다. 즉, 태몽은 처음부터 큰꿈으로 존재했다는 것이다. 하늘의 뜻을 담은 신성한 꿈이라는 점에서 그렇다. 이렇게 보면 태몽을 신의 계시로 보아 발설을 금기하는 현상은 기원으로서의 태몽 즉, 큰꿈 숭배의 흔적에 해당된다고 할 수 있다.

---

30) ○○○, 여 · 70대, 2012. 4. 1, 전라남도 여수 화양면.
31) 김승호(1992),『한국승전문학의 연구』, 민족사, 268쪽 참조.

마지막으로 앞서 서술한 두 가지와 성격이 다른 태몽발설 금기가 존재한다.

> 그런 거는 얘기를 그 사람은 해몽을 안 해는거야···// ··· 출세꿈이라하면 어쩌냐 그러면 참 이상하게 꿈을 꿔서 높게 꾸면은 그걸 발표를 안 한다는 얘기라 그······ 잉. 그 인자 그 자식이 나면 나중에 큰 사람이 될까 근께 안해는 거야. ······ 32)

이는 한 구연자가 큰꿈을 꾸지 못해 큰 인물 될 아기를 낳지 못했다고 하자 나온 말이다. 즉, 큰꿈은 발설하지 않는 것인데 이는 그 자식이 나중에 큰 인물이 될까 싶어서라고 하였다. 태몽과 장래상을 일치시키면서 그중 큰꿈에 대해서는 발설을 금한다는 것이다. 이는 좋은 꿈은 성취될 때까지 발설하지 않아야 한다는, 우리 민속의 속신에 따른 것으로 보인다. 이러한 속신은 꿈의 영험성에 대한 믿음을 바탕으로 꿈의 실현을 방해하는 주변의 위해를 사전에 방지하기 위한 것이다.33)

그런데 이러한 점은 특히, 하층의 사람들에게 더욱 긴요한 문제가 아닌가 한다. 이들에게 있어서는 큰꿈을 꾼 것 자체가 불온시 될 수 있으므로 꿈 내용을 드러내놓고 발설할 수 없었을 것이기 때문이다. 이 점에서 이러한 태몽발설 금기는 신분적 의미와 금기 모티프의 측면에서 아기장수설화에 근접해 있다. 즉, 아기장수설화에서도 미천한 집안에 비범한 모습으로 태어난 것 자체가 사회에 위협적이므로 아기가 어릴 때 죽음을 당하기 때문이다. 물론 아기장수설화에서는 비범성의 표출이 방안을 날아다닌다든가 하는 행위로 나타난다. 태몽담에서 비범성이 용, 해, 달 등 귀한 상징으로 나타나는 것과 다르다. 하지만 경우에 따라서는 아기장수설화

---

32) ○○○, 여 · 78세, 2012. 4. 1, 전라남도 여수 오림내동.
33) 임재해(1992),『민족설화의 논리와 의식』, 지식산업사, 169~171쪽 참조.

에서도 큰꿈을 통해 아기의 비범성이 예시된다. 비범성이 이중으로 표출된다는 것이다.

> ······ 꿈에 달이 휘언하게 입으로 드가 넘어 간다 이기라. 대인 태몽이라 이기라. ······ 하루 지녁 잤는 기 그 대인이 났어. 났는데 어떠냐 하면은, 양 겨드랑에 비눌이 이래 시 개씩 붙었다 말이라요. 인자 ······ 벌겋게 보이는 비늘이 그기 대인이라 이기라. 의심찮아요. 그기 인제 참, 천인에 인제 대인이 났다 이거지. 그래 가주고서 그 천몸에 인제 대인이 났은께, 내내 김은 김인데 저기 큰일났거든. ······34)

이는 이중적인 비범성의 표출로 인해 '미천한 처지에 큰 인물 출산'이라는 사건의 문제성이 극대화된 것이지만, 이를 통해 태몽담과 아기장수설화가 신분적 의미에서 겹쳐질 가능성이 있음을 확인할 수 있다. 미천한 집안에서 큰꿈을 꾸는 것은 그러한 집에서 비범한 아기를 낳는 것과 의미상 같기 때문이다. 둘 다 비범성이 미천한 집안과 관련되어 문제시된 것이다. 또한 금기의 측면에서도 태몽발설 금기와 아기장수설화의 관련성을 상정할 수 있다. 아기장수의 경우 비범성이 스스로에 의해 일정 기간 숨겨지거나 타인에 의해 영원히 숨겨진다. 즉 주변사람들의 안녕을 위해 아기장수가 스스로 죽거나, 죽임을 당하게 되는 것이다. 마찬가지로 태몽발설 금기에서는 태몽 내용을 발설하지 않는다. 둘 다 비범한 조짐을 숨긴다는 공통점이 있는 것이다. 그리고 이러한 금기는 신분 초월의 꿈이 순조롭게 실현될 수 없음을 의미한다. 미천한 집안의 아기가 비범성을 발휘하면서 꿈을 펼칠 장이 현실에선 없겠기 때문이다.

이렇게 보면 이러한 류의 태몽발설 금기는 아기장수설화의 문제의식에 닿아 있다고 할 수 있다. 미천한 처지에 큰 인물을 낳는다는 문제적 위

---

34) <죽은 아기장수와 용마 얻은 정기룡 장군>, 『한국구비문학대계』 7~8(이하 『대계』로 약칭함).

기 상황, 그로 인한 금기의 측면에서 그렇다. 따라서 이러한 태몽발설 금기는 민간에서 주로 발생해 왔다고 할 수 있다. 상층의 집안에서라면 이러한 태몽발설 금기가 불필요할 것이다. 큰꿈을 두고 반상이 갈리는 것이다. 이런 점에서 큰꿈은 민간의 신분적 한계 내지 비극적 꿈의식이 표현된 것이라 할 수 있다.

지금까지 세 가지 태몽발설 금기에 대해 논하였는데 본 연구에서 주목하는 것은 이러한 금기와 관련하여 드러나는 큰꿈의 존재이다. 여기에서 큰꿈은 태몽이 계시성을 본질로 하는 신성한 꿈으로서 존재했던 상황을 환기하는 역할을 한다. 그리고 금기의 대상인 큰꿈은 민간의 신분적 한계 내지 비극적 꿈 인식을 드러내는 매개체라 할 수 있다.

3) 하찮은 상징 꿈과 큰꿈

이 장에서는 하찮은 상징 꿈의 존재를 통해 큰꿈의 흔적에 대해 논하려고 한다. 이와 관련하여 제시하는 다음 자료는 현재 전주에 거주하는 90대 할머니가 구연한 태몽담이다.

> 크게 꾼 사람은 소같은 것도 비고 호랑이도 비고 그런다는디 나는 봇도랑을 이렇게 내려가는 디가 저 미기 미기가 (조: 메기?) 미기. 왜 잡아서 국 끓여 먹는 미기 이 입이 넙죽하고 그 눔이 이렇게 한 마리는 요만치 크고 한 마리는 조께 작고 그려. 근디 한 마리가 이렇게 큰 놈이 올라가면 또 작은 놈이 요렇게 따라서 올라가고 그것백에 꾼 게 없어.[35]

---

35) 서○○, 여 · 92세, 2012. 3. 18, 전주 중노송동.

이 태몽은 장남에 대한 것으로 메기꿈이다. 태몽으로서 메기꿈은 희귀한 편이다. 메기는 입이 크고 비늘이 없고 두 개의 큰 수염이 있으며 원통형의 몸을 갖고 있다는 점에서 생김새가 특이한 민물고기다. 따라서 메기는 주로 생김새의 유래와 관련된 동물 설화의 주인공으로 등장한다36). 또한 우리 민속에서 메기는 마을 근처 도랑이나 계곡에서 흔히 서식하는 잡어류로 인식되고 있다. 가난한 사람이 메기를 잡아 부모 제사를 지냈다는 설화37)나, 맛은 없지만 다른 먹거리가 없어서 메기 음식을 먹는다는 <도루메기> 전설에서 잡어로서 메기의 상징성이 나타난다. 물론 메기는 큰 입으로 작은 어류뿐 아니라 소, 심지어 사람까지 잡아먹는 괴어로도 인식되고 있다. <송아지를 삼킨 메기>38)와 <용소龍沼와 메기바위>39) 등의 설화에 나오는 거대한 메기와 식인 메기가 그 예이다. 하지만 우리 민속에서 메기는 주로 못생기고 별볼일 없으며, 집근처 물가에서 잡아 식용하는 것으로 나타난다.

위의 메기꿈은 이러한 메기의 상징성을 잘 보여준다. 그것은 "잡아서 국 끓여 먹는" 것, "입이 넙죽"한 흔한 잡어일 뿐이다. 이러한 점 때문에 구연자에게 메기꿈은 태몽으로서 드러내놓고 말할 만한 것이 못된다고 여겨진 듯하다. "크게 뀐 사람은 소같은 것도 비고 호랑이도 비고 그런다는디" 자신은 메기꿈밖에 꾼 것이 없다고 한 데서 이를 알 수 있다. 이러한 메기꿈의 궁극적인 의미는 태몽대상인 장남의 처지에서 명확해진다. 구연자가 자주 언급하는 바에 의하면 이 아들은 서울에서 택시운전을 하며 그리 잘 살지는 못한다. 물론 자식의 삶이 이렇게 된 데에는 가난한 살림에 잘 교육시키지 못한 부모로서 자신의 책임이 크다고 여기고 있다.

---

36) 대표적으로 <메기의 머리가 납작한 이유>(『대계』6~7)를 들 수 있다.
37) <메기로 제사 지낸 사람>(『대계』6~7).
38) 박문생, 남, 순창군 쌍치면 쌍계리(순창군 문화관광과 제공).
39) 『대계』6~7.

이렇게 보면 구연자에게 있어 메기꿈은 태몽으로서 기대되는 귀한 자식에 대한 꿈이 아니라 오히려 가난한 삶을 살 자식에 대한 꿈인 것이다.

이상의 성격을 갖는 메기꿈은 두 가지 점에서 문제적이다. 우선, 이를 태몽으로 수용한 부모가 남들에게 드러내놓고 꿈 이야기를 하지 못했다는 점이다. 해당 구연자가 필자의 조사 이전에 누구에게도 이 꿈 이야기를 해본 적이 없다고 한 데서 이를 알 수 있다. 물론 태몽담을 누구나 드러내 놓고 남에게 얘기하는 것은 아니다. 앞에서 다룬 태몽발설 금기를 비롯하여 여러 가지 이유로 사람들은 자신이 꾼 태몽을 남에게 이야기하지 않을 수 있다. 하지만 이 구연자의 경우 태몽을 남에게 이야기하지 않은 이유가 앞의 태몽발설 금기와 다르다. 즉, 앞에서는 큰꿈이라 이야기하지 않았다면 이 경우는 하찮은 상징 꿈이기 때문에 이야기하지 않은 것이다. 이렇게 보면 민간에는 태몽발설 금기와 다른 의미로 꿈을 꾸고도 발설하지 못한 일들이 있었을 것이라 본다. 즉, 미천한 꿈을 꾸어서 이를 숨겼다는 것이다. 이는 태몽의 신비성, 영험성을 믿는 속신을 바탕으로 한다는 점에서는 큰꿈의 금기와 같지만 실현을 위해서 혹은 처지에 당치 않아서 금기하기보다는 말할 만한 가치가 없어서 스스로 자제한다는 점에서 그것과 다르다. 그리고 이는 궁극적으로 부모의 처지가 아니라 꿈의 크기가 다름에서 비롯된 것이다. 같은 미천한 집안이라도 큰꿈은 실현을 위해서 혹은, 실현을 전제로 금기하는 것이고 하찮은 상징 꿈은 실현이 된다 해도 큰 의미가 없기 때문에 말을 삼가는 것이다. 따라서 이러한 하찮은 상징 꿈은 발화의 측면에서 큰꿈과 다른 처지에 있다고 할 수 있다. 궁극적으로 메기꿈은 태몽에서마저 비전이 없는 미천한 사람들의 처지를 상징적으로 보여준다고 할 수 있다.

다음으로 메기꿈과 관련하여 주목할 만한 점은 이를 통해 큰꿈의 존재가 환기된다는 것이다. 실제로 발화된 것은 메기꿈이지만 발화 과정에서

"크게 뀐 사람은 소같은 것도 비고 호랑이도 비고 그런다는디", "뭐 큰 거시기나 얘기 해야지 뭐" 등과 같이 큰꿈이 언급되기 때문이다. 이러한 구연자의 얘기를 전제로 하면 소꿈, 호랑이꿈, 잉어꿈 등이 큰꿈에 해당한다고 할 수 있다. 물론 이들 큰꿈이 귀한 자식의 출생을 의미하는 것은 아니다. 여기에서는 메기꿈을 꾼 구연자의 입장에서 자기 자식보다 좀 낮게 사는 자식들의 꿈이 큰꿈인 것이다. 이렇게 보면 태몽담에 있어서 큰꿈이니 하찮은 상징 꿈이니 하는 것은 상대적인 것이다. 그런데 이 구연자는 사람들이 대체로 자기 자식의 태몽담을 드러내놓고 말하지만 자신은 한 번도 남에게 말하지 않았다고 하였다. 따라서 자신은 다른 사람들에게 비해 미천한 처지에 있으므로 하찮은 상징 꿈을 꾸었다고 인식하고 있는 것이다.

이상의 논의를 통해 하찮은 꿈으로서의 메기꿈은 그 자체로서가 아니라 큰꿈과 대비하여 혹은 큰꿈을 전제로 존재한다는 점, 꿈의 크기를 결정하는 기준은 상대적인 것으로 구연자의 의식에 달려 있다는 점을 알 수 있다.

4. 큰꿈의 의미

1) 신화적 탄생담의 자취

큰꿈은 큰 인물 낳을 꿈이다. 여기에서 큰 인물은 전통적으로는 고관대작으로부터 제왕까지 다양한 스펙트럼을 갖지만 궁극적으로는 제왕을 가리킨다. 이러한 의미의 큰꿈은 전승 현장에서 대개 출세꿈, 혹은 좋은꿈으로 위장되어 있다. 민간 향유자들의 처지에서 큰꿈이 본래 의미대로 쓰이기는 곤란하기 때문일 것이다. 하지만 큰꿈이 제왕태몽의 의미로 쓰이기도 한다. 큰꿈을 현대의 제왕인 대통령의 탄생꿈으로 본 것이다.[40) 이는 전승 현장에서 여전히 큰꿈을 제왕의 꿈으로 기억하고 있다는 단적인 사례이다. 또한 명시적으로 드러나지 않더라도 여러 후일담에 나타나는 큰꿈의 징조와 성격은 제왕의 꿈을 환기하기에 적절하다고 할 수 있다. 따라서 이 장에서는 현대 전승 현장에서 암시되는 큰꿈의 성격과 그것에 대한 향유자들의 태도를 통해 그 기원을 추적하고자 한다. 그 과정에서 성별예시꿈 이전의 태몽담 전승 상황, 궁극적으로는 큰꿈과 신화적 탄생담과의 관련성을 확인할 수 있을 것이다.

우선 큰꿈의 징조는 민속에서 영물로 통하는 큰짐승이 상징물로 등장하거나 신령한 존재가 그것을 지시하는 것으로 나타난다. 큰꿈은 다른 꿈과 달리 비범할 뿐 아니라 신성하다는 표지이다. 특히, 하늘의 매개자인 신령한 존재의 개입이 이를 입증한다. 다음으로 사람들은 큰꿈을 무조건 믿는다. 즉, 큰꿈을 꾸면 반드시 큰 인물을 낳는다고 믿는다는 것이다. 따라서 충분히 실현되지 않더라도 성공의 크기를 낮추어 큰꿈이 실현된 것으로 여기거나, 실현되지 않는 것을 자신의 책임으로 돌리면서까지 큰꿈의 존재를 의심하지는 않는다. 큰꿈의 계시성을 믿는 것이다. 이러한 점은 태몽발설 금기 중 출세할 때까지는 꿈을 발설하지 않는다는 점에서도 나타난다. 그 실현을 믿으면서 발설로 인한 장애를 막기 위한 것이다. 또한 태몽발설 금기 중에는 무조건 태몽을 발설하지 말아야 한다는 것이 있다. 이는 장래의 호불호를 막론하고 태몽은 하늘의 계시므로 발설을 삼가야 한다는 의미이다. 여기에서 애초에 태몽 자체가 신성한 계시의 의미를 지닌 큰꿈으로 존재하였음을 추측할 수 있다.

---

40) 박○○(여·51세)는 앞서 장○○(여·48세)의 용꿈 구연에 청자로 참여하여 "승천을 했어야지 대통령이 되는 건데"라고 하여 큰 인물을 대통령으로 간주한 바 있다. 또한 그가 구연한 남동생태몽담에서도 대통령이 등장하며, 그가 꾸고 구연한 손주태몽담에서 김대중, 김영삼 전 대통령이 상징으로 등장한다.

이상 전승 현장에 나타나는 큰꿈은 그 징조와 성격으로 보건대 신성성을 중심으로 하는 제왕의 꿈에 근접해 있다. 그런데 이 제왕의 태몽은 역사적으로 제왕이 등장하고도 일정 시간이 흐른 후 왕권의 필요에 따라 구축된 것으로 보인다. 중국의 경우 이 시점은 춘추시대로 보이며, 현전하는 문헌에 제왕의 태몽이 등장하기로는 사마천의 『사기』가 그 시초가 된다. 즉, 남자나 노인 등 일반적 의미를 상징하던 용, 해 등이 제왕의 태몽 징조로서 붙박이로 등장하게 된 것은 왕권의 천명성, 제왕의 신성성을 강조할 시대적 필요에 따른 것이다. 이러한 점에서 제왕의 태몽은 고대 건국신화의 주인공인 신의 탄생담에 견줄 만하다.[41] 건국신화에서도 천강 및 이물교혼 모티프를 통해 신의 탄생에 천명성[42] 및 신비성을 부여하기 때문이다. 이렇게 보면 건국신화의 탄생담이 후대 역사에서 합리화되어 나타난 것이 바로 제왕의 태몽담이다. 꿈 화소에 의해 후자는 전자에 비해 현실성, 합리성을 띠되, 주인공의 신성성에는 가감이 없는 것이다. 따라서 제왕 태몽의 근원은 신화적 탄생담이다.

이렇게 보면 큰꿈은 애초에 왕권의 천명성을 강조할 시대적 필요에 의해 제왕의 태몽으로 존재하였다. 그런데 모티프 차원에서 이는 신화적 탄생담의 이물교혼 내지 천강 모티프가 합리화를 목적으로 태몽으로 전환 · 된 것이다. 따라서 태몽담은 바로 신화적 영웅의 탄생담을 숭배하는 습속에서 비롯된 것일 수 있다. 즉, 태몽담은 신의 탄생담에서 비롯되어 이후 제왕의 탄생담을 비롯한 위인 탄생담으로 전이를 겪었는데 이것이 현대의 전승 현장에서 큰꿈으로 나타난 것이라고 할 수 있다. 따라서 현재 태몽담 전승 현장에서 나타나는 큰꿈은 바로 신화적 탄생담을 환기하는 역할을 한다고 할 수 있다.

---

41) 김열규는 제왕의 태몽을 창조신화의 의미망 속에서 논의한 바 있다(김열규(1995), 『한국민속과 문학연구』, 일조각, 215쪽).
42) 이경선(1975), 「건국설화와 천명사상」, 『동양학』 5, 단국대동양학연구소 참조.

2) 비극적 꿈 인식의 일단

큰꿈은 전승현장에서 빈번히 나타나지 않는다. 그리고 그것이 나타날 때에도 완결된 서사로서보다는 후일담이나 태몽발설 금기 현상 등에 단편적으로 나타난다. 전승현장에서 딸태몽의 경우 말할 만한 가치가 없어서 발설이 금기된다. 말을 하더라도 자질구레한 것이라 전제하고 대략 상징만 열거하기 일쑤다. 꿈의 성격이 문제인 것이다. 이와 대조적으로 큰꿈의 경우 말할 만한 처지가 아니라서 금기된다. 꿈의 주체가 문제인 것이다. 이러한 태도는 큰꿈이 민간에서 특별한 위상을 점하고 있음을 암시한다.

우선 큰꿈은 보통사람들의 것이 아니다. 그들은 큰꿈을 듣고 그것에 대해 이야기하며 선망은 하지만, 그것은 그야말로 딴 세상 이야기이고 남의 이야기이다. "제왕에게는 제왕의 꿈이 있고 성현에게는 성현의 꿈이 있으며, 하인과 노복에게는 하인과 노복의 꿈이 있"[43]듯이 꿈에서도 계급이 갈리는 것이다. 그래서 그들은 큰꿈에 관한한 실현은 차치하고 꿈조차 꾸지 못하는 입장에 있다. 예를 들면 다음과 같은 것이다.

> ...... 근데 난 큰 애기 갖는 꿀 건데 못 났어. (청: 왜요?) 막 참 출세를 애기를 놀 건데 못 났어.[44]

이는 구연자가 소, 호박, 바지락 꿈에 대해 구연한 후 한 말로 일반적인 태몽을 꾸었을 뿐 큰꿈은 꾸지 못했다는 말이다. 그리고 큰꿈을 꾸지 못했기 때문에 큰 인물 될 아이를 낳지 못했다는 것이다. 여기에는 큰꿈을

---

43) 『몽점일지』, <고법편>(劉文英, 하영삼·김창경 역(1993), 『꿈의 철학—꿈의 미신, 꿈의 탐색』, 동문선, 151쪽에서 재인용).
44) 김○○, 여·70세, 2012.4.1, 전라남도 여수 오림내동.

꾸어야 큰 인물이 태어나니 유명인사들은 반드시 큰꿈으로 태어난 것이라는 의식이 깔려 있다. 이러한 점은 다음과 같은 태몽 관련 설화의 후일담에도 나타난다.

> …… 그 어른이, 또 이전에 거 정포은 선생이, 이런 참 유명한 어른들이 나게 될 때에는 대개 그 태몽을 마 안 꿨습니까? 그 어마이가 좋은 꿈을 꾸 가지고 그런 참 좋은 아들을 얻고 이랬는데 이 어른도 ……45)

이를 보면 민간의 향유층은 큰꿈을 유명인사들의 전유물로 여겨 자신들과는 아무 관계가 없는 것으로 여김을 알 수 있다. 이런 데서 큰꿈에 대해 지니는 민간 향유층의 태도를 확인할 수 있다. 즉, 이들은 꿈과 그 실현의 측면에서 큰꿈으로부터 소외되었다고 여기는 것이다. 구연 후 태몽은 남에게 말하는 것이 아니라고 하자 "큰꿈도 아네요 그거는."46)이라고 하는 데서 이러한 큰꿈과의 거리감을 엿볼 수 있다.

다음으로 민간의 향유층은 큰꿈으로부터 소외되었다고 여기나 그것을 꾸고 그 존재를 의식하기는 한다. 일반적인 태몽은 꾸었으나 큰꿈은 꾸지 못했다는, 큰꿈이 아니기 때문에 태몽담 구연이 가능하다는 앞의 사례들에서도 큰꿈의 존재가 의식됨을 알 수 있는 것이다. 이는 민간에서도 내심 큰꿈을 기억하고 추구하며, 이를 통해 그것을 중심으로 이루어지는 일련의 상층 사회의 삶을 소망하고 선망하는 것으로 보인다.

하지만 큰꿈은 위인의 꿈이자 궁극적으로는 제왕의 꿈이다. 민간의 형편으로서는 붙좇을 수 없다는 점에서 실현 불가능한 꿈인 것이다. 따라서 이들은 큰꿈을 기대하기는 하나 대부분 그것이 실현되지 못해 아쉬워하고, 자책하는 심정을 겪기 마련이다. 태몽 중 큰꿈에 관한한 실현되지 못

---

45) <양정공 태몽>(『대계』 8~3).
46) ○○○, 여 · 70대, 2012. 4. 1, 전라남도 여수 화양면.

한 꿈, 실현이 불가능한 꿈이라는 인식이 지배적인 것이다. 이런 점에서 큰꿈에는 민간의 비극적인 꿈 인식이 투영되어 있다. 꿈에 대한 설화에서 주목할 것은 민간의 꿈 인식에 대한 조명이다.[47] 그리고 이를 바탕으로 우리 민족의 인생관을 규명하는 것이다. 지금까지의 연구사에 의하면 우리 민족은 낙관적인, 긍정적인 꿈 인식을 갖고 있다.[48] 단적으로는 '꿈보다 해몽'이라 하여 불길한 꿈을 꾸었을 때조차 이를 긍정적으로 해몽하여 어려운 난관을 극복할 계기를 마련해 준다.[49] 이렇게 볼 때 큰꿈의 존재는 민간에는 비극적 꿈인식도 있다는 점을 시사한다. 이는 큰꿈을 꾸었지만 제대로 뒷받침을 해주지 못해 태몽의 주인공인 아이가 죽었다는, 비극적 태몽담의 의미에 근접해 있다.

요컨대 큰꿈에 관한한 민간에선 꿈은 꾸었으되 그것이 실현되지 못했다는 점에서 비극적 세계관의 일단을 암시해 준다. 그리고 이는 꿈과 현실, 이상과 현실이 괴리된 현실을 살며 고통을 겪는 민중의 삶을 암시하는 역할을 한다고 할 수 있다.

5. 맺음말

현재의 태몽담 전승현장에서 큰꿈은 실현되지 않거나 불완전한 꿈으로 존재한다. 태몽담의 서사구조가 징조와 실현을 핵심요소로 한다면 이

---

47) 임재해(1991), 「꿈 이야기의 유형과 꿈에 관한 인식」, 『한국민속과 전통의 세계』, 지식산업사, 459쪽.
48) 임재해, 위의 논문, 467~468쪽; 한 채영(1994), 「꿈과 民間思考」, 『韓國民俗學報』 4, 한국민속학회, 152쪽.
49) 이러한 점이 잘 나타나는 설화에는 <과거의 해몽>, <해몽 잘 해 임금된 이야기>(『대계』 8~9) 등이 있다.

러한 큰꿈에 대한 담화는 완결된 서사가 되기 어렵다. 이 글의 분석 대상을 큰꿈의 흔적이라고 한 것은 이 때문이다. 따라서 큰꿈 이야기의 서사를 분석하고 여기에 어떤 의미를 부여하는 것은 쉽지 않은 일이다. 하지만 비록 흔적으로이긴 하지만 현재 전승 현장에 남아 있는 단편적 모습에서 큰꿈의 의미를 궁구하는 것은 필요하고 가치 있는 일이다.

이 글은 이러한 관점에서 현대 태몽담 전승 현장에서 환기되는 큰꿈의 사례를 분석하고 그것의 신화적 의미 및 민간 전승적 의미를 규명한 것이다. 그 결과 큰꿈은 성별예시꿈에 편중된 현대 태몽담 이전에 존재했던, 제왕의 태몽담 및 신화적 탄생담의 흔적임을 알 수 있었다. 그리고 그것에 대한 향유자들의 태도로 보건대, 큰꿈은 그 처지상 꿈꾸기조차 어렵거나 실현이 불가능한 꿈이라는 점에서 민간의 비극적 꿈 인식을 예시하는 역할을 한다고 할 수 있다.

바보설화 웃음의 層位

이 강 엽*

1. 문제의 제기

바보설화는 대표적 笑話이다. '바보 이야기'를 표제로 내건 책에서 모두 '웃음'을 강조하고 있는 것은[1] 우연이 아니다. 바보설화라면 소화이고, 소화가 아니라면 바보설화가 아닌 것이다. 바보설화는 '癡愚譚'에 속하는 우스개로 여겨져 그 '웃음'이 관심의 대상이었다.[2] 따라서 바보설화는 이야기에 등장하는 바보인물의 바보짓에 대해 웃어주면 그뿐인 이야기로 치부될 만한 것이다. 그러나 바보설화의 편폭은 의외로 넓어서 그 웃음에 대해서도 단순하게 일반화하기 어려운 실정이다. 일례로, 어떤 설화는 바보인물과의 거리를 한껏 넓히면서 야유하지만 어떤 설화는 바보인물과의

---

1) 이강엽(1998), 『바보 이야기 그 웃음의 참뜻』, 평민사; 김복순(2009), 『바보 이야기와 웃음』, 한국학술정보(주).

2) 장덕순 외(1971), 『구비문학개론』, 일조각, 56쪽. 여기에서는 민담을 '動物譚, 本格譚, 笑話'로 3분하는 견지에서, 소화에 '誇張譚, 模倣譚, 癡愚譚, 詐欺譚, 競爭譚'의 다섯을 두고 있다. 조희웅은 소화 대신 '笑譚'이라는 용어를 쓰면서, 그 아래에 起源譚, 風月(語戱)譚, 智略譚, 癡愚譚, 誇張譚, 偶幸譚, 捕獲譚, 淫藝譚의 다섯을 두고 있다. — 조희웅(1996), 『(증보개정판) 한국설화의 유형』, 일조각, 67쪽.

거리를 좁히면서 따스한 동정의 시각을 보인다. 또, 어떤 설화에서는 웃음 바보 인물의 바보짓이 웃음거리이지만, 어떤 설화에서는 정상적인 인물이 뜻하지 않게 벌이는 바보짓이 웃음거리이다.

이 글이 주목하는 바는 바로 그러한 웃음의 다양성이다. 대체 웃음은 어디에서 오는가? 사람들은 왜 웃는가? 우스운 텍스트는 어떠한 특성을 갖는가? 이러한 의문들이 그간 웃음을 둘러싼 논의에서 빠지지 않고 등장한 주된 관심거리였다. 그러나 실제 논의로 들어가면 그리 간단치가 않아서 논의의 본래 의도가 무색해지기 일쑤였다. 가령, 웃음에 대한 논의에서 빠지지 않고 등장하는 칸트가 『판단력 비판』에서 펼쳐 보인 "웃음은 긴장된 기대가 無로 갑작스럽게 변하는 것에서 유래한 격렬한 흥분"3)이라는 정의는 매우 명료하다. 그로써 웃음이 객관적으로 규명된 것처럼 보이기 때문이다. 그러나 그러한 사실이 곧 언제 그렇게 갑작스럽게 격렬한 흥분이 일어나는지, 즉 웃음이 '터지는'지에 대해서까지 설명해주지 않는다. 따라서 웃음을 텍스트 자체에서뿐만 아니라 수용자의 반응이라는 측면에서까지 연구가 되어야 하는데, 대개의 문학에서 그러기는 여간 어렵지 않다. 그래서 "수용자의 웃음은 연구의 대상으로 삼기에는 무리가 있"으며, "수용자라고 뭉뚱그려 분석하기에는 '웃음'이라는 현상은 개인적인 편차가 지극히 심한 분야이고, 따라서 이에 대한 연구는 추측 이상의 수준이 되기 어렵"4)다는 진단이 나오기도 한다.

실제로 불특정 다수를 상대로 하는 문학작품에서 대체 어떤 독자들이 어떤 대목에서 왜 웃는지를 밝히는 일은 대단히 어려울 것이다. 수용미학적인 견지에서 여러 가지 기법을 도입한다 하더라도 특정할 수 없는 수용자를 대상으로 한 작품에서 특정 수용자의 반응이 실제를 왜곡할 수 있을

---

3) 유종영(2005), 『웃음의 미학』, 유로, 202쪽에서 재인용.
4) 이준서(2001), 「문학 텍스트 속의 '웃음'」, 『독일어문화권연구』 10, 서울대학교 독일어문화권연구소, 141~142쪽.

것이기 때문이다. 엄밀한 독자 조사를 하지 않는 한 텍스트에 대한 웃음 반응을 알기 어렵고 또 그렇게 한다고 해도 정확한 조준점을 찾기 어려운 것이 현실이다. 이 점에 있어서 설화는 웃음을 연구하기에 더없이 좋은 텍스트이다. 특히『한국구비문학대계』의 자료처럼 실제 구연 상황에 대한 정보가 충실할 뿐만 아니라 수용층의 반응까지 확인할 수 있는 경우라면 더더욱 그렇다. 채록 자료에서 '(웃음)'으로 표기되는 부분이야말로 구연자와 청중이 웃음을 보인 구체적인 지점이며 거기에서 상당한 의미를 이끌어낼 수 있을 것이다.

이런 문제에 입각하여 이 글의 의도하는 바는 대략 두 가지이다. 첫째는 笑話의 웃음이 어떻게 작동하는지를 살피기 위한 예비단계로서 웃음에 대한 이론을 정리하면서 웃음의 층위를 어떻게 나누어볼 수 있는지 모색한다. 둘째는 앞에서 마련된 층위에 따라 실제 바보설화에 나타나는 웃음의 층위를 살피며, 각각의 웃음이 유발되는 기제 등에 대해 탐구하기로 한다.

2. 웃음 이론과 바보 설화

웃음의 이론은 고대 그리스 · 로마 시대로부터 현재에 이르기까지 다양하게 전개되어 왔고 그만큼 다양다기한 이론들이 속출했다. 웃음을 열등한 인물에 대한 우월감으로 이해할지, 요소와 요소 간의 부조화 내지는 불일치로 이해할지, 예기치 않게 긴장이 해소되는 것으로 이해할지 저마다 달랐다.[5] 이들 중 바보설화와 연결 지을 만한 것들만 선별해서 제시해

---

5) 웃음의 이론을 이렇게 '갈등(부조화), 우월, 완화'의 셋으로 구분하는 전례는 벌린(Berlyne)에게서 시작된 것으로, 이상근(2002),『해학형성의 이론』, 경인문화사; 이재원(2003),「유머 텍스트 연구」,『독어교육』28, 한국독어문학교육학회 등에서 수용되고 있다.

보면 다음 몇 가지쯤이 될 것이다. 시대 순서에 따라 항목지어보기로 한다.

첫째, 플라톤과 아리스토텔레스로 대표되는 고대의 웃음 이론이다. 플라톤은 『필레보스』에서 웃음을 무지에서 비롯되는 것으로 보았다. 그 무지 가운데 으뜸으로 꼽은 것이 바로 자기 자신을 알지 못하는 것이다. "너 자신을 알라."는 소크라테스의 警句가 뒤집힌 꼴인데, 특히 재산, 아름다움, 현명함 등과 관련하여 자신을 알지 못할 경우 우스꽝스럽다고 보았다. 그러나 모든 무지가 다 우스운 것이 아니라 그 주체가 힘이 없을 때만 그렇다고 보았다.6) 그렇다면 이러한 무지, 곧 자기 자신의 실체를 모르는 사람이 바보로 인식되는 것은 당연한 일이다. 바보설화에서 자기 분수를 모르고 대단한 사위를 얻고 싶어하는 사람이라든지, 무식한 체하지 않으려다가 도리어 화를 입은 인물 등은 플라톤의 관점에서 볼 때 적실한 웃음거리이다.

또, 아리스토텔레스는 『시학』에서 희극을 '보통 이하의 악인의 모방'7)으로 규정한 바 있다. 이러한 희극에서의 웃음이란, 간단하게 정리하면, 보통 이하의 인물이 벌이는 우스꽝스러운 짓에 의해 일어나며 무해하다는 특징이 있다. 저열한 인간이 벌이는 실수나 결함 가운데 남에게 고통을 주지 않는 유쾌함을 불러일으킬 때 웃음이 성립된다. 이런 웃음이라면 바보설화 가운데 비교적 가벼운 바보짓을 하는 이야기들이 해당될 것이다. 예를 들면, 옷은커녕 자루 하나도 제대로 짓지 못하는 바보 며느리라거나, 가마 안에서 맷돌을 이고 있는 신부 이야기 같은 경우가 그런 예이다.

---

6) 이 부분은 유종영, 앞의 책, 60쪽의 정리에 따른다. 이 이하 웃음 이론과 관련된 논의는 상당 부분 이 책에 기댄다.
7) "희극은 보통 이하의 악인의 모방이다. 그러나 이때 보통 이하의 악인이라 함은 모든 종류의 악과 관련해서 그런 것이 아니라, 어떤 특정한 종류, 즉 우스꽝스러운 것과 관련해서 그런 것인데, 우스꽝스러운 것은 추악의 일종이다. 우스꽝스러운 것은 남에게 고통이나 해를 끼치지 않는 일종의 실수 또는 기형이다." - 아리스토텔레스(2002), 천병희 역, 『시학』, 문예출판사, 43쪽.

플라톤과 아리스토텔레스의 이론은 사실 보통 이하의 인물이 벌이는 웃음거리를 그 이상의 인물이 웃어주는 식으로 설명되어, 이른바 '우월이론'의 토대가 된다. 가령 홉스가 "웃음은 비웃음, 그것도 다른 사람의 불행을 보고 기뻐하는 마음에서 유래한 비웃음을 의미한다."8)고 진술한 연원 또한 그런 데에서 찾아볼 수 있는 것이다. 바보설화에서 주인공이 낭패를 겪는 일련의 이야기들 역시 이런 이론에서 설명됨직하다. 예를 들어, 어떤 부채 장수의 아내가 남편 몰래 부채를 조금씩 빼돌렸는데 남편이 망하게 되었을 때 그간 챙겨두었던 부채를 내놓으며 다시 장사를 하게 했더니, 이웃의 책력 장수의 아내 역시 그대로 따라했다는 이야기가 그렇다. 해가 바뀌면 쓸모가 없어지는 책력의 속성을 모르는 어리석음이 웃음거리이다. 당사자로서는 앞의 이웃 여자에 비해볼 때 불행임에 틀림없겠으나 그런 불행을 놓고 폭소가 터지게 된다.

둘째, 중세의 웃음 이론이다. 중세는 神의 시대인 만큼 인간의 웃음이 설 자리가 많지 않았다. 따라서 평상시보다는 특별한 축제 기간 같은 때에 顚倒된 모습으로 웃음이 터진다. 그 대표적인 예는 이른바 '바보제'이다. 그 당시 교회는 절대권력을 휘둘렀고, 거기에 항거하는 것은 죽음을 요구하는 것과 같았다. 바보제는 그러한 상황에서 특별한 축제일에 그동안 신성 영역에 있던 교황과 신부 등을 바보로 만들어 조롱하고 비판하는 행사이다. 이에 대해 당시에는 "우리의 제2의 본성이자 태어날 때부터 갖게 되는 것같이 보이는 바보스러움이 적어도 일 년에 한 번쯤 마음껏 즐길 수 있도록 축제적인 기분풀이 오락은 없어서는 안 된다."는 전제에서 이러한 행사를 통해 "우리가 함께 더 열심히 하느님의 경배에 되돌아갈 수 있도록"9) 하려 했다. 이는 사회 제도나 관습상 불가침의 영역에 속한

---

8) 유종영, 앞의 책, 128쪽.
9) 1444년 파리신학대학의 회랍 서신 속에 담겨진 글로, 유종영, 앞의 책, 106쪽에서 재인용.

인물을 바보로 조롱하면서 웃음을 유발하는 것이다.

바보설화에서는 상당수의 '바보양반담'이 여기에 해당하는 사례이다. 바보 원님, 바보 선비, 바보 양반 등이 등장하여 이방에게 당하고 사기꾼에게 속고 하인에게 골탕 먹는 이야기들 가운데 上下－主從－强弱의 顚倒현상이 일어나고 그것이 웃음을 유발하는 것이다. 이는 카니발 등에서 보여주는 전도된 세상과도 상통하는 것으로, 중세의 유럽이 그랬듯이 억압된 사회체제 등을 제한된 범위 내에서나마 뒤틀어놓음으로써 건강성을 회복하려는 시도로 풀이됨직하다. 여기에 강력한 유교윤리의 틀에 제대로 적응하지 못하고 혼례식이나 혼례 직후 처가에서, 혹은 再行길에서 실수를 연발하는 바보사위담의 일부 또한 같은 맥락에서 설명할 수 있다. 이때의 웃음은 풍자적 속성을 강하게 띠면서 사회적 의미를 담기 마련이다. 사리분별도 못하는 사람이 고을 원님이 되었다고 야유하거나, 천하 이치를 다 아는 듯 허세를 부리는 선비가 실생활에서는 젬병이라고 폭로하거나, 세상의 질서를 잡겠다며 관습으로 만들어놓은 틀이 사람을 옥죄는 현실을 조롱한다.

셋째, 18세기 영국에서 생겨난 '불일치이론'이다. '우월론'이 바보인물보다 우월한 위치에서 비웃는 것이 주조였다면, 이 이론은 청교도의 영향으로 윤리적인 관점이 강화되어 '유머'로서의 기능이 강화된 것이다. 제임스 비티(James Beattie)는 "익살스러운 것들과 비웃음거리의 것들은 둘 다 웃음을 일으킨다는 점에서는 동일하다. 그러나 전자는 순수한 웃음을 일으키고, 후자는 비난이나 경멸이 혼합된 웃음을 일으킨다."[10]면서 전자의 웃음을 옹호했다. 이 이론의 핵심은 "웃음은 동일한 집단에서 불일치하게 결합된 것들을 보는 것으로부터 일어나는 것처럼 보인다."[11]는 데 있다.

---

10) 유종영, 같은 책, 179쪽.
11) 유종영, 같은 책, 180쪽.

실제로 기대와 결과, 전반과 후반, 표면과 이면의 불일치가 웃음을 일으키는 예는 허다하다.

바보설화에서는 정상적으로 보이려 애를 쓰는 바보 인물, 혹은 너무 천진해서 일반인의 행동양식에서 아주 벗어난 바보 인물의 이야기가 그렇다. 전자가 안쓰럽다면 후자는 도리어 찬탄을 자아내기까지 한다. 시골사람이 서울에 가서 촌놈이라는 소리를 듣지 않기 위해서 애를 쓰다가 도리어 더 심한 낭패를 본 실패담 같은 것이 전자의 예라면, 옷감을 팔러 나갔던 바보가 장사 수완이 없어서 팔지 못하고 돌아오던 길에 마을 어귀의 오래된 나무가 추울 것 같아 거기에 옷감을 둘러주고 왔다가 그 나무의 신령으로부터 복을 받는 이야기는 후자의 예이다. 이런 작품은 실제로 공격성이 적고 대신 따스한 동정의 시선을 보이는 것이 특징이다.

넷째, 베르그송의 이론이 있다. 그는 "기계적 동작, 경직성, 몸에 배거나 일정 기간 보존되는 습관성"[12] 등에 의해 웃음이 유발된다는 보았다. 물론 베르그송은 그 외에도 많은 요인들을 열거했지만, 살아있는 인간으로서의 생동감을 결여한 형태가 웃음을 유발한다는 그의 지론에 따를 때 바보설화의 웃음을 설명하기에 대단히 효과적이다. 그가 예로 든 세 가지 '디아블로, 꼭두각시, 눈덩이'는 차례로 돌발 행위, 시키는 대로 하는 행위, 처음에는 하찮지만 나중에는 걷잡을 수 없이 커지는 행위를 의미한다.

바보설화에서도 바보들은 상상 밖의 일을 한다. 그것이 어떠한 계략이나 기지에 의해서가 아니라 도리어 생각을 할 수 없거나 지력이 부족하여 일반인이 예측을 벗어나는 행위가 일어나는 것이다. "유머텍스트에서는 비예측성이 웃음 유발의 주요 원인"[13]이라는 진단에 따를 때, 바보설화의 상당부분 또한 적절한 사례이다. 바보이기 때문에 융통성을 발휘할 수

12) 베르그송(1993), 김진성 역, 『웃음』, 종로서적, 18쪽.
13) 한성일(2004), 「유머텍스트의 구조와 원리」, 『화법연구』 3, 한국화법학회, 158쪽.

없고, 사태가 비약적으로 커지는 것을 막을 수 없으며, 타성을 벗어날 수 없기에 웃음이 터지는 것이다. 시키는 대로 하다가 망신당하는 이야기라든지, 말을 잘 이해하지 못하여 벌이는 해프닝 등이 이런 예이다.

이러한 이론들을 토대로, 원론적으로 살필 때 웃음을 유발하는 기제에 따라 그 층위는 여럿이 있다. 일찍이 아리스토텔레스는 『수사학』에서 코믹을 크게 셋으로 구분하여 언어 코믹, 행동 코믹, 성격 코믹으로 나눈 바 있는데, 이는 말 그대로 그 웃음을 유발하는 층위가 하나는 언어의 층위에서, 하나는 인물의 행동의 층위에서, 하나는 인물의 성격 층위에서 일어나는 것이다.14) 베르그송 또한 희극성을 상황의 희극성과 말의 희극성, 성격의 희극성으로 구분한 바 있다.15) 이러한 구분을 참조하면 바보설화의 웃음은 대체로 다음의 세 층위에서 논의할 수 있다.

첫째 층위는 언어나 구성 같은 텍스트의 형식적 층위이다. 서사 문맥 등과는 큰 상관없이 그저 언어나 구성 자체만으로도 웃음을 유발하는 경우이다. 주로 바보 인물임을 빙자해서 同音異義語 등이 나오게 한다거나, 언어의 형식적인 구성 등을 통해 유발한다. 대개의 소화에서도 동음이의어 등의 언어유희가 자주 등장하지만, 이 경우는 의도된 동음이의어의 구사로 설정되는 반면, 바보설화에서는 인물의 지능이나 언어구사능력이 떨어져서도 본의 아니게 언어유희가 일어난다는 설정인 점이 다르다. 같은 이치로 반복이나 연쇄 역시 유연성을 가질 수 없는 인물이어서 기계적 반복을 거듭할 수밖에 없는 것으로 설정된다.

둘째 층위는 특별한 인물의 성격이다. 흔히 희극에 등장하는 인물들이 수전노나 게으름뱅이처럼 독특한 특성을 지닌 인물을 등장시키듯이, 바

---

14) 아리스토텔레스의 웃음이론에 대한 자세한 내용은 유종영(2005), 『웃음의 미학』, 유로, 68~79쪽에 따른다.

15) 실제로는 '제2장 상황에 있어서의 희극과 말에 있어서의 희극', '제3장 성격에 있어서의 희극'의 두 장으로 나누어 고찰했다.(베르그송, 앞의 책, 목차 참조)

보 인물의 전형으로 거론되는 알라존(Alazon)과 에이론(Eiron)의 대립은 웃음을 유발한다. 이는 곧 바보인물을 보는 시각과 연결될 수 있다. 즉 한 편으로는 겉똑똑 속바보가 보여준 假飾을 비판하고 조롱하는가 하면, 한 편으로는 속똑똑 겉바보의 순진함을 높이 사면서 동정하는 것이다.

셋째 층위는 인물을 둘러싼 상황 혹은 맥락이다. 실생활에서도 흔히 겪는 바이지만 때로는 정상적인 행위를 한다고 했지만 바보짓으로 오인될 수도 있고, 특별한 상황이 바보짓을 강요하는 경우도 있다. 나아가 텍스트 바깥의 상황 역시 무시할 수 없다. 설화의 특성상 텍스트 바깥에서 화자와 청중은 한 공간에서 직접 대면하기 마련이다. 텍스트 자체가 웃음의 소지를 충분히 가지고 있지만 이러한 구연상황이 갖는 특수성 또한 웃음을 유발 혹은 증폭시키는 기제로 작동한다.[16]

3. 바보설화 웃음의 층위

1) 언어 : 언어유희와 반복 구성

문학 작품에 쓰인 언어가 작품 내의 맥락을 벗어나기는 어렵다. 더구나 서사 문학처럼 그 안에 일정한 플롯이 전제되는 경우라면 언어가 독립적으로 작용하기는 더더욱 어렵다. 그렇지만 우리의 일상 대화에서 앞뒤 문맥 없이도 웃음을 유발할 만한 부분은 많으며 설화에서도 예외는 아니다. 굳이 그 이야기에 없어도 될법한 내용이 끼어들면서 언어유희를 즐기게

---

16) 이 논문에서 사용하고 있는 세 층위와 연관하여, 기존 논의에서 대중코미디의 딜레마와 그 표현 양태로 '형식/규칙, 내용/세계관, 사회적 효과'로 3분한 예가 있어서 참고할 만하다. — 박근서(2006), 『코미디, 웃음과 행복의 텍스트』, 커뮤니케이션 북스, 177쪽의 <표3) 코미디의 딜레마와 그 표현 양태> 참조.

한다거나 한 번이면 족할 내용을 두세 차례 반복하게 함으로써 웃음이 유발기도 한다. 同音異義語나 同義異音語를 통한 언어유희라든지 교묘한 언어구사를 통해 이른바 肉談에 이르는 경우, 또는 필요이상의 연쇄에 의해 뜻밖의 결과를 유도함으로써 웃음을 유발하는 행위는 어느 笑話에서나 통용될 법한 것이다.

그러나 표면상으로는 비슷해 보이더라도 바보설화에서는 그 작동기제가 아주 다르다. 여느 소화라면 등장인물이 적극적으로 언어유희에 나서고 고의적으로 사태를 확장하면서 반전을 꾀하지만 바보설화에서는 바보의 무능 내지는 무지가 그러한 일을 우발적으로 만들어낸다. 전자에서는 등장인물의 機智에 감탄한다면 후자에서는 등장인물의 바보짓을 비웃으면서 웃게 되는 것이다.

먼저, 동음이의어나 동의이음어의 경우를 보자. 바보사위담 가운데에는 새신랑이 혼례 첫날 한시를 짓거나 노래를 하지 못해 바보로 판가름나는 이야기가 여럿 있다. 가령 ≪엉터리 문자 쓰기≫에서는 '初更에는 두견이 울고 二更에는 공작이 울고 四更에는 내 집 鷄鳴이 운다.'고 가르쳐 주었더니 그 말을 잘 알아들을 수 없는 터에 이렇게 읊조리며 청중들의 웃음보를 터뜨린다.

> [읊조리는 소리로] "채경에는 두덕(둔덕, 여성 음부의 볼록한 부분을 에둘러 표현한 것)이 울고,[웃음]. 야경에는 ["공작새를 갖다가" 한 뒤에] 공알이 울고, [일동 : 웃음], 새경에는 내 집 계집이 운다."
> 이리 되 뻤어. [일동 : 웃음]17)(굵은 글씨 필자)

---

17) 『한국구비문학대계』 8-3, 한국정신문화연구원, 374쪽. 이 이하의 『한국구비문학대계』의 자료는 '8-3, 374쪽'으로 간단하게 표시함.

'두견/두덕, 공작/공알, 계명/계집'은 사실 동음이의어가 아니다. 정상적인 사람이라면 그렇게 착각할 리가 없지만 바보이기 때문에 그렇게 불렀다고 하는 것이 이 이야기의 골자인데, 문제는 '두', '공', '계'의 語頭 1음절이 같다는 이유만으로 한자 대신 우리말이 들어왔는데, 처음의 고상한 뜻은 없어지고 질펀한 음담이 되었다는 것이다. 언어적 유사성을 포착하여, 등장인물이 바보임을 내세워 펼치는 음담인 것이다. 이처럼 정상적인 인물에서는 일어나기 어려운 언어유희가 일어남으로써 웃음이 유발된다. 덧붙여서 내용 자체가 엉뚱하게도 음담이 됨으로써 웃음의 강도가 높아진다. 원래의 시는 매우 점잖은 서정시였던 것이, 뜻하지 않게 음담패설로 떨어짐으로써 두 시의 격차가 높아지고 폭소가 터진다.

同義異音語 역시 마찬가지이다. 특히 체면을 차려야 하는 자리에서는 점잖게 말하기 위해 격이 높은 언어를 쓰는 일이 잦은데 어려운 한자어 등을 동원할 경우 전혀 모르게 된다.

> 그러고는 또 한 사람은 장개를 갔는디 처냄이 처냄이,
> "아 매양 저 펜이나 조깨 드시오, 펜이나 조깨 띠시오."
> "에이! 펜 안 먹을란다."
> "그먼 저 감주나 조깨 마시소."
> "에이! 감주 안 먹을란다."
> "그먼 진지나 조깨 잡수."
> "에이! 진지 안 먹을란다."
> 그러고 이 오살놈이 도망혔어.[18]

온갖 음식을 먹지 못한 이유는 간단하다. '片'이 떡의 한 종류를 가리키는 말이며 '甘酒'가 식혜와 동의어이며 '진지'가 밥의 높임말인 것을 몰랐던

---

18) ≪멍청한 사위≫ 5−7, 215쪽.

것이다. 떡, 식혜, 밥이라고 했으면 선뜻 고맙게 받아먹었을 것을 그렇게 어려운 말을 썼기 때문에 장가든 첫날 화를 내며 집으로 돌아오고 말았다.

다음으로, 이러한 언어적 층위에서 발생하는 웃음 가운데 소위 '말귀'를 못 알아듣는 경우가 있다. 바보사위가 처가에 再行 갈 때, 집에서 음식을 싸주면서 인사를 차리느라 "변변치 않으니 구경이나 하시라고 해라."고 시키면 그 말을 곧이곧대로 듣고 처가 어른들에게 음식을 보이고는 도로 싸온다든지, "어른은 꼭 앉은 자리에 가서 뵈어라."고 시키면, 지붕 위에서 지붕을 이고 있는 장인을 찾아올라가 인사를 하겠다거나 변소에 있는 장모를 찾아가는 따위의 이야기가 그런 예이다.[19] 또 어떤 바보가 장사를 나가서는 제 값을 다 받아오라는 아내의 말 대로 계속 얼마를 달라고 하는 게 아니라 '제 값'을 달라고 하다가 물건을 팔지 못하고 돌아온 이야기[20] 등은 언어의 현실적 사용에 무능하거나 관용어를 일상어로 이해하면서 어처구니없는 오해를 사는 사례이다. 한마디로 "세심한 융통성과 민첩한 유연성이 요구되는 상황에서의 기계적인 硬化"[21]가 우리를 웃게 하는 것이다.

그런가 하면, 한두 차례의 바보짓만으로는 웃음이 일기 어려운 것을 여러 차례 반복하면서 累加와 連鎖를 통해 웃음을 증폭시키는 경우도 잦다.

"오늘은 소를 채아가 가서로 우리 산에 나무를 비가(베어) 온나. 아랫채 짓구러."
카이께, 아래채 지로(지으러) 간다꼬 소를 채아 가는데, 개가 뒤에 따라가는 기라, 개도. 따라가서 솔나무에 턱 소로 매놓고 솔로 비이께(베니), 비는(베는) 나무 거따(거기에) 소로(를) 매놓으니, 그 나무가 자빠져서 ① 소가 죽었어. [청중 : 웃음] 그래 도치(도끼)만 턱 가지고 옴시러

19) ≪바보사위(2)≫ 2–6, 608쪽이나 ≪불출이의 재행≫ 1–2, 376쪽 같은 경우가 그렇다.
20) ≪바보 남편의 기행담≫ 7–8, 811쪽 같은 경우가 그렇다.
21) 베르그송, 앞의 책, 18쪽.

(오면서), 집에 가서 그렇게 말할라고, 소는 직이삐고(죽여 버리고) 내리오는데, 저기 한 군데 내리오는데 못이 하나 있는데 거(거기) 오리가 바글바글하거든. 그래 그걸 잡겠다꼬 [청중 : 도치로.] 도치로 물에다 집어 던지뿌니(던지니) ② 도치조차 잃어뿠어.

그래가 어짜고 싶어, 그것 벨 적에 소가 자빠 죽으이께 놀래가 주우로 똥을 쌌거든. 똥을 좀 쌌거든. 그래 그 주우를 벗어서 떡 갓에(가에) 놔두고 도치 건질거라고 물에 들어가니, 이놈 개가 ③ 주우로 물고 날리(날래게) 내뺐어. [청중 : 웃음] 그래 활딱 벗어 집에 올 수가 없거든. 가마이 이래 있다가 해 지도록 바란다. [청중 : 그래 다른 일 못 한다.]

해 지도록 바래다가, 해가 지고 나니 집에 살살 벌거이 벗어 내리온다. 집 담장 안에 웅성 웅성 안 온다고 그래쌓거든. 벌거이 벗었고 그래 갈 데가 있나. 윗담(웃담)으로 뛰어 넘은께, 담이 뭉개져 ④ 큰 장독을 쌔리뿌사 버렸어. 장이 온 천지에 흘렀거든. 그래 할 수 있나. 방에 벌거벗고 들갔네. 불이 없는 기라. 호롱불이 똑 꺼져 방문을 떼고 들가니 지 ⑤ 알라(아이) 난걸 양티로 탁 터자놓고(터뜨려 놓고) [청중 : 웃음], 그래 배가 고파 죽을 판이 되어 놓으니 [청중 : 우스워 죽는다.] 배가 고파 똑 죽은 판이 되어서, 그래 농 우에는(농 위에는) 여기는 이전엔 먹는 것 해 넣어두는 기라서, 벌거벗고 그래 농 우에 이래 더듬는다. 더듬은께, 면도칼이 하나 있다가 톡 널쪄서 ⑥ 연장을 딱 끊었어. 그래 바아(방에) 이불을 탁 덮고 누워 끙끙 앓는다. 앓아쌓은께 밲겉에 기다리던 여자가 바아 들어와 가지고,

"언제 왔는기요, 저 여태 안 오더니만?"

"큰 일 났다."

카니,

"뭣이 큰일 났노?" 카이,

"소로 직이뿠다." 카거든, (중략)

"그래 그것도 끊었뿠다."

이칸게, [청중 : 웃음]

"가라, 그거 없으믄 소용없다. 가라."

카면서, 다부 후디기(쫓겨) 나와, 다부 엿장사 하더라요.[22](밑줄 및 굵은 글씨, 번호 매김 필자)

일련번호대로 따라가 보면 이야기 속 바보의 실수담은 여섯 개가 이어진다. 실제 이야기판에서 청중의 웃음이 터지는 대목은 세 번째 실수이다. 사실 바보 인물에게서 한두 차례의 실수가 보인다면 동정의 여지도 높고 특별한 일이 아닌, 있을법한 사실일 수 있어서 여간해서는 큰 웃음을 유발하기 어렵다. 그러나 이처럼 계속 이어질 뿐만 아니라 뒤로 갈수록 더 심각한 문제가 드러나면 웃음은 통제선을 넘어선다. 맨 마지막으로 아이를 죽이고 자기 성기가 끊어지는 낭패를 겪는다. 거기에 더해 아내는 모든 것을 다 용서해도 맨 마지막 것만은 안 된다며 남편을 내침으로써 사실상 음담의 기능까지 하게 된다. 이런 설화에서 하나하나의 실수담이 따로 있다면 웃음의 강도는 물론 서사적 골간까지 흔들린다. 꼬리에 꼬리를 물면서 증폭되다가 성기가 끊어졌다고 실토하는 데에서 폭발하도록 짜인 데에서 웃음의 효과가 극대화되는 것이다.[23]

이 층위의 웃음은 다분히 형식적이다. 언어유희류의 경우, 실제 서사의 문맥과는 큰 관계없이 웃음이 유발되는가 하면, 반복이나 연쇄의 경우 또한 그 내용이 무엇이든 반복이나 연쇄만으로도 충분한 웃음이 일어날 수 있기 때문이다. 이런 부류는 어떤 笑話에나 있는 보편적인 것이지만, 차이가 있다면 전자는 바보인물이어서 뜻밖의 언어유희가 일어나며, 후자는 역시 바보인물이어서 유연성을 잃고 그 때문에 기계적인 경직성이 일어난다는 점이다.

---

22) ≪바보 사위≫, 『한국구비문학대계』 8-9, 한국정신문화연구원, 804~806쪽.
23) 베르그송은 생명의 속성에 반하는 '반복, 역전, 상호간섭'의 세 가지 방식을 통속 희극의 수법들로 꼽은 바 있는데, 바보 설화의 연쇄 또한 그러한 방식이라 할 수 있다. 베르그송, 앞의 책, 57~64쪽 참조.

2) 성격 : 인물의 대립

　문학연구의 바보 인물에서 늘 빠지지 않고 등장하는 것이 알라존과 에이런이다. 항용 알라존이 강자라면 에이런은 약자로 등장하는데, 알라존이 겉으로는 현명한 체하지만 속으로는 어리석은 인물인 데 반해 에이런은 겉으로는 어리석은 듯하지만 속으로는 지혜를 갖춘 인물이다. 이 둘의 대립에서 에이런이 승리하는 것은 당연한 이야기이다.[24] 이런 틀은 바보 설화에도 그대로 적용될 수 있다. 겉으로는 매우 현명한 듯 거드름을 피우는 강자가 결국은 가장 어리석은 약자에게 당한다는 설정이 바로 그것이다. 물론, 바보설화의 바보 인물은 희랍의 고대희극에서처럼 의도적으로 상대를 속이는 재간을 보일 수 없다는 점에서 다르겠지만 기본 틀은 엇비슷하다.

　흔히 '바보사위담'으로 통칭되는 설화들 중에 擇壻譚에 해당하는 작품들이 그 대표적인 예이다. 이 이야기의 골자는 아주 간단하다. 어떤 사람이 잘난 사위를 보고 싶어한 나머지 너무도 어려운 기준을 제시하지만 결국은 그 조건 때문에 가장 어리석은 사위를 보게 된다는 것이다. 대개 어떤 물건을 뒤주 같은 데에 집어넣은 뒤 그 물건이 무엇인지 아는 사람을 사위로 들이겠다는 선언을 하지만 아무도 맞힐 수가 없고, 노처녀로 세월을 보내느라 답답해하던 딸이 밖에 나가서 아무 남자에게나 그 답을 일러주고 시험에 응하게 하는데 그 사람이 바로 바보라는 식이다. 이런 이야

---

24) 이러한 대립은 다음과 같이 간단하게 정리될 수 있다. "낭만희극에서는 불합리한 법률이나 우스꽝스러운 사회제도를 고집하는 기성세대와 그것에 반발하는 신세대 사이의 대립이 주로 그려진다. 이 대립에서 구세대는 훼방꾼이고 장애물이며 남의 말을 듣지 않는 권력자로서 알라존형 인물이다. 이들은 경직성 때문에 매우 어리석어 보이지만 지배계층으로서 힘을 가지고 있다. 알라존의 대립인물인 에이론은 신세대로서 힘도 없고 겸손하지만 결국 새로운 사회를 향한 유연성과 지혜로 알라존을 이겨낸다." —이상진(2008), 「한국 창작 동화에 나타난 희극성」, 『현대문학의 연구』 35집, 현대문학연구회, 253~254쪽.

기에서는 기세등등하던 장인이 낭패를 보는 순간이 웃음거리이다. 가령, 결혼 후 신랑이 바보인 것을 안 신부는 신랑이 망신당할 것을 우려해서 소를 고르는 법을 가르쳐주는데 신랑은 그 방법을 사람에게 적용하는 것이다. 장인을 보고 "하 그 소가 참 한 돈 천냥이 나가겠다."[25]고 하는가 하면 장모 문병을 가서 "엉덩이 넓적해서 새끼는 잘 낳겠다."[26]고 하며 부부 싸움 끝에 장인이 "아, 그년 어디로 가?"라고 묻자 사위도 "그년 저리로 갑니다."[27]라고 천연덕스럽게 대답하기도 한다.

　분에 넘치게 유식한 사위를 보려 한 사람의 이야기 또한 마찬가지이다. 무식했지만 부자였던 어떤 사람이 무남독녀 하나만큼은 유식한 사위를 보기가 소원이어서 유식하다는 사위를 얻었는데 그만 虎患을 당하고 말았다. 그런데 사위는 그 위급한 상황에 한문으로 말을 지어 사람들을 불러댔고 동네 사람들은 전혀 알아들을 수가 없어서 결국 죽고 말았다는 이야기이다. 나중에 그 사위는 동네 사람들을 관가에 고발했는데 이때 동네 사람들의 반응이 재미있다. 자기들이 자다 들어보니 어디선가 "워ー 워ー" 소리가 들릴 뿐이라는 것인데, 그 대목을 들으면서 청중들은 웃음을 터뜨리고, 원님의 훈계에 다시 문자를 써서 "更不文字하겠시다."라고 하는 데 대해 웃음을 터뜨린다.[28] 유사한 이야기로 천하의 똑똑한 사위를 보겠다며 비가 올 것을 정확히 예측하는 사위를 맞고 봤더니 바보이더라는 것도 있다. 장인은 어떻게 그런 것은 알았느냐고 하자 당나귀 불알로 담배쌈지를 만들어 썼는데 비가 오려하면 그것이 부들부들해져서 안다고 대답했다. 사위가 그렇게 대답하는 대목에서 청중들은 웃음을 터뜨린다.[29] 한마디로 고소하다는 뜻이며 그래도 싸다는 야유이다. 유식한 바보사위를

25) ≪바보사위≫ 3−3, 533쪽.
26) ≪바보사위≫ 1−5, 199쪽.
27) ≪바보사위≫ 7−16, 38쪽.
28) ≪유식한 바보 사위≫ 5−3, 272~275쪽.
29) ≪바보 머슴의 엉뚱한 행운≫ 4−5, 628쪽.

보려 거드름을 피웠던 사람이 결국은 그 탓에 비명횡사하고 만다는 설정은 '겉똑똑 속바보'에 대한 비난이다.

그러나 알라존과 에이런의 대립이 극명히 드러나는 경우는 역시 힘의 강약이 또렷한 두 인물 가운데에서 명확하게 드러난다. 가령 원님/이방, 서울사람/시골사람 같은 대립이 그러한 예이다. 널리 알려진 ≪바보 원님을 속인 이방≫을 예로 들자면 원님은 어리석지만 힘이 있을 뿐만 아니라 자신이 매우 똑똑한 체 뻐기는 인물이다. 그런데 어처구니없게도 이웃 원님과 노루가 알을 낳는지 새끼를 낳는지를 두고 옥신각신할 정도의 바보이다. 이방은 궁여지책 끝에 장산에 사는 노루는 알을 낳고 야산에 사는 노루는 새끼를 낳는다는 식의 절충안을 내놓게 된다.[30] 노루가 새끼를 낳는 것은 분명하지만 자기가 모시는 원님이 곤란해져서는 안 되기 때문이다. 그렇게 하여 1차적으로 어리석은 원님들을 속여 넘기기는 했는데 문제는 그 다음이었다. 나중에 다른 원님들이 농락당했다고 생각하여 이방을 잡아들여 벌주려했지만 이방은 딸아이가 세배 온 김에 재미있는 이야기를 하느라 만들어낸 농담이라고 둘러댔다. 그러자 원님들은 화를 풀며 한 원님은 "허 그거 오월 단오 줄은 아는 모양이구만."이라 하고 또 한 원님은 "그 팔월 추석인 줄 알은 모양일세."[31]라고 했다는 이야기이다. 이방은 시종일관 저자세를 유지하며 아는 것이 없는 듯 처신하지만 기실은 원님들을 우롱하여 그 무지와 어리석음을 비웃어준다.

이런 대립은 바보설화에서 헤아릴 수 없이 많이 등장한다. ≪한음의 아들≫이라는 제목의 설화에서는 한음의 아들이 사랑채에 앉아서는 목동 아이가 소를 먹이는 모양을 보고 한시를 짓는 이야기가 나온다. 공부는 제법 많이 했지만 소조차 본 일이 없는 터라 "非熊非豹 是何獸오"[32]라 읊는다.

---

30) ≪바보 원님을 속인 이방≫ 1−1, 166~168쪽.
31) 같은 설화, 168쪽.
32) 8−10, 178쪽.

7언 한시처럼 진중하게 읊고 있지만 그 내용은 3척 동자도 다 아는 평범한 짐승을 신비한 동물인 양 그려내는 것이다. 형식과 내용의 괴리는 일종의 벌레스크(burlesque)로 작동하면서 주인공을 더욱 더 우스꽝스럽게 만들고 있다. 글 한 자 모르는 목동과 한시를 줄줄 짓는 신동이 등장하지만 이 상황에서 누가 바보인지는 분명하다. 어떤 이야기에서는[33] 조 씨 성을 가진 원님이 있었는데 바보였다고 한다. 이방은 용하게 이름 짓는 사람이 있으니 거기에서 이름을 지으면 높은 벼슬을 할 수 있다고 속였다. 원님은 그 말을 믿고 돈 천 냥을 내주자 그걸 가지고 갔다 와서는 갈 '지[之]' 자 한 자를 가져왔다. 옛날의 杜牧之와 王羲之가 모두 그 글자로 대성했으니 좋은 이름이라는 것이지만, 결국 그 원님은 졸지에 '조지'가 되고 나랏돈을 축낸 혐의로 그나마 있던 벼슬에서도 쫓겨난다. 제 깜냥을 모르며 기세등등하여 더 높은 벼슬을 하려는 원님이 이방의 농간에 파멸하고 마는 이야기로 두 인물 또한 성격적 대립을 보여준다.

이런 인물간의 대립은 '겉똑똑 속바보'와 '속똑똑 겉바보'의 대결 양상을 띤다. 이야기의 속성이 본디 의외성에 있고 보면, 똑똑한 사람이 바보를 이기는 게 아니라 바보가 똑똑한 사람을 이긴다는 설정이 도리어 자연스럽다. 대체로 설화 향유층이 常民 이하의 계층이었다고 본다면 이런 인물간의 대결과 그 대결의 승패를 따라가며 웃고 그 웃음을 통해 카타르시스를 경험했을 것이다.

3) 상황 : 작품 내의 상황과 구연 상황

우리 구비문학을 집대성한 『한국구비문학대계』는 『한국구비문학대계 별책부록(Ⅰ)한국설화유형분류집』[34]를 통해 독특한 분류체계를 세우고

---

33) ≪바보 원님과 꾀보 이방≫ 1-1, 491쪽.

있다. 이기고 지기, 알고 모르기, 속이고 속기, 바르고 그르기, 움직이고 멈추기, 오고 가기, 잘되고 못되기, 잇고 자르기 등의 2분법적 분류체계를 세운 것인데, 그런 분류체계의 최상위에는 '주체가 특이한 설화'와 '상황이 특이한 설화'의 분류기준이 나온다.[35] 이는 이야기라 하면 모름지기 '특이한' 내용을 담보로 하는데 그 특이함이 인물 자체에서부터 오는가 인물 바깥의 상황에서 오는가에 따라 설화를 분류할 수 있다는 뜻이다. 이 논의는 바보 설화의 웃음 논의에서도 그대로 적용될 수 있을 것이다. 그 웃음의 근거를 따져보면 어떤 설화는 인물의 바보짓에서부터 파생되는가 하면, 어떤 설화는 인물은 정상적이지만 상황에 따라 바보짓을 연출하고 바보 여겨질 수도 있는 것이다.

다음 두 작품의 예를 보자.

(1) 또 어떤 사람은 자루를 지라고 했더니, 마누라에게 자루를 지으라고 했더니, <u>이 빌어먹을 여편네</u>가 자루를 어떻든지 마루 그 기둥에다가 뜰뜰 말아서 뚝 맨들었단 말야. 그래 이놈을 빼낼 수가 있나. 영감더러,
"여보 영감."
"왜 그래."
"자루를 다 지었오."
"어 그래."
"자루를 다 졌는데 빼야 할 테니 톱 가져오. 기둥을 베어야겠오."[36]

(2) <u>우리나라 미개시(未開時)에</u> 정부에 유명한 이조판서를 지낸 사람에게 홀랜드에 있는 사람이 시계를 하나 선물을 했는데, 그걸 방에

---

34) 조동일 외(1989), 『한국구비문학대계 별책부록(Ⅰ)한국설화유형분류집』, 한국정신문화연구원.
35) 이는 조동일, 「분류 체계의 윤곽」, 위의 책, 12~16쪽에 상세히 소개된 바 있다.
36) ≪자루 짓는 이야기≫ 1-2, 88쪽.

다 걸어 두었더랬는데. 이조판서의 부인이 에 뭔가 시계에서 소리가
똑딱똑딱 거리면서 나고, '이 아마 귀신이 들었는갑다' 싶어가주고 무
당푸닥거리, 이런 사람들을 그런 여인들을 디리닥(데려다가) 오랫동
안 푸닥거리를 하니까 마침 그때 이조판서 출타한 뒤에 시계가 밥을
안 줘가 멈췄는데, 그 푸닥거리한 여인 덕택에, 무당 덕택에 되었다고
이래서 그 푸닥거리하는 무당에게 아주 흔한(많은) 쌀과 돈을 주었다
는 이런 말이 있습니다.37)(밑줄 필자)

　(1) 과 (2) 가 공히 바보설화이지만 그 주인공이 다 바보인 것은 아니다.
전자의 부인은 자루 하나 제대로 지을 줄 모르는 모자란 인물이지만, 후
자는 이조판서를 지낸 사람이라고 했으니 정상인임에 틀림없다. 화자가
굳이 밑줄 친 부분처럼 "이 빌어먹을 여편네"나 "우리나라 미개시에"를
강조하는 것은 둘의 차이를 분명히 드러내준다. 전자는 못나도 그렇게 못
난 사람이 없어서 그런 바보짓이 나왔다는 투의 서술이라면 후자는 역설
적으로 開化時였다면 그런 일이 있을 수 없는데 바보짓을 했다는 투의 서
술이기 때문이다. 게다가 두 이야기는 그 바보짓을 강화하기 위해서 하나
는 기둥을 베면 된다는 어처구니없는 해법을 내놓고, 또 하나는 푸닥거리
뒤에 마침 시계의 태엽이 다 풀려 멈춘 것을 무당이 영험한 덕이라고 여
기는 광경을 그려낸다. 이 또한 똑같이 바보짓을 가중했지만 전자는 주체
에 초점이 두어진 반면 후자는 상황에 초점이 두어진 것이다.
　『한국구비문학대계』의 분류 가운데 '242-8 물건 종류 모르는 바보',
'242-11 살림할 줄 모르는 바보 아내', '242-25 메뚜기를 아들로 착각한
사람' 등은 전자의 예이다. 그리 특별할 것이 없는 일상의 사물을 분별하
지 못하는 사람이나, 주부로서 응당 해야 하고 쉽게 할 수 있는 일조차 전
혀 못하는 사람, 그저 제 아래에서 뛰어나왔다는 이유만으로 메뚜기를 자

---

37) ≪귀신붙은 시계≫ 7-9, 110쪽.

식으로 착각하는 사람 등은 선천적으로 지능이 모자란 사람이다. 다소간의 과장이 있다 해도 이런 인물을 그려내면서 웃는 것은 확실히 우월이론에 입각해서 설명됨직하다. 자기보다 못한 인물에 대해 자신이 우월감을 느끼며 웃는 것이며,[38] 이런 설화는 앞의 1절과 2절에서 다룬 층위에서 논의될 만한 것이다.

반면, '242-14 서울 가서 바보짓한 시골 사람', '242-12 샌님 노릇 못하는 일꾼', '245 모르는 물건 나타나기' 등은 후자의 예이다. 시골 사람이든 서울 사람이든 사는 곳만 가지고 바보를 운운할 수는 없지만 시골 사람이 서울에 가거나 서울 사람이 시골에 갔을 때 곧잘 바보짓을 하게 된다. ≪나 이제 서울 사람한테 안 둘릴란다≫ 같은 데에 보면, 어떤 시골 사람이 서울에 갔다가 기차를 탔는데 3등실 표를 사서는 2등실에 탔다가 돈을 더 문 경험 때문에 인력거를 타고도 위로 편히 앉지 않고 발걸이 있는 데에 타면서 "응 내가 또 속일지 아냐. 이제는 내가 이등실 안탄다."[39]며 버틴다. 본래 바보는 아니지만 서울이라는 특수한 문화에 익숙지 않기 때문에 벌어지는 해프닝이다. 이런 데에서는 자신은 아주 자연스럽게, 그것도 좀 똑똑해 보이려 애를 쓸수록 완전히 다른 상황에 적응하지 못해 본의 아니게 바보짓이 연출되는 것이다. 또 전혀 공부를 하지 않던 일꾼이 편안히 공부나 하며 앉아있는 사람을 부러워하다가 글도 못 읽으며 책상 앞에 앉아 있어보니 고통스럽더라는 이야기 또한 급변한 상황에 적응하지 못한 부작용이 바보짓으로 드러난 것이다. 모르는 물건의 등장 역시

---

38) 홉스(Thomas Hobbs)로 대표되는 우월성 이론은 바보설화의 경우, 일방적으로 적용되기 어렵다. 상당수의 이야기에서 모자란 사람을 안타까이 여기거나 동정하기 때문이다. 알렉산더 베인(Alexander Bain) 같은 경우는 "우리가 웃는 것은 웃음의 대상이 부족하거나 못났거나 실수하여 우월하다고 생각한다기보다는 그것에 대한 안타까움이나 동정심에서 유발된다는 반론을 제기"했다. -김용운(1997), 『웃음건강학』, 예영커뮤니케이션, 118~119쪽.

39) 6-6, 438쪽.

마찬가지여서 (2) 의 시계가 그랬던 것처럼 거울, 기차, 비누, 사진, 신문 등등의 새로운 물건 앞에서 어리둥절해하다가 바보가 되는 일은 어쩌면 자연스럽기까지 하다.

그러나 모든 바보설화의 웃음이 그렇게 주체와 상황으로 양분되어 설명되기는 어렵다. 오히려 그 양자가 적절하게 뒤섞이면서 웃음은 증폭될 수 있다. 가령, 성행위를 모르던 사람에게 성행위를 일러주는 음담의 경우, 주인공이 성행위를 모른다는 점에서 바보임이 분명하지만 실제 설화에서는 그렇게 단순화하여 기술하지는 않는다. 예를 들어, 어떤 처녀가 시집가보니 신랑이 꼬마여서 성행위를 몰랐다고 말한다. 성행위를 모를 정도로 바보라는 게 아니라 성행위를 모를 만큼 어리다는 것이다.[40] 물론 실제 결혼을 할 만큼이 되어도 성행위를 모른다는 게 정상이라고 보기는 어렵지만 하도 나이가 어리니까 그럴 수도 있다고 판단된다면 주체의 문제가 아니라 상황의 문제로 여겨질 만도 하다. 같은 이치로 많은 바보설화에 등장하는 양반 역시 어리석은 인물이 주종이지만 거기에는 그럴법한 사회적 상황이 등장하여 개연성을 높여준다.

그러나 '상황'이 텍스트 안에서만 작동하는 것이 아니라는 점에서 이 층위에서의 논의가 확장될 필요가 있다. 바보가 아닌 인물이지만 상황의 특수성 때문에 바보로 작동하여 웃음을 유발하는 이야기가 있듯이, 실제 텍스트만으로는 웃음이 유발될 것 같지 않은데도 격렬한 웃음이 유발되는 경우도 있기 때문이다. 이는 바보인물임을 빌미로 음담을 늘어놓는 경우 자주 발견된다. 음담은 본래 점잖은 이야기가 못되어 진지함과는 결별하는 게 상례여서 이야기의 시작부터 웃을 준비를 하고 있다고 해도 과언이 아니다. 레이놀드 톰슨은 희극에서의 웃음의 요인을 '외설, 신체적 불

---

40) 가령 ≪어린애 신랑≫ 6–5, 186쪽 같은 경우는 아예 제목부터 '바보'대신 '어린애'를 택하여 다른 바보 음담들과는 선을 긋고 있다.

운, 플롯의 장치, 언어적 재치, 인물, 관념이나 사상들'의 여섯 가지로 제시한 바 있다.[41] 그 첫째로 외설이 꼽힌 것은 그 등급이 가장 낮다는 말인데, 이는 역으로 가장 웃기기 쉬운 이야기라는 뜻이기도 하다. 그 반대편의 끝에 있는 관념이나 사상으로 웃음을 유발하려면 화자나 청자에게 높은 사고력이 요구될 것이 분명하다.

이처럼 외설적인 내용은 저급하기는 하지만 웃음을 확실하게 보증하는 요인이다. 그런데 문제는 그런 확실성 탓에 도리어 기대 이상의 웃음을 불러일으키기 어렵다는 점인데, 이때 화자의 口演 능력에 따라 웃음의 강도가 달라진다. 화자가 단순히 말로만 서술하는 음담에 그치지 않고 非언어와 半언어를 동원하여 묘사에 박진감을 줄 때 청중들의 반응은 극대화한다. 가령, 再行을 따라갔다가 옷을 벗고 벌이는 해프닝을 이야기하는 가운데, 바깥사돈의 성기가 드러나고 그걸 막아보려 애쓰는 장면에서 실제 몸짓으로 구체적으로 보여주는 예가 있다.[42] 구연자는 자신의 "치마로 막는 시늉을 하며" 흥겹게 이야기하고 청중들은 '웃음'으로 반응한다. "이 막으이 이리 툭 튀나오고"라고 말하면서 몸짓을 할 때, 사람들은 그 몸짓을 따라가며 사돈의 성기를 떠올리며 웃었음이 분명하다. 또, 남편의 성기가 벌에 쏘여 커졌다는 이야기에서 손가락으로 그 굵어지는 모양을 흉내 내는 예 역시 마찬가지이다.

텍스트 안에서의 상황이든 텍스트 밖에서의 상황이든, 그 상황이 설명되지 않으면 웃음이 유발될 수 없는 경우, 혹은 웃음이 유발되더라도 극히 미약할 수밖에 없는 경우에도 이렇게 특별한 상황이 첨가되면서 큰 웃음이 일어나기도 한다.

---

41) 김영수(2000), 『한국문학 그 웃음의 미학』, 국학자료원, 424~425쪽에서 재인용.
42) ≪안사돈 속곳을 입고 실수한 요객손≫ 7−17, 579쪽.

4. 마무리

이 논문은 우리나라의 대표적 笑話인 바보 설화의 웃음의 층위에 대해 고찰했다. 특히, 구연상황이 기록된 자료 등을 통해 청중의 웃음이 구체적으로 어떻게 유발되며 이야기판에서의 기능 등에 유의했는데, 논의 결과는 다음과 같다.

첫째, 바보설화의 웃음을 살피기 위해 웃음의 이론에 대해 간략하게 살펴보고 그 층위를 구분하는 방안을 마련해보았다. 먼저, 플라톤과 아리스토텔레스로 대표되는 고대의 웃음 이론은 보통 이하의 인물이 벌이는 웃음거리를 그 이상의 인물이 웃어주는 식으로 설명하여 이른바 '우월이론'의 토대가 되었으며, 이는 저열한 인물을 다루는 대부분의 바보설화와 직접 연결된다. 다음으로, 중세의 웃음 이론은 교회의 절대권력에 대한 반발로서 바보인물이 문제가 되는데, 바보설화에서도 신분제의 고착이나 유교적 권위 등에 반발하는 내용들이 이와 관련된다. 다음으로 영국에서 생겨난 '불일치이론', 또 베르그송이 제기한 경직성에 의해 유발된 웃음 등이 있는데, 이 또한 바보인물에 대한 동정적 시선이나 유연성을 잃어 희화화되는 바보인물 이야기 등과 연계될 수 있다. 이러한 논의를 토대로 볼 때 바보설화에서 웃음을 유발하는 층위는 첫째, 언어나 구성 같은 형식적 층위, 둘째, 특별한 인물의 성격 층위, 셋째, 작품 내과 구연 상황으로 나누어 볼 수 있다.

둘째, 위에서 도출된 세 층위의 웃음에 대해 살폈다.

먼저, 언어와 구조의 층위에서는 언어 형식적인 측면에서의 웃음을 중심으로 논의했다. 대체로 바보 인물이기 때문에 정상인으로서는 빚어내기 어려운 同音異義語나 同義異音語를 통한 언어유희가 많았으며, 언어 사용상의 장애 때문에 소통에 문제가 생겨 웃음이 유발되기도 했다. 또

한두 번의 실수라면 그냥 넘어갈 만한 일을 연쇄하도록 하여 웃음의 효과를 극대화했다.

다음으로, 인물의 성격 층위에서는 어떤 인물이 바보로 설정되면서 그 인물의 상대역으로 등장하는 인물이 그와 견주어지면서 성격적 특성이 도드라졌다. 흔히 알라존과 에이런의 대립으로 설명되듯이 인물간의 강약이 작품 속에서 전복되면서 웃음을 유발하는 것이다. 가령, 똑똑한 사위를 보려는 장인과 그 바보 사위, 이방에게 권위를 세우는 원님과 그를 기롱하는 이방, 조선 사신을 무시하는 중국 사신과 그의 상대역으로 나서는 떡보 등의 대립을 통해 기세등등하여 무시하던 상대에게 한순간에 파멸 당하는 구도를 통해 어느 쪽이 진짜 바보인지 일러준다.

끝으로, 상황의 층위에서는 그 바보스러움이 인물을 둘러싼 상황에서 빚어지는 경우와, 구연 상황에 의해 웃음이 유발되는 경우를 살폈다. 일시적인 제약이나 특별한 상황에 의해 정상적인 인물도 바보로 그려지기도 하며, 텍스트만으로는 웃음거리가 별로 없거나 적은 이야기도 특별한 구연상황에서 웃음이 폭발하기도 한다. 전자에서는 는 가벼운 웃음 내지는 동정적 웃음이 유발되며, 후자에서는 구연자의 동작이나 구연 솜씨 등이 웃음을 불러온다.

그러나 이런 결과는 우리나라의 바보설화에 한정하여 도출한 것이다. 여타의 소화는 물론, 설화 이외의 다른 서사 갈래나 고전서사가 아닌 현대 서사, 또 문학이 아닌 다른 예술, 나아가 우리나라의 서사가 아닌 다른 나라의 서사 등으로 논의를 확대한다면 적어도 그 해석이 달라질 여지가 많다. 향후 그러한 영역에서의 확장된 논의를 통하여 더욱 정교해지기를 희망한다.

한국 문신민속의 양상과 특징

1. 서론

문신은 영어로 타투(Tattoo)라고 부르는데, 이 말은 남태평양 타히티족의 말인 타토우(Tattow)에 근원을 두고 있다. 이것은 피부에 검은색을 새겨 넣은 것으로 한번 새기면 영원히 지울 수 없다. 살갗에 상처를 내거나 바늘로 찔러 물감이나 먹물로 글씨·그림·무늬를 새기는 우리의 문신이라는 말과 상통한다. 한자문화권에서는 문신이라는 이름 외에도 입묵(入墨)·자자(刺字)·자청(刺青)·경면(黥面) 등 다양한 말로 사용되고 있다. 우리나라에서도 이러한 말이 사용되고 있다는 사실은 문신이 실제 행해졌음을 말해준다. 그러나 우리나라의 전통문화 속에 문신민속[1]이 존재

---

1) 민속이란 한 나라의 서민사회에 전승되는 기층문화(基層文化) 혹은 잔존문화(殘存文化)를 말한다. 그리고 민속은 민간의 생활인 동시에 그 생활의 계속 또는 반복에서 이루어지는 민간 공통의 습속을 말한다. 여기서 말하는 문신민속이란 민속의 여러 영역 중에서 문신에 관한 습속을 말한다. 역사적으로 우리나라에서 문신이 널리 행해지지 않았고, 그에 부정적인 인식이 강해 민속분야에서 독자적인 영역을 확보하지 못했다. 그러나 분명히 우리나라에서 문신의 역사는 오래 되었고 최근까지 행해진 하나의 민속이다. 따라서 문신을 민속 영역의 하나로 자리매김할 필요가 있으

한국 문신민속의 양상과 특징 _ 이동철 247

했다는 사실을 아는 사람은 많지 않다. 그저 일본 또는 서양에서 들어온 저급한 문화, 또는 아프리카의 소수민족에서 행해지는 미개인의 문화로 알고 있을 뿐이다. 그리고 가끔 TV 뉴스에서 조폭의 문신한 모습이나 군면제를 받기 위해 몸에 문신한 모습을 보고 혐오감을 느끼며 그 행동에 대해 비난하는 정도다.

그러나 분명 우리의 문화 속에도 문신은 존재했었고, 그 역사는 적어도 삼한시대까지 거슬러 올라갈 정도로 오래되었다. 그럼에도 불구하고 우리나라의 문신민속에 대한 일반인들의 이해부족은 물론 연구자들의 관심도 부족했다. 물론 몇몇 학자들에 의해 한국의 문신민속을 부분적으로 다뤄 왔지만 본격적인 학술논문은 많지 않다. 우리나라에서 문신에 대한 본격적 연구는 조현설2)에 의해 시작되었다. 그러나 그의 연구는 우리나라 문신만을 대상으로 한 것은 아니고, 동아시아 문신의 유래와 문신의 일반적인 역사를 다루면서 그 속에서 우리의 문신을 한 부분으로 다루고 있다. 이에 필자는 한국 문신민속의 양상을 전반적으로 검토할 필요성을 느끼게 되었다.

본 논문은 기존의 문신에 대한 연구 성과를 기반으로 하여 우리 문신민속의 전개양상과 그 특징을 밝히는데 목적이 있다. 가능하면 한국의 문신민속에 대한 역사적 기록을 최대한 제시하여 문신민속의 제 양상을 드러내고자 한다. 그리고 다른 문화권의 기록과 연구를 비교함으로써 한국적인 특징을 밝히고자 한다.

므로 본 연구에서는 문신민속이라는 용어를 사용한다.
2) 조현설, 「동아시아 문신의 유래와 그 변이에 관한 시론」, 『한국민속학』 35호, 한국민속학회, 2002. 『문신의 역사』, 살림, 2003.

2. 한국 문신민속의 전개 양상

1) 삼한시대의 주술문신

우리나라의 문신의 역사는 매우 오래 되었다. 문헌상으로 남아있는 최초의 기록은 중국사서인『삼국지』「위지」<동이전>에서 찾을 수 있다. 마한조에는 "그 남자들은 때때로 문신을 새기기도 한다."[3]라고 하였고, 변진조에는 "남자든 여자든 간에 모두 왜인들에 가깝게 또 문신을 새긴다."[4]라고 언급하고 있다.『후한서』「동이열전」에서도 비슷한 내용이 기록되어 있다.

그렇다면 삼한인들은 왜 문신을 했을까.『삼국지』와『후한서』의 마한조와 변진조에서는 삼한의 문신에 대하여 간단하게 서술되어 있어서 그 진의를 상세히 알 수 없다. 그러나 "남자든 여자든 간에 모두 왜인들에 가깝게 또 문신을 새긴다."(변진)는『삼국지』의 내용과 "그 남쪽경계는 왜와 가까워 역시 몸에 문신을 하였다."(마한), "그 남쪽경계는 왜와 가까워 역시 몸에 문신을 하였다."(변진)는『후한서』의 내용은 삼한의 문신 풍습이 왜와 친연성이 있음을 보여준다. 즉 왜인들과 가깝게 문신을 한다고 했으니, 왜인들의 문신을 풍습을 통해서 그 대략적인 유추가 가능하다.『삼국지』「위지」<동이전> 왜인조에는 왜인들의 문신 풍습에 대하여 비교적 자세하게 서술되고 있어 참조가 될 만하다.

> 왜국의 남자는 어른이든 어린이든 간에 모두 얼굴이나 몸에 먹물을 넣어서 문신을 만든다. 옛날부터 왜국의 사자가 중국으로 왔을 때에는 모두 자신을 대부라고 했다. 하나라 주군인 소강 의 아들이 회계 왕

---

3) 其男子時時有文身(『三國志』「魏志」<東夷傳> 韓).
4) 男女近倭 亦文身(『三國志』「魏志」<東夷傳> 韓).

에 봉해졌을 때 그는 머리를 깎고 몸에 문신을 새겨 교룡의 해를 피한 일이 있다. 지금 왜인의 수인들은 물속에 들어가 물고기·전복·조개를 잘 잡는데, 문신을 새기는 것 또한 큰 물고기나 물새가 싫어하게 하기 위한 것이었으며, 후에 와서 차츰 장식으로 쓰게 되었다. 나라들마다 문신에는 각기 차이가 있다. 왼쪽에 혹은 오른쪽에, 크게 혹은 작게 하였는데, 지위의 높고 낮음에 따라 구별된다.[5]

<동이전> 왜인조의 내용에서 우리는 두 가지를 사실에 주목할 필요가 있다. 하나는 "하나라 주군인 소강(少康)의 아들이 회계(會稽) 왕에 봉해졌을 때 그는 머리를 깎고 몸에 문신을 새겨 교룡(蛟龍)의 해를 피한 일이 있다."는 내용이고, 다른 하나는 당시 왜의 "수인들이 물속에 들어가 물고기·전복·조개를 잘 잡는데, 문신을 새기는 것 또한 큰 물고기나 물새가 싫어하게 하기 위한 것"이라는 내용이다. 전자는 회계가 문신을 통해 교룡의 해를 피했다는 것이고, 후자는 수인들이 문신을 통해 큰 물고기나 물새의 해를 피했다는 것이다. 즉 이들이 문신을 하는 목적은 교룡 혹은 수물의 해를 피하기 위한 것이었다. 이렇게 볼 때 하·왜인들이 몸에 문신을 새긴 것은 강이나 바다에서 작업을 할 때 교룡·수물 등의 존재로부터 피해를 막아보겠다는 주술행위였던 것이다. 이러한 목적은 베트남의 신화에서 보다 분명하게 드러나고 있다.

당시 숲과 산록의 백성들이 강에서 물고기를 잡을 때 왕왕 교룡에게 해를 입었다. 그래서 왕에게 사뢰었더니 왕이 말하기를 "산만의 종내기는 수족과 다르거늘, 교룡은 자기 부류를 좋아하고 다른 부류를 싫어하는지라 너희들을 침해하는 것이다."라고 했다. 그리고 사람을 시켜 백성들의 몸에다 먹으로 용군의 모습과 수중 괴물의 형상을 새

---

[5] 男子無大小皆黥文身 自古以來 其使詣中國 皆自稱大夫 夏后少康之子封於會稽 斷髮文身以避蛟龍之害 今倭水人好沈沒捕魚蛤 文身亦以厭大魚水禽 後稍以爲飾 諸國文身各異 或左或右 或大或小 尊卑有差(『三國志』「魏志」<東夷傳> 倭人).

기게 했는데, 이후 백성들이 교룡에게 물리지 않았다. 백월의 문신하
는 풍속은 실로 여기서 비롯되었다.6)

베트남 신화에서도 문신을 하게 된 동기를 교룡에게 물리지 않기 위해
서라고 설명하고 있다. 이는 하 · 왜에서 교룡의 해를 피하기 위해서 문신
을 했다는 것과 그 맥을 같이 하고 있으면서, 나아가 문신의 형상까지 서
술되고 있다. 즉 하나라 · 왜에서는 그들이 어떤 문신을 했는지에 대한 설
명이 없는데, 베트남 신화에서는 '용군의 모습' 또는 '수중 괴물의 형상'으
로 어느 정도의 구체적인 형태까지 설명되고 있다. 그리고 그러한 모습의
문신을 새겼을 때 교룡이 해를 끼치지 않는 이유도 또한 설명되고 있다.
베트남 신화에 따르면 교룡은 자기와 같은 부류는 좋아하고 다른 부류는
싫어하기 때문이라는 것이다. 따라서 사람이 용의 모습이나 수중 동물의
형상의 문신을 새기면 교룡은 그러한 사람을 보고 자기와 같은 부류로 여
겨 해를 끼치지 않는다는 것이다.

이상 하 · 왜 · 베트남의 문신에는 상호 유사성이 발견된다. 또한 마한 ·
변진 등의 문신은 왜의 문신과 연관성을 가진다고 했다. 따라서 마한 · 변
진 등의 삼한인의 문신도 하 · 왜 · 베트남 등의 문신 풍속과 같은 맥락에
서 이해될 수 있을 것 같다. 즉 삼한인이 문신을 한 목적은 수중에서 일을
할 때 교룡 등의 피해를 막기 위한 것으로 추정해볼 수 있다. 그 형태는 물
론 용이나 수중괴물 등의 형상이었을 것이다. 이 때 문신은 주부(呪符)로
서의 기능했을 것이다.

이러한 주술로서의 문신행위는 그 형태를 달리하여 최근까지도 지속

---

6) 時山麓之民漁于水, 往往爲蛟龍所傷, 白於王. 王曰: "山蠻之種, 與水族殊, 彼好同惡異,
故爲侵害." 乃令人以墨刺身, 爲龍君之形, 水怪之狀, 自是蛟龍無咬傷之患. 百粤文身
之俗, 實始于此(『嶺南摭怪列傳』, 卷之一, 鴻厖氏傳[무경 엮음 / 박희병 옮김, 『베트
남의 신화와 전설』, 돌베개, 2000, 22 · 133쪽]).

되었다. 김광언[7]은 강원도 산간지방에서는 돌림병이 돌 때 이마에 붉은 동그라미를, 평안북도에서는 아기를 낳을 때 임산부의 발바닥에 하늘 천 (天)자를 넣었다고 하였다. 그리고 전라남도에서는 치질을 고치려고 아버지 이름을 국부에 놓았던 사실이 이를 뒷받침해 준다.

2) 고려 · 조선시대의 형벌문신

삼한 이후 삼국시대에는 문신에 관한 자료를 찾아보기 어렵다. 『삼국 사기』나 『삼국유사』를 비롯해 삼국시대의 기록에서 문신에 대한 기록이 전혀 나타나고 있지 않다. 문신의 기록이 없다고 해서 문신의 풍속이 완전히 사라졌다고 단정하기는 어렵다. 송나라의 사신 서긍이 지은 『고려 도경』에는 고려의 문신 풍속에 대하여 간단하게나마 언급하고 있다. 즉 『고려도경』에서는 "동이(東夷)의 풍속은 머리를 자르고, 문신(文身)을 하고, 이마에 그림을 새기고 양반다리를 한다."[8]고 하였다. 서긍이 기록한 『고려도경』은 3개월간의 짧은 기간 동안 체류하면서 외국인의 눈으로 목격한 고려의 풍경을 기록한 것이기 때문에 한계가 있을 수 있다. 그렇다고 『고려도경』의 내용을 전혀 무시할 수도 없다. 일단 『고려도경』의 내용에 대해서는 그 정도로 해두고, 고려시대의 다른 기록을 살펴보기로 하자.

---

7) 김광언, 『김광언의 민속지』, 조선일보사, 1994, 299쪽.
8) 東夷之俗 斷髮文身 雕題交趾(서긍, 조동원외 공역, 『고려도경』, 황소자리, 2005, 120~121쪽). 역자는 이 책 121쪽 각주 8에서 비슷한 내용의 『예기(禮記)』의 "東方 日夷 被髮文身…南方日蠻 彫題交趾"와 『수서(隋書)』의 "南蠻…其俗斷髮文身" 비교 하여 '被髮文身'과 '斷髮文身'은 엄연히 구별되므로 '斷髮文身'은 남만의 풍습이라고 하였다. 그러므로 서긍이 인용한 이 구절은 동이 혹은 고려의 풍속이 아니라 남만 (南蠻)의 풍속을 잘못 인용한 것으로 보고 있다. 그러나 '被髮'과 '斷髮'의 차이는 있 지만 문신을 했다는 면을 보여주고 있고, 실제 고려시대에 형벌문신이 존재하고 있 었음을 고려한다면, 시긍이 잘못 인용한 것이리고 단정할 수는 없을 것 같다.

『삼국사기』나 『삼국유사』에는 찾아볼 수 없었던 문신이 그 후 『고려
사』에 와서 다시 기록되고 있다. 그러나 고려시대의 문신은 이전 삼한시
대 문신과는 전혀 다른 목적과 방식의 문신이다. 즉 삼한시대의 문신이
주술 목적의 그림 문신이었다면, 고려시대의 문신은 형벌 목적의 글자문
신으로 나타난다. 그 내용을 인용해 보면 다음과 같다.

> 절도범이 귀양 중에 도망쳤을 때에는 자자형을 가하여 육지와 멀리
> 떨어진 주·현으로 귀양을 보낸다.[9]

위의 내용은 고려시대의 형벌 가운데 '얼굴에 글자를 새기'(鈒面)는 형
벌이 존재했음을 확인해 준다. 물론 모든 절도범들에게 문신 형벌을 가한
것은 아니었다. 도둑질을 하게 되면 유배를 보내게 되는데, 유배지에서
도망할 경우 얼굴에 문신을 새겨 가중처벌하는 방식을 취하였다. 이는 문
신형벌이 일반 형벌보다 가혹한 형벌이었음을 말해준다. 문신형벌이 어
느 정도 가혹한 형벌이었는지는 『고려사』의 '묘청의 난'과 관련된 기록에
서도 확인해 볼 수 있다.

> … 가장 독살스럽게 항거한 자는 '서경역적(西京逆賤)'이라는 네 글
> 자를 이마에 자자하여 해도(海島)로 귀양 보내고, 그 다음 가는 자는
> '서경(西京)' 두 자를 자자하여 향과 부곡에 나누어 보내고…[10]

당시 '묘청의 난'과 관련하여 최영·황린·윤주형·김지·조의부·나
손언 등의 머리를 베어 3일간 시가에 효수(梟首)하였으며, 붙잡힌 자들 중
에서는 심한 고문을 하여 죽이기도 하였다. 그 외에 '묘청의 난'에 참여해

---

9) 犯盜配所逃亡者刑決鈒面配遠陸州縣(『고려사』, 권85, 지39, 형법2, 도적).
10) …其勇悍抗拒者 西京逆賊四字流海島 其次 西京二字分配鄕部曲…(『고려사』, 권98,
　　열전11, 김부식).

서 관군에게 끝까지 항거한 자들에게 '서경역적(西京逆賤)' 4글자를 얼굴에 새겨 섬으로 유배를 보냈다. 그 다음에 해당하는 자는 '서경(西京)' 2글자를 얼굴에 새겨 향(鄕)과 부곡(部曲)으로 나누어 보냈다. 이는 문신이 당시 죄인에 대하여 사형 다음의 가혹한 형벌이 문신형벌이었음을 보여주는 것이다. 이러한 문신형벌은 의종·명종시대에도 기록되어 있다.

정함이 대간을 모함하려고 은밀히 산원 정수개를 꾀어서, 대성과 이빈 등이 왕을 원망하여 경을 추대해서 왕으로 삼으려고 꾀한다고 무고하였다. 왕이 이에 현혹되어 간신을 제거하려고 하니 김존중이 간언하여 중지시켰다. 유사를 시켜 심문하기를 청하니, 과연 증거가 없었다. 수개는 얼굴에 자자하여 흑산도로 귀양보내고, 이빈은 운제현으로 귀양 보냈다.[11]

이의방이 평두량도감을 두고 마질이나 되질에 모두 평두목을 쓰게 하였는데, 위반하는 자는 자자하여 섬에 귀양 보내었다.[12]

산원동정 최찰송은 복야 송유인이 반함을 음모한다고 고변하였다. 조사해보니 그러한 사실이 없었는지라, 찰송을 묵형하여 섬에 귀양 보내고 그의 집을 적몰하였다.[13]

중방에서, 동북 양계의 주·진의 판관은 무관으로 임명하는 것을 허락하지 말기를 주청하니, 이를 청종하였다. 이 논의를 주장한 자는 장군 홍중방이었는데, 무관 김돈의 등 6명이 중방이 나오기를 기다려 길을 가로막고 그 잘못을 호소하니, 중방에서 체포하여 묵형하고 섬에 귀양 보내었다.[14]

---

11) 鄭諴 謀陷臺諫 密誘散員鄭壽開 誣告臺省 及李份等 怨大家 謀推曔爲主 王惑之 欲去 諫臣金存中 諫止之 請令有司按問 果不驗 黥壽開 配黑山島 流份於雲梯縣(『고려사절요』, 의종, 5년 4월)
12) 『고려사절요』, 명종3년, 4월.
13) 『고려사절요』, 명종6년, 3월.

위의 내용을 차례대로 정리하면 다음과 같다. 먼저 첫 번째 내용은 내관 정함이 정수개를 꾀어 정적인 대간들을 역모로 몰았던 사건이다. 정수개는 대성 및 대리 이분 등이 왕을 원망하여 왕경을 추대하고 역모를 꾀하고 있다고 고변하게 되는데, 의종은 이 말을 믿고 역모자들을 처벌하는 한편 왕경을 귀양 보내려고 했다. 그런데 간관 김존중이 관리들을 시켜 그들을 심문하도록 해야 한다고 주장하여 대간들과 왕경은 귀양을 면하게 된다. 그리고 그들을 심문하여 보았지만 별다른 증거가 발견되지 않았다. 이 사건으로 그들을 고변한 정수개는 무고죄로 얼굴에 자자하여 흑산도로 귀양 가고 역모혐의가 있는 이분 역시 운제현으로 유배되었다.

두 번째 내용은 고려 명종(明宗) 3년(1173)에 당시 사용되고 있던 도량형기(度量衡器), 특히 말(斗), 되(升) 등을 통일하기 위해 평두량도감을 설치했던 내용과 관련되어 있다. 당시 집권자였던 이의방의 건의에 따라 설치되고 말질과 되질을 할 때에는 모두 평미레[槩]를 쓰게 하고 이를 어기는 자는 얼굴에 자자(刺字)하여 섬으로 귀양 보내게 하였다는 내용이다.

세 번째 내용은 최찰송이 송유인의 역모를 고했지만, 무고로 판명되어 묵형되어 유배되었다는 내용이다.

네 번째 내용은 동북양계(東北兩界)의 주(州) 진(鎭)의 판관은 무관으로 임명하는 것을 허락하지 말기를 주청하여 받아들여지게 되는데, 이 논의를 주장한 홍중방에게 김돈의 등이 그를 가로막고 나쁜 말을 섞어가며 억울한 심정을 부르짖었기 때문에 체포하여 묵형하고 섬에 귀양 보내었다는 내용이다.

이들을 분석해 보면 고려시대의 문신형벌이 정적에게 역모를 씌워 모함한 경우와 주요 국가 시행령을 어겼을 경우로 대표된다. 정적에 대하여 역모설을 주장하다가 거짓으로 판명되거나, 도량형과 관직임명 등의 중

---

14) 『고려사절요』, 명종7년, 4월.

요 국가 시행령을 어길 경우 문신형벌을 받게 되었음을 확인할 수 있다. 앞의 정함 사건에서 볼 수 있듯이 역모죄에 대하여는 귀양을 보냈으나 역모죄로 상대방을 모함했을 때는 문신 후 귀양을 보내는 더 엄중한 처벌을 했던 것이다. 국가 시행령을 어길 경우에도 그 죄를 엄중하게 여겨 문신 후 귀양을 보냈음을 확인할 수 있다.

고려시대를 거쳐 조선시대로 들어서면 문신형벌에 대한 기록이 다 적시하기 어려울 만큼 빈번하게 등장한다. 그만큼 고려시대에 비하여 조선시대에 문신형벌이 더 자주 시행되었다. 그러나 조선시대의 문신형벌은 그 죄목에서 차이가 있다. 조선시대의 문신형벌은 강도나 도적에 대한 죄를 저질렀을 때 가해졌다. 조선시대의 문신형벌은 『경국대전』에 규정에 의거하고 있다. 그 대략을 살펴보면 다음과 같다.

사형에 처하지 않는 강도는 법조문대로 처결한 후 '강도'라는 두 글자를 몸에 먹물로 새겨 넣으며 두 번 범하면 교형에 처한다. 강도의 처자는 영원히 거주하고 있는 고을의 노비로 삼는다. 법조문으로 사형에까지 이르지 않는 와주는 죄를 처결한 후에 강와라는 글자를 몸에 먹물로 새겨 넣고 온 집안을 아주 먼 변경으로 이주시키며 세 번 범하면 교형에 처한다. 도적죄를 범하여 도형이나 유형에 처할 자들은 각각 평안도와 영안도의 맨 끝으로 보내고 그 이외의 도는 외딴섬 각 고을로 보내어 영구히 종으로 삼는다. 대체로 몸에 먹물로 글자를 새겨 넣은 자는 새겨 넣은 곳을 봉하고 수표까지 해서 구금했다가 3일이 지난 다음에야 놓아준다. 도적죄를 범한 군사에게도 몸에 먹물로 글자를 새겨 넣는다.[15]

---

15) 强盜不死依律論罪後, 刺强盜二字, 再犯處絞. 强盜妻子永屬所在官奴婢, 窩主律不至死者, 論罪後 刺强窩二字, 全家徙極邊, 三犯處絞. 犯盜徒流者, 平安永安道各其道極邊, 其餘道絶島各邑永屬爲奴. 凡刺字者封署刺處仍囚, 過三日乃放. 軍人犯盜者亦刺字(『경국대전』, 형전, 장도).

위의 인용은『경국대전』「형전」장도조에 나와 있는 내용이다. 강도나 도적에 대한 형벌에 대해 법제화하여 구체적으로 적시하고 있다. 강도는 '강도(强盜)'라는 글자를 문신하는데, 이를 2번 범하면 사형에 처한다고 하였다. 이로 보면 문신형벌은 사형을 집행하기 바로 전 단계에 해당한다고 하겠다. 그리고 강도의 처자를 고을의 영원한 노비로 삼는다고 하였으니, 자자형 즉 문신형벌은 영원히 노비로 처해지는 것보다 훨씬 가혹한 형벌이었음을 알 수 있다.

조선시대의 문신형벌에 대하여는 태종조의 노비 오철에 대한 기록를 비롯해『조선왕조실록』에는 수백여회에 걸쳐서 나타난다. 그 중 문신형벌이 언제 어떻게 행해졌는지 구체적인 묘사된 사건만을 열거해 보기로 한다.

의정부 장계에, 우군총제 장사정의 장고에 의거하면, 의주에 사는 구노 오철이 나이가 30세인데, 지난 홍무 34년 시기에 도둑이 되어서 의주 백성 정송의 집 우척을 훔쳐서 도망치다가 붙잡히게 되어 두 귀를 베이었고, 또 홍무 35년 3월경에 장사정의 집 의복과 마필을 훔쳐 도망쳤으나 발자취를 쫓아가 잡아서 얼굴에 자자하였는데, 항상 불복하므로 역노로 사역시켜 스스로 죄악을 깨닫게 하였던 바…16)

"인순부의 종 가마중이 대궐 안에 있는 은기를 도적질하였사오니, 형률에 의거하면 참형에 해당합니다." 하니, 그대로 따르게 하다가, 재차 심문에 미처서 한 등을 감형하라고 명하니, 형조에서 또 아뢰기를, "참형의 죄를 감등하게 한 자는 비록 자자한 예가 없사오나, 보통 절도에도 오히려 자자하옵거든, 하물며 가마중은 내부의 재물을 도적질하

---

16) 議政府狀啓 據右軍摠制張思靖狀告 有義州住驅奴吳哲 年三十歲. 昨於洪武三十四年 時分作賊 偸盜義州百姓鄭松戶牛隻逃走 致被捉獲 割去兩耳. 又於洪武三十五年三月 內 偸盜思靖戶衣服馬匹逃走, 追蹤得獲刺面 常川不服使喚. 逆奴自知罪惡…(『조선 왕조실록』, 태종6년, 4월 13일).

였사온데 특별히 주상의 은혜를 입사와 목숨을 보전하게 되었사온즉, 또 자자까지도 않는다면 악을 징계할 수가 없을 것이오니, 청컨대 절도의 예에 의거하여 '도내부재물'이란 다섯 글자를 자자하고, 경기도 밖으로 내쫓아 관노로 정하게 하소서." 하니, 그대로 따랐다.17)

형조에서 아뢰기를, "상의원 장인 김준·박충 등이 어대의 금을 도용하였으므로, 율문에 의하면 참형에 처하여야 하겠지만, 일찍이 1등을 감하라고 명하신 일이 있었습니다. 참형에서 감등된 자는 비록 자자하는 예가 없사오나, 그 범한 바가 너무나 중대하므로 자자하지 않을 수 없습니다. '도내부재물' 다섯 자를 자자하게 하소서." 하니, 그대로 따랐다.18)

의정부에서 형조의 정문에 의거하여 아뢰기를, "『속형전』에 이르기를, '절도로서 사유 후에 다시 범죄한 자는 옛 제도에 의해서 왼쪽 팔뚝 뒤와, 목 위에 자자한다.' 하였으니, 청하건대, 이제부터는 절도 3범인 자는 뺨 뒤에다 자자하고, 절도 4범 이상인 자는 사유 전후를 통계하여 4범은 오른쪽 팔뚝 뒤쪽에, 5범은 왼쪽 팔목 뒤쪽에, 6범은 오른편 목 위에, 7범은 왼편 목 위에다 차례로 자자할 것이며, 그래도 또 범죄한 자는 자자할 곳이 없는 까닭에 다만 그 죄를 논의하고서 앞서 가속으로 정한 곳으로 즉시 잡아 보내도록 할 것입니다. 다만 서울과 지방에 도둑이 서로 오가면서 도둑질하는데, 만약 문안이 없으면 빙고하기가 곤란하니, 그 자자하지 못한 사유와 도둑질한 날짜를, 서울에서는 각도에, 지방은 본조와 타도에 그 사연을 갖추어서 이문)하고 장부를 만들어 두어서, 후일 참고가 되도록 할 것입니다. 또 경면은 법

---

17) 刑曹啓 仁順府奴加麿衆 盜闕內銀器 律該處斬 從之. 及二覆 命減一等 刑曹又啓 斬罪減等者 雖無刺字之例 凡竊盜猶且刺字 況加麿衆 盜內府財物 而特蒙上恩 得保首領 又不刺字 無以懲惡. 請依竊盜例 刺盜內府財物五字 屛諸畿外 定爲官奴 從之(『조선왕조실록』, 세종12년, 3월 7일).

18) 刑曹啓 尙衣院匠人金俊朴忠等盜用御帶金 律該處斬 曾命減一等. 斬刑減等者 雖無刺字之例 然所犯至重, 不可不刺字 請刺盜內府財物五字 從之(『조선왕조실록』, 세종12년, 8월 25일).

을 세우기 전부터 사유 전후를 통계하여, 4범 이상인 절도로서 뺨에 자자하지 않은 자는 일찍이 내리신 교지대로 양쪽 뺨을 나누어서 자자하고, 그 후에 또 범죄한 자는 속전대로 차례로 자자하기로 할 것입니다." 하니, 그대로 따랐다.19)

　…임금이 말하기를, "금년 7월에 은사를 반포하던 때에 정부에서 아뢰기를, '은사문에 절도외라는 글귀를 쓰시옵소서.'라고 하기에, 나도 그렇게 하라고 하였으나…"20)

　…형조에서 아뢰기를, "김춘과 은산을 만일 장형과 유 3천 리에 그치게 한다면 죄악을 징치하는 보람이 없사오니, '강도'라는 두 글자를 자자하여 거제현 관노로 배속시키게 하소서." 하니 그대로 따랐다. …21)

　…형통)의 주에 이르기를, '소나 말을 도둑질하여 죽인 자는 두목은 사형에 처하고 종범은 1등을 감한다.' 하였는데, 요새 마소를 도둑질하는 자는 다른 도둑과 비교가 아니 되오니, 풍속이 바로잡힐 때까지는 권도로 중한 법을 써서 처음으로 소나 말을 도둑질하여 죽인 자는 결장 1백을 하고 오른팔 아랫마디에 '도살우'나, '도살마'라는 세 글자를 자자하고 동거하는 처자와 함께 거제나 남해나 진도로 쫓아내고, 재범한 자는 교형에 처하게 하며, 처음으로 소나 말을 도둑질하되 죽이지 아니한 자는 결장 1백을 하고 오른팔 아랫마디에 '도마'나 '도우'

---

19) 議政府據刑曹呈啓 續刑典云 竊盜赦後更犯者 依古制左臂肘後項上刺字. 請自今三犯竊盜者 刺臉後 四犯以上竊盜 赦前後通計 四犯右肘後 五犯左肘後 六犯右項上 七犯左項上 以次刺字. 後又有犯 則無可刺之處 故只論其罪 於前定假屬之處 隨卽捕送. 但京外賊人 互相來往作賊 若無文案 則憑考爲難 其不得刺字事由及作賊日月 京中則於各道 外方則於本曹及他道 具其辭緣 移文置簿 以憑後考. 且黥面立法前通計赦前後四犯以上竊盜不刺臉者 依已曾受教 分刺兩臉 其後又犯者 依續典 以次刺字 從之(『조선왕조실록』세종25년, 6월 8일).
20) …上曰 今年七月頒赦時 政府啓 赦文稱竊盜外 予然其言…(『조선왕조실록』세종26년, 10월 9일).
21) …刑曹啓 金春銀山 若止杖流三千里 則無以懲惡 刺强盜二字 屬爲巨濟縣官奴 從之…(『조선왕조실록』세종26년, 10월 9일).

라는 두 글자를 자자하고, 재범한 자는 결장 1백을 하고 왼팔 아랫마
디에 자자하고 동거하는 처자와 함께 거제나 남해나 진도로 쫓아내기
로 하는데, 모두 수범이나 종범을 구별하지 않으며, 사전이나 사후임
을 물론하고 시행하도록 하소서.22)

    …"광암 만호 장문효는 선군의 포화와 잡물을 횡렴하여 관기에게
증여하고, 또 선군 최심 등으로 하여금 서울에 있는 자기 집에 운반해
와서 사용의 밑천으로 삼게 하고는, 스스로 장물이 많아서 죄가 무거
운 줄을 알고서 고신을 가지고 도망해 숨어서 구멍에 있는 쥐처럼 망
설이면서 사유를 기다리고 있으니, 선비의 행실이 조금도 없습니다.
그 범죄는 모두 사유를 지났지마는, 다만 면포 19필과 쌀 66두를 도용
한 것은 사유 후에 있었으니, 죄가 장 1백 대를 때리고 유 3천리에 처
하며, '도관물' 3자를 자자하는 데 해당합니다. …23)

    형조에서 아뢰기를, "일찍이 내리신 전지에, '근래 우마의 도둑들이
함부로 횡행하니 백성들 가운데 우마를 기르는 자가 적어졌다. 경중
에서는 금번 5월 그믐날까지, 가까운 도에서는 6월 그믐날까지, 먼 도
에서는 7월 그믐날까지 기한을 정하여, 기한 이후에 범하는 자는 재살
한 여부를 논하지 말고 초범으로서 수죄인 자는 교형에 처하고, 종범
인 자는 장을 때려 자자하고, 재범이면 사유 전의 죄를 아울러 계산하
여 교형에 처하라.' 하였습니다. 이것에 의거하여 상세히 참고해 보건
대, 이보다 앞서 남의 우마를 사서 죽인 자와, 자기의 우마를 재살한자
와, 정상을 알고도 팔아 넘긴 자는 장 1백 대에 당자를 수군에 충당하

---

22) …刑統注云 盜殺牛馬 頭處死 從者減一等. 今之盜牛馬者 非他盜之比. 限風俗歸正 權
用重典 初盜殺牛馬者 決杖一百 右小臂膊上 刺盜殺馬 盜殺牛三字 竝同居妻子放置巨
濟南海珍島. 再犯者 處絞. 初盜牛馬不殺者 決杖一百 右小臂膊上 刺盜馬盜牛三字.
再犯者 決杖一百 左小臂膊上刺字 幷同居妻子 放置巨濟南海珍島. 幷不分首從 勿論
赦前後施行 從之(『조선왕조실록』 세종29년, 5월 26일).
23) …廣巖萬戶張文孝 橫斂船軍布貨雜物 贈遺官妓 又令船軍崔深等 輸至京家 以資私用
自知贓滿罪重 將告身逃匿, 首鼠待赦 殊無士行. 其所犯皆已經赦 但綿布十九匹米六
十六斗盜用在赦後 罪應杖一百流三千里 刺盜官物三字…(『조선왕조실록』 세조3년,
5월 22일).

고, 도둑질하여 죽인자는 장 1백대에 자자하여, 당자를 수군에 충당하는데, 지금 만약 위의 항목의 전지에 의거하여, 우마를 도둑질하여 죽였는데도 종범인 자는 장을 때리고 자자한다면 도둑질하여 죽인 죄가 도리어 매매하여 재살한 금령보다도 가벼워집니다. 청컨대 우마를 도둑질하여 죽였으되 종범인 자는 일체 구법에 의하여 장 1백 대에 자자하여 당자를 수군에 충당하소서. 또 그 자자는 만약 절도의 예에 의하여 '절도' 두 자를 자자한다면 재범하여 교형에 처할 때에 분간하기가 어렵겠으니, 지금부터 우마의 도독은 '도우마' 세 글자를 자자하여 후일의 빙고에 이바지하게 하소서." 하니, 그대로 따랐다.24)

…금음동·김생·나읍송·북간은 80관 미만이므로 아울러 장 1백 대에 유 3천 리에 처하되, 금음동·나읍송·북간은 천구이니 유형을 속하게 하고 '도관물'이란 세 글자를 자자)하게 하고, 그 무리 지삼염·김철이는 도망중에 있으므로 본집에다 속전을 거두게 하되 추후 체포하여 자자하게 하소서." 하니, 그대로 따랐다.25)

…유명한 대적에 3인 이상 모은 자는 극변에 안치하고, 절도한 장물이 5관 이상이면 모두 다 경면하였으며, 제사의 노비가 그 사의 재물을 훔친 자는 장물의 다소를 물론하고, 모두 중전으로 처치하였습니다. 그러나 모질고 독살스러운 강도로 정적이 현저한 자는 원장을 써서 고신을 하였고, 평민으로 산업을 일삼지 아니하고 산야에 둔취한 자는 비록 장물이 드러나지 않았더라도 아울러 참형에 처하였으

---

24) 刑曹啓 曾降傳旨 比來牛馬賊恣行 民之畜牛馬者少. 京中今五月晦日近道六月晦日遠道七月晦日定限 限後犯者 勿論宰殺與否 初犯爲首者處絞 爲從者決杖刺字 再犯則通計赦前處絞. 據此參詳 前此買殺人牛馬者宰殺自己牛馬者知情賣與者 杖一百身充水軍 盜殺者 杖一百刺字身充水軍 今若依上項傳旨 盜殺牛馬爲從者決杖刺字 則盜殺之罪反輕於買賣宰殺之禁. 請盜殺牛馬爲從者 一依舊法 杖一百刺字身充水軍. 且其刺字若依竊盜例刺竊盜二字 則再犯處絞時分揀爲難. 自今牛馬賊刺盜牛馬三字 以憑後考 從之(『조선왕조실록』 세조6년, 5월 27일).

25) …今音同金生羅邑松北間未滿八十貫 並杖一百流三千里 今音同羅邑松北間以賤口贖流 刺盜官物三字 其黨池三廉金哲伊在逃徵贖本家 追捕刺字 從之(『조선왕조실록』 세조7년, 5월 9일).

며, 강도의 처자는 아울러 극변의 관노비로 영속하였습니다. 강도의
와주로 율이 사죄에 해당하지 않는 자는 전가를 변읍에 영속하고, 절
도의 와주로 초범이면 '절와' 2자를 자자하고, 재범이면 교형에 처하
였습니다. 법이 엄하지 않음이 아닌데도 오히려 더욱 방자하게 횡행
하니, 청컨대 도적이 침식할 때까지 장물의 관수가 많고 적음을 논하
지 말고 모두 다 단근·경면하고, 절도 5인 이상이 무리를 지어 도둑
질하여 장물이 5관을 채운 자는 수범·종범을 분별하지 말고 모두 교
형에 처하소서." 하니 명하기를, "절도의 초범으로 3인 이상이 무리를
지어 도둑질한 자는, 장물의 다소를 논하지 말고 수범이 된 자는 교형
에 처하고, 종범이 된 자는 단근·경면하며, 2인 이하가 장물이 2관 이
상을 채운 자와 강도와 와주를 범하였으나 율이 사죄에 해당하지 않
는 자는, 모두 단근·경면하게 하라." 하였다.26)

　　형조에서 경상도 관찰사의 관문에 의거하여 아뢰기를, "이 앞서 본
조에서 교지를 받으니, '강도와 와주를 죽이지 않은 자는 아울러 힘줄
을 끊고 얼굴에 자자한다.' 하였으나, 그 무슨 자를 자자하는지를 말하
지 않았으니, 청컨대 금후로는 와주로 사형되지 않은 자는 '강와' 2자
를 자자하고, 강도로 사형되지 않은 자는 '강도' 2자(를 자자하게 하소
서. 또『대명률』에, 강도로 재물을 얻지 못한 자는 장 1백 대에 유 3천
리로 하되 자자)한다는 글은 없으나, 강도가 비록 재물을 얻지 못하였
더라도 정리가 심중하여 절도로 재물을 얻은 자보다 심하니, 그 재물
을 얻지 못한 강도라도 마땅히 '강도' 두 자를 자자하고, 그 재범자는
절도를 재범한 예를 따라, 교형에 처하는 것이 어떻겠습니까?" 하니,
그대로 따랐다.27)

───────────────

26) …有名大賊三人以上聚會者 極邊安置 竊盜贓五貫以上 悉皆黥面 諸司奴婢盜其司財
物者 勿論贓貫多少 皆置重典. 獷悍强盜情迹顯著者 用圓杖拷訊 平民不事産業屯聚
山野者 雖無現贓 並處斬 强盜妻子 並極邊官奴婢永屬. 强盜窩主律不當死者 全家邊邑
永屬 竊盜窩主初犯 刺竊窩二字 再犯處絞. 法非不嚴 猶益橫恣 請限盜賊寢息 勿論贓
貫多少 悉皆斷筋黥面 竊盜五人以上成群作賊贓滿五貫者 不分首從 皆絞. 命竊盜初犯
三人以上成群作賊者 不論贓多少 爲首者絞 爲從者斷筋黥面 二人以下贓滿二貫以上
者及犯强盜與窩主而律不死者 皆斷筋黥面(『조선왕조실록』성종2년, 6월 11일).
27) 刑曹據慶尙道觀察使關啓 前此本曹受敎 强盜與窩主不死者 並斷筋黥面. 而不言其黥

형조에서 아뢰기를, 『형전속록』에는, 마 · 소를 잡은 자는 이를 세 번 범하면 장 1백 대에, 경면만 하는 것으로 되어 있고, 어떤 글자를 자 자하는 것은 되어 있지 않습니다. 바라건대 지금 이후로는 재우한 자 는, '재우'라는 두 글자를 자자하고, 재마한 자는, '재마'라는 두 글자를 자자하게 하소서." 하니 그대로 따랐다.28)

전교하기를, "내관 조효안 · 탁치손 · 박유경은 그 팔에 '금원의 배 를 도둑질하였다.'는 네 글자를 자자하라." 하고, 이어 전교하기를, "제 주나 거제 등지에 들여보내라." 하였다.29)

전교하기를, "이 뒤부터 도망치는 공 · 사천을 남자는 왼쪽 뺨에 '도 노' 두 자를 자자하고, 여자는 오른쪽 뺨에 '도비' 두 자를 자자하도록 하라." 하였다.30)

전교하기를, "뇌영원의 도망친 방비를 장 1백에 처한 뒤 얼굴에 '도 망' 두 글자를 자자하고, 그 부모는 장 80대에 처하라." 하였다.31)

이처럼 조선시대에서는 고려시대보다 문신형벌이 자주 시행되었다. 여러 범죄 유형들 중 특히 절도죄를 범한 자들을 대상으로 폭넓게 시행되 었다. 중국 명나라 형법전인 『대명률』에서는 자기가 감수하는 창고의 전

某字. 請今後窩主不死者 刺 强窩二字 强盜不死者 刺强盜二字. 且大明律 强盜不得財 者 杖一百流三千里. 而無刺字之文 强盜雖未得財 情理深重 甚於竊盜之得財者 其不 得財 强盜當刺强盜二字 其再犯者 依竊盜再犯例 處絞何如 從之(『조선왕조실록』 성 종2년, 11월 29일).

28) 刑曹啓 刑典贖錄 只載宰殺牛馬者 三犯杖一百黥面 而不明言黥某字. 請今後宰牛者 黥宰牛二字 宰馬者黥宰馬二字 從之(『조선왕조실록』 성종5년, 4월 25일).

29) 傳曰 內官趙孝安卓致孫朴有慶黥其臂盜禁苑梨四字. 尋傳曰 其入送于濟州巨濟等處 (『조선왕조실록』 연산10년, 11월 27일).

30) 傳曰 今後逃亡公私賤 男則左腮 刺逃奴二字 女則右腮 刺逃婢二字(『조선왕조실록』 연산12년, 5월 7일).

31) 傳曰 蕾英院逃亡房婢 決杖一百 面上刺逃亡二字 其父母決杖八十(『조선왕조실록』 연산12년, 6월 14일).

곡을 스스로 도취한 자나, 일반인이 창고의 전량을 절도할 때는 오른팔에 '도관전(盜官錢)' 세 자를 자자(刺字)하도록 하였다. 백주에 남의 물건을 탈취한 자에게는 '창탈(搶奪)' 두 자를, 절도 초범에게는 오른팔에 '절도(竊盜)' 두 자를 자자하도록 규정하고 있다. 『대명률』에서 언급하고 있는 글자가 도관전, 창탈, 절도 등으로 국한되어 있는 반면, 조선에서는 범죄의 유형과 절취한 물건에 따라 다양한 글자를 신체에 새겨 넣었다. 절도 죄를 범한 자를 대상으로 폭넓게 시행되었던 자자형은 『대명률』에서 언급하고 있지 않은 '강도'뿐만 아니라 도망 노비에게까지도 시행되었다.

조선시대 문신형벌에 사용된 문자를 정리해보면, 도내부재물(盜內府財物)·절도(竊盜)·강도(強盜)·도살우(盜殺牛)·도살마(盜殺馬)·도우(盜牛)·도마(盜馬)·도관물(盜官物)·절와(竊窩)·강와(強窩)·재우(宰牛)·재마(宰馬)·도금원리(盜禁苑梨)·도노(逃奴)·도비(逃婢)·도망(逃亡) 등으로 범죄의 유형에 따라 다양하게 새겨졌음을 알 수 있다. 또한 이들 문신이 새겨진 위치를 보면, 뺨(오른쪽, 왼쪽, 혹은 양쪽), 팔(오른쪽, 왼쪽), 얼굴 등 다른 사람들에게 잘 드러나는 곳에 문신을 했음을 알 수 있다. 이렇게 구체적인 글자를 잘 드러나는 신체부분에 문신을 함으로써 다른 사람들로 하여금 문신한 사람이 범죄자임과 어떤 범죄를 저질렀는지를 쉽게 식별할 수 있게 하였던 것이다.

문신한 사람들은 조상의 제사에 참여할 수 없었을 뿐만 아니라, 동네 애경사(哀慶事)에 왕래할 수도 없었다. 혹시 고약으로 흉터를 가리고 갓을 쓰고 나다니다가 그것이 발각되면 고약이 떼어지고 갓이 부서지는 낭패를 당해야 했다.[32] 문신은 한번 새겨지면 지워지지 않기 때문에 이렇게 정상인으로 생활하기 어려웠다. 따라서 세종은 문신형벌의 가혹함을 지적하여 한 때 정지하기에 이른다.

---

32) 전재경, 『복수와 형벌의 사회사』, 웅진출판사, 1996, 50~52쪽.

의정부와 육조에서 미재사목을 조목별로 올렸다. 정부와 육조 · 대
간에 명하여 조계청에 모여 재앙을 그치게 할 방도를 함께 의논하여
아뢰게 하니, 그 의논하여 결정한 조목 안에, "사처 노비에게 본 주인
이 귀를 베고, 코를 베고, 문면하고, 단근하는 일을 금할 것"라는 대목
이 있다.[33]

> …임금이 또 말하기를, "내 도둑에게 경면하는 법을 생각해보니, 가
> 난한 백성이 어쩌다 한번 절도질을 하였다가 경면을 당하면, 자기 자
> 취를 어디에 용납할 수가 없어서 더욱 가난하고 궁하게 될 것이므로,
> 내 심히 안타까워서 이 법을 정지시키고자 하는데 어떠할까."…[34]

이렇게 태종과 세종은 형벌문신의 가혹함을 들어 정지시키려 해보지
만, 없어지지 아니하고 조선후기까지도 지속되었다. 그럴 수밖에 없었던
이유는 경면법이 정지되자 도둑질하는 자들이 늘어나고 관물을 훔치는
일이 자주 발생했기 때문이었다. 그만큼 문신형벌은 가장 비인격적인 형
벌이면서도 범죄를 예방하는 가장 효과적인 수단이었음을 보여주고 있
다. 이는 우리나라뿐만 아니라 소위 문명화된 사회에서는 보편적인 현상
이었다.

한 예로 그리스인들은 페르시아 사람에게서 문신 기술을 배웠기 때문
에 문신에 대해 잘 알고 있었지만 그리스 시민들은 문신을 야만스러운 행
위로 여기고 있었기 때문에 장식적인 문신을 즐기지 않았다. 오히려 그들
은 노예나 범죄자들에게 문신을 했다. 그리스를 계승한 로마에도 문신이
있었지만 주로 용병들로 구성된 로마 군대에서 탈영병을 표시하기 위해
문신 기술을 사용했다.[35] 그리스나 로마인들은 문신을 계승해야 할 전통

---

33) 私處奴婢 禁本主割耳割鼻文面斷筋(『조선왕조실록』, 태종15년, 6월 8일).

34) …上又曰 予思盜賊黥面之法 貧窮之民 偶一竊盜被黥面 則無所容迹而益致貧窮矣 予
甚憐之 欲停此法 何如…(『조선왕조실록』, 세종29년, 5월 12일).

35) 조현설, 앞의 책, 61쪽.

이 아니라 야만적인 것으로 인식하고 있었다. 그들이 문신을 범죄자나 노예에게 부가한 것도 그 때문일 것이다. 그리스나 로마에서 문신은 형벌의 일종이었다.[36]

그리스와 로마의 문신 사례로부터 우리가 확인할 수 있는 것은 문신이 특정시기, 특정문화 속에서 미개하고 야만적인 행위로 인식되기 시작했다는 것, 따라서 그와 맞물려 문신이 금지와 회피의 대상이 되었다는 것이다. 이렇게 부정적인 것으로 인식되면서 문신은 이제 한 사회의 기피자들, 즉 범죄자나 노예 혹은 이단자 등의 피부 위로 옮겨갔다는 것이다. 이렇게 되면 문신은 문신한 사회의 고유한 사회적 기능을 상실하고 다른 기능을 수행하게 된다. 문신은 또 하나의 기능이라고 할 수 있는 형벌 기능은 이런 인식의 전이를 통해 탄생한 것이라고 할 수 있다.[37] 우리나라에서의 문신도 그리스나 로마와 마찬가지의 역사적 과정을 거쳤을 것으로 생각된다.

3) 조선시대의 애정문신

조선시대에는 형벌문신 외에 또 다른 목적의 문신이 행해졌음을 확인할 수 있다. 소위 애정을 맹세한 문신 즉 연비(聯臂)라는 것이 있었다. 연비라는 명칭은 조선시대 후기 이규경의 백과사전『오주연문장전산고(五洲衍文長箋散稿)』<문신자청변증설(文身刺青辯證說)>에 처음으로 등장한다. 그 내용을 보면 "동방여염의 탕자(蕩子)들은 서로 결의하는데 바늘로 서로의 팔뚝을 찔러 먹을 하고 점색을 이룬다. 또한 그 색은 푸른빛을 띠고 그 이름을 연비라 한다"[38]고 밝히고 있다. 애정문신인 연비에 대한

---

36) 조현설, 앞의 책, 61쪽.
37) 조현설, 앞의 책, 62쪽.

구체적인 기록은 『조선왕조실록』 성종 11년에 어을우동 사건과 관련하여 살펴볼 수 있다.

어을우동에 대한 최초의 기록은 『조선왕조실록』 성종11년 6월 15일에 등장한다. 좌승지 김계창이 어을우동의 애정 추문을 임금에게 보고함으로써 시작된다. 이후 어을우동 사건은 조정에 큰 파문을 일으키며 여러 차례 논란이 지속되었고, 결국 어을우동은 극형에 처해지게 된다. 어을우동이 처형되던 날(성종11년, 10월 18일) 『조선왕조실록』에는 그녀의 간통행적에 대하여 자세히 적고 있다.

> 어을우동을 교형에 처하였다. 어을우동은 바로 승문원 지사 박윤창의 딸인데, 처음에 '태강수 동에게 시집가서 행실을 자못 삼가지 못하였다. 태강수 동이 일찍이 은장이를 집에다 맞이하여 은기를 만드는데, 어을우동이 은장이를 보고 좋아하여, 거짓으로 계집종처럼 하고 나가서 서로 이야기하며, 마음속으로 가까이 하려고 하였다. 태강수 동이 그것을 알고 곧 쫓아내어, 어을우동은 어미의 집으로 돌아가서 홀로 앉아 슬퍼하며 탄식하였는데, 한 계집종이 위로하기를, "사람이 얼마나 살기에 상심하고 탄식하기를 그처럼 하십니까? 오종년이란 이는 일찍이 사헌부의 도리가 되었고, 용모도 아름답기가 태강수보다 월등히 나으며, 족계도 천하지 않으니, 배필을 삼을 만합니다. 주인께서 만약 생각이 있으시면, 제가 마땅히 주인을 위해서 불러 오겠습니다." 하니, 어을우동이 머리를 끄덕이었다. 어느 날 계집종이 오종년을 맞이하여 오니, 어을우동이 맞아들여 간통을 하였다. 또 일찍이 미복을 하고 방산수 난의 집 앞을 지나다가, 난이 맞아들여 간통을 하였는데, 정호가 매우 두터워서 난이 자기의 팔뚝에 이름을 새기기를 청하여 먹물로 이름을 새기었다. 또 단옷날에 화장을 하고 나가 놀다가 도성 서쪽에서 그네 뛰는 놀이를 구경하는데, 수산수 기가 보고 좋아하

---

38) 我東則閭巷蕩子光棍 互相結義 針刺其臂 灌墨成點 色青如痣 號曰聯臂(이규경, 『오주연문장전산고』, 문신자청변증설).

여 그 계집종에게 묻기를, "뉘 집의 여자냐?" 하였더니, 계집종이 대답하기를, "내금위의 첩입니다." 하여, 마침내 남양 경저로 맞아들여 정을 통했다. 전의감 생도 박강창이 종을 파는 일로 인해 어을우동의 집에 이르러서 값을 직접 의논하기를 청하니, 어을우동이 박강창을 나와서 보고 꼬리를 쳐서 맞아들여 간통을 하였는데, 어을우동이 가장 사랑하여 또 팔뚝에다 이름을 새겼다. 또 이근지란 자가 있었는데, 어을우동이 음행을 좋아한다는 소문을 듣고 간통하려고 하여 직접 그의 문에 가서 거짓으로 방산수의 심부름 온 사람이라고 칭하니, 어을우동이 나와서 이근지를 보고 문득 붙잡고서 간통을 하였다. 내금위 구전이 어을우동과 담장을 사이에 두고 살았는데, 하루는 어을우동이 그의 집 정원에 있는 것을 보고, 마침내 담을 뛰어넘어 서로 붙들고 익실로 들어가서 간통을 하였다. 생원 이승언이 일찍이 집앞에 서 있다가 어을우동이 걸어서 지나가는 것을 보고, 그 계집종에게 묻기를, "지방에서 뽑아 올린 새 기생이 아니냐?" 하니, 계집종이 말하기를, "그렇습니다." 하자, 이승언이 뒤를 따라가며 희롱도 하고 말도 붙이며 그 집에 이르러서, 침방에 들어가 비파를 보고 가져다가 탔다. 어을우동이 성명을 묻자, 대답하기를, "이 생원이라." 하니, 어을우동이 말하기를, "장안의 이 생원이 얼마인지 모르는데, 어떻게 성명을 알겠는가?" 하므로, 이승언이 대답하기를, "춘양군의 사위 이 생원을 누가 모르는가?" 하였는데, 마침내 함께 동숙하였다. 학록 홍찬이 처음 과거에 올라 유가하다가 방산수의 집을 지날 적에 어을우동이 살며시 엿보고 간통하고 싶은 마음이 있었는데, 그 뒤에 길에서 만나자 소매로 그의 얼굴을 슬쩍 건드리어, 홍찬이 마침내 그의 집에 이르러서 간통하였다. 서리 감의향이 길에서 어을우동을 만나자, 희롱하며 따라가서 그의 집에 이르러 간통하였는데, 어을우동이 사랑하여 또 등에다 이름을 새기었다. 밀성군의 종 지거비가 이웃에서 살았는데, 틈을 타서 간통하려고 하여, 어느 날 새벽에 어을우동이 일찌감치 나가는 것을 보고, 위협하여 말하기를, "부인께선 어찌하여 밤을 틈타 나가시오? 내가 장차 크게 떠들어서 이웃 마을에 모두 알게 하면, 큰 옥사가 장차 일어날 것이오." 하니, 어을우동이 두려워서 마침내 안으로 불러 들여 간통을 하였다. 이때 방산수 난이 옥중에 있었는데, 어을우동에게 이르기를, "예전에 감동이 많은 간부로 인하여 중죄를 받지 아니하였으니, 너도 사통한 바를 숨김없이 많이 끌어대면, 중죄를 면할 수 있을 것이라." 하였다. 이로 인해 어을우동이 간부를 많이 열거하고, 방산수 난도 어유소·노공필·김세적·김칭·김휘·정숙지 등을 끌어대었으나, 모두 증거가 없어 면하게 되었다. 방산수 난이 공술하여 말하기를, "어유소는 일찍이 어을우동의 이웃집에 피접하여 살았는데, 은밀히 사람을 보내어 그 집에 맞아들여 사당에서 간통하고, 뒤에 만날 것을 기약하여 옥가락지를 주어 신표로 삼았습니다. 김휘는 어을우동을 사직동에서 만나 길가의 인가를 빌려서 정을 통하였습니다." 하였다. 사람들이 자못 어을우동의 어미 정씨도 음행이 있을 것을 의심하였는데, 그 어미가 일찍이 말하기를, "사람이 누군들 정욕이 없겠는가? 내 딸이 남자에게 혹하는 것이 다만 너무 심할 뿐이다." 하였다.39)

---

39) 絞於乙字同. 於乙字同 乃承文院知事朴允昌之女也 初嫁泰江守仝 行頗不謹. 仝嘗邀銀匠于家 做銀器 於乙字同見而悅之 假爲女僕 出與相語 意欲私之. 仝知而卽出之 於乙字同 還母家 獨坐悲歎 有女奴慰之曰 人生幾何 傷歎乃爾 吳從年者 曾爲憲府都吏 容貌姣好 遠勝泰江守 族系亦不賤 可作配匹. 主若欲之 當爲主致之. 於乙字同頷之. 一日 女邀從年而至,於乙字同迎入與奸. 又嘗以微服 過方山守瀾家前 瀾邀入奸焉 情好甚篤 請瀾刻名於己臂涅之. 又端午日 靚粧出游 甄靴鞦韆戲於城西 守山守驥 見而悅之 問其女奴曰 誰家女也 女奴答曰 內禁衛妾也. 遂邀致南陽京邸通焉. 典醫監生徒朴强昌 因賣奴 到於乙字同家 請面議奴直 於乙字同 出見强昌挑之 迎入奸焉 於乙字同最愛之 又涅名於臂. 又有李謹之者 聞於乙字同喜淫 欲奸之 直造其門 假稱方山守伴人 於乙字同 出見謹之 輒持奸焉. 內禁衛具詮 與於乙字同 隔墻而居 一日見於乙字同在家園 遂踰墻 相持入翼室奸之. 生員李承彦 嘗立家前 見於乙字同步過 問於女奴曰 無乃選上新妓 女奴曰然. 承彦尾行 且挑且語 至其家 入寢房 見琵琶 取而彈之. 於乙字同問姓名 答曰李生員也 曰長安李生員 不知其幾 何以知姓名 答曰春陽君女壻李生員 誰不知之 遂與同宿. 學錄洪璨 初登第遊街 過方山守家 於乙字同窺見 有欲奸之意 其後遇諸途 以袖微拂其面 璨遂至其家奸之. 書吏甘義享 路遇於乙字同 挑弄隨行 至家奸焉 於乙字同愛之 亦涅名於背. 密城君奴知巨非居隣 欲乘隙奸之 一日曉 見於乙字同早出 刦之曰婦人何乘夜而出 我將大唱 使隣里皆知 則大獄將起. 於乙字同恐怖 遂招入于內奸之. 時方山守瀾 在獄中 謂於乙字同曰 昔甘同 以多奸夫 不坐盧罪 汝亦無隱所私 多所逮引 則可免重罪矣. 以此於乙字同 多列奸夫 瀾又引魚有沼盧公弼金世勣金偁金暉鄭叔墀 皆無左驗得免. 瀾供云 有沼嘗避寓於乙字同隣家 潛遣人 邀致其家 奸於祠堂 期以後會 贈玉環爲信. 金暉遇於乙字同社稷洞,借路傍人家通焉. 人頗疑於乙字同之母鄭氏 亦有淫行 嘗曰人誰無情欲 吾女之惑男 特已甚耳(『조선왕조실록』,

조선 성종시대에 섹스 스캔들의 대명사인 어을우동은 오종년과 정을 통하면서 그의 애정행각은 시작된다. 그러나 오종년과의 애정행각에서 그 이름을 문신을 했는지는 나타나 있지 않다. 그녀의 몸에 문신했다는 기록은 방산수 이난으로부터 시작된다. 세종대왕의 손자인 방산수 이난과 잠자리를 한 후 "정호(情好)가 매우 두터워서 난이 자기의 팔뚝에 이름을 새기기를 청하여 먹물로 이름을 새기었다"(情好甚篤 請瀾刻名於己臂 湼之)고 하였다. 그 후 전의감 생도 박강창(朴强昌)과 관계를 가지게 되는데, 이때도 "가장 사랑하여 또 팔뚝에다 이름을 새기었다"(最愛之 又湼名 於臂)고 하였다. 그 후 이근지·구전·이승언·홍찬 등과도 간통을 하게 되는데, 문신을 했다는 기록은 없다. 그 후 서리 감의향을 만나 간통한 후 "어우동이 사랑하여 또 등[背]에다 이름을 새기었다"(於乙宇同愛之 亦湼 名於背)고 하였다. 마지막으로 종 지거비와 간통을 하지만 문신을 했다는 기록은 없다.

기록 속에서는 이난·박강창·감의향 세 명의 이름이 어을우동의 몸에 새겨졌던 것으로 나타난다. 그런데 세 명만이 문신을 했는지, 그 이상의 이름이 새겨졌는지는 확인할 길이 없다. 문신을 한 세 명에 대하여 각각 설명하기를 '정호를 이기지 못하여', '가장 사랑하여', '사랑하여' 등으로 묘사되어 있는데, 이 점으로 보아 간통한 남자들 중에서 어우동이 특별히 사랑한 사람에 대하여 이름을 했던 것으로 추정된다. 그러나 "어을 우동이 간부를 많이 열거하고, 방산수 난도 어유소·노공필·김세적· 김칭·김휘·정숙지 등을 끌어대었으나, 모두 증거가 없어 면하게 되었다"고 기록한 것을 보면 이근지·구전·이승언·홍찬 등의 이름도 새겨졌을 개연성도 있다. 왜냐하면 나머지 사람들은 증거가 없어 죄를 면하게 되었다면, 이근지·구전·이승언·홍찬 등의 이름이 어을우동의 몸에

성종11년, 10월 18일).

새겨져 증거가 되었을 수도 있기 때문이다. 어쨌든 어울우동이 간통한 남자들의 이름을 자신의 팔뚝 또는 등에 문신을 했음을 확인할 수 있다.

한꺼번에 여러 사람의 이름을 새겼다는 것은 가히 충격적이다. 그러나 이런 애정관련 문신은 어울우동에만 한정된 것이 아니었다. 조선시대 문헌을 찾아보면 어울우동뿐 아니라 몇몇 남녀 관계에서도 이렇게 문신한 기록을 볼 수 있다.

조선시대 암행어사 노수신(盧守愼)과 기생 노화와 관련된 유명한 이야기가 전하고 있다. 그 내용을 요약하면 다음과 같다. 성종 때 전라도 장성 땅에 노화라는 아름다운 기생이 살고 있었다. 그녀의 아름다움에 반해 찾아오는 남자가 문전성시를 이루었다. 그 때문에 관리들이 업무에 소홀하므로 걱정하여 성종은 노수신을 암행어사로 삼아 장성으로 보냈다. 노수신의 강직한 성품을 믿어 노화의 유혹을 물리칠 수 있을 것으로 생각했기 때문이다. 이 소식을 들은 노화는 꾀를 내어 장성입구의 주막에서 암행어사를 기다리고 있었다. 노화는 허름한 옷의 암행어사 노수신을 한 눈에 알아보았다. 노화는 소복을 입고 노수신을 유혹했다. 노수신은 노화의 아름다움에 빠져들었다. 노화는 노수신의 애간장을 태우다 마침내 술상을 차리고 와서 인연을 맺게 되었다. 노화는 노수신에게 "제가 서방님을 오래오래 마음속에 간직할 수 있고, 또 서방님의 여인이 되었다는 정표를 남기고 싶습니다."라며 자신의 팔뚝에 노수신의 이름을 새겨달라고 청했다. 노수신은 노화에게 정신을 빼앗겨 그녀의 팔에 자기 이름을 새겨주고 말았다. 노수신은 노화와 밤새도록 술을 마시고 몽롱한 상태에서 장성 땅에 들어가 동헌으로 들어섰다. 노수신은 고을 원에게 노화라는 계집을 붙잡아 오라고 명령했다. 포졸들이 노화를 붙잡아 왔고, 노수신은 남자를 호리는 계집을 혼내주라고 호령했다. 노화는 "나리, 제 팔에 새겨진 이름을 한번 보시오."라며 팔뚝을 걷어보였다. 노화의 팔뚝에 새겨진 이름을

보고 노수신은 자신이 노화에게 속았음을 알고 힘없이 그녀를 풀어주라고 명령했다.[40)

이 이야기는 『기문총화』에 기록된 이야기로서 실제 그러한 사건이 있었는지는 의문이다. 그러나 앞에서 인용한 이규경의 『오주연문장전산고』 내용을 참조한다면 연비는 기생들 사이에서 음밀하게 행해졌던 풍습이었음을 알 수 있다. 이규태는 연비에 얽힌 이야기를 소개[41)하고 있는데, 그 내용은 다음과 같다.

구한말 한강 밖 노량나루에 살았던 대석이라는 노처녀가 문안으로 시집왔는데, 첫날 혼방 때부터 저고리 벗는 것을 완강히 거부했다. 미심쩍게 생각한 남편이 어느 날 밤 곤히 잠든 대석이의 저고리를 벗기고 촛불을 가까이 가져갔다. 베오라기로 야물게 매어놓은 팔뚝을 풀어보았더니 그곳에는 연비 입묵된 한 사나이의 이름이 적혀 있었던 것이다. 이것이 들통나 대석이는 시집의 문중형(門中刑)으로 손가락과 발가락 틈에 마른 솜과 쑥이 끼인 채 묶여 불지짐을 당했다. 손발이 화상으로 헐어 걷지도 못하자 사노(私奴)가 이 애혼을 지닌 신부를 업어다가 노량나루 대안에 버렸다. 다른 남자와 사랑을 맹세는 입묵까지 하고 감히 시집 온 죄, 천인(賤人)들이 하는 연비 문신으로 시가의 가문을 더럽힌 죄의 대가였다.

『한암소화(寒岩琋話)』에 보면, '처녀가 시집가려 하는데 이웃집 총각이 자가와 먼저 간통했다고 말하면 처녀는 총각을 원망하며 도망가고, 시집 어른들은 반드시 음행했다고 주장해 송사가 자주 일어난다.'하였다. 이런 소송을 '감당송(甘棠訟)'이라 하여 간통 증거의 유무를 실증하는데, 사당 안이나 으슥한 나무 아래에서 팔뚝을 걷어보는 것이 예대로의 법도였다.

악독한 원들은 여종을 시켜 간음혐의 여인들 속옷을 들추게 하여

---

40) 김원석 편, 『암행어사열전』, 문학수첩, 2004, 223~230쪽.
41) 이규태, 『한국인의 민속문화』, 신원문화사, 2000, 202~203쪽.

검은 멍 점과 음모를 조사해 보는 일이 있으니 그것은 비례한 것이라고 정다산(丁茶山)이 『목민심서』에 기록하고 있다.

위의 인용 내용으로 볼 때, 연비는 반드시 기생들 사이에서만 행해졌던 것은 아니었던 것 같다. 즉 연비는 조선시대 일반 연인들 사이에서 은밀하게 사랑을 맹세하는 상당히 보편화된 방법이었음을 추측케 한다. 더구나 이 같은 연비에 의한 결의 맹세 습속이 개화기 예배당에서 의형제·의남매·의자매의 결연에도 이용되었다고 하니, 연비가 연인들 사이의 맹세를 넘어 다양한 맹세 습속으로 확장되었음을 알 수 있다.

3. 한국 문신민속의 특징

1) 비문신사회(非文身社會)

한국은 전통적으로 '비문신사회'[42]였다. 여기서 말하는 비문신사회라는 것은 문신의 풍습이 전혀 없었다는 말이 아니라 문신이 일반화되지 않았다

---

42) 여기서 비문신사회란 문신사회에 대한 상대개념이다. 조현설은 문신이 습속인 사회를 문신사회(조현설, 앞의 책, 60쪽)라고 말한 바 있다. 문신사회는 한 사회 전체가 문신을 중요한 가치로 인정하여 그것을 용인할 뿐만 아니라 나아가 문신이 장려되는 사회를 말한다. 이러한 문신사회에서는 문신이 있는 사람은 자랑스럽게 여겨지고 문신 없는 사람은 부끄럽게 여겨진다. 반면 비문신사회는 문신을 혐오할 뿐만 아니라 그것을 부정하여 문신이 금지되는 사회를 말한다. 이러한 비문신사회에서는 문신을 한 사람은 사회로부터 혐오·조롱·기피의 대상이 된다. 문신사회에 대한 상대개념으로 문신이 감추어진 사회, 문신이 금지된 사회 등의 용어를 사용할 수도 있지만, 우리의 문신민속의 전 역사에서 문신이 금지되었다고 보기 어렵고, 감춰지기만 했다고 보기 어렵기 때문에 전체를 아우를 수 있는 개념으로 본고에서는 비문신사회라는 용어를 사용한다.

는 말이다. 문신사회란 문신을 하지 않는 사람이 없을 정도로 문신이 권장되는 사회를 말한다. 문신사회에서 문신에 따르는 엄청난 고통의 시련을 회피하려는 남자는 겁쟁이로 취급받기 일쑤이며, 사회적으로 천민의 신분으로 전락되기도 한다. 그런 남자는 여자들에게도 멸시받고, 사윗감으로도 받아들여지지 않는다. 그러나 비문신사회에서는 오히려 문신을 하지 않는 것이 미덕이며, 문신한 사람은 비정상적인 사람으로 취급된다. 그런 의미에서 본다면 한국은 비문신사회라고 볼 수 있다.

문신은 인류 보편의 문화였는데, 우리나라는 왜 비문신사회가 되었을까. 그 원인은 여러 가지가 있을 것이다. 가장 먼저 대두될 수 있는 원인은 자연환경이 문신에 적합하지 않았기 때문이라고 생각한다. 문신습속이 보편화된 지역은 태평양 주변의 폴리네시아를 비롯한 태평양의 섬인 보르네오 · 사모아 · 마르케사스 · 뉴질랜드 · 하와이 등이다. 그리고 아프리카와 남아메리카 등에서도 문신은 보편화되어 있다. 이들 지역은 모두 4계절 더운 지방에 속한다. 그래서 그곳에 사는 주민들은 거의 옷을 벗고 지내는 편이다. 옷을 벗고 지내는 그들에게는 문신이 옷을 대신했다. 게오르그 H. 폰 랑스도로프(Georg H. von Langsdorff)와 칼 마르쿠아르트는 각각 온 몸에 문신한 마르케사스인과 사모아인들을 보고 다음과 같이 말하고 있다.

남성들의 몸을 머리끝에서 발끝까지 찔러서 만든 그 평범한 문신문양은 어쩌면 의복이라 할 수 있었다. 하늘 아래 그토록 따스한 곳에서 의복을 걸친다는 것이 그들로서는 진정 참을 수 없는 것이었으리라. 우리가 의복이 주는 고상함으로 서로를 구분지으려 하듯, 이곳 사람들은 균형과 조화미가 뛰어난 문신으로 각자의 개성을 찾으려 한다.[43]

---

43) 스티브 길버트(이순호 역), 『문신, 금지된 패션의 역사』, 르네상스, 2004, 35쪽.

문신은 예나 지금이나 신체 장식의 목적으로 쓰였고, 따라서 우리의 세련된 심미안도 그것의 기준을 세우는 데에나 써서는 안 될 것이다. … 남자들은 여자들을 즐겁게 해주기 위해, 여자들은 남자들에게 잘 보이려고 문신을 했다. … 문신을 왜 했는가라는 질문에 캐롤라인 제도의 주민들도 "당신이 입고 있는 의복과 같은 거죠. 여자들을 즐겁게 해주려고요"라고 대답했다.[44]

　　마르케사스인과 사모아인들은 의복 대신에 신체를 장식할 목적으로 온 몸에 문신을 했음을 확인해 준다.[45] 다른 남태평양의 섬 지역 주민들도 거의 같은 목적으로 문신을 했음을 확인할 수 있다. 그러나 우리의 경우 4계절이 뚜렷한 온대기후에 속한다. 그래서 여름을 제외하면 거의 항상 옷을 입고 지내기 때문에 문신을 한다고 하더라도 그것을 드러낼 기회가 적다. 더구나 겨울은 문신을 하기에 매우 위험한 상황을 초래할 수 있기 때문에 문신이 발달하기 어렵다. 겨울 문신의 위험성에 대해서는 예수회 선교사 프랑수아J. 브레사니의 아메리카인디언의 문신에 관한 기록에서 잘 말해주고 있다.

　　몸에 영원한 표지를 얻기 위해서는 극심한 고통을 감내해야 한다. 그것에 사용되는 도구로는 바늘, 날카로운 송곳, 가시가 있다. 이 기구들로 얼굴 · 목 · 가슴 같은 부위의 살갗을 찔러 독수리 · 뱀 · 용 혹은

---

44) 스티브 길버트, 앞의 책, 75~76쪽.
45) 문신의 목적은 지역과 사회 그리고 시대에 따라 다양하게 나타난다. 주술 · 종교, 종족표지, 미적 장식, 개성표현, 충성표시, 전투의 용맹을 기린 훈장, 성적 유혹과 맹세, 범죄자를 표현하는 수단 등의 목적으로 문신을 하게 된다. 여기서는 말하는 옷을 대신하는 미적 장식 목적의 문신이 존재했음을 말하고자 하는 것이다. 특히 옷을 벗고 지내는 사회에서는 여러 가지 문신 목적 중 장식적인 성격이 강했음을 보여주는 것이다. 그리고 근본적으로 옷을 입고 생활하는 사회에 비하여 옷을 벗고 사는 사회에서 문신이 훨씬 자주 행해질 수밖에 없음을 말하고자 하는 것이다. 그런 면에서 우리나라가 비문신사회가 될 수밖에 없었던 여러 가지 이유 중 하나가 바로 옷을 벗고 생활하는 환경 때문으로 볼 수 있다.

자신들이 좋아하는 동물이나 괴물의 형상을 새기는 것이다. 그리고 나서 문양이 만들어진 곳의 신선한 상처에 숯이나 그 밖의 다른 검은 색소를 문지르면 색소와 피가 뒤엉키면서 상처 속으로 침투하게 되고, 그러고 나면 이제 그 문양은 영원히 피부에 남게 된다. 이 원주민들 사이에 이런 식의 문신을 새기지 않은 사람은 단 한 사람도 볼 수 없을 정도로 이 관습은 너무도 광범위하게 퍼져 있다. 이런 문신은 몸 전체에 행하는 것은 특히 겨울일 경우 대단히 위험하다. 많은 사람들이 문신이 끝난 뒤, 그로 인한 발작이나 그 밖의 다른 이유로 죽는다. 원주민들은 이런 괴상한 관습 때문에 허무한 순교자로 죽어간다.46)

아메리카인디언들의 경우도 겨울 문신이 위험하다고 했다면, 그보다 훨씬 추운 겨울을 살아가야 하는 한국의 경우 그 위험성은 훨씬 크다고 봐야한다. 비록 삼한시대에 문신을 했다는 기록을 확인할 수 있지만, 문신을 하기에 썩 적합한 자연환경이라고 말하긴 어렵다. 그나마 삼한은 한반도의 남쪽에 위치해 있어서 비교적 따뜻했기에 가능했다고 본다. 마한ㆍ변진 이외의 지역에서 문신을 했다는 기록이 없는 것도 이와 무관해 보이지 않는다.

우리가 비문신사회였던 두 번째 원인은 문화적 환경과 밀접한 관련이 있다. 보편 종교를 기반으로 고대국가를 세우거나 중세 문명을 누린 모든 사회에서 문신은 금지된다.47) 그리스와 로마가 그러했고, 서구 유럽이 그러했으며, 동양의 중국도 그러했다.

문신에 관해서는 헤로도투스, 플루타크, 플라톤, 갈레노스, 세네카, 페트로니우스, 아리스토파네스, 디오스코리데스, 플리니와 같은 그리스와 로마의 수많은 작가들도 언급하고 있다. 그러나 그리스나 로마의 상류계층에서는 장식문신을 야만적이라고 생각하여 그다지 빠져들지 않았다.

---

46) 스티브 길버트, 앞의 책, 130~131쪽.
47) 조현설, 앞의 책, 61쪽.

그래도 그리스인이나 페르시아인들로부터 문신 기술을 배워, 노예나 범죄자들의 도주방지용 표지로 그것을 이용했다.[48]

　서구유럽에서는 기독교 문화의 영향을 받아 문신을 부정적인 것으로 인식되었다.[49] 성 바질주교는 신도들에게 "어느 누구도 음탕한 생각으로 자신들을 타락시키는 사탄의 사도들인 그 이교도처럼 머리를 기르거나 문신을 새겨서는 안 될 것이다."[50]라고 설교하였다. 이러한 영향으로 문신이 금지되었는데, 유럽인들이 세계 각국의 여러 문신을 받을 때 사탄의 행위로 간주하여 충격을 받기도 하였다. 또한 근대 유럽에서 문신을 하는 것은 '가족이나 친구들도 등을 돌려 앞으로의 인생이 비참해질 것이고, 사회로부터 완전히 버림받게 될 것'[51]으로 인식되었다.

　중국과 가까우면서 중국문화의 영향을 많은 받은 한국의 경우도 이와 같은 관점에서 이해될 수 있다. 중국에서는 문신하는 민족에 대하여 오랑캐로 표현했다. 『예기』에 이에 대한 설명이 나타나고 있다.

---

48) 스티브 길버트, 앞의 책, 19쪽.
49) 문신의 금지는 기독교만의 특징은 아니다. 중동의 이슬람, 동양의 불교와 유교 등 소위 보편종교를 기반으로 하는 사회에서는 문신이 금지된다. 그 이유는 여러 가지가 있겠지만, 가장 큰 이유는 문신의 주술적 특징 때문이라고 생각된다. 말리노프스키에 의하면 주술이란 어떤 목적을 위한 수단으로 이용되는 것이고, 종교는 그 자체를 목적으로 하는 것으로서 사회적 의례를 발달시키는 것이다. 주술은 개인적인 것이고, 종교는 사회적인 것이다. 따라서 인지가 발달하고 사회와 문화가 발달한 문명사회에서는 원시적으로 보이는 주술에 의존하기 보다는 사회화되고 체계화된 종교에 의존하게 된다. 이러한 사회에서는 문신을 저급한 원시주술로 인식하여 금지시켰다고 생각한다. 또한 문명화된 사회에서는 신체훼손을 금지시키는 경향이 있다. 유교의 '신체발부수지부모'라는 말이 있듯이 정도의 차이는 있지만 거의 모든 문명화된 사회에서는 신체훼손이 금지되었다. 따라서 문명과 야만을 가르는 이분법이 보편종교 / 주술, 비문신 / 문신에도 적용되었다고 본다. 서양의 강대국이 수많은 문신사회를 점령할 때 문신한 원주민을 보고 야만적이라고 혐오하고 금지시켰던 것도 이와 무관치 않다.
50) 스티브 길버트, 앞의 책, 226쪽.
51) 스티브 길버트, 앞의 책, 215쪽.

동방의 오랑캐를 이(夷)라고 하는데 피발(被髮)에 문신을 했으며 화식(火食)을 하지 않는 사람이 있다. 남방의 오랑캐를 만(蠻)이라고 하는데 이마에 먹물을 넣어 새기고 두 다리를 엇걸고 자며 화식을 하지 않는 사람들이 있다.[52]

화이론의 담론 속에서 중국 / 사이, 화식 / 생식, 비문신 / 문신이라는 이원론으로 중국에 비하여 오랑캐를 열등하게 평하고 있다. 그 중의 하나가 문신의 유무임을 나타내고 있다. 우리는 끊임없이 중국과 관계를 가지며 중국문화의 영향을 받아들였다. 이러한 영향아래서 야만적인 오랑캐 문화로 인식되고 있는 문신풍습을 멀리했던 것으로 추측된다. 이러한 현상은 삼국시대부터 시작해서 지금까지 지속되어 왔다고 봐야 한다. 이규경이 『오주연문장전산고』에서 문신풍습을 두고 '버려야 할 악습'이라고 한탄한 것도 같은 맥락에서 이해된다. 그리고 일본의 경우 '7세기 통치자들이 중국의 문화관습을 따르게 되면서 문신 장식도 덩달아 냉대를 받게 되었다.'[53]는 사실도 우리에게 시사하는 바가 크다.

2) 직접적인 표현의 글자 문신

유럽인들이 등장하기 전의 남태평양 폴리네시아 문신은 고대세계의 문신 중 가장 복잡하고 정교한 문양을 자랑했다. 그것은 태평양 섬들 사이에서 수천 년에 걸쳐 발전을 거듭한 역사에 기인한다. 또한 가장 진보된 형식으로서 한 개인의 일생을 거치면서 온 몸을 다 덮을 때까지 여러 번의 첨가 · 수정 · 장식을 거쳐 완성되는 정교한 기하학적 문양이 그 특

---

52) 『예기』, 왕제.
53) 스티브 길버트, 앞의 책, 111쪽.

징이다. 그 아름다움과 난해함을 볼 때 고대 폴리네시아인들의 문신 습속은 현대 미술의 최 걸작품에 견주어도 전혀 손색이 없다.[54] 그 외에 보르네오 · 사모아 · 마르케사스 · 뉴질랜드 · 하와이, 그리고 아메리카인디안, 남미 등의 문신사회에서는 저마다 각양각색의 기하학적 무늬와 복잡하고 화려한 그림을 몸에 새겼다.

그러나 앞에서 말한 바와 같이 우리는 비문신사회로서 문신이 금지되었기 때문에 그에 대한 기술이 발달하기 어려웠다. 그래서 단순히 글자를 새기는데 그쳤다. 물론 삼한시대에는 독자적이든 일본 등의 남방문화의 영향을 받았든 주술적인 의미의 무늬를 새겨 넣었을 것으로 추정된다. 하지만 중국 문화의 영향으로 문신이 금지된 이후부터는 그림 문신에 대한 기록이 전무하다.

대신 간단하게 글자를 새기되 문신한 내용을 직접 표현하고 있어 글자 문신의 특징을 그대로 반영하고 있다. 고려시대와 조선시대의 형벌문신이 그 대표적이라고 할 수 있다. 절도(竊盜)는 일반 절도범, 훔친 물건이 소일 때에는 도우(盜牛), 훔친 물건이 말일 때에는 도마(盜馬), 소나 말을 훔쳐서 죽인 자에게는 도살우(盜殺牛) 또는 도살마(盜殺馬)를 새겼다. 또한 훔친 물건을 보관한 장물아비에게는 절와(竊窩) 또는 강와(强窩)를 새겼다. 훔친 물건이 관속일 때에는 일반적인 절도와는 달리 도관물(盜官物) 또는 내부재물(盜內府財物)을 새겼다. 일반 절도와는 달리 강도일 경우 강도(强盜)라고 새겼다. 도금원리(盜禁苑梨)는 도금의 배를 훔쳤다는 뜻이다. 그리고 단순히 소나 말을 죽였을 때는 재우(宰牛) 또는 재마(宰馬)라고 새겼다.

한편 노비가 도망하는 것을 막기 위해 도망친 남자 종에게는 도노(逃奴)를, 그리고 도망친 여자 종에게는 도비(逃婢)라고 새겼다. 때로는 그냥

---

54) 스티브 길버트, 앞의 책, 27쪽.

도망(逃亡)이라고 새기기도 하였다. 고려시대의 묘청의 난 때에는 역적에 가담하였다가 극렬하게 저항한 자에게 서경역적(西京逆賊) 네 자를, 그 다음 가는 자에게는 서경(西京)이라고 새겨 차별화하기도 했었다.

그리고 어을우동의 팔뚝과 등에 새겨진 이난 · 박강창 · 홍찬의 이름은 어을우동이 사랑했던 사람과 사랑의 맹세를 한 흔적을, 장성 기생 노화의 팔뚝에 새겨진 노수신(盧守愼)의 이름은 노화와 사랑을 맹세한 흔적을, 구한말 노처녀 대석이의 팔에 새겨진 이름 모를 남자의 이름은 결혼 전 그녀와 사랑을 맹세한 흔적을 직접적으로 드러내고 있다.

3) 드러내기에 대한 감추기

동서고금을 막론하고 문신에는 '드러내기'라는 공통점이 존재한다. 종교적 목적의 문신은 자신의 신앙심을 신에게 드러내는 것이다. 미적인 목적의 문신은 이성에 대하여 자신의 아름다움을 드러내는 것이고, 사랑하는 사람의 이름을 새기는 것은 자신의 사랑이 영원할 것이라는 맹세를 상대에게 드러내는 것이다. 성인식 목적의 문신은 자신이 성인이 되었음을 같은 공동체에게 드러내는 것이다. 종족을 표지하는 문신은 대내외적으로 자신이 어느 종족에 속하는지를 드러내는 것이다. 전쟁에서의 무공을 기리기 위한 문신은 자신의 무훈을 다른 사람들에게 드러내는 것이다. 적들에게 겁을 주기 위한 문신은 상대에게 자신의 강인함을 드러내는 것이다. 이렇게 문신을 하는 사람은 문신을 통해 자신의 목적을 상대에게 드러내는데 목적이 있다. 문신이 인정되고 장려되는 문신사회에서는 문신의 본래 목적인 드러내기가 자연스럽지만, 문신이 금지된 비문신사회에서는 드러내기가 어렵다. 그래서 자연히 '감추기'를 할 수 밖에 없다.

삼한시대 이후 우리나라에서는 문신이 금지된 비문신사회였다. 따라서 어떤 특정한 목적 하에서 문신을 했다 하더라도 이를 감출 수밖에 없었다. '연비' 즉, 조선시대의 사랑을 맹세한 문신은 두 사람만이 간직해야 할 매우 은밀한 것이었다. 만약 그것이 드러나게 되면 심한 지탄을 받게 되었기 때문이다. 이러한 사랑을 맹세한 문신은 아마 일본에서 건너온 것으로 생각된다. 17세기 말에 나온 일본의 소설 『어느 호색인의 일생』에는 고급 매춘부, 창녀 등이 문신으로 사랑의 맹세를 하고 있는 것을 볼 수 있다. 그 중 가장 인기 있는 맹세의 하나는 일본어 음절문자로 표기된 연인들의 이름과 함께 목숨 명(命)자를 새기는 것이었다.[55] 이를 보면 우리나라의 연비 문신과 상당히 유사한 면이 발견된다.

형벌문신의 경우도 드러내기에 대한 감추기로 봐야 할 것 같다. 문신 없는 대부분의 사회에서도 형벌문신은 존재했다. 문신을 통해 죄수를 누구나 쉽게 판별할 수 있도록 드러내는데 목적이 있었다. 사회에서는 죄수를 드러내기 위해 문신을 하지만, 문신 당사자의 입장에서는 감추어야 할 커다란 수치요 오욕(汚辱)이었다. 그래서 문신을 감추기 위해 고약으로 흉터를 가리기도 하였고, 갓을 쓰고 나다니기도 했던 것이다. 만약 문신한 것이 발각되면 고약이 떼어지고 갓이 부서지는 낭패를 당해야 했던 것이다.

이러한 죄인 드러내기의 형벌문신은 한번 새겨지면 영원히 지울 수 없는 것이기에 비인권적인 측면이 있었다. 그래서 그리스나 로마에서도, 서구 유럽에서도, 중국에서도 문신형벌을 금지하는 법령이 만들어지기도 했다. 우리나라에서도 태종 · 세종 · 영조 때에 문신형벌을 금했다는 기록을 확인할 수 있다.

이렇게 우리나라에서는 비문신사회로서 문신을 드러낼 수 없는 감추기라는 문화적 특징을 보여주고 있다. 본인은 감추고 싶으나 사회가 드러

---

55) 스티브 길버트, 앞의 책, 112쪽.

내는 형벌문신, 본인은 드러내고 싶으나 사회가 금지하고 있는 애정문신이 모두 드러내기에 대한 감추기라고 볼 수 있다. 비문신사회인 서양의 경우에도 문신을 했다가 '어쩌다 재수 없이 걸려들면 내 고향 사람들에게 두 번 다시 얼굴을 들 수 없을 정도로 난도질을 당할 수도 있다'고 한다.[56] 만약 얼굴에 문신을 한다면 고향 사람들에게 얼굴을 들 수 없을 만큼 수치스러운 것으로 여기고 있다. 우리나라에서는 서양의 경우보다 문신에 대하여 더 부정적이었기 때문에 그 정도가 심했을 것이다. 문신을 감추어야 했던 상황 때문에 자연히 문신기술이 발달할 수도 없었을 뿐만 아니라, 그 크기에 있어서도 작고 단순할 수밖에 없었다.

4. 결론

이상에서 한국 문화 속의 문신에 대한 제 양상과 그 특징에 대하여 살펴보았다. 우리나라의 최초의 기록은 중국의 역사서 『삼국지』와 『후한서』에서 확인할 수 있다. 즉, 삼한시대의 마한과 변진에 문신하는 습속이 있었다고 기록하고 있다. 그 때의 문신은 어떤 목적으로 어떤 내용의 문신이 새겨져 있는지에 대해서는 자세하게 나와 있지 않다. 유사한 내용의 중국·일본·베트남의 기록을 비교해 봄으로써, 삼한시대의 문신이 수중 작업시 교룡의 피해를 막기 위한 주술 목적의 용 또는 수중 괴물 형태의 문신을 새겼을 것으로 추정할 수 있었다.

삼한시대 이후 문신에 대한 기록은 보이지 않다가 고려시대에 다시 나타난다. 고려시대의 문신은 주로 절도·반역죄를 벌하기 위한 형벌문신이었다. 이 형벌문신은 조선시대에 들어와 훨씬 자주 시행되었음을 확인

---

56) 스티브 길버트, 앞의 책, 89쪽.

할 수 있었다. 형벌문신은 구체적인 죄목의 글자를 이마에 새겨 누구나 죄인을 쉽게 식별할 수 있게 함으로써 범죄를 예방하자는데 목적이 있었다. 그러나 이 문신은 한번 새겨지면 영원히 지워지지 않으므로 평생 죄인으로 살아야 하는 까닭에 사형 다음의 가혹한 형벌로 취급되었다. 태종·세종·영조 때에는 이 형벌이 너무 가혹하고 비인격적이라 하여 중지하는 때도 있었지만, 조선 후기 순조 때까지도 시행되었음을 확인할 수 있었다.

조선시대에는 형벌문신 외에 또 다른 형태의 문신습속을 발견할 수 있다. 즉 사랑하는 연인이 서로 상대방의 이름을 팔뚝에 새기는 소위 '연비(聯臂)'라는 애정문신(愛情文身)이 존재했다. 애정문신인 연비에 대한 최초의 기록은 성종조의 음녀 어을우동과 관련된 『조선왕조실록』에서 확인할 수 있었다. 그런데 연비는 어을우동에만 한정된 것이 아니라, 같은 성종시절 장성의 기생 노화와 관련된 이야기에도 등장한다. 이규경의 『오주연문장전산고』의 내용, 『한암소화(寒岩瑣話)』와 『목민심서』의 내용, 그리고 구한말 대석이 이야기를 종합해 볼 때, 이러한 애정문신이 암암리에 많이 행해졌음을 알 수 있다.

우리나라의 문신의 특징으로는 먼저 삼한시대 이후 지금까지 '비문신 사회'였음을 들 수 있다. 자연적 환경과 문화적 환경이라는 요인 때문에 문신사회가 될 수 없었다. 다음으로는 '직접적인 표현의 글자 문신'을 들 수 있다. 문신이 금지된 사회였기에 다양한 문신이 발달하기 어려워 문신하고자 하는 내용이 직접 표현되는 글자문신이 주로 행해졌다. 마지막으로 '드러내기에 대한 감추기'를 들 수 있다. 문신의 일반적인 목적이 '드러내기'임에 반하여 문신이 금지된 우리나라에서는 자연스럽게 '감추기'를 하게 되었다.

남당 한원진 사상의 배경과 형성 과정

김 태 년*

1. 서론

한원진(韓元震: 1682/숙종8~1751/영조27)[1]은 조선 후기 숙종(肅宗: 1674~1720 재위) · 경종(景宗: 1720~1724 재위) · 영조(英祖: 1724~1776 재위)조에 걸치는 시기에 주로 활동했던 유학자이다. 그는 사대부의 집안에서 태어나 정치적으로는 노론(老論) 입장을 견지했으며, 학문적으로는 율곡학파의 전통을 이었다. '이이(李珥: 栗谷, 1536~1584)-김장생(金長生: 沙溪, 1548~1631)-김집(金集: 愼獨齋, 1574~1656)-송시열(宋時烈: 尤庵, 1607~1689)-권상하(權尙夏: 遂庵, 1641~1721)'로 이어지는 서인(西人) 노론계 호서학통을 계승하면서 주자학의 정통을 수호하는 일을 자임했던 인물인 것이다.[2] 한원진은 이러한 도통의식을 기반으로 주희(朱熹)

---

1) 한원진의 本貫은 淸州이다. 初名은 鼎震이며, 諡號는 文純, 字는 德昭, 號는 南塘 · 賜谷이다.

2) 「寒水齋權先生(尙夏)行狀」, 『南塘集』卷34, 22~24쪽(『韓國文集叢刊』202, 246~247쪽); 「癸卯擬辨師誣疏」, 『南塘集』卷2, 32쪽(『韓國文集叢刊』201, 57쪽). 『韓國文集叢刊』은 이하 『叢刊』으로 표기함.

의 정맥을 계승하고자 『주자언론동이고(朱子言論同異攷)』를 편찬하는 등3) 주자학 연구를 심화시키는 한편, '이단'과 타학파에 대하여 끊임없이 비판적 논의를 전개함으로써 조선 후기의 학술과 정치에 큰 영향을 끼쳤다고 평가받는다.

그의 사상에 대한 대부분의 연구는 호락논쟁(湖洛論爭)과 관련하여 이기심성론(理氣心性論)을 중심으로 이루어졌는데, 주로 그의 논적이었던 이간(李柬: 巍巖, 1677~1727)의 이기심성론과 대비하여 그의 이론이 소개되고 분석되었다.4) 또한, 그의 시대 인식과 해결 방안, 즉 경세론에 대한 연구도 이루어져 그의 정치적 성향에 대한 분석이 시도되기도 했다.5) 한편, 몇 편의 박사 논문을 통해 호락논쟁의 범위를 넘어서 그의 사상 전반에 대해 구명하려는 시도도 이루어졌다.6)

이렇듯 기존 연구들을 통해 한원진 사상의 내용과 특징, 그리고 사상사적 의의가 논의되었지만, 정작 그의 사상이 어떤 토대 위에서 어떠한 과정을 거쳐 형성되었는지에 대해 본격적으로 논의한 연구는 부족한 형편이다. 물론 기존 연구들 속에서 그것을 다루지 않은 것은 아니지만, 각 연구들의 목적이 사상의 내용을 다루는 데 있었으므로 사상의 배경과 형성과정에 대해서는 연구의 전제로 간략하게 다루어졌을 뿐 그에 대한 집중적인 논의가 부족했다는 것이다.7)

---

3) 「朱書同異攷序」, 『南塘集』 卷31, 3쪽(『叢刊』 202, 163쪽).
4) 호락논쟁과 관련한 최근의 연구사 정리는 최영진 · 홍정근 · 이천승의 「호락논쟁에 관한 연구성과 분석 및 전망」(『유교사상연구』 19, 한국 유교학회, 2003)을 참조할 수 있다.
5) 유초하, 「조선 후기 성리학의 사회관1-한원진의 경우」, 『민족문화연구』, 1983 ; 김준석, 「18세기 노론전권정치론의 구조-한원진의 붕당의식과 군주성학론」, 『호서사학』 18, 1990 ; 김준석, 「양란기의 국가재조 문제」, 『한국사연구』, 1998.
6) 이상곤, 「남당 한원진의 기질성리학 연구」, 원광대 박사학위 논문, 1991 ; 임원빈, 「남당 한원진 철학의 리에 관한 연구」, 연세대 박사학위 논문, 1994 ; 이향준, 「남당 한원진의 성론 연구」, 전남대 박사학위 논문, 2002 ; 김태년, 「남당 한원진의 '정학' 형성에 대한 연구」, 고려대 박사학위 논문, 2006.
7) 이는 필자의 박사 논문인 「남당 한원진의 '정학' 형성에 대한 연구」에도 적용된다.

이에 본고에서는 한원진의 사상이 형성된 배경과 과정에 대해 텍스트 안에 드러난 그의 시선을 따라 추적해 보고자 한다. 그는 스스로 어떻게 자신의 정체성을 규정했는가, 그는 당대를 어떻게 인식하고 있었으며, 자신의 시대적 임무를 무엇으로 설정했는가, 그리고 어떤 과정을 통해 이를 수행 했는가 등의 문제를 살펴보려는 것이다.

이 연구를 통해 한원진의 사상을 좀더 정확하게 이해할 뿐 아니라, 조선 후기 사상사에 대한 이해가 더욱 풍부해질 수 있기를 바란다. 동시에 우리 전통 문화의 한 축을 담당했던 조선 후기 성리학자의 정체성 형성, 문제의식 도출, 해결 방안 모색의 전형을 엿보는 기회가 되기를 기대한다.

2. 학문의 토대

일반적으로 동일한 사태에 대해 다양한 해석이 존재하는 이유는 관찰자가 서 있는 곳이 각각 다르기 때문이다. 한원진은 어느 지점에서 어떤 시선으로 당대를 바라보았으며, 무엇을 화두로 삼았는가? 이를 짐작해 보기 위해서는 우선 그가 어떤 사람이었는지, 스스로 자신을 어떻게 이해하고 있었는지 알아보아야 한다.

조선 시대 유학자에게 존재의 출발점이자 자기 정당성의 근거는 가문 · 당파 · 학파였다. 이를 고려하면 한원진의 정체성은 일단 사대부 가문의 일원, 노론계 정치인, 그리고 율곡학파의 학자로 규정된다.

이 논문은 한원진이 이단과 타학파를 비판하면서 자신의 학문을 형성시켜 나아가는 과정을 다룬 것인데, 주로 한원진의 이론적 비판과 대안에 중점을 두어 논의했다. 따라서 본고에서 다루려는 내용이 이 논문에서는 산발적으로 제시되거나 일부 빠지기도 했다. 본고는 이를 보완하려는 의도에서 작성된 것이다.

1) 기자(箕子)의 후예이자 사대부로서 가진 자부심

먼저 한원진의 부계(父系)를 표로 정리해보면 다음과 같다.

代	이름	설명	代	이름	설명
始祖	箕子	**古朝鮮**	19	奕	尙衣直長
…	箕準	**馬韓**	18	希愈	檢校神虎將軍 行儀仗府別將
…	友諒		17	光胤	朝正大夫 禮賓卿
22	蘭	**高麗**, 太尉	16	康	諫議大夫 國子大司成 加匡靖大夫 都僉議中贊 修文殿太學士, 諡號 文惠
21	穎	龍虎校尉	15	謝奇	朝正大夫 僉議府右司議
20	尙休	別將同正	14	渥	三重大匡 都僉議右政丞 上黨府院君, 諡號 思肅

13	公義	淸城君, 諡號 平簡	6	克恭	司圃別提
12	修	判厚德府事 右文館大提學 淸城君, 諡號 文敬, 號 柳巷	5	天貴	成均生員 贈吏曹參判
11	尙敬	**朝鮮**, 開國功臣 領議政 西原府院君, 諡號 文簡, 號 信齋	4	孝參	通德郞, 字 景魯
10	惠	咸吉道觀察使 贈領議政	3	必迪	字 迪夫, 號 淸節居士
9	繼禧	佐理功臣 左贊成 西平君, 諡號 文靖	2	如益	靑山縣監, 字 相夏
8	士介	永興府使 贈兵曹參判	1	有箕	通德郞, 字 仁叔, 號 勤修
7	胤昌	禮曹參判		元震	

한원진[8]은 청주(淸州) 한씨(韓氏) 가문의 역사를 정리하면서[9] 그의 집안
은 사림(士林)의 전통이 이어져 내려오는 명문이라는 점을 강조했다.[10] 우
선 그는 가문의 연원으로 기자를 꼽는다. 그에 의하면, 한씨 가문은 기자 이
후 40대에 걸쳐 조선을 다스렸고, 위만(衛滿)에게 기준(箕準)이 쫓겨난 이
후에는 지금의 익산(益山)에 마한(馬韓)을 세워 다스렸던 왕실이었다.

세월이 흘러 백제의 온조(溫祚)에 의해 마한이 망한 뒤, 우량(友諒)이 한
씨 성을 얻었고, 한란(韓蘭)이 청주에 자리 잡아 집안을 일으켰다고 한다.
한란은 왕건(王建)이 견훤(甄萱)과 전투를 벌이기 위해 청주를 지나갈 때
왕건을 지원함으로써 태위(太尉)의 벼슬을 얻었는데, 이때부터 그의 집안
은 '청주 한씨'가 되었다는 것이다. 이후 그의 조상은 고려조와 조선조 내내
벼슬을 하며 명문으로서 집안의 전통을 지켜갔다고 한원진은 설명했다.

그의 이러한 자부심은 "덕이 두터운 자는 그 후손이 빛나게 되고, 덕이
박한 자는 그 후손이 비천해진다."[11]는 관념에 기초한 것이다. 한원진은

---

8) 한원진의 가족 사항을 정리하면 다음과 같다. 그의 高祖父는 韓孝參이며, 高祖母는
縣監 柳德容의 딸인 文化 柳氏이다. 曾祖父는 韓必迪이며, 曾祖母는 宣務郎 崔永源
의 딸인 江華 崔氏이다. 祖父는 韓如益이며, 祖母는 同知中樞府事 成璹의 딸인 淑人
昌寧 成氏이다. 그들 사이에서 韓聖箕・韓昌箕・韓有箕・韓宗箕・韓敍箕・韓配箕
등이 났는데, 그의 아버지는 셋째인 韓有箕이고, 어머니는 敦寧都正 朴崇阜의 딸인
咸陽 朴氏이다. 그는 3형제 중 둘째로, 형은 韓泰震이고 아우는 韓啓震이다. 누이 넷
은 각각 姜柱天(姜奎煥의 아버지)・安宗益・吳宗周・李宗五(이 동생을 위해 『韓氏
婦訓』을 써줌)에게 시집갔다. 初娶 부인은 成重光의 딸인 昌寧 成氏이고, 再娶 부인
은 閔鎭華의 딸인 驪興 閔氏이며, 側室이 있다. 成氏 所生으로 韓後殷(李禎億의 딸과
혼인)이 있고, 閔氏 所生으로 韓後宗과 韓後賢(縣監)이 있으며, 側室 所生으로 韓後
準(요절함)과 李思良에게 시집간 딸이 있어 모두 4남 1녀의 자녀를 두었다.
9) 한원진은 만년(69세/1750)에 집중적으로 선조들의 墓誌와 遺事(「先考妣墓誌」・
「先祖考縣監府君遺事」・「高祖考處士府君遺事」・「曾祖考淸節居士府君遺事」)를
짓는데, 이는 朱熹가 만년에 아버지의 行狀을 지은 전례를 따른 것이다. 「先考妣墓
誌」, 『南塘集』 卷33, 32쪽(『叢刊』 202, 218쪽).
10) 淸州 韓氏 가문에 대한 한원진의 이해는 그의 어머니 墓誌에 가장 자세하게 나와
있다. 이하 그의 가문에 대한 내용 중, 따로 각주를 달지 않은 정보는 모두 이를 기
반으로 한 것이다. 「先考妣墓誌」, 『南塘集』 卷33, 23쪽(『叢刊』 202, 214쪽).

조상의 덕이 두터웠기에 자손들이 계속 광영을 누릴 수 있고, 거꾸로 자손의 현달을 보면 그 조상의 덕이 두터웠음을 알 수 있다고 믿었다.

한편, 조선 후기 유학자에게 명문의 전통은 누대에 걸쳐 고관 대작이 배출되었다고 해서 수립되는 것이 아니라, 그들의 행적에서 '사림'의 정신이 드러나야 비로소 완성되는 것이었다. 한원진은 조상의 행적을 정리하면서 그들이 춘추의리(春秋義理)에 입각해 살았고, 나라가 어지러울 때는 도학(道學)에 정진했다는 점을 강조했다. 그리고 그 원천에는 주(周) 무왕(武王)에게 '홍범구주(洪範九疇)'를 전수한 유학의 선하인 기자가 있음을 빼놓지 않았다.

그의 14대조인 한악(韓渥)과 13대조인 한공의(韓公義)가 자신의 주군인 충렬왕(忠烈王)과 충정왕(忠定王)에게 군신의 의리를 다했고, 조선의 개국공신이었던 11대조 한상경(韓尙敬)이 왕씨 일족의 멸문을 막았으며, 증조부인 한필적(韓必迪: 1599~1677)이 정묘호란 때 강화도까지 어가를 호종했고 병자호란 뒤에는 과거를 보지 않았다[12]는 등의 기사, 그리고 신돈(辛旽)을 비판하였던 12대조 한수(韓修)가 '지경지학(持敬之學)'으로 이름이 높았고, 7대조 한윤창(韓胤昌)이 당시 사림파와 의리를 같이했으며, 당쟁이 심화되는 상황에서 고조부인 한효삼(韓孝參: 1562~1622) 이래로 결성(結城)에 낙향해 도학에 정진했다[13]는 등의 기사들이 그것이다. 특히 그는 기자의 홍범(洪範) 이래 한수로 이어지는 '주경지학(主敬之學)'의 전통은 가문의 정신적 토대를 이루는 핵심이라고 생각했다.[14]

이렇듯 그는 자기 가문을 유학을 기초한 기자의 후예로서 국가와 흥망을 같이하는 삼한(三韓)의 갑족(甲族)이라고 인식하면서 자기 가문에 의

---

11) 「族譜序」, 『南塘集』卷31, 5쪽(『叢刊』202, 164쪽).
12) 「曾祖考淸節居士府君(韓必迪)遺事」, 『南塘集』卷34, 47쪽(『叢刊』202, 259쪽).
13) 「高祖考處士府君(韓孝參)遺事」, 『南塘集』卷34, 46쪽(『叢刊』202, 258쪽).
14) 「先祖柳巷先生主敬說跋」, 『南塘集』卷31, 24쪽(『叢刊』202, 173쪽) ; 「族譜序」, 『南塘集』卷31, 5쪽(『叢刊』202, 163쪽).

리를 수호하는 도학자의 맥이 면면히 흐르고 있음을 자랑스러워했다. 그리고 이러한 그의 의식은 "관직에 나아가서도 근심하고, 물러나서도 근심"하며 "천하 사람들이 근심하기 전에 먼저 근심하고, 천하 사람들이 즐거워한 후에 즐거워"[15]하면서 "천지를 위해 뜻을 세우고, 인민을 위해 도를 세우며, 옛 성인을 위해 끊어진 학문을 계승하고, 먼 미래를 위해 천하의 태평을 실현"[16]하려 했던 북송(北宋) 이래 사대부의 책임 의식을 계승하는 것이었다.[17]

2) 세도(世道)를 자임한 노론의 당파성

사대부가 천하에 대해 가진 책임 의식은 정치 권력에 대한 욕망의 또 다른 표현일 수 있다. 조선 후기에 이는 '세도'를 자임하는 것으로 표출되었는데, 이러한 성향은 왕권을 견제했던 노론의 호서 사림들에게 두드러졌다.

앞서 말한 것처럼, 한원진의 집안은 사림파 형성기에 기호 사림의 일원으로 자리를 잡은 후, 붕당이 나뉜 뒤에는 서인에 속했으며, 당파의 부침에 따라 진퇴를 같이 했다. 특히 조부인 한여익(韓如益: 1625~1693)은 당파의 부침과 자신의 진퇴 사이의 연계가 가장 극명하게 드러나는 예이다. 그는 어릴 때부터 과거 공부를 했으나 남인에 의해 서인이 실각했던 갑인환국(甲寅換局: 1674) 이후 과거를 폐하였다. 이를 안타깝게 여긴 아버지

---

15) 范仲淹,「岳陽樓記」,『范文正公集』.
16) 張載,「爲學」,『近思錄』.
17) 북송대 이래 정치의 주체로 등장한 朱熹를 비롯한 사대부들의 정치 의식에 대해서는 余英時의『朱熹的歷史世界 - 宋代士大夫政治文化的硏究』(三聯書店, 2004, 홍콩)에 자세하다. 그는 당시 사대부들이 독자적인 정치 세력을 형성하면서 황제의 권력을 이용하여 자신의 이상을 실현하거나 황제의 권력 전횡을 견제함으로써 권력을 분점하여 정치에 참여(同治天下)하려 했고, 이러한 사대부의 이념은 朱熹의 사상 속에서 잘 드러난다고 주장한다.

한필적은 상황이 호전되면 다시 벼슬길에 나아가라는 유언을 남겼고, 이에 따라 그는 서인이 다시 정권을 잡은 경신환국(庚申換局: 1680) 이후에는 과거를 보다가 효행(孝行)으로 추천을 받아 벼슬길에 나아갔다. 그러나 남인으로 다시 정권이 넘어간 기사환국(己巳換局: 1689) 때 청산현감(靑山縣監)에 제수된 후 남인의 견제를 받자 부임하지 않고 결성으로 낙향했다.[18) 또한, 한원진의 아버지 한유기(韓有箕: 1655~1714)는 당쟁으로 정국이 어수선한 상황에서 평생 벼슬을 하지 않고 도학(道學)에 정진했다.[19)

이상에서 알 수 있듯이, 그의 집안이, 비록 6대조 이래 현달한 이가 없었고 특별히 정치적 탄압을 받은 흔적도 없지만, 기호 사림에서 출발하여 서인의 정치적 입장을 가지고 있었던 것은 사실이다. 한원진은 이를 당시 정치적 상황과 연결하여, 선조들이 '사림—서인'으로 이어지는 당파의 의리를 고수한 것으로 이해했다.

붕당 사이의 정치적 갈등은 한원진 당대에도 이어졌다. 그가 태어날 즈음 서인은 노론과 소론으로 갈라졌고, 이 두 붕당 사이의 갈등은 그의 생애 내내 계속되었는데, '화양(華陽)의 정맥'을 잇고자 했던 한원진은 영조의 탕평책(蕩平策)에 맞서 소론과 남인을 비판하면서 노론의 의리를 밝히는 선봉에 섰다. 당시 노론은 경종 때 왕세제였던 영조를 지지하다가 역적으로 몰렸던 노론 대신들의 명예를 회복하고 그들을 탄핵했던 소론을 몰아내는 것을 의리를 천명하는 일로 여기고 있었다. 소론은 임금을 배신하고 스승을 배신한 소인배 집단이므로, 시비(是非)를 엄정히 따져 이들을 몰아내야 한다는 것이다. 따라서 그들은 당연히 반탕평(反蕩平)을 주장하였고, 처음에는 정치적 이해를 같이했던 영조와 결국 대립하게 되었다. 한원진은 이러한 노론의 당론을 충실히 따르던 인물이었다.

---

18) 「先祖考縣監府君(韓如岳)遺事」, 『南塘集』卷34, 44쪽(『叢刊』202, 257쪽).
19) 「先考(韓有箕)妣墓誌」, 『南塘集』卷33, 23쪽(『叢刊』202, 214쪽).

한원진의 당파적 입장은 스승 권상하의 무고함을 알리는 상소를 작성하면서 공식적으로 표출된다. 한원진은 『가례원류(家禮源流)』의 출간과 관련하여 권상하가 탄핵받자 그를 변호하는 상소를 작성하는 과정에서 윤증(尹拯: 明齋, 1629~1714) 등의 소론을 강력하게 비판했던 것이다.

원래 『가례원류』는 유계(兪棨: 市南, 1607~1664)가 편찬한 것인데, 윤선거(尹宣擧: 魯西, 1610~1669)가 이를 도왔고, 윤증이 수정의 책임을 맡았다. 그런데 유계가 죽은 후에도 책이 출간되지 않자, 유계의 손자 유상기(兪相基: 祈招齋, 1651~1718)는 집에 있던 초고로 책을 발간하면서 권상하에게 서문[20]을 부탁했다. 권상하는 서문을 쓰며 후기(後記)를 달아 윤증을 격렬하게 비난했고, 정호(鄭澔: 丈巖, 1648~1736) 또한 발문(跋文)[21]을 지어 윤증을 비난했다. 윤증이 스승이었던 유계의 유지를 저버리고 출간에 협조하지 않았다는 것이었다.

그런데 유상기가 이 책을 간행하여 숙종에게 올리자, 숙종은 이를 보고 소론의 편을 들어 정호를 파직하였고, 이에 반발하여 권상하가 상소를 올렸으나, 유봉휘(柳鳳輝: 晩菴, 1659~1727) 등 소론측의 상소로 인해 결국 권상하를 파직하고 문제의 글을 삭제하라는 명령이 내려졌다.[22] 이에 권

---

20) 「家禮源流序」, 『寒水齋集』 卷22, 3~5쪽(『叢刊』 150, 396~397쪽).

21) 「家禮源流跋」, 『丈巖先生集』 卷25, 3쪽(『叢刊』 157, 552쪽).

22) 이후 숙종은 윤선거의 墓文(「尹吉甫墓碣銘」, 『宋子大全』 卷179 / 『叢刊』 114, 125~127쪽)과 辛酉擬書(「擬與懷川書」, 『明齋遺稿別集』 卷3, 1쪽 / 『叢刊』 136, 535쪽)를 읽고 입장을 바꾸어 권상하의 관작을 회복시키고 그의 서문을 다시 수록하게 했다. 아울러 윤증의 관작을 추삭하고 관리를 보내 華陽書院에서 송시열에 제사를 올리게 하는 한편, 친필 院額을 내려보내고 備忘記를 내려 '尊賢斥邪'의 뜻을 보였다. 한원진은 이에 대해 "30년 동안 정해지지 않았던 斯文의 是非가 이에 크게 정해졌다."라고 평가했다(「寒水齋權先生行狀」, 『南塘集』 卷34, 11쪽 / 『叢刊』 202, 241쪽). 후에 경종이 즉위하여 정국이 바뀌자 권상하는 다시 관작이 삭탈되는데, 이때도 한원진은 「癸卯擬辨師誣疏」(『南塘集』 卷2, 31~35쪽 / 『叢刊』 201, 57~59쪽)를 작성해 스승의 무고함을 주장했다. 권상하의 관작은 1725년 영조가 즉위한 뒤에야 회복되었다.

상하의 제자들은 스승의 무고함을 밝히기로 뜻을 모았고, 한원진이 상소의 초를 잡은 것이었다.[23)

그는 이 글에서 권상하를 공격한 소론의 논리를 조목조목 비판하며 왕에게 의리를 제대로 밝혀줄 것을 강력히 요청했다. 한원진은 스승의 신원과 소론의 처벌 문제는 단지 개인적인 명예 회복이나 정치적 차원의 사안일 뿐 아니라 '의리'와 관련된 문제라고 전제하고, 회니시비(懷尼是非)와 관련하여 윤선거 · 윤증 부자의 처신을 거론하며 이를 군신 · 부자 · 사제의 인륜과 연관시키면서 이 문제의 해결 여부에 궁극적으로는 국가 질서를 바로잡느냐 못 잡느냐가 달려있다고 주장했던 것이다.[24)

이렇듯 관직에 나아가기 전부터 노론의 당론을 충실히 따르던 한원진은 40대에 벼슬길에 나선 이래 더욱 강경하게 당론을 고수했다. 그는 경연(經筵)과 상소(上疏)를 통해 다른 당파에 대한 격렬한 비판을 중단하지 않았고, 특히 탕평책에 거세게 반발하여 영조와 갈등을 빚고 사직하기에 이르렀다. 이러한 대립이 절정에 이르렀던 사건이 바로 명 태조(太祖)의 맹자 출향(出享)에 대한 영조의 언급을 둘러싸고 벌어진 일이다.

1731년(영조7) 4월 13일, 영조는 신하들을 질책하는 자리에서 명 태조가 맹자를 출향한 일을 지지하는 발언을 했는데,[25) 마침 6월, 한원진에게 소명(召命)에 응하라는 별유(別諭)가 내리자 영조와의 갈등 끝에 사직하고 재야에 있던 한원진은 이를 사양하는 상소를 올리며 영조의 발언에 대해 문제를 제기했다.[26) 이 상소를 읽은 김상성(金尙星: 陶溪, 1703~1755) · 윤휘정(尹彙貞: 1676~?) 등이 연명으로 한원진을 처벌할 것을 상소했고,[27)

---

23) 「丙申擬辨師誣疏」, 『南塘集』卷2, 1~30쪽(『叢刊』201, 42~56쪽).
24) 「丙申擬辨師誣疏」, 『南塘集』卷2, 18~19쪽(『叢刊』201, 50~51쪽).
25) 『英祖實錄』卷29, 英祖 7年 4月 乙巳.
26) 「辭召命兼附所懷疏」, 『南塘集』卷4, 26쪽(『叢刊』201, 101쪽).
27) 『英祖實錄』卷29, 英祖 7年 6月 戊午.

그들의 상소를 보고 한원진의 상소를 들고 오게 하여 읽은 영조는 격노하여 자신의 진의를 왜곡한 사관을 국문하고 한원진을 초선의 열록에서 빼고 그의 장주를 들이지 말라 명하기에 이르렀다.[28]

영조는 자신의 뜻을 거스르는 재상들이 임금을 하찮게 보고 있다며 맹자를 출향시킨 명 태조가 지금의 신하들을 본다면 죄를 면치 못할 것이라고 했는데, 이에 대한 소문을 들은 한원진이 상소를 올려 맹자를 배척한 명 태조의 행동은 잘못된 것이며, 그로 인해 명에서는 도술(道術)이 밝혀지지 않고 이단이 흥성하여 의리가 어두워졌다고 반박했다. 이 상소를 본 영조는 자신의 의도는 맹자를 배척하겠다는 것이 아니었는데도 한원진이 자신의 말을 잘못 이해하여 명 태조를 모독했다고 분노하여 이와 같은 처분을 내린 것이다. 탕평책을 통해 왕권을 강화하려던 영조와 반탕평을 통해 왕권을 견제하려던 한원진이 이 사건을 계기로 격렬하게 부딪힌 것이라 할 수 있다.

이렇듯 서인의 집안에서 태어난 한원진은 노소 분립기에 노론의 당론을 의리로 여기고 남인과 소론을 비판하는 한편, 탕평책을 통해 정국의 주도권을 잡으려 했던 영조에게 '의리'를 밝힐 것을 요구하며 압박하였다. 이러한 그의 행동은 의리에 대한 해석을 사대부, 구체적으로 말하면 노론이 독점함으로써 다른 당파와 왕권을 견제하려는 것이었다. 이는 세도를 자임했던 서인–노론의 전통을 계승한 입장이다. 그는 서인–노론으로 이어지는 당론을 가문의 전통이자 학파의 노선, 더 나아가서는 천하의 의리로 여기고 충실히 따랐던 정치인으로서 당시 벌어졌던 정쟁의 한가운데에 서 있었던 것이다.

---

28) 『英祖實錄』卷30, 英祖 7年 7月 己巳.

3) 이기심성론(理氣心性論) 위주의 도통의식

조선 시대에 정치적 권력을 뒷받침해 준 것은 학문적 권위였다. 의리를 해석할 수 있는 학문적 권위가 바로 '세도'였던 것이다. 그리고 바로 이 권위는 '도통'을 통해 획득된다. 유학자에게 도통은 "유학의 참 정신이 전해 내려온 큰 흐름"이며, 이 도통에 들어갈 수 있는 자격은 "앞 세대 학문의 참 정신을 이어 다음 세대를 열어주는 '학문적 공'이 있거나, 관직에 나아가 도덕 정치의 이상을 현실 속에서 구현했던 '사업의 공'이 있거나, 아니면 도덕과 절의를 몸으로 실천하여 후세에 '도덕적 전범'이 되어야만" 주어지는 것이었다. "'학문', '사업', 그리고 '절의'는 한 인물이 도를 제대로 구현했는가에 대한 평가의 기준이 되는 것"이며,29) 따라서 도통에 어떤 사람이 들어가는가의 문제는 정치적 · 학문적 권위를 누가 가지는가, 즉 누가 세도를 담당할 것인가, 다른 말로 의리의 주인은 누구인가와 관련된 중요한 문제였다.

한원진은 '요(堯)−순(舜)−우(禹)−탕(湯)−문(文)−무(武)−주공(周公)−공자−맹자−주자'로 이어지던 중화의 도통이 조선에 와서 "이이−송시열−권상하"로 이어졌다고 주장했다.30) 특히 그는 권상하가 송시열의 적전(嫡傳)임을 강조함으로써 권상하 문하의 학문적 권위를 획득하려 했다. 한원진은 권상하의 행장을 지으며 이를 강조했는데, 그 근거로 그는 송시열이 '수암(遂庵)'과 '한수재(寒水齋)'라는 당호(堂號)를 지어줄 만큼 권상

---

29) 이승환, 「도통, 유학의 참 정신을 잇는 계보」, 『조선 유학의 개념들』, 예문서원, 2002. 461쪽. 朱熹의 도통론과 관련해서는 이용주의 『주희의 문화 이데올로기』(이학사, 2003, 서울)와 余英時의 『朱熹的歷史世界 − 宋代士大夫政治文化的硏究』(三聯書店, 2004, 홍콩)를 참조하시오.

30) 「祭遂庵先生文」, 『南塘集』 卷32, 13쪽(『叢刊』202, 194쪽) ; 「寒水齋權先生行狀」, 『南塘集』 卷34, 22쪽(『叢刊』202, 246쪽) ; 「經筵說下」, 『南塘集』, 卷6, 36∼38쪽(『叢刊』201, 151∼152쪽).

하를 아꼈을 뿐 아니라,31) 송시열이 사망하면서 학파 내부에서 전수되던 문건(일종의 '의발(衣鉢)'이라 할 수 있다)을 전하면서 여러 일들을 부탁할 정도로 권상하를 믿었다는 점을 들었다. 1689년(숙종15) 기사환국(己巳換局)으로 송시열이 제주도로 유배갈 때 권상하가 태인(泰仁)까지 수행했는데, 그때 송시열은 다시 돌아오지 못할 것을 알고는 권상하에게 '사문전수서적(師門傳授書蹟)', 즉 김집이 보관하다가 송시열에게 전해 주었던 『석담일기(石潭日記)』등 이이의 수적(手蹟), 김장생과 이항복(李恒福: 白沙, 1556~1618)이 이이의 비문을 산정(刪定)하기 위해 주고받은 편지, 그리고 이이의 행장(行狀) 초본(草本)32) 등을 주며『이정전서분류(二程全書分類)』와 『퇴계서차의(退溪書箚疑)』를 완성해 줄 것을 함께 부탁했으며,33) 나중에 편지를 보내 만력(萬曆)·숭정(崇禎) 두 황제의 사묘(祀廟)를 건립할 것과『주자대전차의(朱子大全箚疑)』의 완성을 부탁하였다는 것이다. 또한, 송시열이 정읍(井邑)에서 최후를 맞이할 때, 자신의 장례 절차에 대한 언급과 함께 "주자학을 존숭하고 북벌을 완수하라."라는 유언을 남겼는데, 권상하는 스승의 이런 유언을 진심으로 받들었다고 한원진은 강조했다. 이런 사실을 보면 권상하가 송시열의 도통을 이은 것이 확실하다는 것이다.34)

그런데 이러한 도통에는 서경덕(徐敬德: 花潭, 1489~1546)·이언적(李彦迪: 晦齋, 1491~1553)·조식(曺植: 南冥, 1501~1572)·이황(李滉: 退溪, 1501~1570)·윤증은 물론이고, 정몽주(鄭夢周: 圃隱, 1337~1392)·조광조(趙光祖: 靜庵, 1482~1519)·성혼(成渾: 牛溪, 1535~1598)·김창협

---

31)「寒水齋權先生行狀」,『南塘集』卷34, 3쪽(『叢刊』202, 237쪽).
32)『寒水齋年譜』, 16쪽(조용승 영인본 654쪽). 이이의 行狀은 김장생이, 神道碑銘은 이항복이, 墓誌銘은 김집이, 墓表陰記와 謚狀은 李廷龜가 각각 작성했다.
33)『寒水齋年譜』, 16쪽(조용승 영인본 654쪽).
34)「寒水齋權先生行狀」,『南塘集』卷34, 3~4쪽(『叢刊』202, 237쪽).

(金昌協: 農巖, 1651~1708) 등도 배제된다. 그는 무엇을 근거로 이런 '도통'을 구상한 것일까?

우선 한원진이 가장 자세한 평가를 남긴 스승 권상하에 대해 살펴보자. 한원진이 보기에 권상하는 인격도 훌륭하고 춘추 대의의 확립과 관련하여 많은 공을 세운 사람이기도 했지만, 그가 도통에 들어갈 수 있었던 결정적인 이유는 역시 의리를 강명(講明)했기 때문이다. 그는 선배 학자들이 미처 궁구하지 못한 점을 밝힌 것이 많았는데, 그것은 인심(人心)·도심(道心)과 관련하여 『중용(中庸)』 서문에 나오는 '형기(形氣)'와 '심기(心氣)'를 구별함으로써 호발론(互發論)을 비판한 것, 성선(性善)의 근거를 기(氣)에서 찾아서는 안 된다는 것을 밝힌 것, 그 외에 지각(知覺)과 성(性)의 관계, 인간과 동물의 오상(五常)이 같은가 다른가, 미발(未發)의 때에 기질지성(氣質之性)이 있는가 없는가 등의 문제에 대해 옳은 의견을 제시했던 것이다.[35]

한원진은 바로 이 '학문'의 측면을 중시했다. 이는 권상하가 평생 벼슬길에 나아가지 않아 특기할 만한 사업의 공이 없기 때문이기도 했지만,[36] 사실 한원진이 학문, 특히 이기심성론을 가장 중요하게 여겼던 것이 더 본질적인 이유이다. 뒤에서 설명하겠지만, 그에게 이기심성의 문제는 정통과 이단을 구분하고 중화의 정신을 발양하여 춘추 의리를 구현할 토대였기 때문이다.

한편, 한원진은 권상하 이전 인물들에 대해서도 이기심성론을 기준으로 삼아 평가했다. 우선 중국의 인물들이다. 그는 성리학의 전개 과정을 설명하면서, 그 원천으로 하도(河圖)·낙서(洛書)와 복희(伏羲)의 팔괘(八卦)를 꼽았다. 한원진은 이 단계에서는 이론[說]이 아직 갖추어지지 않았

---

35) 「寒水齋權先生行狀」, 『南塘集』 卷34, 1~24쪽(『叢刊』 202, 236~247쪽).
36) 「答權調元論師門行狀」, 『南塘集』 卷16, 39쪽(『叢刊』 201, 382쪽).

는데, 순이 '심'을 말하고 탕이 '성'을 말하여 기본 개념과 이론[綱領之說]이 점차 갖추어졌고, 공자에 이르러 그 이론이 완비되었다고 설명했다.

그 후 자사(子思)가 '중화(中和)'를, 맹자가 '사단(四端)'을 이야기함으로써 그 이론이 더욱 자세해졌고, 주희에 이르러 성리설이 완성되었는데, 후인(後人)들이 주희의 설을 기반으로 이론을 더욱 정밀하게 만들려고 하다가 너무 심하게 따지는 바람에 논의가 너무 복잡해져 도체(道體)의 온전함이 손상되었다고 주장했다.37) '요-순-우-탕-문-무-주공-공자-맹자-주자'에서 요 · 우 · 문 · 무 · 주공이 빠지고 대신 자사가 들어갔으며, 그 기준은 인심도심 · 중화 · 사단 등의 성리설이다.

주희에 이르러 집대성되었던 성리설은 지리멸렬해지는데, 이를 다시 정리한 사람이 바로 '동방 도학(道學)의 종주(宗主)'로서 '유자(儒者)'의 대성(大成)'38)인 이이라고 한원진은 주장했다. 그에 따르면 이이의 가장 큰 학문적 성과는 '이통기국(理通氣局)'과 '이기지묘(理氣之妙)'로 리(理)와 기(氣)의 관계를 제대로 설명해서 이황 등이 주장하는 호발설을 저지했다는 것이다. 또한, 그는 이이의 정맥을 이어받은 송시열도 리와 기의 관계에 대해 밝힌 공이 있다고 했다. 한원진은 송시열이 리기 관계를 '하나이면서 둘이고 둘이면서 하나인 것[一而二, 二而一]'으로 설명함과 동시에 '원두(源頭)'와 '유행(流行)'의 측면으로 나누어 살펴야 한다고 함으로써 리 · 기의 선후(先後)와 리의 동정(動靜) 문제에 대한 정론을 내놓았다고 평가했다.39)

이를 보면 한원진이 도통의 내용을 무엇으로 삼고 있는지 짐작할 수 있

---

37) 「寒水齋權先生行狀」, 『南塘集』 卷34, 22쪽(『叢刊』 202, 246쪽). 「經筵說下」(『南塘集』, 卷6, 36쪽(『叢刊』 201, 151쪽)에도 거의 동일한 내용이 나온다. 다만 「經筵說」에는 權尙夏의 학문적 업적이 실려있지 않는 차이가 있을 뿐이다. 行狀은 1736년 1월에 지었고, 經筵은 1726년 10월 8일에 있었다.

38) 「癸卯擬辨師誣疏」, 『南塘集』 卷2, 32쪽(『叢刊』 201, 57쪽).

39) 「寒水齋權先生行狀」, 『南塘集』 卷34, 23쪽(『叢刊』 202, 247쪽).

다. 한원진은 도통, 정확히 말하자면 율곡학파의 정론을 이기심성론에서
찾고 있었다. 퇴계학파에 맞서 율곡학파의 정론을 더욱 정밀하게 다듬어
나아가는 과정을 도통의 흐름으로 파악하고 있었던 것이다.[40]

　이렇듯 한원진은 '주희—이이—송시열—권상하'로 이어 내려오는 도통,
즉 '화양(華陽)의 정맥'을 잇는 학자로 자신을 규정하였으며, '기발리승일
도(氣發理乘一途)'와 '성즉리(性卽理)·심시기(心是氣)'로 대표되는 율곡
학파의 학설을 주자학의 정론으로 자리매김하는 것을 자신의 임무로 여
겼다. 요컨대 그는 사대부 명문의 후예이자 당대 집권당인 노론계의 정치
인이며 도통의 맥을 잇는 율곡학파의 일원으로 자신을 규정했던 것이다.

3. 현실 인식과 해결 방안

　사상가는 자신이 처한 상황 속에서 예민하게 위기를 감지하고 해결 방
안을 고민한다. 그리고 그가 직면한 상황과 위기의 내용에 따라 해결 방
안이 포괄하는 범위는 달라진다. 사대부는 치인(治人) 또는 평천하(平天
下)의 임무를 자임하고, 도학자(道學者)는 자기 수양을 통해 궁극적으로
우주 만물의 조화로운 생성을 돕는 것을 삶의 목표로 삼는다. 사대부이자
도학자로 자신을 규정했던 한원진은 성찰의 대상을 개별적인 자아에 한
정시키지 않고 사회와 역사로 확장시켰다. 따라서 그가 느낀 위기는 자신
의 위기일 뿐 아니라 자신이 포함된 공동체의 위기였고, 해결 방안 또한

---

40) 물론 '인격'이나 '사업'의 측면에서 선배 학자들을 평가하는 내용도 『南塘集』에 있
　　다. 이이의 10만 양병설 주장이나 송시열의 북벌 춘추대의 천명 등이 그것이다. 그
　　러나 이러한 평가들은 주로 다른 맥락에서 산발적으로 나오는 것이고, '도통'을 따
　　질 때는 이기심성의 문제를 기준으로 삼았다.

공동체의 문제를 포괄하는 것이었다. 그렇다면, 그가 포착했던 당대의 이상 징후는 무엇이었는가, 그리고 그는 이를 어떻게 극복하려 했는가?

1) 민생 안정과 국방 강화를 위한 정치 개혁

개인이건 공동체건 가장 심각한 위기는 생존에 위협을 받는 일이다. 한원진이 느꼈던 위기감도 바로 이것이었다. 그는 양란(兩亂) 이후 국정이 피폐해지고 민심이 흩어진 현실을 바라보며, 외적이 침입하는데 국내에서는 도적이 발호하는 상황, 또는 먼저 국내에서 도적이 일어나고 외적들이 그 혼란을 틈타 침략하는 상황이 조선에서 발생하지나 않을까 걱정했다.[41]

그는 우선 '내부의 혼란'이 발생하는 이유로 '천재(天災)'와 '민궁(民窮)', 그리고 '당화(黨禍)'를 꼽는다. 그가 보기에 당시 조선은 일식 · 지진 · 산사태 · 가뭄 · 혜성 출현 등의 재이(災異)가 빈번히 일어나고 기근이 계속 들며 돌림병이 도는데도, 지방 수령들은 탐욕스럽고 잔인하여 부역(賦役)이 공평히 부과되지 않고 구휼 시스템이 제대로 작동하지 않아 인민들이 죽거나 떠돌아다니다 도적 떼로 변해가는 상황이었다. 게다가 조정은 붕당의 폐해가 극심하여 사악한 자와 올바른 이들 사이의 싸움이 역적과 충신의 싸움이 되어 버릴 정도였다. 이러한 상황이 극도에 이르면 화란(禍亂)이 일어날 수밖에 없다고 한원진은 판단했다.

각종 재해와 인민의 곤궁함, 그리고 정쟁이 내부의 혼란을 야기한다면,

---

41) 당시 상황에 대한 한원진의 인식은 다음과 같은 자료에 의거하여 재구성했다. 「擬上時務封事」, 『南塘集拾遺』 卷2, 3~7쪽(『叢刊』 202, 337~339쪽) ; 「陳情乞退兼附所懷疏」, 『南塘集』 卷4, 11~12쪽(『叢刊』 201, 94쪽) ; 「經筵說(1726. 9. 19.)」, 『南塘集』 卷6, 4~5쪽(『叢刊』 201, 135~136쪽) ; 「經筵說(1726. 8. 16.)」, 『南塘集』 卷5, 10쪽(『叢刊』 201, 113쪽) ; 「書筵說(1721. 11. 27.)」, 『南塘集』 卷6, 49~50쪽(『叢刊』 201, 158쪽).

당시 조선을 위협하는 외부적 요인은 무엇인가? 한원진은 북쪽의 청(淸)을 꼽았다. 청은 아무 공도 없이 천하를 소유하고 있는 데다가 그나마 100년의 운도 이미 다했고, 옹정제(雍正帝: 1722~1735 재위)는 형제들과 권력 쟁탈을 벌이고 있으니 곧 망해서 중원을 잃고 심양(瀋陽)으로 밀려나면서 조선을 압박할 가능성이 크다고 예측했다. '북벌(北伐)'을 슬로건으로 내세웠지만 사실 실질적인 군사력을 보유하지 못하고 있던 당시 조선으로서는 큰 위협이 아닐 수 없었다. 비록 유례없이 100년 동안이나 평화를 구가했던 조선이지만, 지금처럼 내부적으로 각종 재해가 일어나고 민생은 도탄에 빠져 있으며 정쟁으로 혼란한 상황에서 외적이 침략하면 정말 큰일이라고 한원진은 생각했던 것이다.

그렇다면, 이런 상황을 타개하기 위한 대책은 무엇인가? 우선 '재이'는 하늘의 소관이니, 별다른 대책이 있을 수 없다. 아니, 전통적인 천견설(天譴說)을 믿고 있던[42] 한원진은 인사(人事)를 잘 처리하면 '재이'의 문제는 자연스레 해소되리라 생각했을 것이다. 따라서 그는 인민의 곤궁함과 정쟁의 문제를 해결하는 한편, 군정(軍政)을 개혁함으로써 외적의 침입에 대비할 것을 촉구했다.[43]

도적의 발생 등 내부의 혼란을 직접적으로 야기하는 문제는 역시 인민의 곤궁함이다. 그런데 민생이 도탄에 빠진 이유는 불공평한 부역 부과와 지방관들의 무능력과 탐학 때문이다. 따라서 한원진은 이 문제를 해결하기 위한 방책으로 수령의 자질을 향상시키고, 군포(軍布) 등 부역을 공평하게 부과하며, 중앙 예산을 절감하고, 전정(田政) 특히 재해 발생 지역 세금 감면 정책[給災]을 개혁할 것을 제안했다. 요컨대 그의 민생 개혁안은

---

42) 「書筵說上(1721. 11. 27)」(『南塘集』卷6, 52~53쪽 / 『叢刊』201, 159~160쪽)에 일식과 월식에 대한 한원진의 입장이 드러나 있다.

43) 이하 한원진 개혁안에 대한 설명은 「擬上時務封事」(『南塘集拾遺』卷2, 7~24쪽 / 『叢刊』202, 339~347쪽)를 근간으로 한 것이다. 자세한 내용은 유초하 · 김준석 · 김태년의 논문을 참조하시오.

중앙 예산을 절감하고 세수를 감축해 지주와 소작농의 부담을 줄이는 한편, 지방 조직을 강화하자는 것이었다.

한편, 굳이 '북벌'을 염두에 두지 않더라도 한원진이 파악한 국제 정세에 따르면 국방력의 강화는 필수적이었다. 그는 군정을 개혁하기 위한 과제로 장수 선발과 인사고과 제도의 개선, 전방 지역의 방어력 증강, 그리고 전술[陣法]의 전환을 제시했다. 그의 군정 개혁안은 주요 가상적을 청으로 상정하고 도성 방어 위주의 중앙 군비 증강에서 전방 방어를 위한 지역 군비 확충으로 정책의 중심을 전환할 것을 요청하는 것이었다.

그런데 이렇게 민생 안정과 국방 강화를 위한 각종 개혁을 해 나아가기 위해서는 먼저 해결해야 할 더욱 근본적인 문제가 있었다. 그것은 바로 정치 문제이다. 한원진은 당쟁의 폐해를 없애야 한다는 데에는 영조와 인식을 같이 했다. 그러나 그 해결책이 달랐다.

그는 영조가 당습(黨習)을 없애야 한다고 '선언'하고 사악한 역도[邪逆]들과 올바른 충신[正順]들을 서로 포용하게 하여[相容] 억지로 탕평을 이루려 하는데, 이러면 문제가 해결되기는커녕 오히려 악화된다고 주장했다. 그의 이러한 주장은 다음과 같은 전망을 토대로 한 것이었다. 한원진은 얼음과 숯불을 한 그릇에 넣을 수 없듯이 올바른 충신들과 사악한 역도들을 합할 수 없는데, 이들을 억지로 함께 있게 하면, 올바른 충신들은 비록 주륙을 당하더라도 사악한 역도들과 구차히 합하려 들지 않을 것이고 사악한 역도들은 두려움이 없어져 올바른 충신들과 합하려 하지 않을 것이라고 판단했다. 그리고 그는 이렇게 되면 붕당이 해소되기는커녕 오히려 결국은 의리를 따르는 올바른 충신들이 이익을 좇는 사악한 역도들의 세(勢)에 밀리게 될 뿐 아니라, 왕이 의리를 천명하겠다는 의지를 보이지 않기 때문에 대다수의 사람들은 사역사악함과 올바름, 반역과 충성을 가르는 의리를 논하지 않고 오로지 이익과 개인적인 친분 관계만을 중심으로 뭉쳐 다투게 되니 조정에서 당쟁은 그치지 않게 되며, 그나마도 의리가 아닌 이익을 놓고 싸우는 결과를 초래하게 될 것이라고 전망했다.[44]

이렇게 영조가 제시한 포용책의 실효에 대해 의문을 제기한 한원진은 더 나아가 영조의 정책에 근본적으로 문제가 있음을 지적했다. 그는 소인 (小人)에게 작은 선(善)이 있다 하여 그것을 군자(君子)의 큰 선과 함께 논의하면서 "피차가 모두 선이 있으니 한 쪽만을 취할 수 없다."라든가 군자의 작은 잘못을 소인의 큰 악(惡)과 함께 들먹이면서 "피차가 모두 잘못이 있으니 한쪽만 공격할 수 없다."라든가 하는 양시양비론(兩是兩非論)을 인정하지 않았다. 군자와 소인의 분당(分黨)은 정책의 시비득실(是非得失)을 따지다 그렇게 된 것이 아니라, 근본적으로 군자와 소인의 정(正)·사(邪)에 의한 것이기 때문이다.[45] 게다가 숙종 이래 권력 쟁탈전의 과정에서 남인과 소론은 이미 영조에게 역적이 되어버렸으니,[46] 지금은 이미 정·사의 차원을 넘어서 충(忠)·역(逆)의 차원에 이르렀는데,[47] 어떻게 이들과 공존하는 것이 가능하냐는 말이다. 따라서 지금의 붕당은 정·사의 차이가 심하지 않아서 한 쪽만 편들 수 없다는 영조의 판단은 잘못된 것이라고 그는 단언했다.

한편 한원진은 영조가 민생의 문제를 급하게 여겨, 역적을 처벌하고 그들에 의해 죽임을 당한 충신들의 억울함을 풀어줌으로써 의리를 밝히자는 신하들의 요구를 막는데, 이것도 문제라고 지적했다. 사람이 사람인 이유는 고유의 성(性)이 있고 군신·부자의 인륜이 있기 때문이며, 인륜이 밝지 않으면 대란이 반드시 발생하여 식량이 있어도 먹을 수 없게 되

---

44) 「陳情乞退兼附所懷疏」, 『南塘集』卷4, 2~3쪽(『叢刊』201, 89~90쪽).
45) 한원진은 君子와 小人을 근본적으로 다른 존재로 규정했다. '剛―陽―君子'와 '柔―陰―小人'을 각각 한 묶음으로 놓아 존재와 가치, 양 측면에서 차별성을 강조하는 것이다. 「辭召命兼附懷疏」, 『南塘集』卷4, 16쪽(『叢刊』201, 96쪽).
46) 「辭召命仍乞被罪譴疏」, 『南塘集』卷4, 23쪽(『叢刊』201, 100쪽).
47) 「辭召命兼附所懷疏」, 『南塘集』卷4, 11쪽(『叢刊』201, 94쪽).

어 민생에 심대한 피해를 주니, 오히려 의리를 밝혀야 민생 문제가 해결된다는 것이 한원진의 주장이다. 지금 역적을 처벌하고 의리를 천명하자는 주장은 실로 군신·부자의 인륜을 밝히는 것이고 인민들로 하여금 고유의 성(性)을 갖게 하는 일이니, 설사 실제로 인민을 구휼하는 일에 방해되는 점이 있어 병행할 수 없다 하더라도 일의 경중완급을 고려하여 역적 처벌과 의리 천명을 먼저 해야 하며, 게다가 이 일은 비용도 들지 않아 민생에 방해되지도 않는데 왜 민생을 들먹이며 막느냐는 것이다.[48] 결국 그에게는 민생보다 정명(正名)이 우선이었다고 할 수 있다.

그러면 한원진이 제시하는 방법은 무엇인가? 방법은 하나다. 그는 사악한 역적의 무리를 벌하고 올바르고 충성스러운 자들을 북돋는 것, 그래서 모든 신하를 올바르고 충성스럽게 되게 하는 것을 유일한 해결책으로 제시했다.[49] 소인과 군자, 역적과 충신이 혼재되어 당쟁을 벌이고 있는 현 정치 상황을 바꾸기 위해서는 이런 상황을 초래한 탕평책, 즉 군자와 소인, 올바른 이와 사악한 자를 함께 등용하는 시스템을 개혁해야 하며, 이를 통해 소인의 국정 참여를 봉쇄하고 군자들에 의해 국정이 운영되게 하여야 한다는 것이다.[50] 그러면 자연히 당쟁은 해소되고, 각종 민생·군정 개혁안을 강력히 추진할 수 있게 된다는 것이 그의 국정 개혁 방안이었다.

영조가 여러 당파로 나뉜 신하들을 하나로 묶으려 했다면, 한원진은 여러 당파 중 하나만 남기고 나머지는 없애는 방법으로 당파의 '차이'를 없애려 했던 셈이다. 또한, 이는 정파의 상호 견제를 이용하여 정국을 주도적으로 조정하려는 왕과 단일화된 신료들의 힘을 유지함으로써 왕의 독주를 견제하려는 한원진(노론)의 대립이기도 했다.

---

48) 「丙午擬陳所懷疏」, 『南塘集』 卷2, 39~40쪽(『叢刊』 201, 61쪽).
49) 「陳情乞退兼附所懷疏」, 『南塘集』 卷4, 2~3쪽(『叢刊』 201, 89~90쪽).
50) 한원진은 「雜識外上34」(『南塘集』 卷37, 22~23쪽 / 『叢刊』 202, 309~310쪽)에서 小人은 교화할 수 없으며, 따라서 조정에서 미관말직까지 소인을 모두 제거하지는 않더라도 적어도 중요한 공직에서는 제거해야 한다고 주장했다.

서인—노론으로 이어지는 당론을 충실히 따랐던 한원진의 정치적 행보를 염두에 두고 그가 주장하는 붕당론을 다시 살펴보면, 그의 논리는 결국 노론의 정권 독점을 주장한 것이었다. 그는 비록 영조에게 자의적으로 양시양비론을 펼치지 말고 사림의 공론에 따라 시비를 가리고 의리를 천명함으로써 소인과 역적들의 당을 없애자고 제안했지만, 그에게 진정한 사림은 이른바 군자당인 노론이었고, 따라서 그들의 공론은 결국 노론의 당론일 수밖에 없기 때문이다. 이는, 사림파(군자당)가 훈구파(소인당)를 제압하고 정권을 장악한 후 모든 사림들이 시대정신을 공유했던 시대를 살면서 사림파들 사이에 발생한 의견 대립을 조제하려 했던 이이와 달리, 당론이 곧 의리가 되는 당쟁 격화기에 살았던 한원진으로서는 피할 수 없는 것이기도 했다.

2) 존왕양이(尊王攘夷)를 통한 중화자존의식의 고취

양란 이후 흩어진 민심을 수습하고 국정을 쇄신하는 일과 더불어 조선후기 지식인들의 가장 큰 화두는 명의 멸망에 따른 자기 정체성의 확보였다. 당시 보편 문명이자 세계 질서인 '중화'의 핵이었던 명이 멸망하고 '이적(夷狄)'이라 칭해지던 만주족에 의해 중국이 제패되자 조선은 새로운 국제 관계 속에서 자신을 어떻게 규정해야 하는지 고민하게 되었다. 주지하듯이 명의 멸망 이후 조선은 정치 · 외교적으로는 청에 의한 국제 질서를 받아들였지만, 청을 보편 문명의 계승자로 인정하지 않았다. 그들은 현실에서는 청을 사대(事大)했지만 그것은 '역복(力服)'이었을 뿐 진정 '심복(心服)'할 수는 없었던 것이다.

이런 상황에서 조선의 유학자들은 스스로 중화의 적장자로 자임하면서 조선에 의해 중화가 부흥하기를 기대하는 중화자존의식(中華自尊意識)[51]으로 병자호란의 굴욕감과 명 멸망의 당혹함을 달래려는 방식을 택했는데, 이러한 경향은 명에 대한 의리를 지키자며 끝까지 강경 노선을 취했던 김상헌(金尙憲: 淸陰, 1570~1652) 등의 맥을 잇는다고 자처했던 노론 사대부들에게서 특히 두드러졌다. 노론의 당파성을 견지했던 한원진은 이런 상황에서 조선이 중화를 계승하는 길은 춘추 의리를 적극적으로 구현하는 것이라고 생각했다.

---

51) 현재 학계에서는 이와 유사한 용어로 '小中華意識'과 '朝鮮中華主義'를 사용하고 있다. 그러나 明의 멸망 후 조선 후기 유학자들의 문제 의식은 '우리도 中華'가 아닌 '우리만 中華'였다는 점을 고려할 때 '소중화'라는 용어로 이들의 생각을 설명하기에는 부적절한 측면이 있다. '소중화'는 일단 '大中華'를 염두에 두고 '우리도' 中華라는 보편 문명에 편입된 존재임을 주장하는 용어이며 조선 후기뿐 아니라 조선 전기, 나아가 고려 시대에도 이런 식으로 사용되었기 때문이다.

한편 이러한 측면에서 볼 때 '朝鮮中華主義'는 '우리가 바로 중화'라는 의식을 드러낼 수 있는 용어이기는 하나, 자칫 '보편'이자 '중심'인 '중화'를 해체하고 조선의 독자적 주체성을 수립하는 것으로, 즉 '조선 특유의 중화를 주장하거나 확립하려는, 일종의 脫中心主義'로 오해될 여지가 있는 용어이다. 마치 당시 유학자들이 淸中華主義 · 日本中華主義 · 安南(越南)中華主義 등 '여러 개의 중화' 중 하나로 朝鮮中華主義를 제창했던 것처럼 독자를 오도할 수 있다는 것이다.

주지하다시피 당시 유학자들은 보편을 '해체'한 것이 아니라 보편을 자기 안으로 끌어들였고 '독점'했다. 즉 이미 '明'이라는 중화의 현실태(大中華)가 사라진 이상, '소중화'였던 '우리만이 중화'라는 의식을 가지고 있었다는 것이다. 이는 '보편' 자체를 거부하는 상대주의적 입장이나 중국의 '중화'를 부정하고 '이적'들이 자기 안에서 자신의 정체성을 찾아 그것을 새로운 보편으로 내세우는 태도와는 분명히 다른 것이다. 그리고 이들의 이러한 생각은 아직 '主義'로 체계화되지 않고 '意識' 수준에 머물러 있었던 것이 아닌가 생각한다.

아직 적절한 대안이 나오지 않은 상황에서 필자는 '中華自尊意識'이라는 용어를 사용하여 두 용어의 문제점을 피해보려 하였다. '主義' 대신 '意識'을 사용하고, '自尊'이라는 말을 삽입했다. '獨占' '獨尊' '唯一' 등을 삽입하는 것이 더 의미를 잘 살릴 수도 있을 것 같지만 어감이 너무 강해 '自尊'으로 선택했다. 이는 적어도 한원진 당시에는 유학자들이 중화를 독점한 것은 조선이라고 생각하며 여기에서 자기 정체성을 찾았다(自尊意識)는 의미이다. 대안에 대한 활발한 논의가 학계에서 이루어지기를 기대한다.

그가 파악한 춘추 의리의 핵심은 "존왕(화)양이(尊王(華)攘夷)"이다.[52] 정치의 측면에서 보면 오랑캐를 무찌르고 중국의 천자를 보호하자는 것이고, 사상의 측면에서 보면 오랑캐의 문화를 물리치고 중화의 도를 지키자는 것이다. 그는 송시열과 권상하의 뒤를 이어 청에 대한 북벌을 정치적으로 춘추 의리를 구현할 방법으로 제시했다. 공자가 엄격한 기준 하에 춘추를 지어서 후세 왕들에게 모범을 제시했던 것은 오로지 난적(亂賊)을 징토(懲討)하고 이적을 물리치기 위해서였으며[53] 성인의 일 중에 가장 큰 것이 춘추이고 춘추의 의리 중 가장 큰 것이 존화양이(尊華攘夷)이며 토적복수(討賊復讐)인데,[54] 북벌이 그 의리를 구현하는 일이니, 이것을 이룬다면 조선이 바로 춘추의 의리, 중화의 도를 구현하는 주체가 된다는 것이다.

이를 구현하기 위해 그는 청의 위협에 맞서 방어하는 것에서 더 나아가, 지금은 청의 운이 이미 다했으니 수륙 양면으로 진격하면 그 뜻을 이룰 수 있을 만한 상황이라며, 자세한 작전 계획을 세우기까지도 했다.[55] 비록 지금 당장은 청의 침입을 걱정해야 하는 처지이지만, 앞서 언급했던 각종 개혁을 통해 민생이 안정되고 국방력이 강화되면 조선은 북벌의 꿈을 이룰만한 역량을 가지게 된다고 그는 기대했던 것이다.

이러한 구상은 조선에 대한 자부심, 즉 현재 천하에서 조선만이 중화 문명을 이어가고 있다는 중화자존의식에 기반을 두고 있었다. 한원진은 북벌을 통해 춘추 의리를 실현하는 것은 홀로 문명을 지키고 있는 조선만이 할 수 있는 일이라고 생각했던 것이다.[56]

---

52) 한원진은 「陳大義疏」(『南塘集』 卷3, 25쪽 / 『叢刊』 201, 77쪽)에서는 "尊華攘夷"를, 「拙修齋說辨」(『南塘集拾遺』 卷6, 35쪽 / 『叢刊』 202, 452쪽)에서는 "討亂賊 · 攘夷狄"을 春秋義理의 핵심으로 든다.
53) 「拙修齋說辨」, 『南塘集拾遺』 卷6, 35쪽(『叢刊』 202, 452쪽).
54) 「陳大義疏」, 『南塘集』 卷3, 25쪽(『叢刊』 201, 77쪽).
55) 「雜識外下3」, 『南塘集』 卷38, 2~3쪽(『叢刊』 202, 311~312쪽).
56) 「雜識外下14」, 『南塘集』 卷38, 11쪽(『叢刊』 202, 316쪽).

그는 "조선은 동쪽 구석에 치우쳐 있고 땅은 중국의 한 주(州)만 하지만 기후나 토산은 모두 사방의 다양함을 포괄하여, 중국과 비교하면 그 규모는 작지만 갖출 것은 다 갖추고 있는 격이다. 그리고 북에서 남까지 두루 왕업(王業)이 흥하며 아름다운 풍속이나 인재의 배출, 성대한 예악 문물, 흥성한 도학(道學) 유술(儒術) 등은 중국과 같은 수준이다. 그 이유는 무엇인가? 원(元)은 사덕(四德)의 으뜸이고 목(木)은 오행(五行)의 으뜸이며 동(東)은 사방의 으뜸이라, 조선은 비록 동쪽에 치우쳐 있지만 나머지 특성들을 아우를 수 있기 때문이다. 조선의 이러한 잠재성을 보고 기자가 조선으로 온 것이고, 그 이후 조선은 중화의 전통을 이어올 수 있었다."라 하며 "조선이 바로 중화의 춘추 의리를 구현할 수 있는 적임자인데, 우리 조선 사람들은 스스로 귀한 줄 모르고 노력할 줄 모른다."라고 개탄하기까지 했다.[57]

한편, 이러한 한원진의 생각은 오랑캐는 결코 중국화할 수 없다는 근본주의적인 전제 하에 이루어진 것이었다. 한원진이 보기에 오랑캐는 중국의 인간과 동물 사이에 있는 것으로, 중국의 인간과는 태생적으로 다른 존재였다. 천지가 만물을 만들어 내면서 중국(인간)과 오랑캐와 동물을 만들었고, 이들은 각각 기질(氣質)이 다르고 다른 곳에서 살면서 음식도 언어도 달라서 동물이 오랑캐가 될 수 없는 것처럼 오랑캐도 중국이 될 수 없다는 것이다.[58] 이러한 의식을 가지고 있던 한원진은 청을 결코 중화 문명의 계승자로 인정할 수 없었다.[59]

---

57) 「雜識外下1」, 『南塘集』 卷38, 1쪽(『叢刊』 202, 34쪽).
58) 「拙修齋說辨」, 『南塘集拾遺』 卷6, 33쪽(『叢刊』 202, 451쪽).
59) 물론 다른 한편으로는 오랑캐들이 중국을 침략하지 않고 그들의 생활 풍습을 버린다면 중국화 하는 것이 가능하다고 하며 그 예로 閩과 越을 들기는 하지만(「拙修齋說辨」, 『南塘集拾遺』 卷6, 37쪽 / 『叢刊』 202, 453쪽), 이는 비록 타고난 기질은 다르지만 凡人이 기질을 바꾸어 성인이 될 수 있다는 심성론의 원칙과 東夷였던 조선의 상황을 고려한 주장이라 할 수 있다. 이렇듯 그는 문맥에 따라 교화 가능성을 이야기하기도 하지만, 대개의 경우 오랑캐는 교화가 불가능하다는 점을 강조한다. 이

이상에서 살펴보았듯이 그에게는 소인(역적)과 오랑캐가 중화의 의리를 무너뜨리는 적이다. '중국'의 적은 '이적'이고, '군자'의 적은 '소인'인 것이다. 한원진은 중국과 이적, 군자와 소인이 함께 화합[共和]하는 이치는 결코 없기 때문에 예로부터 소인·이적과 함께 일을 하면서 패하지 않는 경우는 없었다고 주장했다.[60] 그런데 소인과 역적이 주장하는 논리는 바로 이적의 학문인 이단의 그것이다. 따라서 그에게 있어 이단을 물리치는 것은 역적·소인을 말살하는 것일 뿐 아니라 이적의 사상을 비판하고 중화의 도를 회복하는 것이기도 했다. 한원진은 근본적인 처방으로 이단을 물리쳐야 "천리(天理)를 밝히고 인심(人心)을 바로잡는 것"이 가능하다고 생각한 것이다.

3) 이단 비판을 통한 사상계 정화

앞서 말한 것처럼 북벌과 더불어 춘추 의리를 구현하는 또 다른 방법은 오랑캐의 문화를 배격하는 것이고, 그 핵심은 오랑캐의 사상을 논파하는 것이다. 한원진은 금(金)의 침입에 맞선 주희가 오랑캐의 학문(이단)인 불교를 극복하고 중국의 정학(正學)인 유교를 부흥시키려 한 것을 모델로 삼았다. 그리고 오랑캐 청에 의해 중국이 점령당해 있고, 조선도 그들의 침략으로 인해 굴욕적인 외교 관계를 맺고 있는 당시 상황 속에서 주희를 자기에게 투사했다.

한원진에게 오랑캐는 청이었고 중국은 명의 멸망 후 중화의 전통이 살

는 閩·越·조선은 陽인 東·南쪽에 있어 교화가 가능하지만, 陰인 西·北쪽에 있는 元·淸 등은 교화가 불가능하다고 하는 데에서도 잘 드러난다(「拙修齋說辨」, 『南塘集拾遺』卷6, 38쪽 /『叢刊』202, 453쪽).
60) 「雜識外上29」, 『南塘集』卷38, 24쪽.(『叢刊』202, 322쪽).

아 있는 조선이었으며, 오랑캐의 문화는 이단이었고 중화의 도는 주자학 속에 구현되어 있는 것이었다. 주희가 금과 싸울 것을 주장했던 것처럼 그는 북벌을 통한 '토적복수(討賊復讐)'를 주장했고, 주희가 불교와 유학 내부의 이단적(불교적) 경향(張九成 · 陸九淵 등)을 비판했던 것처럼 그는 불교 · 노장(老莊) · 육왕학(陸王學), 남인과 소론, 그리고 낙학파에서 드러나는 이단적 경향[61]에 대해 비판했다.

한원진에게 양명학 등의 이단을 비판하는 것이 중요했던 이유는 바로 명의 멸망이 양명학에 의한 것이라 생각했기 때문이다. 명을 멸망시킨 것이 양명학인데 중화의 새로운 주인을 꿈꾸는 조선에 이러한 학풍이 유행하는 것은 정말 위험한 일이었다. 따라서 한원진은 주희를 본받는 한편 춘추 의리를 제대로 수호하지 못해 망한 반면교사로 명을 꼽았다. 맹자 이후 끊어졌던 성학의 도통을 주희가 이었는데, 주희가 사망한 지 수백 년도 못되어 명의 학자들은 다시 육왕학을 따르며 주자학을 배격한 결과, 명은 끝내 오랑캐를 불러들이는 화를 입게 되었다는 것이다.[62] 한원진은 다음과 같이 진단했다.

> 맹자께서 돌아가시자 성학이 전해지지 않고 이단이 벌떼처럼 일어났는데, 북송의 여러 선생들께서 등장하셔서 우리의 도가 다시 밝아졌다. 주자께서 여러 경(經)에 주석을 달고 여러 이론을 종합하여 백세 동안 이어질 정론(定論)을 밝히셨고, 이단을 배격하고 그들을 쓸어버리어 성문(聖門)의 계통을 하나로 정리하셨다. …… 그런데 수백 년도 되지 않아 명나라 학자들은 다시 육학(陸學)을 숭상하여 주자를 저버리더니 끝내는 오랑캐의 화를 초래하게 되었다. …… 우리 조선에서

---

61) 양명학과 낙학파 비판에 대해서는 김태년의 「남당 한원진의 양명학 비판」(『한국 사상사학』 22, 2004)을 참조하시오.
62) 「辭召命兼附所懷疏」, 『南塘集』 卷4, 28~29쪽(『叢刊』 201, 102~103쪽) ; 「雜識外下24」, 『南塘集』 卷38, 19~20쪽(『叢刊』 202, 320쪽).

는 대대로 도학을 숭상하고 장려하여 학자들이 오직 주자의 뜻에 기
반하여 경의(經義)를 강명(講明)했기 때문에 진유(眞儒)가 계속 나오고
우리 도가 다시 전해졌다.63)

　　명이 멸망할 때에 도술이 밝지 못하여 이단이 일어났사옵니다. 진
헌장(陳獻章)과 왕수인(王守仁)의 무리들이 육구연(陸九淵)의 학문을
존숭하고 주자를 폄훼하고 배척하여 성문(聖門)에 등을 돌리자 의리
가 날로 어두워지고 습속이 엉망이 되었으며 문장과 학술이 모두 부
박하고 괴벽(乖僻)하게 되었사옵니다. 자기 이론이랍시고 떠드는 자
들은 모두 정자(程子)와 주자와 다른 설을 내놓아 성현을 능가(凌駕)하
는 것을 최고로 여기고 제대로 된 가르침을 거슬러 제멋대로 백성들
을 현혹시켰사옵니다. 세도(世道)는 날로 망해 가는 데다가 화란(禍亂)
이 그 틈을 타서 일어나니, 그 화의 심각성이 서진(西晉)의 청담(淸談)
과 같을 지경이었사옵니다.64)

　　중국에 전해내려 오던 찬란한 중화의 도가 명나라에 접어들면서 양명
학의 유행으로 무너졌으며, 이에 따라 습속과 문장65) · 학술이 엉망이 되

---

63)「雜識外下24」,『南塘集』卷38, 19~20쪽(『叢刊』202, 320쪽). "自孟子歿, 聖學不傳,
　　異端蜂起, 濂洛諸賢之出, 吾道復明. 至朱子訓釋諸經, 折衷群言, 以定百世之案, 排擊
　　異端, 摧陷廓淸, 以一聖門之統. …… 然而未及數百年, 皇朝學士大夫復宗陸學, 背馳
　　朱子, 終召寇戎夷狄之禍. …… 我朝列聖崇獎道學, 學士講明經義, 一以朱子爲宗, 故
　　眞儒繼出, 吾道復傳."
64)「辭召命兼附所懷疏」,『南塘集』卷4, 29쪽(『叢刊』201, 103쪽). "故終明之世, 道術不
　　明, 異端紛起. 始則陳王之徒, 推尊江西之學, 毀斥朱子, 背馳聖門. 自是義理日晦, 習俗
　　大壞, 文章學術, 靡然皆趨於浮薄乖僻. 喙喙爭鳴者, 動必以立異程朱, 凌駕聖賢爲高,
　　反道悖敎, 恣意誣民, 馴致世道淪喪, 禍亂乘之, 其禍之酷烈, 殆有甚於西晉之淸談."
65) 한원진 당시 서울과 경기지방을 중심으로 明 · 淸의 서적이 유포되면서 문학에 대
　　한 관심이 고조되었다. 특히 양명학의 영향을 받은 중국의 문장가들의 글이 널리
　　읽히면서 이에 대한 주체적 수용이 일대 화두가 되고 있었다. 그러나 한원진이 "선
　　생은 우리를 가르치시면서 詩文浮華之習에 대해서는 언급하지 않으셨다."(「寒水齋
　　權先生行狀」,『南塘集』卷34, 17쪽 /『叢刊』202, 244쪽)고 스승의 행장에서 밝힌
　　것처럼 호학파 내부에서는 이러한 분위기를 혐오하고 있었으며, 주로 道學과 禮學
　　에 관심을 기울였다. 당시 호학파 이외 학자들의 文章論과 분위기에 대해서는 송혁

어 결국은 명이 멸망하게 되었다는 것이다. 그러면 조선의 상황은 어떠한 가? 앞서 말한 것처럼 조선은 아직까지는 천하에서 유일하게 주자학의 전통이 살아 있는 곳이지만, 현재는 이를 자신할 수 없는 처지라는 것이 한원진의 진단이었다. 윤휴(尹鑴: 白湖, 1617~1680)·박세당(朴世堂: 西溪, 1629~1703) 등이 주희의 정론과 다른 이론을 내놓기 시작함으로써 '주자 독존'의 학문 체제가 흔들리기 시작했다는 것이다. 게다가 그가 명 멸망의 주범으로 지목했던 양명학은 이미 조선에 들어와 있었다.

사실 한원진에게 양명학은 직접적으로 위협적인 대상이 아니었다. 그가 더 걱정했던 것은 조선 주자학계 내부에 침투한 양명학적 경향이었다. 이는 불교보다 육왕학이 더 무서운 것이라는 주장과 일맥상통하는 것이었다. 아예 유교와 다른 불교는 구분하기 쉽지만, 그가 보기에는 실질적으로 불교인데도 스스로 유교 행세를 하는 육왕학은 사람들을 헷갈리게 할 수 있기 때문이다. 이와 마찬가지로 그는 당시 공식적으로는 유행하지 않던 양명학 자체보다는 그 이단성에 더 주목했다. 그래야 당시 조선의 지성계에 침투한 양명학적 경향을 경계할 수 있기 때문이다. 한원진은 「선학통변(禪學通辨)」과 「심순선변증(心純善辨證)」에서 그가 불교와 육왕학을 비판하는 현실적인 이유를 밝혔다.

> 근세에 또한 영각(靈覺)을 명덕(明德)이라 여겨 성선(性善)을 도외시하고 본심(本心)을 논하는 자들이 있는데, 이들도 육·왕의 무리이며, 이는 불교의 별지(別枝)에서 나온 것이다. 영각지심(靈覺之心)이 정말 순선하다면, 이 영각을 보존하여 응연무애(應緣無礙)한다고 하는 불교의 주장이 지극한 성공(聖功)이 될 것이니, 그들을 어찌 이단사설이라 할 수 있겠는가?[66]

기의 『조선후기 한문산문의 이론과 비평』(월인, 2006, 서울)에 자세하다.
66) 「禪學通辨」, 『南塘集』卷27, 24쪽(『叢刊』202, 85쪽). "近世又有認靈覺而爲明德, 外性善而論本心者, 此亦陸王之類, 而又生西敎之別枝矣. 靈覺之心, 果是純善, 則佛

불교가 상산학이 되고, 상산학이 양명학이 되었다. 그들은 모두 일
관되게 심(心)을 종지로 삼으며 그 지선(至善)의 묘용(妙用)을 얻는다
고 하나 사실은 그 기질(氣質)의 조적(粗跡)을 좇는 것일 뿐이다. … 양
명(陽明)의 제자들은 길거리를 메운 사람들을 보고 모두 성인이라 하
니, 또한 단지 그 영각의 용(用)을 보고 그럴 따름이다. … 심(心)을 순
선(純善)이라 하고 심과 기품(氣稟)을 둘로 나누는 논리는 예전에는 없
었던 것인데, 이간이 주장하였다. 지금은 그의 설이 널리 퍼져서 누구
나 동의하며 서로 모여 강학한다는 것이 단지 선회(禪會)를 하는 것이
라 하니 매우 걱정스런 일이다.[67]

그는 '선학(禪學)−상산학−양명학'을 함께 이단으로 묶고, 이들의 위험
한 논리가 낙론에도 내재해 있다고 파악했다. 그래서 호락논쟁의 당사자
였던 그는 불교와 상산학, 그리고 양명학 등 이단의 논리가 갖는 문제점
을 드러냄으로써 당시 지성계에 널리 퍼지고 있던 낙론을 효과적으로 비
판하려 했다. 그는 낙학파가 영각과 명덕, 그리고 본심을 모두 같은 것으
로 보고 여기에서 인간이 보편적으로 순선하다는 근거를 찾고 있으니, 이
는 곧 불교와 육왕학의 논리라고 비판했던 것이다.

결국 그의 이단 비판, 특히 양명학 비판은 자기 사상의 정체성을 확립
하는 작업임과 동시에 반대 진영(낙학파)에 대한 강력한 비판의 도구이기
도 했다고 할 수 있다. 유교, 특히 주자학의 가장 큰 적인 불교의 문제를
그대로 가지고 있는 양명학이 명을 멸망시켰다고 비판하는 한편, 그러한
양명학의 논리가 낙론에 내재하고 있다고 경계하려 했던 것이다.

氏之存此靈覺而應緣無礙者, 將爲聖功之至矣, 何以爲異端邪說耶?"
67) 「心純善辨證(示權亨叔)」, 『南塘集』 卷29, 19~20쪽(『叢刊』 202, 131쪽). "自釋氏而
爲陸氏, 自陸氏而爲王氏. 其以心爲宗, 一串貫來, 自謂得其至善之妙用, 而實則循其
氣質之粗跡耳. …王氏之門, 見其滿街奔走, 都是聖人, 亦只是見其靈覺之用耳. … 蓋
以心爲純善, 以心與氣稟爲二者, 前未有此論, 李公擧發之. 今聞其說大行, 無人不同,
相聚講學, 只作禪會, 深可憂懼."

그렇다면, 그는 양명학의 어떤 측면 때문에 그것을 위험하다고 경계한 것인가? 아니 더 근본적으로 그는 무엇을 정학이고 무엇을 이단이라고 생각했는가? 그 둘을 가르는 기준은 무엇인가?

> 리(理)를 주(主)로 하는 것은 정학이고 기(氣)를 주(主)로 하는 것은 이단이오니, 정학과 이단을 가리는 것은 단지 리와 기에 달려 있을 따름이옵니다.[68]

한원진이 영조에게 밝힌 이단과 정학의 감별법이다. 여기에서 "리를 주로 한다"는 것과 "기를 주로 한다"는 것의 의미는 무엇인가?[69] 한원진은 우선 노장·불교·순자(荀子)·양웅(楊雄)을 "기를 주로 하는" 이단으로 지목했다. 그는 노장에 대해 그들은 천지가 개벽하기 이전의 혼돈허정(混沌虛靜), 즉 기의 태초(太初)를 도(道)라 하면서 만사(萬事)의 시비·선악이 모두 이로부터 말미암는다고 여기고, 그렇기 때문에 제물(齊物)이라는 명목으로 시비·선악을 병존시키려 하였다고 평가했다.[70] 불교는 기의 영묘(靈妙)한 운용(運用)인 영각을 성이라 여기면서 물 긷고 나무하는 일상을 묘도(妙道)라 하였고, 순자와 양웅은 성을 선악이 섞여 있는 것으로

---

68) 「經筵說下」, 『南塘集』, 卷6, 34쪽(『叢刊』 201, 150쪽). "主於理者爲正學, 主於氣者爲異端, 正學異端之辨, 只在於理與氣而已矣."

69) '主理·主氣'는 대개 3가지 맥락에서 사용된다. 하나는 '本天'과 '本心'처럼 정학과 이단을 구분하는 데 쓰이는 용법이고, 또 하나는 '離看'과 '合看', '橫說'과 '竪說', '在理上看'과 '在物上看', '就理上看'과 '就氣上看'처럼 理氣心性論에서 자신의 논리를 설명하는 도구로 사용하여 예컨대 四端과 七情을 각각 主理와 主氣로 구분하여 설명하는 용법이며, 마지막으로 이황 이래의 嶺南學派와 이이 이래의 기호학파를 각각 主理派와 主氣派로 구분하여 설명하는 용법이 그것이다. 같은 용어를 사용하고 있으나, 각각 그것이 쓰이는 맥락이 다르니 유의해야 한다. 여기에서는 첫 번째 의미로 사용하고 있다.

70) 한원진은 莊周의 이른바 眞君의 心은 선악의 분별이 없는 靈覺을 가리켜 말하는 것이라 평가하며 莊子와 불교의 유사성을 지적하기도 한다. 『莊子辨解』 9쪽.

파악하였다고 한원진은 이해했다. 그리고 그는 이들은 모두 "리는 곧 성이며 이는 순선하다"는 것을 모르고 리나 성을 선악이 뒤섞여 있는 기와 같은 것으로 여겼다[認氣爲理 · 認氣爲性 · 認氣質爲性道]는 공통점을 지닌다고 주장했다.71)

그의 이러한 비판은 육왕학에도 그대로 적용된다. 물론 한원진은 불교가 심의 본질[性]을 공(空)으로 여겨 심(혹은 性)과 리를 관계없는 것으로 만들어 버리는 데 비해 육왕학은 심과 리를 하나로 여겨[心卽理] 둘을 같은 것으로 만들어 버린다는 점에서 양자는 차이가 있다고 인정했다. 그러나 불교와 육왕학 모두 궁극적으로 심[氣]을 주로 여기는 점에서는 같다고 설명했다.72) 불교에서는 영각을 성이라 여기고 육구연은 인심을 지선(至善)으로 여기며, 왕수인은 오로지 치양지(致良知)를 주로 하는데 그가 이야기하는 양지(良知)는 불교의 '영각[虛靈明覺]의 지(知)'일 뿐이니, 이는 모두 심을 성으로 여기고 리와 기를 구분하지 않는 이단의 논리라는 것이다.73)

주지하다시피 한원진에게 성은 곧 리이고[性卽理] 심은 곧 기이다[心是氣]. 따라서 비록 성이 심 안에 부여되어 있지만 이는 리로서, 기인 심과는 본질적으로 구별되는 것이다. 그의 이러한 구분에 입각하면, 리를 주로 하는 것은 성을 주로 하는 것이고, 기를 주로 하는 것은 심을 주로 하는 것이 된다. 요컨대 '성즉리(性卽理)'의 원칙에 의거하여 "성은 곧 순선한 천리임"을 믿으며, 이에 의거하여 기인 심을 다스리는 공부를 하는 것이 리를 주로 삼는 정학이며, 노장처럼 기를 시비 · 선악을 초월한 궁극자[道]로 여기거나, 순자와 양웅처럼 선악이 혼재된 기질을 본성이라 생각하거

71) 「經筵說下」, 『南塘集』, 卷6, 34~35쪽(『叢刊』201, 150~151쪽).
72) 「異端」, 『朱子言論同異攷』卷6, 13쪽(채인식 영인본 1237쪽 / 곽신환 譯註, 2002, 『주자언론동이고』, 소명출판, 468쪽).
73) 「王陽明集辨」, 『南塘集』卷27, 44쪽(『叢刊』202, 95쪽).

나, 불교처럼 심이 리와 관계없이 순선하다고 착각하거나, 육왕학처럼, 그것이 본심이라 하더라도 본질적으로 기에 불과한, 심을 리와 같은 것이라 여겨 그 안에서 리를 찾으려는 공부를 하는 것은 모두 기를 주로 삼는 이단이라는 말이다. 그런데 이렇게 기를 주로 삼는 것에는 어떤 문제가 있기에 한원진은 그들을 이단이라 지목하여 배척하는 것일까?

성리학자라면 모두가 동의하듯이 올바른 학문이란 성인이 되는 길을 제대로 밝혀주는 것이다. 사람들로 하여금 자신의 현실적인 욕망이 진짜 본성이라 오해해서 제멋대로 살게 내버려두거나, 도덕적 완성체인 성인은 자신과 본질적으로 다르다며 성인이 되기를 포기하게 만든다거나, 혹은 인간이 지켜야 할 객관적 규범을 제시하지 않는다면 올바른 학문이라 할 수 없다. 모름지기 올바른 학문이란 인간들이 지켜야 할 당위를 제시하고 그들 스스로 자신의 본성이 객관적 도덕 규범과 본질적으로 일치한다[性善]는 사실을 깨닫게 하여 그들로 하여금 성인이 될 가능성을 믿게 해야 하는 한편, 현실의 욕망으로 인해 성인의 경지에 들기에는 아직 많이 부족한 존재임을 자각하여 수양[氣質變化]의 필요성을 함께 느끼게 해야 한다. 물론 제대로 된 수양 방법을 친절히 일러주어야 하는 것도 필수적인 요건이다.

한원진도 성학에서 가장 급한 일은 성선을 아는 것이고 가장 큰 일은 기질을 변화시키는 것이라 생각했다.[74] 그런데 이단은 그렇지 못하니까 융흥시켜야 할 성학이 아니라 배척해야 할 이단이 되는 것이다. 한원진은 기를 주로 삼게 되면, 리로 기를 제어하고[以理御氣] 기로 하여금 리의 명령을 듣게 하여[氣聽命於理] 모든 일을 도에 맞게 하는 유학과 달리, 기로 리를 부리고[以氣役理] 리가 도리어 기의 명령을 들어[理反聽命於氣] 모든 일을 제멋대로 하는[猖狂自恣] 상황에 처하게 된다고 주장했다. 또한 그는

---

74) 「雜識內篇上25」, 『南塘集』, 卷35, 11쪽(『叢刊』 202, 268쪽).

유학에서는 리는 순선하고 기는 청탁수박(淸濁粹駁)에 따라 차별이 있으니 기질을 변화시켜야 그 본성을 회복할 수 있다고 하는데, 이단의 논리대로라면 기질[氣]이 본성이 되니, 굳이 기질을 변화시키는 공부가 필요하겠느냐고 반박했다.75) 즉 현실을 당위 규범에 맞추어 변화시켜야 하는데, 이단은 거꾸로 현실에 당위를 맞추려 하여 도덕적 가치를 무력하게 만들며76) 본능을 강조함으로써 수양의 근거를 없앤다는 말이다.

그런데 이단이 이렇게 된 이유는 무엇일까? 한원진은 이단이 리·기 관계와 심·성 관계를 잘못 설정하고 있는 데에서 그 원인을 찾았다. 그는 리와 기는 선후가 있는 이물(二物)임과 동시에 선후가 없는 일물(一物)인데, 리와 기에 선후가 있어 이물이라는 것을 모르면 장차 대본(大本)의 소재에 어둡게 되어 기를 리라고 여기고 인욕을 도심이라고 여기는 경우가 있게 되고, 반면에 리와 기가 선후가 없는 일물임을 모르면 인간이 태어난 후에는 천명(天命)이 심과 분리되지 않는다는 사실에 어두워 성선을 형기(形氣)의 밖에 있는 것으로 여기는 경우가 생기게 된다고 주장했다. 또한, 이렇듯 기를 리로 여기고 인욕을 도심으로 여기는 자들은 천리를 적으로 돌리고 인욕을 따르게 되어 자신의 좋지 못한 기질을 변화시킬 수 없고, 한편 성선을 기 밖에 있는 것으로 여기는 자들은 아득하고 텅 빈 곳에서 성을 찾으며 객관 규범이 원래 일상 세계와 떨어진 것이 아님을 알지 못한다고 주장했다. 한원진은 이 두 경우가 성선을 알고 기질을 변화시킬 수 없다는 점에서는 결국 동일하다고 평가하며, 이는 모두 리와 기의 관계에 대해 명확치 못한 데 기인한 것이라고 진단했다.77)

---

75) 「經筵說下」, 『南塘集』, 卷6, 34~35쪽(『叢刊』 201, 150~151쪽).
76) 주자학에서는 中華·夷狄, 天理·人欲, 君子·小人, 忠臣·逆賊, 正學·異端, 王道·霸道, 人·物, 聖人·盜跖, 陽·陰, 本然·氣質, 道心·人心, 四端·七情 등을 대립항으로 자주 사용한다. 이러한 대립은 가치의 대립이며, 주자학에서는 이러한 대립을 무의미하게 만드는 일체의 시도를 이단의 논리로 규정하고 거부한다.
77) 「雜識內篇上25」, 『南塘集』, 卷35, 11~12쪽(『叢刊』 202, 268쪽).

리와 기는 선후가 없으면서도 선후가 있으며, 하나이면서도 둘이고 둘이면서도 하나인[一而二, 二而一] 관계인데, 이에 대해 잘못 인식하여 리와 기를 하나로만 여기거나 리와 기를 아예 분리해버렸기 때문에 이런 잘못된 결과를 낳게 된다는 것이다. 리와 기를 둘로 나누고 현상 세계에서 리를 제거해 도덕 규범을 무의미하게 만들어 버린 불교, 그리고 심과 성, 리와 기를 하나로 섞어버려 도덕 규범의 객관성을 손상시켜 버린 순자 · 양웅 · 육구연 · 왕수인의 학문이 바로 규범의 당위성과 도덕 실천의 필요성이 그 토대를 잃어버리게 된 대표적인 예이다.

이상과 같이 살펴본 것처럼, 한원진은 정학과 이단은 각각 '주리(主理)'와 '주기(主氣)'라는 특성을 갖는데, 이는 결국 리와 기의 관계를 어떻게 설정하느냐에 달려있다고 생각했다. 그렇기 때문에 한원진에게 이기론은 모든 이론의 토대이자 정학과 이단이 갈리는 출발점이었다. 그의 선배 학자들이 이기론에 대해 치열하게 토론한 이유도, 그가 도통을 언급하면서 이기론을 중요한 기준으로 제시한 이유도 바로 여기에 있었으며, 이기론은 일상에서 수양하는 것과 무관하니 토론할 필요가 없다고 주장하는 자들에 대해 도를 해치는 자라고[78] 그가 엄중하게 비판했던 이유도 바로 여기에 있다.

한원진은 애초에 이기론이 잘못된 노장 · 불교 · 육왕학 등의 이단 이외에 이황의 이기호발설(理氣互發說), 이이의 저작 속에 섞여 있는 서경덕의 본연지기설(本然之氣說), 그리고 이간의 미발심체순선론(未發心體純善論) · 인물성동론(人物性同論) 등의 이설(異說)들도 모두 이기론에 대한 주희의 본래 취지를 잘못 이해하거나 이단의 영향을 받아 생기게 되었다고 판단했다. 그리고 평생에 걸쳐 이러한 학설들과 지난한 사상 투쟁을 벌였다. 그것이 춘추 의리를 밝혀 조선을 중화의 계승자로 만들라는 시대적 요구에 그가 응답하는 길이라고 생각했기 때문이다.

---

78) 「雜識內篇上25」, 『南塘集』, 卷35, 12쪽(『叢刊』 202, 268쪽).

4. 생애와 학술활동

1) 학문의 방향과 사상적 지향 형성

한원진의 학문은 크게 보아 세 단계를 거쳐 형성·심화되었다고 할 수 있다. 먼저 권상하의 문하에 들어가서 학문을 전수받고, 선배 학자들의 성리설을 비판적으로 정리하는 한편, 동문들과 논쟁을 전개하며 자신의 사상 체계를 만들어 나아가던 20~30대를 꼽을 수 있다.

한원진은 1682년에 서울에서 태어났지만,[79] 그가 여덟 살이 되던 1689년(숙종 15), 기사환국으로 인해 서인이 실각하여 조부 한여익이 결성의 구장(舊庄)으로 낙향한 이후, 40대에 경연관으로 활동하던 때를 제외하고는 결성·연기(燕岐)·남당·청풍(淸風) 등 충청도에서 주로 학문 활동을 했다. 그는 조부에게 글을 처음 배웠으며 18세(1699)에 과거 공부로『대학(大學)』을 읽다가 도학에 뜻을 둔 이후, 계속 학문에 정진했다. 이는 자손 중에 학문에 종사하는 사람이 나오길 바라던 아버지의 소망에 따르는 것이기도 했다.[80]

21세 때(1702)에는 권상하가 '화양의 적전'이라는 소문을 듣고 청풍 황강(黃江)에 가서 권상하의 문하에 들어갔는데, 이때 그는 이미 사서·삼경·「태극도설(太極圖說)」·『통서(通書)』·『역학계몽(易學啓蒙)』·『황극경세(皇極經世)』·『율려신서(律呂新書)』 등을 모두 읽었으며, 이단사설·천문·지리·병법·산수 등도 공부한 상태였다고 한다.[81] 이후 그

---

79) 그는 1682년(숙종 8, 壬戌) 9월 13일(丁巳) 午時, 漢城 於義洞에 있는 어머니 咸陽 朴氏의 외조인 참판 尹鑣의 집에서 출생했다. 이하 그의 생애에 대한 내용은 주로 『南塘先生年譜』(金謹行, 채인식 영인본『南塘集』下 1039쪽)에 근거한 것이다.

80) 「先考妣墓誌」,『南塘集』卷33, 27쪽(『叢刊』202, 216쪽).

81) 이 때 권상하는 "나이는 겨우 弱冠인데 위로는 天人性命으로부터 兵農律曆에 이르기까지 그 근원을 탐구하고 그 흐름을 섭렵하지 않은 것이 없으니 참으로 시대의

는 청풍을 오가며 권상하의 지도를 받는 한편, 평상시에는 동문들과 함께 편지를 통해 의견을 주고받고 절에 모여 강학하는 등 성리설에 대한 공부에 매진했다.

정암사(淨巖寺)·고산사(高山寺)·와룡암(臥龍菴) 등지에서 최징후(崔徵厚: 梅峯, ?~?)·한홍조(韓弘祚: 鳳巖, ?~?) 등과 함께 강학했는데, 특히 28세 때(1709)에 홍주(洪州) 홍령(興寧)에 있는 한산사(寒山寺)에서 최징후·이간·한홍조·윤혼(尹焜: 泉西, 1676~1725)·현상벽(玄尙璧: 冠峯, ?~?) 등과 함께 논쟁을 벌인 것은 유명하다.[82] 동문들 사이에서 벌어졌던 논쟁의 소재는 본연지성·기질지성(本然之性·氣質之性), 인물지성(人物之性), 지각(知覺), 미발심체(未發心體) 등이었고, 이는 당시 서울 김창협 문하에서 진행되던 비슷한 주제의 논의[83]와 만나면서 후에 호락논쟁으로 비화되었다.

한원진은 이때에 황간(黃榦: 勉齋, 1152~ 1221)·나흠순(羅欽順: 整菴, 1465~1547)·이황·이이·조성기(趙聖期: 拙修齋, 1638~1689)·김창협 등의 이론을 검토하는 한편, 장자·불교·양명학 등 이단에 대해 비판을 가함으로써 자신의 학문적 정체성을 분명히 하면서 이러한 과정을 통해 수립된 그의 사상을 「시동지설(示同志說)」 등 여러 편의 글을 작성하여 정리하였다.

뛰어난 인재"라 한원진을 평가하며 "어린 나이에 드높은 재주로 孔子와 朱子의 학문을 배웠네. 정밀하고 해박하게 경전을 해설하니 타의 추종을 불허하네."라는 시를 주어 그를 격려하였다. 「忠淸道儒生金雲柱等上疏」, 『南塘先生年譜附錄』 56쪽 (채인식 영인본 『南塘集』 下 1134쪽) ; 「正祖實錄」 卷52, 正祖 23年 10月 戊戌.

82) 湖學派 내부의 논쟁 양상에 대해서는 전인식의 「외암과 남당 논변의 전개과정과 쟁점」(『유교사상연구』 19, 한국유교학회, 2003)과 이애희의 「주기설의 이론적 심화, 호학파」(『조선 유학의 학파들』, 예문서원, 1996)를 참조하시오.

83) 서울에서 전개된 논의 과정에 대해서는 김태년의 「기원 어유봉의 인물성론」(『인성물성론』, 한길사, 1994)과 문석윤의 「조선 후기 호락논변의 성립사 연구」(서울대 박사논문, 1995)를 참조하시오.

이 시기에 주목할만한 저작으로 우선 선배 학자들의 이론을 검토한 것과 이단을 비판한 것들이 있다. 「율곡별집부첨(栗谷別集附籤)」(1705/24세)[84] · 「퇴계집차의(退溪集箚疑)」(1708/27세)[85] · 「심경부주차의(心經附註箚疑)」(1709/28세) · 「황면재오행설변(黃勉齋五行說辨)」(1712/31세) · 「나정암곤지기변(羅整菴困知記辨)」(1713/32세) · 「독농암성악론변(讀農巖性惡論辨)」(1713/32세) · 「태극도해이동설(太極圖解異同說)」(1715/34세) · 「농암사칠지각설변(農巖四七知覺說辨)」.(1717/36세) · 「황면재성정설변(黃勉齋性情說辨)」(1719/38세) · 「부황면재답이공회서(附黃勉齋答李公晦書)」(1719/38세) · 「졸수재설변(拙修齋說辨)」(1719/38세)과 「전습록변(傳習錄辨)」(1708/27세) · 「장자변해(莊子辨解)」(1716/35세) · 「선학통변(禪學通辨)」(1717/36세) 등이 그것이다.

또한 권상하 문하에 입문하여 공부한 이기심성론을 정리하여 몇 건의 글로 남기기도 했다. 이 중 가장 종합적인 것이 「시동지설(示同志說)」(1705/24세)이고, 「인심도심설(人心道心說)」(1705/24세) · 「본연지성기질지성설(本然之性氣質之性說)」(1707/26세) · 「리일분수설(理一分殊說)」(1709/28세) · 「허령지각설(虛靈知覺說)」(1710/29세) · 「원형이정설(元亨利貞說)」(1711/30세) · 「리체용설(理體用說)」(1711/30세) · 「논성동이변(論性同異辨)」(1711/30세) · 「호기변(浩氣辨)」(1713/32세) · 「대학성명설

---

84) 『栗谷先生別集』은 원래 朴世采가 편집한 것인데, 송시열이 항상 그것을 개정하고자 했으나 미처 다 못하고 사망했다. 이에 권상하는 이를 완수하고자 기초 작업으로 申愈 · 한원진 등에게 『栗谷別集』에 대한 문제 제기를 지시한 것이다. 「栗谷別集附籤」, 『南塘集拾遺』卷5, 1쪽(『叢刊』202, 418쪽) ; 『南塘先生年譜』(金謹行, 채인식 영인본『南塘集』下) 24세.

85) 「退溪集箚疑」는 원래 송시열이 집필하다가 제주도로 유배가느라 못 마치고 권상하에게 완성을 부탁한 것인데, 권상하가 한원진에게 이 일을 시킨 것이다. 「己巳行中語錄」, 『寒水齋集』卷21, 25쪽 / 조용승 영인본 391쪽 ; 「退溪集箚疑」, 『南塘集拾遺』卷4, 1쪽(『叢刊』202, 384쪽) ; 『南塘先生年譜』(金謹行, 채인식 영인본『南塘集』下) 27세.

(大學性命說)」(1715/34세) 등 각론에 대한 입장 정리도 이루어졌다. 스승 권상하에게 배운 내용을 정리하여 『경의기문록(經義記聞錄)』(1715/34세)[86]으로 묶은 것도 이 시기에 한 일이었다.

2) 성학(聖學) 구현과 의리 천명을 위한 노력

40대는 경연관(經筵官)으로서 성학을 구현하고자 노력하며, 이 과정을 통해 사상이 성숙되어 갔던 시기였다. 그의 벼슬살이는 권상하가 사망하던 해, 1721년(40세, 경종1)에 익위사(翊衛司) 부수(副率)에 제수되면서 본격적으로 시작되었다.[87] 어사 조문명(趙文命: 鶴巖, 1680~1732)이 장계를 올려 한원진을 추천하였는데, 이때 세제(世弟)가 책봉되고 관료들을 충원하고 있었는지라 이 관직을 제수했던 것이다.[88]

두 번째 벼슬도 역시 익위사 부수였다. 1725년(44세, 영조1) 영조가 즉위하자마자 효장세자(孝章世子)를 책봉하고 관료를 충원했는데, 경종 연간에 벼슬을 사양하고 있던 한원진을 다시 부수로 불러들였던 것이다. 그

---

86) 한원진은 권상하가 저술을 별로 하지 않아 그의 가르침이 없어질까 걱정하여 배운 것을 정리하고 그의 인가를 얻었는데, 이것이 『經義記聞錄』이다. 『中庸』・『大學』・『太極圖說』・『易學啓蒙』 등에 대한 설명이 주된 내용이며, 「易學答問」・「理氣性情圖」 등도 같이 올려 인가를 얻었다. 『中庸』과 『大學』의 小註와 「文王易義」 등에 대한 것은 후에 지어서 원록 뒤에 덧붙인 것이다. 「經義記聞錄序」, 『南塘集』 卷31, 2쪽(『叢刊』 202, 162쪽) ; 『南塘先生年譜』 卷1, 25쪽(金謹行, 채인식 영인본 『南塘集』下) 34세.

87) 한원진은 23세(1704)에 권상하의 권유로 鄕試에 응시했고, 26세(1707)에 生員 初試에 합격했고, 29세(1710)에 進士 初試에 합격했다. 그후 大科에 응시한 적은 없는데, 32세(1713)에 學行으로 副擬童蒙教官으로 추천되었고, 36세(1717)에는 經學으로 추천되어 寧陵參奉에 제수된 바 있다.

88) 당시 한원진의 활동은 「書筵說上」(『南塘集』 卷6, 49쪽 / 『叢刊』 201, 158쪽)에서 찾아볼 수 있다.

해 그는 정언(正言) 한덕전(韓德全: 悔窩, 1685~?)[89] · 영사(領事) 민진원
(閔鎭遠: 丹巖, 1664~1736)[90] · 장령(掌令) 성진령(成震齡: 市隱, 1682~
?)[91] 등의 천거로 종부시(宗簿寺) 주부(主簿)에 제수되고 경연관으로 발탁
되었지만,[92] 계속 사양하다가[93] 그 다음 해 8월에야 입시하여 경연에 참
여했다. 이후 그는 익위사 사어(司禦)로 자리를 옮겨[94] 서연(書筵)과 소대
(召對)에 입시하여 자신의 학문과 정치적 견해를 피력했다.[95]

그러나 어머니를 모시고 동생 한계진(韓啓震: 1689~?)의 임지인 홍천
(洪川)에 갈 때 역마를 사용하라는 명을 받는 등[96] 영조의 극진한 대우를
받던 한원진은 탕평책을 반대하여 영조와 정치적 대립을 하게 되자 사직
소를 올렸다. 불허[97]와 사직이 거듭되던 끝에 결국 그는 1727년(46세, 영

---

89) 『英祖實錄』 卷5, 英祖 1年 4月 丙子.
90) 『英祖實錄』 卷8, 英祖 1年 10月 己巳.
91) 『英祖實錄』 卷8, 英祖 1年 12月 戊子.
92) 『英祖實錄』 卷8, 英祖 1年 12月 庚寅.
93) 「辭召命疏」, 『南塘集』 卷3, 1쪽(『叢刊』201, 65쪽) ; 「再疏」, 『南塘集』 卷3, 3쪽(『叢
    刊』201, 66쪽) ; 「三疏」, 『南塘集』 卷3, 6쪽(『叢刊』201, 67쪽).
94) 『英祖實錄』 卷10, 英祖 2年 9月 丙午.
95) 「丙午擬陳所懷疏」, 『南塘集』 卷2, 35쪽(『叢刊』201, 59쪽) ; 「進修堂引對罷後記實」,
    『南塘集』 卷1, 15쪽(『叢刊』201, 24쪽) ; 「經筵說上」, 『南塘集』 卷5, 1쪽(『叢刊』201,
    109쪽) ; 『英祖實錄』 卷10, 英祖 2年 8月 辛未 ; 『英祖實錄』 卷10, 英祖 2年 8月 乙
    亥 ; 『英祖實錄』 卷10, 英祖 2年 8月 戊子 ; 『英祖實錄』 卷10, 英祖 2年 9月 庚寅 ; 『英
    祖實錄』 卷10, 英祖 2年 9月 辛卯 ; 『英祖實錄』 卷10, 英祖 2年 9月 庚子 ; 「陳戒疏」,
    『南塘集』 卷3, 8쪽(『叢刊』201, 68쪽) ; 『英祖實錄』 卷10, 英祖 2年 9月 壬辰 ; 「陳大
    義疏」, 『南塘集』 卷3, 24쪽(『叢刊』201, 76쪽) ; 「陳大義疏 附錄進心性情說」, 『南塘
    集』 卷3, 33쪽(『叢刊』201, 81쪽) ; 『英祖實錄』 卷10, 英祖 2年 9月 丙午 ; 「書筵說下」,
    『南塘集』 卷6, 56쪽(『叢刊』201, 161쪽) ; 「經筵說下」, 『南塘集』 卷6, 1쪽(『叢刊』
    201, 134쪽) ; 『英祖實錄』 卷10, 英祖 2年 9月 庚戌 ; 『英祖實錄』 卷10, 英祖 2年 10
    月 壬戌 ; 『英祖實錄』 卷11, 英祖 3年 2月 庚申.
96) 『英祖實錄』 卷10, 英祖 2年 11月 辛亥 ; 「辭乘馹仍陳戒疏」, 『南塘集』 卷3, 35쪽
    (『叢刊』201, 82쪽) ; 「辭乘馹仍陳戒疏 附抄進聖賢格言」, 『南塘集』 卷3, 41쪽(『叢刊』
    201, 85쪽).
97) 『實錄』의 史論에 따르면, 한원진의 탕평책 반대 때문에 영조도 마지막에는 지성으

조3) 고향으로 돌아갔으며,[98] 그 이후 다시는 영조를 만나지도 관직에 나아가지도 않았다.

한원진은 이 와중에도 조카인 강규환(姜奎煥: 存齋, 1697~1731)과 편지를 주고받으며 심성론에 대해 의견을 나누는 등 학문적 열정을 유지했다. 이 시기에 상소문과 경연설 이외에 주목할만한 그의 학문적 성과로는 「거관록(居觀錄)」(1722/41세) · 「이공거상사문서변(李公擧上師門書辨)」(1724/43세) 등이 있다.[99]

3) 사상의 심화와 인생의 정리

50~60대는 더는 관직에 나아가지 않고 후진(後進)과 문답을 주고받으며 사상을 심화시키는 한편, 가문의 역사를 정리하며 인생을 마감하던 시기였다. 한원진은 윤봉구(尹鳳九: 屛溪, 1681~1767)와 함께 심순선설(心純善說: 1733/52세)과 허령설(虛靈說: 1741/60세)에 대해 논쟁하고, 심조(沈潮: 靜坐窩, 1694~1756) · 김시찬(金時粲: 莒川, 1700~1767) · 송능상(宋能相: 雲坪, 1710~1758) · 김근행(金謹行: 庸齋, 1712~?) · 김교행(金教行: 惟勤堂, ?~?) · 권진응(權震應: 山水軒, ?~?) 등과 함께 편지를 주고

로 그를 만류하는 뜻이 없었다고 한다.『英祖實錄』卷11, 英祖 3年 2月 甲子.
98)「陳情乞退兼附所懷疏」,『南塘集』卷4, 1쪽(『叢刊』201, 89쪽) ;『英祖實錄』卷10, 英祖 2年 11月 丙辰 ;「辭召命兼附所懷疏」,『南塘集』卷4, 13쪽(『叢刊』201, 95쪽) ;『英祖實錄』卷10, 英祖 2年 12月 癸未 ;「告歸兼附所懷疏」,『南塘集』卷4, 17쪽(『叢刊』201, 97쪽) ;『英祖實錄』卷11, 英祖 3年 2月 戊午 ;『英祖實錄』卷11, 英祖 3年 2月 壬戌 ;『英祖實錄』卷11, 英祖 3年 2月 甲子.
99)『年譜』에는 1724년(43세)에『朱書同異攷』를 완성했다는 기사가 나온다. 곽신환에 따르면 이 때는『同異攷』의 대체적인 골격이 완성이 된 것이고, 서문이 쓰인 1741년(60세)에 지금 전해지는 형태로 완성되었다고 한다. 곽신환, 「주자언론동이고 분석」,『주자언론동이고』, 소명출판사, 2002.

받으며 학문에 대해 문답하면서 젊은 시절 토대를 닦았던 그의 사상을 더욱 다듬어 나아갔다.

특히 그는 30대에 보여준 이론적 입장을 이때까지도 계속 견지했는데, 이는 66세 때(1747)에도 자신을 비판하는 낙학파인 이재(李縡: 陶菴, 1680~1746)의 시를 반박했다는 사실에서 잘 드러난다.[100] 이러한 그의 학문에 대한 열정은 「이락연원록차의(伊洛淵源錄箚疑)」·「근사록주설차의(近思錄註說箚疑)」·「한수재권선생행장(寒水齋權先生行狀)」·「왕양명집변(王陽明集辨)」(이상 1736/55세)·「가례원류의록(家禮源流疑錄)」(1737/56세)·「현석인심도심설변(玄石人心道心說辨)」(1738/57세)·「명덕설(明德說)」(1740/59세)·『주자언론동이고(朱子言論同異攷)』(1741/60세)·『의례경전통해보(儀禮經典通解補)』(1742/61세)·「심순선변증(心純善辨證)」(1743/62세)·「지각설(知覺說)」(1744/63세) 등으로 결실을 맺었고, 그는 1751년(영조 27, 辛未) 2月 8일에 70세를 일기로 양곡정사(暘谷精舍)에서 별세했다.[101]

그의 수많은 저작들은 그의 사후 10년 1761년에 제자 황인검(黃仁儉: 1711~1765)에 의해 『경의기문록』과 『주자언론동이고』가, 사후 14년 1765년에 김근행에 의해 문집이 간행됨으로써 후세에 전해질 수 있었다.

---

100) 「題寒泉詩後」1·2,『南塘集』卷32, 3쪽(『叢刊』202, 189쪽).

101) 한원진은 暘谷 先塋에 묻혔으며,『實錄』에 卒記가 전한다(『英祖實錄』卷73, 英祖 27年 2月 丙子). 사후 3년이 지난 1754년에 윤봉구가 그의 行狀을 완성했다. 사후 48년 1799년에 正祖가 '資憲大夫 吏曹判書 兼 知義禁府事 成均館祭酒 五衛都摠府 都摠管'을 한원진에게 증직하고 제사를 지내주라는 명령을 내렸고(『正祖實錄』卷52, 正祖 23年 10月 戊戌·庚子), 사후 51년 1802년에 純祖가 한원진에게 '文純'이라는 시호를 내렸으며(『純祖實錄』卷4, 純祖 2年 4月 丙寅·7月 甲午), 사후 92년 1843년에 暘谷祠가 완성되어 그에게 제사를 지냈다. 禮山의 集成祠, 藍浦의 新安祠, 星州의 老江祠 등에서도 모두 그를 追享했으며, 杏州에 그의 影堂을 세우고 김근행을 配享했다. 이상『南塘先生年譜』(金謹行, 채인식 영인본『南塘集』下)와 해당『實錄』참조.

이와 같이 그의 학문이 형성된 과정은 크게 셋으로 나누어 정리할 수 있다. 사실 전반적인 사상의 기조는 20~30대에 거의 다 확립되었다고 볼 수 있다. 스승의 설을 정리하고 선배 학자들의 이론을 검토하는 한편, 동문들과 토론하면서 자기 사상의 색깔을 분명히 한 것이다. 40대에 그는 조정에 나아가 서연·경연·상소 등을 통해 자신의 개혁안을 피력했으며, 이 과정에서 정치적 입장을 강하게 드러냈다. 50~60대에는 후진을 양성하며 가문의 역사와 스승의 자취를 정리하는 한편, 양명학과 선학(禪學)을 비판하고 『의례경전통해보』와 『주자언론동이고』를 저술함으로써 자신의 학문이 주자학의 정론을 계승하고 있음을 증명하려 하였다.

학자이자 정치인으로서 그의 인생 역정을 요약하자면 이단을 비판하고 주자학의 정론을 탐구함으로써 도통을 수호하는 한편, '소인'이자 '역적'인 다른 당파들을 정계에서 몰아내고 '군자당'인 노론이 정권을 장악하는 데 혼신의 노력을 기울인 것이었다. 그리고 그에게 이 두 측면의 노력은 한 가지 목적, 즉 춘추 의리를 세우기 위한 것이었다.

5. 결론

한원진이 구상한 궁극의 목표는 중화의 도를 구현하는 것이요, 그 출발은 이단에 맞서 정학을 지키는 것이었다. 그리고 이것은 송시열이 권상하에게 한 유언, 즉 "학문은 마땅히 주자학을 주로 해야하고, 사업은 효종이 못 다 이룬 북벌의 꿈을 실현하는 것을 중심으로 삼아야 한다."라는 문제의식과 정확히 일치하는 것이요,[102] 소중화, 아니 새로운 중화로서 가지는 책임 의식이었다.

---

102) 「辭乘馹仍陳戒疏」, 『南塘集』 卷3, 44쪽(『叢刊』 201, 86쪽).

이것이 한원진이 평생에 걸쳐 이기심성에 대해 논하며 주자학의 정론을 찾은 이유이다. 제왕은 물론 아니고, 현실 정치인도 아니었던 그가 실제로 할 수 있었던 일은 바로 모든 일의 토대가 되는 정학을 바로 세우고 이단, 그리고 그것에 물든 사상들과 투쟁하는 것이었기 때문이다. 불교에서 시작하여 육상산·왕수인을 거쳐 당대 조선의 지성계에 침투한 이단적 경향과의 지난한 투쟁이 그가 찾은 자신의 사명이었다.

한원진은 이러한 사명 의식을 가지고 정학과 이단의 분기점으로 '주리'와 '주기'를 제시했으며, 이단의 경향에 물들지 않기 위해서는 리·기의 의미와 관계를 제대로 알아야 한다고 강조했다. 그가 생각한 정론은 물론 '리무위(理無爲)'에 입각한 기발리승일도설이었고 '성즉리·심시기'의 원칙을 전제로 한 심과 성의 구분이었다.

그는 이와 관련하여 이황의 리동·리발설(理動·理發說)을 비판하는 한편, 이이의 어록인 『율곡별집(栗谷別集)』을 재편집함으로써 율곡학파 내부에 있던 본연한 기를 중시하는 경향을 견제하려 했다. 리·기에 대한 이러한 그의 생각은 사단칠정론·인심도심론 등에서 리발(理發) 부정과 기발리승일도설 관철로 이어지고, 본연과 기질의 관계에서는 리기불상리(理氣不相離)의 강조로 연결되며, 미발심체론·지각론 등에서는 본연한 심의 순선성을 부정하는 것으로 전개되었다.

이렇게 한원진이 평생에 걸쳐 이단을 비판하고[闢異端] 나름대로의 정학을 확립해[立正學] 나아가는 과정을 살펴보면서 우리는 그가 이기심성론을 무기로 삼아 조선 학계에서 양명학적인 경향을 몰아내는 한편, 다른 학파와 당파를 견제함으로써 궁극적으로 중화를 계승하여 춘추 의리를 구현하려 했다는 것을 확인할 수 있었다. 그리고 이러한 그의 노력의 이면에는 주자학의 정론을 추구한다는 명분으로 율곡학파, 더 좁게는 "이이―송시열―권상하"로 이어지는 학맥의 종지를 '정통'으로 만들기 위한 의

도가 있었다는 것도 알 수 있었다. 그는 기발리승일도설과 "성즉리, 심시기"의 원칙을 중심으로 한 자신의 주자학 이해를 기반으로 이황의 호발론과 낙학파의 논의들이 주자학의 이기론[正學]에서 벗어나 있다고 비판함으로써 자기 학파의 학문적 권력을 획득하려 했던 것이다.

林悌의「靑燈論史」연구
-「杯羹論」·「烏江賦」에 드러난 '項羽'형상을 중심으로

최 진 경*

1. 서론

　본고는 林悌(1549~1587)가 창작한「靑燈論史」를 주된 논의의 대상으로 하여 주제의식과 표현양상을 살펴보고 임제가 견지했던 역사인식을 드러내는 것을 목표로 한다.

　임제는「花史」·「元生夢遊錄」·「愁城誌」등의 작품으로 처음 학계에 알려졌다. 그는 기이한 행동과 뛰어난 詩才 등으로 당대에 유명했던 바, 筆記 및 野談類에 전하는 이러한 행적은 위의 작품들에서 보이는 '부정한 현실에 대한 비판 혹은 회의'라는 주제의식과 맞물려 수차례 고찰된 바 있다.[1] 한편, 한시사적으로는 三唐詩人으로 일컬어지던 李達·崔慶昌·

---

* 동국대학교

1)「수성지」의 경우 주제의식과 알레고리 구조를 밝히는 연구들이 주로 수행되어 왔는데, 최근에는 작가의 생애를 토대로 주제의식을 분석하는 것에서 나아가 대상 텍스트만을 분석하는 텍스트적 비평이 주를 이루는 경향을 보인다. 윤주필(1990),「수성지의 3단 구성과 그 의미」,『한국한문학연구』13, 한국한문학회; 권순긍(1998),「수성지의 알레고리와 풍자」,『고전문학연구』13, 한국고전문학회; 김현양(2003),「16세기 후반 소설사 전환의 징후와 수성지」,『고전문학연구』24, 한국고전문학회; 김유미(2004),「수성지의 구조적 특징과 의미」,『한국고전연구』10, 한국고전연구학회.

白光勳과 함께 16세기 조선 시단의 시풍의 변화를 주도한 천재 시인으로
부각되어, 그의 시세계를 규명하는 작업들이 다수 이루어진 바 있다.[2]

이와 같은 선행 연구는 임제라는 문인이 지닌 다채로운 면모를 드러내
고 있다. 예컨대 「화사」에서는 당파간의 분쟁이 가득한 현실정치를 비판
하는 모습을, 「원생몽유록」에서는 단종 시해라는 부조리한 현실에 대한
절망감을 은유적으로 재구, 비판하는 모습을, 「수성지」에서는 天道가 구
현되지 못하는 세상사를 시름하는 모습을 발견할 수 있는 것이다. 또한
시에서는 여인의 심리를 섬세하게 그려내는 여성적 면모를 드러내는가하
면 변새, 준마, 칼 등의 상징물로 표현되는 남성다움의 극치를 살펴볼 수
있다. 다만, 기존에 다루어졌던 작품들은 상징이 가득한 시와 우의적 소
설작품이기에 연구자의 시각에 따라 다양한 해석이 제출되었고 그 결과
임제의 문학세계는 '불우'와 '낭만'이라는 이미지를 도출하는 지점에 머물
러 있는 듯하다.

이러한 점을 보완하기 위해서는 임제 문학세계의 전반에 걸쳐 나타나
는 하나의 지점을 찾아내는 것이 필요하다. 임제는 다양한 심상을 여러
형식을 통해 발화하고 있는데, 여기에서는 '영웅'에 대한 갈구를 공통적으
로 찾을 수 있다. 한시에서는 주로 검·변새·장수 등의 남성적 시어와
결부되는 방식으로[3] 산문에서는 역사 속에 실존했던 인물에 대한 다양한
방식의 기록을 통한 추모의 방식으로 나타나는 양상을 보인다.

이에 본고에서는 중국의 역사 사건에 대한 임제의 논의 세 편을 담고

---

2) 안병학(1982), 「임제의 시세계와 부정의식」, 『민족문화연구』 16, 고대 민족문화연
　구소; 정학성(1984), 「임백호 문학 연구」, 서울대 박사학위논문; 윤채근(2001), 「임
　제의 시문학: 일상과 초일상의 분열」, 『한문학논집』 19. 이외에도 다수의 연구가 있
　으나 논지에 따라 이상의 세 가지로 요약할 수 있다.
3) 물론 시에서 班超와 謝安 등 文武를 겸비한 영웅의 이름이 직접 거론되는 경우도 있
　다(「慶興府」, 「次定州館板韻」, 「悼灌園先生」의 제3수). 다만, 이때 거론된 영웅은
　검이나 변새와 같은 시어가 자아내는 호방하고 웅건한 분위기를 조성하는 이상의
　기능을 하고 있지는 않다.

있는 史論集인「청등론사」에 수록된 작품들의 주제의식과 형상화 방식을 살펴보고, 이를 통해 임제가 견지했던 역사 인식의 일단을 드러내어 16세기 조선이라는 당대적 흐름과 임제 개인 사이의 거리를 탐구하고자 한다. 또한 여기에서는 그가 추구하던 영웅적 인간상을 발견할 수 있는 바, 이에 대한 구체화를 통해 그가 추구하던 가치의 실체에 보다 가까워질 수 있을 것으로 기대한다.

2.「청등론사」의 체제와 특징

임제의 글들은 편찬 과정에서 時諱로 제외되거나 일실된 경우가 많았는데,「청등론사」역시 문집 간행 당시 포함되지 않았다. 이에 문집 간행 경위를 먼저 간략하게 정리하고자 한다.

임제의 문집이 처음 간행된 것은 1617년이다. 從弟인 林慴가 咸陽郡守 재임 시 목판본 4권 2책으로 간행하였는데, 이는 1607년 임제의 아우인 林懽이 白沙 李恒福에게 부탁하여 산정한 것을 바탕으로 하였다. 그런데 이 초간본은 精簡을 편찬 방침으로 삼았기 때문에[4] 時諱로 제외되거나 빠진 작품들이 적지 않다. 산일된 원고 중 일부는 이후에 문집을 개간하는 과정에서 추가로 들어가거나[5] 별도로 묶여 세상에 전해지게 되었다.

「청등론사」는 문집 편찬 당시 수록되지 못하고「送懶文」·「祭亡師金

---

4) "公嘗語慴曰: '古今詩集多矣, 莫如精而簡也. 唐之詩人孟浩·杜牧爲第一流, 而其所傳只一二卷. 後世如有好事者, 取余詩句, 裒而爲集者, 不過數百首而已.' 余嘗心藏其語矣. 不幸諸兄皆康强早世, 刊出之責, 專在鄙劣, 有志未就者. 亦已久矣. 今因鰲城相公, 撰次一秩, 參以愚見, 補其闕遺, 以圖不朽, 而至於科場之文, 雖麗而盡去之, 幸存其一二, 此蓋公取簡之遺意也."(林慴,『백호집』, 跋)
5) 1759년에 간행된 4권 2책『백호선생문집』(活字本)에는「元生夢遊錄」, 1958년에 간행된 5권 3책의『백호선생문집』(石印本)에는「南溟小乘」,「花史」가 부록으로 수록되었다.

欽之文」·「浮碧樓觴詠錄」과『白湖先生文集拾遺』[6]로 묶여 별도로 전해
졌으며 이 판본은 현재 성균관대학교에서 소장하고 있다. 1997년 신호열,
임형택이『역주 백호전집』[7]을 출간하며 여러 문적에 흩어져있던 자료들
을 수집, 정리하였는데 여기에「청등론사」의 원문 전문과 번역문이 게재
되었다. 역사에 대한 임제의 견해를 드물게 목도할 수 있는 작품임에도
불구하고「청등론사」에 대한 개별적인 연구는 현재까지 수행된 바 없으
며, 다만 정학성(1984)이 백호의 시세계를 해명하기 위한 보조 자료로 언
급한 바 있다.[8]

본고에서 논의할「청등론사」는 '등불 아래서 역사를 논하다'라는 뜻으
로, 중국의 역사 사건 및 인물에 대한 사론 모음집이다. 그 전편을 소개하
면 다음과 같다.

<표 1>「靑燈論史」내용 개요

	제목	제재	형식	비고
1	杯羹論	太公이 項羽에게 볼모로 잡히자 '국 한 그릇 나누어 달라'라고 한 漢 高祖에 대한 논의	論	
2	烏江賦	垓下의 전투에서 패한 項羽가 烏江을 건너지 않고 자결을 한 일에 대한 논의	論+賦	정여립의 난에 연루된 林地의 처우와 관련됨 (『선조실록』, 『성소부부고』)
3	蕩陰賦	진(晉)나라 嵆紹(253~304)가 반군의 공격을 받은 惠帝를 목숨을 걸고 지킨 일에 대한 상찬	賦	進士試에 제출한 科文 (1576년)

6) 청구기호 D03B-3093. 石印板本이며 불분권 1책, 총 18張으로 구성되어 있다.「청
등론사」는 이 책의 첫머리에 수록되어 있다.
7) 임제, 신호열·임형택 역(1997),『역주 백호전집』, 창작과 비평.
8) 정학성(1984),「白湖詩의 浪漫性에 대한 歷史的 理解」,『韓國漢文學硏究』7, 한국한
문학회, 73~74쪽.

「청등론사」는 총 3편으로, 이 중 2편은 진한교체기의 인물인 한 고조, 항우와 관련된 사건에 대한 논단을 중심으로, 나머지 1편은 晉의 충신 혜소의 충의를 기리는 내용으로 구성되어 있다. 이상 3편의 작품은 역사 사건 및 인물에 대한 작자의 주관적 논평을 담은 사론으로, 사론은 주로 과거시험을 준비하는 과정에서 당대의 실권자들에게 자신의 식견과 文才를 인정받기 위한 목적으로 창작되었다.9) 「탕음부」가 進士試에 제출된 科賦였다는 사실10)로 보아 나머지 작품들도 과거 응시 혹은 준비 과정에서 창작되었을 것으로 추정할 수 있으며11) 창작 동기로 미루어 다수 편이 저작되었으리라 추측된다. 『백호집』 간행 당시 과문이 대부분 제외되었던 사실을 참고하면12) 「청등론사」가 별도로 수록되었다는 점은 상당히 이례적이다. 또한 여기에 실린 3편의 작품들이 제재 및 형식적 측면에서 서로 유사성을 지니고 있다는 점을 고려할 때, 이들 작품은 임제가 창작한 대표적 사론으로의 의미를 가진다. 다만, 「탕음부」의 경우 科賦임이 확실하고 제재와 주제의식에서 앞의 두 작품과 그 층위를 달리한다. 따라서 본고에서는 「배갱론」, 「오강부」를 중점적으로 논의하기로 한다.

이 두 작품은 項羽를 제재로 논의를 진행하고 있다. 조선조 사론 산문

---

9) 백진우(2011), 「朝鮮後期 史論 散文 硏究」, 고려대학교 박사논문, 17쪽.

10) 許穆, 「林正郎墓碣文」, 『記言』 卷15. "神宗萬曆四年, 我昭敬九年監試, 獻 「蕩陰賦」·「留犢詩」, 擢進士第三人. 其明年, 登大科第二名."

11) 실제로 한 고조, 항우의 고사가 여러 차례 試題로 제출된 바 있다.

① 辛巳. 御慶會樓下, 文武科試官及承旨等入侍. 召文科初試入格崔自濱·李孟賢·任孟智·申叔楨等, 講 『易學啓蒙』·『中庸』. 自濱·孟賢等俱通二書, 畫數相等, 又講 『少微通鑑』, 問漢高'項羽孰爲正大. 孟賢對曰: "漢高正大." 自濱對曰: "項羽正大." 上以孟賢對爲是, 取文科孟賢等四人·武科朴仲善等五十一人及第(『세조실록』, 세조 6년 7월).

② 甲辰. 上出御題項羽不渡烏江說, 令玉堂官製進. 仍敎大提學·提學·副提學, 亦爲製進, 糊封考次如科式(『숙종실록』, 숙종 1년 9월).

③ 春塘臺에 나아가 생원과 진사의 放榜 및 文臣의 製述을 행하였다. (중략) '項羽가 오강을 건너지 않았다[不渡烏江]'는 것으로 論題를 삼았다(『일성록』, 정조 4년 2월).

12) 주 4) 참조.

이 주로 秦漢交替期의 인물 및 사건을 제재로 채택한 것에 비해 항우를 소재로 한 작품은 많지 않다는 점을 생각하면 특수한 경우이다. 또한 항우를 제재로 선택한 사론들은 대부분 부정적인 시각에서 논의를 전개했는데, 「청등론사」에서는 이와 차별되는 항우에 대한 긍정적 인식이 드러나 주목을 요한다.13)

한편, 임제 사후 2년에 일어난 己丑獄事에 아들 林地가 연루되었는데, 이때 「오강부」가 사건의 향방을 결정짓는 열쇠로 등장하여 눈길을 끈다. 아래의 인용문은 이 사건을 기록한 『선조수정실록』과 許筠(1569~1618)의 「鶴山樵談」의 해당 부분을 발췌한 것이다.

> ① 임지는 임제(林悌)의 아들이었는데【임제는 시를 잘한다는 명성을 지녔고 무협(武俠)을 좋아하여 호걸이라 자처하였다. 벼슬은 정랑(正郞)이었다.】협기를 부리고 멋대로 행동하여 이들 모두가 사람들에게 의심을 살 만하였기 때문에 용남 등이 계모를 꾸며 날조해서 무함할 수 있었던 것이다. 임지는 스스로 변명하였으나 사면 받지 못하였다. 그것은 상이 임제의 문고(文稿)에 조항우부(吊項羽賦)가 있었는데 문장 내용이 거리낌 없이 호탕한 것을 보고 몹시 혐오하였기 때문이다.14)

---

13) 백진우(2011)는 『한국문집총간』에 수록된 사론 산문을 목록화하였다. 그에 따르면 우리나라 사론 산문에서 다룬 제재 중 진한교체기까지의 사건과 인물들이 약 80%를 차지하고 있다고 한다. 이 가운데 項羽를 제재로 한 것은 3편인데, 항우에 대해 비판적으로 인지하고 있다. 기타 詩, 說, 문집총간 외의 論 작품으로 확대하면 항우를 소재로 한 작품은 약 13편을 발견할 수 있는데, 몇몇 시에 항우의 비극적 운명에 대한 탄식 혹은 뛰어난 능력에 대한 감탄이 드러나는 것을 제외하면 산문에서는 대개 부정적 논조를 취하고 있다(詩: 李穡, 「江東歌」, 李荇 「鴻門」, 鄭蘊 「項羽」, 權近, 「入北平城」, 金宗直, 「碎玉斗」, 丁壽崑, 「悲垓下辭」, 宋時烈, 「項羽」/ 散文: 李穀, 「杯羹說」, 成大中, 「楚漢成敗」, 權五福, 「項羽不渡烏江賦」, 林悌, 「杯羹論」, 「烏江賦」, 金錫胄, 「御題項羽不渡烏江說」, 姜再恒, 「論項羽不渡烏江」).

14) 『선조수정실록』, 1590년 4월 1일 기사.

② 죽은 뒤에 어떤 이가 '역괴(鄭汝立)와 더불어 시사를 논하면서 項
羽는 천하의 영웅인데 성공치 못한 것이 애달프다 말하고 나서 마주
보며 눈물을 흘렸'고 무함했는데 그 말이 三省에 전해지자 그 아들
地를 국문하니 지가 그의 선친이 지은 烏江에서 항우를 조상한다는 賦
를 올리므로 인하여 용서받아 변방에 귀양 가게 되었다.[15]

먼저, 실록의 기사인 ① 에서는 정여립의 모반과 관련한 고변으로 성희
와 임지가 지목되어 잡혀가게 된 사정이 서술되어 있다. 임지는 한 차례
형신을 받고 북도로 유배를 당한 것으로 나타나는데, 전후의 맥락을 살펴
보면 임지가 사건에 연루된 원인은 평소의 자유분방한 행실과 성희 등과
동향이라는 사실 때문이다. 실록의 기록에 따르면 임지는 誣告를 받았던
것으로 보이나 부친인 임제가 저작한 「弔項羽賦」(즉, 「오강부」)가 선조
의 미움을 사 처벌을 면하지 못한다. 이러한 처사는 함께 연루되었던 休
靜이 평소에 남긴 저서의 내용으로 인해 사면된 일과는 대조적이다.

반면 ② 에서는 임지가 국문을 받고 유배를 떠나게 된 원인이 다르게
제시되어 있다. 즉, 부친인 임제가 생전에 鄭汝立과 함께 항우의 죽음을
애달파 했다는 고변이 있었기 때문에 아들인 임지까지 혐의를 받게 된 것
이다. 이때 「오강부」는 실록에서 묘사된 것과는 반대로, 혐의를 벗겨주는
증거로 활용된다.[16] 이와 같은 사건의 발생은 항우를 긍정적으로 바라보

---

15) 허균, 민족문화추진회 역(1989), 『국역 성소부부고』 III, 민족문화추진회 편, 243쪽.
16) 실록과 허균의 기록 사이의 거리는 閔仁伯의 「討逆日記」를 통해 메울 수 있을 듯하
다. 민인백은 「토역일기」에서 정여립 및 관련자들의 체포과정을 상세하게 기록하
였다. 모반 전에 정여립과 친분이 있었는지를 묻는 선조의 질문에 대한 대답 중에
다음과 같은 언급이 보인다. "及林悌平日浪言自古以國爲名者, 皆稱天子, 而我國獨
不爲, 他日一番必稱天子, 雖其戲言, 亦可怪也. 汝立曰: "主人之言誤矣! 林悌之言, 誠
確論也. 王侯將相, 寧有種乎? 人生天地間, 孰不能爲天子?" 上顧謂承旨曰: "聞此言,
則知其爲天下之賊也." 이 기록을 따른다면 정여립과 임제는 실제로 만난 일은 없고
다만 조선이 천자를 칭하지 못해 한스럽다는 임제의 말을 '전해들은' 정여립이 그
에 공감했을 따름이다. 추측컨대, 이러한 일화가 시간이 흐르면서 영웅을 좋아하고

는 임제의 시선이 조선조의 常論과는 일정한 거리를 두고 있음을 나타낸
다. 또한 「오강부」를 둘러싼 실록과 『성소부부고』의 상반된 기록은 임제
사론의 형식적 특징에 따른 것으로 보인다.

임제의 사론은 '論'과 '賦'라는 두 가지 형식을 취하고 있는데, 각각의
형식에서 드러나는 발화 목적 및 주제 의식을 구현하는 방식은 차이를
보인다. 즉, 論의 형식을 취할 때는 특정 사건에 대한 是非를 가리는 것을
목적으로 하며, 이에 따라 排比, 對照, 連鎖 등과 같은 의론적 수사 기법
이 활용된다. 賦의 경우에는 특정 인물에 대한 추모가 중심이 되며 描寫,
詠歎, 比喩 등의 서정적 수사 기법이 쓰인다. 사건에 대한 是非 판단이 인
물에 대한 통찰 및 추모로 이어지는 「오강부」에서는 論과 賦의 형식이
결합된 형태를 볼 수 있는데, 이때 두 가지 형식은 서로의 논지를 보강하
는 유기적 관계를 형성한다. 이러한 조합은 전반부에서 論을 통해 입증
한 명제를 후반부 賦를 통해 정서적으로 공감할 수 있도록 하는 효과를
발휘한다.

한편, 「청등론사」는 여타의 사론에 비해 문학적 특성을 강하게 드러내
고 있는데 이는 극적인 긴장을 조성하는 몇 가지의 서술 방식에 기인한
것으로 보인다. 예를 들어 論에서 공통적으로 나타나는 客과 不貧子간의
문답이라는 가상의 상황 설정, 賦에서 나타나는 대리자인 客을 통한 발화,
파노라마식 전개, 장면화를 통한 인물 묘사 등과 같은 서술 방식이다. 다
음 장에서는 이러한 특징을 중심으로 그 구체적 양상을 논의하기로 한다.

자유분방했던 임제의 일화와 혼재되고, 두 사람이 동향이었다는 점이 결부되어
종국에는 임제와 정여립이 만나 모의를 했다는 식의 이야기로 번져 나갔던 것으
로 보인다.

3. 「청등론사」의 주제의식과 의론 전략

1) 「배갱론」: 현실문맥을 고려한 합리적 역사인식의 강조

「배갱론」은 배갱의 사건17)에 대한 是非 논단을 제재로 한 글로, 이를 두고 가상의 인물인 客과 不貧子가 벌이는 문답의 형식으로 구성되어 있다. 여기서 객은 전대의 논의를 상징하는 인물로 작자의 대변자로 설정되는 불빈자의 논파 대상이다. 태공의 목숨을 빌미로 항복을 요구하는 항우에게 '分我一杯羹'이라한 한 고조의 발언은 성리학적 가치가 도덕규범으로 확립되는 송나라에 와서 여러 논자들에 의해 공론화되었다.18) 한 고조의 발언이 효의 실천이라는 유교적 가치 실현에 위배된다고 본 논자들은 이러한 발언은 아버지의 목숨을 버린 패륜 행위라며 비판하고, 맹자와 도응의 문답19)을 들어 한 고조가 순임금과 같은 행동을 해야 했음을 주장한다. 고려의 李穀은 「杯羹說」에서 전대의 논의를 수용하여 구체화한 바 있다.20)

---

17) 項羽는 漢 高祖의 아버지인 太公을 인질로 삼아 항복하지 않으면 태공을 삶아 죽이겠다며 압박한다. 이에 고조는 일전에 항우와 형제의 義를 맺은 일을 상기시키며 '나의 아버지는 그대의 아버지이다'라 응수하고, 한술 더 떠 삶아 죽이게 되면 '나에게도 국 한 그릇을 달라'며 태연하게 응대하였다. 이에 화가 난 항우는 태공을 삶아 죽이고자 했으나 項伯의 만류로 그만둔다(『史記』, 「項羽本紀」).

18) 대표적으로 金나라 王若虛의 「君事實辯」(『滹南遺老集』 25)과 송나라 俞德隣의 의론 등을 들 수 있다(『佩韋齋輯聞』 3).

19) 맹자의 제자인 桃應이 만약 순임금의 아버지가 살인을 했다면 천자인 순임금의 대처는 어떠해야 하는지에 대한 맹자에게 물은 일. 이 물음에 맹자는 "순은 천하를 버리는 것을 헌 짚신과 같이 보기 때문에 고수를 몰래 업고 달아나서 바닷가로 나가 종신토록 즐겁게 천하를 잊고 지낼 것이다"라고 답했다고 한다.

20) 「杯羹說」. 주요 논지를 요약 제시해둔다. "古謂劉氏有寬仁大度, 余觀杯羹之言, 不能無疑也. (중략) 及其羽欲烹太公, 則曰:"幸分我一杯羹." 所爲爭之者民也, 今乃戕之; 所以爲人者親也, 今乃置之虎口, 略無顧慮, 惟以勝負爲計, 設若項伯膠口, 而羽愼不勝, 則安知俎上之肉不爲杯中之羹乎? 縱不能竊負而逃, 杯羹之言, 不可出諸人子之口. 劉氏猶假禮義, 以羽殺義帝爲賊, 縞素而請諸侯, 其視羹父, 不有間邪? 故曰, 劉氏非寬

서두를 장식하는 객의 문제제기는 바로 이러한 비판적 논의들의 축약이다.

不貧子가 마침 「고제본기」를 읽고 있는데 客이 杯羹의 이야기를 들
어서 한 고조를 대단찮게 평가하여 마치 큰 허물이라도 있는 듯 孟子가
桃應의 물음에 답변했던 말을 원용해서 논란을 벌였다. 객이 물었다.
　"한나라 고조는 어떤 사람인가?"
　그의 물음에 불빈자는 "어진 사람이다"라고 대답했다.
　"어진 사람으로 자기 아버지를 버린 일이 있는가?"
　"어진 사람으로 자기 아버지를 버린 일은 없다."
　"그렇다면 태공은 바로 그의 부친이 아니던가. 그런데 굶주린 호랑
이 아가리 앞에 놓아둔 채 위태로움을 바라보고 앉아서 구원하려 하지
않고 한술 더 떠서 부아를 돋우었으니 버린 것이 아니고 무엇인가?"
　"그대의 말대로 하자면 장차 어떻게 대처해야 옳았겠는가?"
　"천하를 헌 짚신같이 여겨 자기 아버지를 짊어지고 달아나는 것이
또한 바른 도리가 아니겠는가."[21]

　한 고조가 항우의 위협에 개의치 않고 태공을 삶아 만든 국을 나누어
달라며 항우를 도발한 것은 반박할 수 없는 사실이다. 문제가 발생하는
지점은 사실을 어떠한 시각에서 바라보고 해석하는가이다. 먼저, 객은 사
건을 天下와 孝라는 두 가지 가치에 대한 선택의 문제로 이해하고 있다.
즉, 항복을 하면 아버지는 살릴 수 있지만 천하의 패권은 놓치게 되고, 항

仁者也." (『稼亭先生文集』) 7) 이외에 金馹孫의 「非鄩人對」, 李荇의 「縞素三軍賦」
에서도 이곡과 유사한 관점에서 배갱의 일을 비판하는 모습을 볼 수 있다.
21) 임제, 『백호선생문집습유』, 「배갱론」. 不貧子, 方讀高帝本紀, 客有以杯羹之說, 少
漢高, 而似若以爲大累然者, 援孟子答桃應之言來難, 曰: "高帝何如人也?" 曰: "仁人
也." 曰: "有仁而遺其親者也乎?" 曰: "未有仁而遺其親者也." 曰: "然則太公非親之至
者歟? 置之餓虎之口, 坐見其危而莫之救. 又從而怒之者, 非遺之甚焉者歟?" 曰: "如子
之言, 處之, 將如何而可?" 曰: "視天下如弊履, 竊負而逃, 不亦善乎?" 이하 본고에서
활용되는 임제의 작품에 대한 번역문은 모두 임제 저, 신호열 · 임형택 역(1997),
『역주 백호전집』, 창작과 비평사를 참고하여 가감하였다.

복을 하지 않으면 천하의 패권은 다툴 수 있으나 아버지의 목숨은 구할 수 없는 양자택일의 상황으로 이해하고 있는 것이다. 이는 한 고조의 적절한 대처에 대해 물은 불빈자의 질문에, 객이 '순임금은 천하를 헌신짝처럼 여겨 버리고 아버지를 업고 도망갔을 것이다'라는 대답을 한 것에서 확인할 수 있다. 곧, 이 대답은 항복하여 천하를 포기하더라도 아버지를 구하는 선택을 했어야 한다는 말의 우회적 발언인 것이다.

이에 불빈자는 '窺斑'이라는 말로 객의 논의를 비판한다. 이 단어는 '窺豹一斑'이라는 숙어의 축약으로 전체를 살펴보지 못하고 부분만 보는 것에 대한 비유이며 이후 논의의 초점은 이 한 마디로 요약된다. 즉, 사건을 천하와 아버지의 양자택일로 파악하고 순임금의 경우와 동일시하는 시각의 협소함을 지적하는 것이다. 이를 반박하기 위해 불빈자는 한 고조와 항우가 놓였던 상황적, 관계적 특수성을 논거로 하여 논점의 전환을 시도한다.

> 군웅이 들끓어 할거하던 시대를 당하여 천하를 놓고 패권을 다툴 자 항우와 유방뿐이었다. 한이 초를 멸망시키지 않으면 반드시 초가 한을 멸망시킬 터이니 확실히 세불양립의 형세였다. 바야흐로 광무 땅에서 서로 대치하고 있을 때 용호상박으로 싸워온 것이 몇 년이었던가. 장차 한 번 싸움으로 자웅을 결하려 하는 즈음, 잠깐 사이에서 성패를 전망하고 항우는 태공으로 孤注를 삼았다. 그래서 적군 앞에 태공을 세워놓고 '항복하라. 그러면 태공을 살려줄 것이요, 항복하지 않으면 나는 네 아비를 삶아죽일 것이다'고 소리쳤던 것이다.[22]

---

22) 嗚呼當群雄鼎沸之秋, 相與爭衡天下者, 劉項而已. 漢不滅楚, 則楚必滅漢. 固其勢, 不兩立也. 方其廣武之相持, 龍爭虎鬪, 至今幾年矣. 將欲決雌雄於一戰, 觀成敗於少頃, 而項王以太公爲孤注. 置於軍前, 曰: '降! 吾生太公. 不降, 吾烹汝父也.' 當是時也, 若使漢王, 身爲降虜, 係頸轅門, 則可能全父親之命, 保漢王之位, 得終餘年於漢中乎? 抑無奈欲全父命而不許, 欲爲匹夫而不饒, 父子俱死, 貽後人之笑乎! 有一言於此. 陽若背天理 · 滅人倫, 而陰實制項羽全父命也, 則失言輕, 全父重.

한 고조와 항우는 상황적으로는 진한교체기라는 역사적 전환기, 관계
적으로는 천하의 패권을 다투는 맞수라는 특수한 위치에 놓여있다. '세불
양립' 즉, 한쪽이 한쪽을 죽여야만 살 수 있는 상황인 것이다. 이를 고려하
면 한 고조에게 놓인 선택지는 천하와 아버지(효)의 두 가지가 아닌 패망
(죽음)과 아버지가 된다. 또한 이러한 상황에서는 항복이 아버지의 목숨
을 담보한다는 확신을 갖기도 어렵다. 결국 한 고조의 항복은 패망과 일
가의 죽음이라는 하나의 결과를 초래하는 것이다. 불빈자는 이처럼 당시
의 현실문맥을 끌어와 그들이 놓인 상황적, 관계적 특수성을 제시하고 경
전의 권위를 등에 업고 한 고조를 비판하는 객의 논의를 무위로 돌린다.
그 결과 논의의 국면은 효의 실현 여부를 진단하는 의례적 차원에서 일촉
즉발의 대결 상황에서 태공의 목숨을 구하는 실질적 방법이 무엇이었는
가에 대해 논하는 실제적 차원으로 전환된다. 또한 한 고조의 실책 역시
패륜에서 權道로의 失言으로 대폭 축소된다.

이후로 남은 일은 배갱의 말이 태공의 목숨을 구할 수 있는 확실한 방
법임을 증명하는 것뿐이다. 논점의 전환이라는 첫 번째 의론 전략에 이은
두 번째 전략은 假定의 방법을 통한 항우의 심리 추적과 그에 따른 사건
의 재구성이다. 첫 번째 논거인 상황적 특수성에 대한 고려는 전대의 의
론에서도 보이는 것으로, 주희 역시『朱子語類』에서 배갱의 사건의 특수
성을 언급하며 이를 순임금의 경우와 동일시 할 수 없다고 단언한 바 있
다.23) 그에 비해 항우의 인물됨에 대해서는 한 고조에 대한 옹호 여부와
상관없이 대체적으로『사기』의「항우본기」에서 사마천의 論贊 부분을
수용하고 있다.24) 따라서 논증의 방법으로 항우의 심리를 추적하는 것은

---

23) 廣武之會, 太公旣已爲項羽所執, 高祖若去求告他, 定殺了. 只得以兵攻之, 他卻不敢
殺. 時高祖亦自知漢兵已强, 羽亦知殺得無益, 不若留之, 庶可結漢之懽心. 問: "舜棄
天下猶敝屣." 曰: "如此, 則父子俱就戮爾, 亦救太公不得. 若分羹之語, 自是高祖說得
不是."(『朱子語類』135)
24) 사마천은「항우본기」말미의 논찬을 통해 단기간에 천하의 패왕이 된 그의 능력이

배갱지설이 항우의 화를 돋우어 태공의 목숨을 위태롭게 했다는 것에 대한 반박을 위한 전략이다. 더 나아가서 배갱지설이 태공의 목숨을 구할 수 있는 유일한 방법이었음을 입증하여 객의 의론을 완벽하게 飜案하는 효과를 노린다. 인물에 대한 심리 묘사를 위해서는 먼저 그 사람에 대한 파악이 선행되어야 할 것이다. 그렇다면 임제는 항우를 어떠한 인물로 인식하고 있는지 살펴보자.

저 항우는 어떤 사람이었던가? 사람들은 한 용감한 사나이 정도로 생각하지만 나는 홀로 영걸이라 생각한다. 그의 당초 의도는 어찌 꼭 태공을 죽이려는 것이었겠는가. 다만 영걸의 마음으로 유방을 한 나약한 남자로 여겼기에 한 번 협박을 하면 필시 차마 견디지 못하기 때문에 항복하고야 말리라고 기대했었다. 그런데 유방은 벌써 그 의도를 알아차렸던 때문에 '내 아버지면 네 아버지다'는 말로 느끼게 한 다음, '그 국 한 그릇 나누어주면 좋겠다'는 말로 절단을 해버렸으니 이는 태공을 전혀 염두에 두지 않았던 것도 같다. 그런데 저 항우로서는 한 노옹을 죽이는 것이 승패에 무익할 뿐이요, 한갓 저쪽과 원한을 맺는 짓이 된다. 저쪽이 이미 군주를 시해한 것으로 나의 죄를 성토하는데 내가 또 그 아비를 죽여서 말거리를 제공한다면 천하의 신하되고 아들 된 자들 어느 누군들 나를 저버리고 저쪽으로 돌아가지 않으랴! 이 점이 항우가 태공을 죽이지 못한 이유요, 유방이 항우를 속으로 제어했던 내막이다.[25]

비상한 것이었음을 인정하면서도 공벌을 자랑하고 사사로운 지혜를 자랑하는 등의 행위를 해 결국 망하게 되었으며 죽을 때까지도 자신의 잘못을 깨닫지 못하고 하늘의 탓을 한 것에 대해 비판하고 있다. 후대의 논자들은 대체로 이러한 시각에서 항우를 논평하고 있다. 항우에 대한 논의의 목록은 주 13)을 참조할 것.

25) 彼項羽, 何如人哉? 人以爲一勇夫, 而我獨以爲英傑也. 其初意, 豈必欲殺太公者乎. 但雄豪之心, 視漢王爲一懦夫, 而恤之. 以其所必不能忍, 期其必降. 而漢王已揣知其意, 故感之以吾翁若翁之言, 而絶之以幸分一杯之言, 似不以太公爲念者. 彼旣以弑君, 聲罪於我, 而我又殺其父, 而使之藉口焉. 則天下之爲人臣者, 孰不叛我而歸彼哉! 此項王之所以不殺太公, 而漢王所以陰制項王也.

임제는 항우를 '勇夫'에서 '英傑'로 격상시킨다. 이때 용부와 영걸의 차이는 무력이나 재능의 여부가 아닌 형세에 대한 정확한 판단이다. 임제는 항우를 감정에 치우치는 인물이 아니라 상황에 대한 정확한 파악을 바탕으로 한 합리적 판단에 의해 행동하는 인물로 묘사한다. 항우가 태공의 목숨을 가지고 위협을 했던 일과 그것을 포기하는 일 모두 이러한 합리적 상황 판단아래 이루어졌음을 보여준다. 이에 따라 항우에 대해 의연한 태도를 보인 한 고조의 태도는 당시 상황에서 취할 수 있는 가장 최선의 방법이었음이 증명된다. 여기에 伍子胥의 고사를 부가하여 태공의 살해가 항우에게 부담스러운 일임을 類比의 기법을 통해 강조하고, 앞서 제시한 항우의 인물됨을 활용하여 대적 대상 본인이 아닌 그의 아버지를 죽이는 비겁한 행위를 하지 않았을 것임을 예측하고 있다. 그리고 한 고조가 항복을 했다면 그의 역량이 홍문의 연회에서와 다름을 알게 된 항우가 두 사람을 모두 죽여 승세를 공고히 했을 것이라는 가상의 상황을 마지막에 제시하여 배갱의 말이 태공을 구하는 최선의 방법이었다는 주장의 타당함을 입증하고 있다.

전체 논의를 정리하면서, 불빈자는 맹자의 말을 인용하여 객이 견지한 시각의 협소함을 다시 한 번 지적한다.[26] 서두에서 객이 논거로 삼은 맹자의 말을 또 다른 맹자의 말을 활용하여 반박하여 서두와 결말의 首尾相應을 이루고 있다. 불빈자의 이 말은 앞서의 '窺斑'와 호응되는 바, 「배갱론」의 주제의식은 바로 여기 '凡不究聖賢之心, 而剽竊於聖賢之言, 豈不亦學之曲者乎?'의 한 문장에 놓여 있다.[27] 1575년, 조선의 사대부들은 드디

---

26) 客且援以孟子之言, 膚哉, 子之見也! 不以辭害意, 非孟子之言乎? 凡不究聖賢之心, 而剽竊於聖賢之言, 豈不亦學之曲者乎?"
27) 선행 연구에서 이러한 점을 이미 적확하게 지적한 바 있다.
　　"희귀하게 남아 있는 그의 史論 속에서 우리가 볼 수 있는 것도 바로 이런 점들이다. (…) 이러한 논의를 통해 그가 강조하고 있는 것은 역사적 인간(또는 영웅)의 존재와 그 행위는 변화하는 현실의 문맥과 관련 속에서 이해되고 평가되어야 한다는

어 동인과 서인으로 갈려 붕당을 조성하게 된다. 이후 각종 정치적 사안에서 당에 따라 극렬하게 대립하며 서로에 대한 날선 비판을 가하는 일이 잦아지게 된다. 이를 조정하고자 중재에 나선 李珥조차 그의 중재조처가 서인에게 유리하다는 이유로 서인 일파의 한 사람으로 몰려 동인들의 비판을 받게 되는 등 갈등은 점차 심화되었다. 임제는 이를 목도하고 염증을 느꼈던 바,[28] 「배갱론」에서 드러나는 주제의식 역시 이와 같은 현실에 대한 비판을 바탕으로 생성된 것으로 보인다.[29] 즉, 성현의 언설(혹은 당파의 기치)이 주는 권위만을 잣대로 하여 특정 사건 혹은 인물을 평가하는 일에 대한 위험성을 맹렬히 비판하고 있는 것이다. 또한 이러한 비판에는 겉으로 드러난 행동의 분방함 때문에 의례에 맞지 않는다는 이유로 비판과 불이익을 당해야 했던 개인사에서 오는 반발 의식 또한 내재해 있었으리라 짐작해 볼 수 있다.

2) 「오강부」: '烈'의 실천적 행위자로서의 '항우'

「배갱부」의 궁극적인 논지는 협소한 기준으로 사건을 단면적으로 평가하는 사람들에 대한 비판에 있으며 그 대상은 한 고조였다. 그런데 그

것이다. 그러나 이처럼 성현의 언설을 끌어들이며 인·효(=천리)를 표방하고 나서기에 앞서, 그 현실적 내용을 검토해 보아야 한다는 백호의 주장에는 현실보다 명분에 집착하는 속유들의 비현실적·교조적 사고방식에 대한 비판이 함께 깃들어 있음을 간과해서는 안될 것이다."(정학성, 위의 논문)

28) 외손 許穆이 쓴 임제의 묘갈명 중 "於是東西朋黨之議起, 士爭以名譽, 相吹噓引拔, 而公踈弛不群, 又不喜卑事人, 以故官不顯. 時有當路人好持論, 成敗人多矣. 公嘗過其門而不見曰: "彼特人面而鬼跳耳, 禍且及矣." 後數年, 果敗."의 부분에서 이러한 면모를 엿볼 수 있다(허목, 『記言』 45, 「林正郎墓碣文」).

29) 임제는 의인체 산문 「花史」에서도 이와 같은 현실적 모순을 꽃의 왕국에 가탁하여 창작한 바 있다. 「화사」에 나타난 역사의식에 대해서는 정학성(1980), 「「화사」론−그 의미구조와 역사의식−」, 『韓國漢文學研究』 5, 한국한문학회 참조.

내용을 살펴보면 실제 협소한 시각에서 평가절하 되었던 것은 항우이다. 항우가 태공을 살해할 수 없음을 논증하는 과정에서 부분적으로 행해진 항우에 대한 재평가는 「오강부」에서 한층 구체화된 양상으로 드러나며 이는 임제가 추구하고자 했던 삶의 가치 지향과 맞닿아 있다.

2장에서 언급한 것처럼 「오강부」는 論과 賦의 형식적 결합으로 구성되어 있다. 전반부 論에서는 垓下 전투에서 오강을 건너지 않고 자살로 생을 마감한 항우에 대해 논의하며 후반부 賦에서는 항우를 추모하며 그의 일생을 감각적으로 그려내고 있다. 먼저, 논 부분을 살펴보면, 서술 방식으로 「배갱론」과 동일한 客－不貧子의 문답 구조를 차용하고 있다. 두 작품에서 동일하게 활용된 가상의 인물간의 문답구조는 우의적 수사를 작품 창작에 즐겨 사용했던 작자의 개성이 반영된 부분이다. 이러한 전개 방식은 의론 과정을 장면화하여 독자가 마치 눈앞에서 벌어지는 객과 불빈자의 토론을 감상하는 듯한 느낌을 받을 수 있도록 한다. 이 과정에서 조성된 극적 긴장감은 의론에 박진감과 현실감을 부여한다.

또한 「배갱론」에서 이 구조는 의론의 사이마다 객의 발화를 통해 예상되는 반론을 제기하고 그에 대한 해명을 삽입하는 역할을 하여 논지를 튼튼히 하는 방편으로 활용되었다. 「오강부」에서는 이러한 역할은 상당히 축소되었는데, 이것은 사건의 다양한 층위를 고려하여 사건의 시비를 판단해야 했던 「배갱론」과 달리 「오강부」가 항우에 대한 재평가와 인물상의 구현을 목적으로 하고 있기 때문이다. 게다가 이때의 재평가는 항우에 대한 기존의 평가와는 상당히 배치된다. 때문에 작자는 예상되는 반론에 대한 수비에 보다 방점이 놓여있던 「배갱론」과는 달리 논적에 대한 공격에 더 힘을 쏟을 수 있는 서술 방식을 채택하게 된다. 이에 따라 객의 발화는 서두에서 문제를 제기하여 글의 포문을 여는 것으로 그 역할을 다하고 이후로는 불빈자의 공세만이 이어진다. 먼저, 객의 문제 제기를 살펴본다.

한 객이 항우가 오강을 건너지 않았던 사실에 강개한 나머지 말하였다. "기약하기 어려운 것은 승패요, 꼭 이룰 수 있는 것은 공업이다. 자결하는 것은 필부의 소행이요, 인내하는 자야말로 남아라 할 것이다. 무릇 기필하기 어려운 승패에 분함을 이기지 못하여 이룰 수도 있는 공업을 저버리고 필부의 결단을 달게 쫓아서 남아의 인내를 결여했으니 어찌 안타깝지 않은가! 참으로 杜牧之의 '兵家의 승패, 이 일은 기필할 수 없으니 수치를 참는 것 또한 남아로다'라 한 시구를 오강의 혼백이 듣는다면 어찌 회한이 깊지 않으랴!"30)

앞에서 살펴본 것처럼 사마천은 항우의 실패를 자신의 재주를 과신하였기 때문으로 분석하고, 이에 따라 항우가 강을 건너지 않고 스스로 자결하며 남긴 한 마디 즉, '하늘이 나를 망하게 해서요, 용병의 잘못이 있어서가 아니다[天亡我, 非用兵之罪也]'에 대해서 기만적인 발언으로 인식하며 비판하고 있다. 항우에 대한 이후의 논의들 역시 대부분『사기』의 시선을 크게 벗어나지 않는다.31) 따라서 항우의 不渡江에 대한 해석은『사기』에서 보여주는 비판적 인식을 전제로 하여 '忍'의 문제로 보는 관점과 '恥'의 문제로 보는 두 가지 관점으로 구분된다.32)

---

30) 客有慨於項氏之不渡烏江者, 曰: "難期者勝敗, 而可必者功業也. 自決者匹夫, 而有忍者男兒也. 夫憤難期之敗, 而棄可必之功, 甘匹夫之決, 而欠男兒之忍, 豈不惜哉! 信乎杜牧之之詩曰: '勝敗兵家事不期'云云, 若使烏江之毅魂有知, 寧無悔恨之深乎?"
31) 항우를 주제로 한 조선조의 작품들은 대부분 항우에 대한 부정적인 인식을 바탕으로 하고 있으나 시와 산문이라는 발화 형식에 따라 구현되는 양상에 차이를 보인다. 거칠게 말하면, 시에서는 항우의 능력을 주제로 한 호방하고 웅대한 정서나 그의 비극적 최후에 대한 안타까움과 동정의 시선이 보이는 반면, 산문 특히 의론체 산문에서는 그의 과실에 대한 비판의 어조가 강하게 드러나는 것이다. 이에 대해서는 보다 자세한 고찰이 필요하다.
32) '忍'의 관점이 드러난 대표적인 작품으로는 김석주의 「御題項羽不渡烏江說」, '恥'의 관점이 나타난 작품으로는 정수곤의 「悲垓下辭」가 있다. '不渡烏江'에 대한 조선조 문인들의 관점에 대해서는 김병건(2010), 「한문교육의 측면에서 본 항우의 두 가지 판단」,『漢文學報』23, 우리한문학회를 참조할 것.

객은 전자의 '忍'의 문제로 보는 쪽에 속하는 인물로, 두목지의 시[33]를 인용하여 항우를 순간의 분함을 참지 못한 필부로 평가하고 있다. 반면 불빈자는 보편적 대전제에서 구체적 상황의 적용으로 이어지는 논증 과정을 통해 이를 반박하고 있다. 반박의 공세 과정에서는 글자의 수와 문장의 구성을 동일하게 하여 논의의 기세를 돋우는 排比의 수법이 사용되고 있다. 효과적으로 보이기 위해서 원문을 표로 제시한다.

<표 2>

有以智者	有以力者
難以力較	易以智勝
若危若急若敗若亡	若強若大若勝若取
誠若不保於朝夕	實若不難於平定
而但以收人心任賢才爲先務	而但以肆殺伐行屠戮爲能事
初不以爭鬪爲事	終不以寬仁爲心
相時以動	恃勇而驕
一戰而有天下者	一敗而爲獨夫者

천하를 취한다는 하나의 상황에 지혜로 하는 사람과 힘으로 하는 사람이라는 대립하는 조건항을 설정하여 이후 전개될 내용의 대전제로 삼았다. 대립항간의 차이를 보다 극명하게 보여주기 위해 字數 뿐 아니라 문법 구조 또한 동일하게 구성하고 있다. 또한 구조상 동일한 위치에 놓여 있는 글자들은 의미적으로는 대립한다.

불빈자는 지혜로 천하를 취하려는 자와 힘으로 하려는 자로 나누어 각각의 특성을 밝힌다. 그러나 이러한 구분이 지혜로 하는 자가 힘으로 하는 자보다 뛰어나거나 옳다는 등의 비교를 위한 것은 아니다. 불빈자는

---

33) "勝敗兵家事不期/ 包羞忍恥是男兒/ 江東子弟多才俊/ 卷土重來未可知"(杜牧, 「題烏江亭」)

승패는 천하를 도모하는 방법에 기인하는 것이 아니라 '勢之得失'에 달려 있다고 주장한다. 그렇다면 '勢'란 무엇인가? '勢란 천명의 돌아오고 떠나감과 인심의 모이고 흩어짐[天命之去就, 人心之離合]'으로 천하의 대세는 인심과 동일한 뜻이다. 그런데 인심을 얻는 일은 지혜로 천하를 취하는 자가 우선으로 삼는 일이다. 즉, 힘으로 하는 자가 천하를 얻기란 조건적으로 매우 어려운 일인 것이다. 힘으로 천하를 얻기 위해서는 수많은 전쟁을 벌여야 하며 그 과정에서 사상자와 적을 무수히 만들게 된다. 결국, 이 과정에서 천하 사람들의 원수가 되어버린다.

이렇게 승패의 조건에 대해 서술한 이후 불빈자는 지혜로 하는 자와 힘으로 하는 자를 '천하 사람의 부모'와 '천하 사람의 원수'로 치환한다. 앞 단락에서 서술한 것처럼 지혜로 하는 자는 인심을 얻고 어진 인재를 얻는 일을 가장 우선으로 하며 싸움을 능사로 하지 않는다. 이에 적을 만들지 않고 수많은 전쟁을 치루며 온갖 적과 원수를 양산해내는 힘으로 하는 이를 비판하며 천하 사람의 부모 노릇을 하게 된다. 또한 인심을 강력한 무기로 천하를 손쉽게 소유하게 된다. 반면 힘으로 하는 자는 인심을 잃어 적이 많은데다 힘은 쓰면 언젠가 다한다는 한계를 가지고 있기에 결국 남의 신하노릇을 하거나 남에 의해 죽임을 당하는 결말을 맞게 된다. 이를 각각 유방과 항우에 대입하여 적용한다.

이 논리를 따르면 해하 전투에서의 패배는 당연한 결과이다. 그렇다면 항우가 강을 건넜다고 해도 결국 유방의 포로가 될 가능성이 농후하다. 이미 유방이 천하의 인심을 획득했기 때문이다. 이 때문에 불빈자는 항우의 不渡江이 이러한 사세를 이미 판단했기 때문이라고 해석한다. 항우의 자살은 천명이 다했음을 알고 마지막 자존심을 지키기 위한 최선의 방법이라는 것이다. 또한 '강동의 자제들에게 부끄러워서'라는 말 역시 자신이 세궁역진해서 죽는 것임을 숨기기 위한 항우의 불굴의 의지로 해석한다.

이상의 불빈자의 논의에서 전제가 되는 부분은『孟子』와『荀子』의 '王者覇者論'의 변주이다. 맹자는 '德'과 '力'의 대비를 통해 王者와 覇者의 우열을 나누고 覇者에 대해 강력하게 부정하고 있으며, 이러한 태도는 이후 성리학자들이 패자의 공업을 인정하지 않게 하는데 상당한 영향을 주었다.[34] 반면, 순자는 王道의 아래 단계로나마 覇道를 인정하는 수용적인 태도를 보이고 있다. 임제는 여기에서 한발 더 나아가 '以智'와 '以力'를 사람마다의 특성에 따른 차이로 인식하며 가치의 우열은 배제하는 열린 사고를 펼치고 있다. 이러한 인식의 확장은 성리학적 가치에 따라 王者(=仁者)-覇者의 구도로 양분화하여 이쪽이 아니면 무시하고 사장하는 획일적 사고를 타파해 새로운 이해의 지평을 열어낸다. 즉, 仁의 반대편에서 폭군으로만 고착화되었던 항우를, '以力'이라는 어려운 길에 서서도 자신에게 주어진 능력을 가지고 꿋꿋이 나아가고 大事의 실패라는 최후를 맞이해서도 자존감을 지키려 최선을 다하는 즉, '烈'의 가치를 치열하게 실현해낸 '烈'의 화신으로 구현하고 있는 것이다.[35] 다만, 이 때의 '烈'은 유교적 가치 실현과는 관계없이 자신의 길을 선택하고 선택한 후에는 뒤를 돌아보지 않고 최선을 다하는 가치에 대한 찬사의 의미에 가깝다.

후반부의 부에서는 항우의 일생을 파노라마식으로 조망하면서 그의 일생을 감각적으로 그려내고 있다. 서두에서는 강가와 비장한 죽음이라는 동일 키워드를 지닌 오자서와 형가의 고사를 통해 '烏江'의 비애감을 극대화한다. 여기에 항우에게 조문을 하는 객을 등장시켜 비감이 자연스럽게 항우에게 향할 수 있도록 구도화 한다. 그 뒤로 진시황의 행차를 목도하고 자리를 빼앗겠다고 선언했던 일과 마침내 봉기했던 일 무서운 기세로 뭇 제후들을 타파한 일 등의 항우의 패기 넘치는 행적을 나열한다. 한편, 항복한 진나라 군사 10만을 몰살시킨 사건이나 관중에 먼저 들어간

---

34) 신동준(2007),『제자백가 사상을 논하다』, 한길사, 285쪽.
35) 임제의 다른 저작인「수성지」에서도 항우는 壯烈門에 배치되어 있다.

자가 왕이 된다는 약속을 지키지 않은 등의 과실도 지적하여 일방적인 항우 찬양으로 흐르지 않도록 주의하고 있다. 그 이후로도 항우의 장점과 과실에 대한 나열이 2:1의 비율로 균형 있게 등장하고 있는데 과실의 나열은 항우의 실책을 비판하려는 의도이기보다는 그의 인생역정을 그려내기 위한 장치이다. 특히 후반부의 오강에서 죽음을 맞이하는 항우에 대한 장면화36)가 인상적이다. 사방에서 들리는 초나라의 노래와 오추마의 울음소리에 눈물을 흘리는 항우에 대한 클로즈업은 자신의 운명을 예감한 항우의 심정을 짐작할 수 있게 하는 대목이다. 이후의 '花飛雪鍔, 殘紅碎翠' 구절은 '꽃잎-홍혈', '눈서리-비취'의 흰색과 붉은색의 색채 대비를 통해 흰 눈밭에 꽃잎과 같은 피가 흩뿌려지는 항우의 최후를 비장미 넘치게 표현하고 있다. 이러한 묘사는 전반부에서 서술한 烈의 실천적 행위자로서의 항우의 모습을 정서적으로 보충하는 효과를 갖는다.

4. 결론

지금까지 임제의 「청등론사」에 중 2편을 분석하여 주제의식과 의론 전략을 살펴보았다. 이를 통해 다음과 같은 두 가지 결론을 얻을 수 있었다. 하나는 「배갱론」에서 살펴보았던 것처럼 특정 사건에 대한 판단에 현실 문맥을 고려한 합리적 역사인식에 대한 강조이며, 다른 하나는 인간이 가진 다양한 가치에 대한 긍정을 저해하는 유교적 우열주의에 대한 배격이다. 이것은 기왕의 임제 연구에서도 무수히 언급되었던 부분으로 임제를

---

36) 固陵之戰, 威已極. 垓下之圍, 膽欲裂! 轅門夜靜, 楚歌聲悽. 吳天月冷, 騅馬悲嘶! 一曲帳中之謌, 數行英雄之淚. 花飛雪鍔, 殘紅碎翠. 一騎飛山, 三軍浪坼. 斬將艾旗, 危亡何益. 日欲暮兮江關, 瞻四方其矍矍. 寄八尺於一刎, 歸魂耿耿兮故國.

김시습이나, 허균과 함께 방외인적 인물로 규정하는 것도 이러한 점에 기인한 것이다. 그러나 한시와 여타 소설 작품과는 달리 사론에서는 그가 조류에서 벗어나 발을 디디고자 했던 부분이 어디인지를 보다 명확하게 드러내고 있으며, 그것이 항우라는 인물로 형상화되고 있다는 점을 발견할 수 있었다. 즉, 그의 사론에는 士林의 성장에 따라 성리학이 점차 정착되고 공고해지며 교조화라는 부정적인 방향으로 나아가던 시대적 조류에 제동을 걸고, 유교적 세계관의 근간을 이루는 가치는 인정하면서도 가치에 인간이 매몰되는 것은 좌시하지 않으려는 사유가 발현되고 있는 것이다. 조선조에서 부정적인 인물유형의 대명사처럼 쓰였던 항우가 그의 두 편의 사론에서 자신에게 주어진 재능을 열정적으로 활용하여 삶을 치열하게 살아냈던 烈의 실현자로 그려진 것은 이에 대한 반증이다. 다만, 임제가 가졌던 개성적 의식을 보다 구체적으로 드러내기 위해서는 항우를 주제로 한 다른 사론들과의 비교를 통해 보충되어야 할 것이다.

한민족 문학 · 문화연구의 동향과 전망 _ 고전문학

초판 1쇄 인쇄일	2015년 12월 18일
초판 1쇄 발행일	2015년 12월 19일

지은이	한민족문화학회
펴낸이	정진이
편집장	김효은
편집/디자인	김진솔 우정민 박재원 김정주
마케팅	정찬용 정구형
영업관리	한선희 이선건 최재영
책임편집	우정민
인쇄처	으뜸사
펴낸곳	국학자료원 새미 (주)

등록일 2005 03 15 제25100-2005-000008호
서울특별시 강동구 성안로 13 (성내동, 현영빌딩 2층)
Tel 442-4623 Fax 6499-3082
www.kookhak.co.kr
kookhak2001@hanmail.net

ISBN	979-11-86478-61-5 *94800
	979-11-86478-60-8 *94800(set)
가격	25,000원